宫本武藏

剑与禅

【三】 经典珍藏版

【日】吉川英治◎著

冯莹莹 杨田 范楠楠◎译

哈尔滨出版社
HARBIN PUBLISHING HOUSE

菩提一刀

一

大四明峰的南岭高耸入云,坐在山顶,不仅可以环顾东塔、西塔,就连横川和饭室的山谷也都可以尽收眼底。一条大河,夹杂着三界的泥沙和尘芥在晚霞的辉映下,蜿蜒远去。天气依然寒冷,比睿山上的法灯星星点点。树木刚刚吐出嫩芽,但还是听不见鸟的鸣叫,天地笼罩在一片孤寂之中。

云雾缭绕着南岭,无动寺坐落在云雾之上,寺院内的树木和泉水也都透出一股静寂。

与佛有因
与佛有缘
佛法僧缘
常乐我常
朝念观世音
暮念观世音
念念从心起
念念不离心

无动寺的后院传来十句观音经,那声音不像是在诵读,也不像是在咏唱,而更像是从嗓子眼里挤出的嘟囔。

那嘟囔之声时而似忘我般高亢,当刻意去注意它时,又会变得低弱。

回廊上的地板黑得发亮,仿佛用墨洗过一般。一位身穿白衣的小沙弥,双手端着简单的斋饭,向传出念经声的房间走去。那房间位于回廊的尽头,装饰着不俗的杉木推拉门。

"施主!"

小沙弥将斋饭放到房间的角落，又叫了一声：

"施主！"

小沙弥双膝跪在地板上。施主弯腰背对着小沙弥，似乎未曾觉察有人踏入了自己的房间。

数日前的一个早晨，一位满身血迹，潦倒不堪的修行者，以剑为杖，蹒跚着来到这里。

众位看官想必已经猜出了此人是谁。

穴太村白鸟坂位于南岭的东侧山麓，修学院白河村位于南岭的西侧山麓，并且可以从这里直达云母坂和下松路口。

"施主，午饭给您放在这里了。"

武藏终于听到了。

"噢……"

武藏伸了个懒腰，回过头，望向斋饭和小沙弥。

"谢谢了！"

他摆正坐姿，向小沙弥行了一礼。

他的膝盖上沾着一层白木屑，更细的木屑则散落在榻榻米以及包边上。这些白木屑似乎是来自白檀或者其他的香木，使得空气中弥漫着一股沁人心脾的香气。

"您这就用膳吗？"

"是的，我现在就吃。"

"那么，我来伺候您！"

"那麻烦你了！"

武藏端起碗，开始吃了起来。小沙弥一直盯着武藏背后那把闪闪发光的小刀，还有他刚从膝盖上放下的一块大约五寸长的木头。

"施主，您在刻什么呢？"

"佛像。"

"是阿弥陀佛吗？"

"不是，我想刻观音。但是我不会用凿子，所以总也刻不好，而且还扎了好几下手指头。"

他伸出手，让小沙弥看他手指上的伤口。小沙弥同时从他的袖口处，看到了衣袖底下绑着白绷带的手肘。小沙弥皱起眉问他：

"您脚上和小臂的伤无大碍了吧？"

"啊！托你们的福，基本已经好了，代我向方丈大人说声谢谢吧。"

"你要想刻观音的话，可以到中堂里去，那里有一座观音像，据说还是一位知名的雕刻家刻的。饭后，您可以去看看。"

"那我得去看看，去中堂怎么走呢？"

二

"挺近的,从这里到中堂也就有二里多地儿。"

小沙弥回答道。

"这么近啊?"

武藏决定饭后和小沙弥一起到东塔的根本中堂①去转转。他已经有十多天没有踏到地面了。

本以为伤口已经完全愈合,可没想到一踩到地面,左脚的刀伤还会隐隐作痛。而手腕上的伤痕也是如此,被山风一吹,有一种侵入肌骨的疼痛。

风儿吹摇着山樱,枝叶飒飒作响,那花瓣像粉雪一样洋洋洒洒飘落。天空也呈现出初夏的色彩。武藏感到自己体内有一股力量,就如同那萌芽待发的草木一样,正在向外喷张,全身的筋骨也跟着活跃起来。突然,受伤处又感到了一阵刺痛。

"施主!"

小沙弥看着他的脸:

"您是兵法的修行者吧!"

"是的!"

"为什么要刻观音像呢?"

"……"

"您有时间来刻佛像,还不如拿那时间来练剑呢!"

童言无忌,有时候却句句锥心。

武藏面露尴尬,比起手脚的刀伤,小沙弥的话更加刺痛了他的内心。更何况问话的还是一个十三四岁的小孩子。

那一日,武藏在下松大打出手,首先砍杀的便是少年源次郎。那孩子的年龄、体型和眼前这个小沙弥真的太像了。

那天,究竟有多少人受伤?又究竟有多少人丧命?武藏已经一概不记得了。

现在他脑海里残存的只是一些零碎的记忆,他只记得自己是如何奋力拼杀,以及是如何死里逃生的。

那天之后,只要武藏一闭上眼睛,耳边就会响起源次郎面对自己砍下的剑,喊出的惊恐之声:

"好可怕!"

喊声过后,源次郎的人头连着松树皮应声落地,剩下的只是一具可怜的遗骸。

"决不留情,我砍!"

---

①译者注:根本中堂位于日本比睿山之东塔,为延历寺之中心建筑物,故称为根本中堂。

武藏心存此念，果断地砍了下去。剑落人亡，从而也给自己带来了无尽的遗憾。

为什么要砍下去呢？

武藏追悔莫及。

不杀他也可以的啊！

武藏禁不住憎恨起自己过于残酷的行为。

"已之事，勿后悔。"

他曾经在旅行日记的开篇就写下这句誓言。但是无论他多少次回顾之前的誓言，只要一想到杀死源次郎这件事，心中就会涌起一股悲伤和疼痛。他想到了剑的无情，也想到了必须跨越修行路上的荆棘，但无论如何都觉得自己下手太狠、太不人道。

有时，他一度想过：

"算了，把剑折断吧！"

尤其住在山上的这几天，他日夜受佛法清音的熏陶，心耳也清明起来，不自觉地开始厌倦起腥风血雨的生活。回顾之前的所作所为，武藏胸中不免生出了菩提心。

在等待手脚伤势痊愈的日子里，武藏突然萌发了刻观音像的念头，这与其说是为了供养被自己杀死的少年源次郎，还不如说是武藏对自己灵魂的一种忏悔，希望借此为自己赎罪。

三

武藏终于挤出了一个问题。

"小师父，我看这山上有好多佛像都是多源信僧都以及弘法大师所作，这其中有什么缘由吗？"

小沙弥歪着脑袋说：

"这个嘛！倒也没什么，我们出家人很多都会画一些画啊，做做雕刻啊什么的。"

武藏露出一副不理解的神情，但还是点了点头。

"所以说剑士去玩雕刻是为了琢磨剑心，而僧人持刀雕刻是为了接近佛陀之心。无论是绘画，还是书法，众人仰止的明月只有一轮。通往高山之巅的道路有多条，在一条道路上迷路之后，你可以去尝试另外一条，这所有的一切都只是为了让自身更圆满的手段而已。"

"……"

小沙弥对武藏的这番大道理不感兴趣，他疾步向前，指着草丛中的一块石碑说：

"施主，这里有一块慈镇和尚写的石碑。"

武藏也走向前去，辨识出石碑上的文字：

佛法式渐微

念及末世寒

恰似比睿风

清冷吹人间

武藏伫立在石碑前，觉得慈镇和尚真是一位伟大的预言家。织田信长大破之后，又行大立，他火烧比睿山，并将其他五座佛教名山也驱逐出政治和特权的核心。现在一切都归于静寂，又恢复了昔日法灯一盏，青灯古佛的宁静。但是，有些法师仍然残存着以往的戒力①横行霸道，经常会为了争夺住持之位而相互倾轧，争权谋利。

灵山本来是拯救众生的地方，可现在不但没有拯救众生，反而还需要众生的供奉，要靠众生的布施才能维持下去。石碑无言，武藏静静地站在石碑前，想到这一切，禁不住对这无声的预言感慨万千。

"好了，我们走吧！"

武藏催促了一声，小沙弥紧步向前，这时有人从后面摇手吆喝他们。

原来是无动寺的一位年长一些的僧人。

二人回过头，那名僧人快步走向前来，问小沙弥：

"清然，你这是要把施主带到哪里去啊？"

"我们想去中堂。"

"去那里干什么啊？"

"这位施主每天都在刻观音像，可总是不得要领，所以我就建议他到中堂去看看以前名家雕刻的观音像。"

"必须得今天去吗？"

"哎？这个……"

小沙弥怕自己的回答引得武藏不高兴，所以故意含糊其词。武藏接过话茬儿，向僧人道歉说：

"真的很抱歉，是我硬要这小师父陪我来的，本来也不差今天这一天，您把他带回去吧！"

"不是的，我过来不是叫他，而是想看您方便与否，如果没什么事，就请和我过去一趟吧！"

"什么？是找我？"

"是的，实在很抱歉，打扰您散步了。"

"是谁来找我啊？"

①译者注：戒力为佛教词汇，出自陈义孝编《竺摩法师鉴定》，意指持戒的力量。

"我也不知道,这人非常固执。我推说您不在,而他却非要进来找您。说是非见您不可,要我一定要把您带过去。"

到底是谁呢?武藏歪着头,怎么想也想不出来,他只好跟着僧人回去了。

四

虽然山法师的猖狂势力已被逐出政坛和武家社会,但是百足之虫死而不僵,在比睿山中依然残存着他们的势力。

俗话说,麻雀到了一百岁,也忘不了蹦蹦跳跳。他们也是一样,衣着未变,脚上拖着高木屐。有的背上横着一把大刀,还有的在腋下插着长柄刀。

他们有十来人,等候在无动寺门前。

"来了!"

"是他吗?"

众人低头耳语,其中一个绑着枯叶色头巾、身穿黑衣的壮汉走向前来,直勾勾地盯着武藏、小沙弥和那位年长一些的僧人。

这究竟是怎么回事呢?

前来迎请他们的僧人对此一无所知,武藏更是一头雾水了。

武藏只是在途中听说对方是东塔山王院的执事僧,但是在这些执事僧中,却没有一个是武藏认识的。

"受累啦,现在没你们什么事了,退到门内去吧。"

其中一位大法师,挥舞着长柄刀把僧人和小沙弥赶回了门内。

然后,对着武藏问道:

"你就是宫本武藏吗?"

对方并未行礼,因此武藏立在原处点头回答道:

"正是。"

这时,一个老法师一个箭步走向前来,用宣读官书的语气说:

"敝人是中堂延历寺的众判。比睿山乃是佛教圣地和净土,决不允许背负仇恨之徒潜藏于此,其实更应说是不允许不法争斗之辈潜藏于此。我已经跟无动寺住持打过招呼了,请你立刻离开此山。若敢违背,将依照山门戒规加以严惩,请你务必遵守。"

"……?"

武藏哑然地看着对方严肃的神情。

这是怎么了?中间肯定发生了什么变故。自己当初投到无动寺谋求帮助时,无动寺方面特意向中堂的役寮①报告了此事,并且也得到了役寮的同意,还说:

"没问题。"

---

①译者注:役寮,寺庙内管理修行僧的职务。

很显然，当时是允许自己留在这里的啊！

然而现在却突然把自己当成罪人驱逐出比睿山，这里头肯定有什么缘由。

"您的意思我了解了。不过我现在还没准备行李，再加上天色已晚，能否允许我明天早上再出发呢？"

武藏老老实实地接受了对方的要求，但他心中的疑问却不得不说：

"我还想知道，把我驱逐出山究竟是执法师父的命令，还是寺内役寮的意见呢？先前无动寺方面已经向役寮报告了此事，并且也获得了允许。现在却突然要将我赶走，我实在是有些想不明白。"

那个老法师回应说：

"既然你问起，那我也不妨直接告诉你吧！当初役寮觉得你只身一人在下松路口和那么多吉冈门的武士决斗，肯定是一条好汉，对你充满了敬意，所以才同意你留下来，可是后来却有很多不好的传言，于是我们觉得不应该再把你藏在此山。"

"……不好的传言啊！"

武藏貌似领会般地点了点头。不难想象，下松路口一战之后，吉冈方面肯定在世间造了很多谣言。

武藏当时真想和听信这些谣言的人大吵一番。

可是，他却冷静地对众人说：

"我知道了，但由于事出突然，我明早一定离开此地。"

武藏放下此话，转身踏入门内。这时，有人向他背上吐唾沫，还传来其他法师骂骂咧咧的声音：

"看这个恶魔！"

"真是一个罗刹！"

"浑蛋！"

五

武藏止住自己的脚步，压制住心中的怒火，回头怒视众人。

"你们说什么？"

刚才在背后骂武藏是恶魔的那名法师回应道：

"你不是听到了嘛！"

武藏对众人的谩骂感到非常意外：

"因为这是役寮的命令，所以我才恭敬接受。没想到你们却口出秽言，难不成诸位想挑起事端？"

"我们皆是侍奉佛祖之人，绝无挑起争端之意，不过是我的喉咙不受控制，自己冒出了以上话语，这也是没有办法的事啊！"

其他法师也附和道：

"此乃上天之声。"

"是上天让我们这样说的！"

众人仗着自己人多势众，更是嚷嚷不已。

轻蔑的眼神，谩骂的话语，眼光如箭，唾沫横飞，这一切包裹着武藏，让他透不过气。武藏无法忍受这种耻辱，但他还是提醒自己要保持沉默，绝对不能让这些人的挑衅得逞。

此山的法师向来以夸夸其谈而著称。那些执法僧也都是役寮的学生，尽是一些骄傲自大，不知天高地厚，卖弄虚学之徒。

"真没劲，听世间的传闻还以为是一个多了不起的人物，原来就是个没趣的家伙。是不是生气了啊？怎么连个屁都不放呢？"

武藏觉得自己越沉默，对方的话语可能就会变得更离谱，所以他面有愠色：

"你说是上天的声音，那刚才的话也是上天的声音吗？"

"没错！"

有人傲然回应道。

"你什么意思？"

"你不懂吗？山门的众判都已经说得很明白了，难道你还不懂吗？"

"……我不懂。"

"是吗？那你反应可真够迟钝的，好可怜啊！不过，你很快就会知道什么叫轮回了。"

"……"

"武藏……世间对你的评价可是很差啊！你下山可千万要小心了！"

"我才不在乎那乱七八糟的评价，我走自己的路，他们说什么由他们去说好了！"

"哼！不在乎？你以为自己做的事很正确吗？"

"我没有错！那天的比武，我没使用任何下流手段……我问心无愧！"

"等等！你可千万别那么说！"

"你说我武藏哪里卑鄙了？我哪里胆小怯懦了？我对剑发誓，我的战斗绝对不含半点邪念！"

"你还真是大言不惭呀！"

"别人说我什么都可以，但我决不允许别人侮辱我的剑！"

"既然你这么说，那我就直接问了，希望你能给我明确的回答。吉冈方面派出那么多人，而你却敢只身一人前往应战，这究竟是你的勇气呢，还是你的无谋之勇呢？这些暂且不论，你视死如归的精神确实称得上伟大，这我们必须承认，但你为什么连一个十三四岁的孩子都不放过呢？源次郎还那么小，就被你斩杀了！"

"……"

武藏的脸就像被冷水浇过一样，悄然失去血色。

"第二代清十郎被砍断一条手臂，后来遁迹空门。舍弟传七郎也遭你毒手。最后，只剩下一个源次郎，可是却被你给杀了。你杀死源次郎，就等于断了吉冈一派的香火。虽说在江湖上，流血、流泪在所难免，但你现在背负恶魔、罗刹之名，自己感觉舒服吗？你看你的所作所为，这是人该做的吗？俗话说'花中樱花，人中武士'，你看你自己还配做一名武士吗？"

六

武藏始终低头不语，那名法师又对武藏说：

"山门知道了事情的来龙去脉之后，才对你产生憎恶之情。任何事情都可以予以谅解，但唯独突入敌阵，只为杀死一名少年的行为无法让人宽恕。你不配成为一名武士。在这个国度，越是强大杰出的武士，越是仁慈、宽容，悲天悯人……比睿山不欢迎你，你还是尽快走吧！"

在武藏心中，法师所言全是一派胡言，一派谩骂，一派嘲讽。执法僧们说完之后，就一起离去了。

"……"

武藏忍受着众人对自己的误解，直到最后他都未发一语。

但是，这并不表示武藏认同众人对自己的批评。

"我做得对，我的信念也没有错。在那样的情境下，那是我能够坚持自己信念的唯一方法。"

武藏绝对没有给自己找过借口。事到如今，这一信条在他心中变得更加不可动摇。

可是，为什么要斩杀源次郎呢？

武藏深刻剖析自己的内心，终于弄清了原因。

"虽然源次郎年纪尚轻，但他已是敌方名义上的掌门，那他就是敌方的大将，同时也是三军的旌旗。"

既然如此，杀他又何存过错？此外，还有一个理由：

"当时敌方有七十多人，如果能够斩杀对方的十人，那么哪怕战死，也可以被称作是善战之士了。可是，哪怕斩杀了吉冈的二十名弟子，如果自己战死的话，那么剩下的五十多人也会大奏凯歌。因此，自己要想取胜，必须于敌方层层庇护中，先去取得大将首级。大将是敌方守护的核心，如果在自己的一击之下毙命，那么哪怕自己惨遭不测，也会成为自己胜利的一大证据。"

如果还要继续说下去的话，从剑的绝对性法则和残酷性方面，还有诸多理由。

但是武藏面对执法僧的谩骂，却始终一句话也没说。

为什么呢？即使坚信有那么多理由，但武藏仍是感到寝食难安。一想到源次郎，他就感到有深深的罪恶感，同时也会感到悲伤和惭愧。这些真真切

切的感触要比执法僧的话语,更加刺疼自己的内心。

"算了,我还是放弃修行吧!"

武藏睁开茫然的双眼,发现自己依然站在门前。

天色已晚,清风拂来,白色的山樱花瓣洒满天际。昔日一丝不乱的心境,今天也像这花瓣一样,破碎开来,散布于无尽的宇宙之中。

"要不,先去找阿通……"

他突然想起了城镇居民的快乐生活,还想到了光悦和绍由所生活的那个小镇。

"不……"

他迈开大步,再一次走进了无动寺。

房间里已经亮起灯,今夜是在这里的最后一宿,明天就得离开了。

"先别管巧拙了,只要让菩萨了解我的供养之心就行了。我今天得赶紧把观音像刻完,不然就没法把它供奉在这里了。"

武藏坐在油灯下。

他将刻了一半的观音像放到膝盖上,然后手握刻刀一丝不苟地雕刻起来,白色的木屑从他膝上不断落下。

无动寺夜不闭户,在走廊上有一个人,他悄悄爬到了武藏的房外,像一只懒猫一样静静地趴在那里。

七

灯光逐渐暗了下来……

武藏剪了剪灯芯。

然后,他又立刻趴回榻榻米上,拿起刻刀继续雕刻。

夜还未深,但群山已被笼罩在深沉与静寂之中。锋利的刀尖划过木头,发出声响。落下的木屑如白雪一般,越积越多。

武藏将全部注意力都汇集于刻刀的刀尖。这也是他的个性使然,一旦确定做一件事,就会全身心投入其中。现在武藏体内燃起了极大的热情,他手把刻刀,认真地刻着每一刀,似乎完全忘却了自己身体的疲惫。

"……"

武藏口里哼着观音经,已到忘我的程度,声音自然就大起来,等自己意识到了,又赶紧把声音收回去。即使是去剪灯芯,他心中也保持着"一刀三礼"[①]的状态。最后,他盯着雕好的观音像说:

"嗯!总算完成了。"

[①]译者注:一刀三礼:日本佛教用语。谓雕刻佛像时,每下一刀礼佛三次。即信仰虔诚者,于雕造佛像时,为表示虔敬,每刻一刀即礼拜三次。另外,写经时的"一字三礼"、画图像时的"一笔三礼",也同样是佛教徒显现其信仰情操的虔敬方式。

东塔的大梵钟撞响了二更的报时,武藏伸了个懒腰。

"对了,该去和住持打声招呼了,今晚必须把这观音像转交给他。"

虽然不是那么精美,但这却是武藏用自己的灵魂刻出的一尊观音像,其中沾着他惭愧的泪水,同时也饱含着武藏对源次郎的祈福。他发誓要将它留在寺内,伴着自己的忧伤,永远凭吊源次郎的亡灵。

他带着雕像迅速走出自己房间。

他离开后,立刻有个小沙弥进来清扫地上的灰尘,并铺好被褥,然后扛着扫帚回到了厨房。

空无一人的房间里,响起了"刺刺"的拉门声。声音很轻,轻得几乎让人难以听到。然后,门又被轻轻关上了。

不久——

对此毫不知情的武藏回到了房间。住持送给他一些斗笠和草鞋等旅行用具,他将这些用具放在自己枕边,然后吹灭油灯,躺到榻榻米上准备睡觉。

武藏没有关上门窗,风从四方吹进来。纸拉门窗在星光的辉映下,现出微亮的淡灰色。门窗上树影婆娑,让他想到了大海的萧瑟荒凉。

武藏睡着了,发出微弱的鼾声。

他睡得越来越沉,气息的间隔也变得越来越长。这时,屋角小屏风的底部动了一下。一个猫着腰的人影,蹑手蹑脚地爬向武藏。

只要武藏的鼾声一停,那人就会立即趴下,趴得比被子还要低。那人耐心地分辨着武藏的气息,等待时机给出致命一击。

突然,那人像一块黑棉布一样迅速压到了武藏身上。

"哼!你个浑蛋,没想到也有今天吧!"

那人从肋下抽出短刀,运足力气,朝着武藏的喉咙刺去。

突然,短刀"噌"的一声被弹出,射入旁边的纸拉门中,那个人也应声被抛到空中。

那个人像个沉重的大包裹一样,"嗷"的一声,冲破纸拉门,连人带拉门一起滚到了屋外的暗处。

在将那人扔出的一瞬间,武藏感觉到这人的体重好轻啊,轻得就像一只猫一样。那人虽然用布蒙住了脸,但是还是可以看清头上的丝丝白发……

但是武藏顾不得这些了,他赶紧拿起枕边的大刀追了出去。

"别跑!"

他跳下走廊。

"您好不容易来一趟,总要让我知道是谁吧!别跑啊!"

武藏边嘲笑着对方,边迈开大步追赶着黑暗中的脚步声。

但是武藏并不是真心要去追赶,他望着对方乱摆一气的白色刀身以及那显眼的法师头巾,禁不住嗤笑了一声,然后就赶紧折回了。

八

阿杉婆被武藏那么一扔，身体伤得不轻，躺在地上呻吟不已。虽然知道武藏很快就会回来，但她实在是没有力气逃跑了。

"啊，怎么是阿杉婆您啊？"

武藏将她抱起。

武藏自己也感到很意外，趁着睡觉来刺杀自己的主谋，既不是吉冈门的弟子，也不是此山的执法僧，而是一位骨瘦如柴，自己同乡好友的老母亲。

"啊，我明白了！肯定是阿杉婆向中堂说了我的坏话。他们见您是一位如此勇敢的老婆婆，就对您产生了同情，于是就不分青红皂白地相信了您的话。结果他们决定将我赶出此山，并且趁着月黑风高，前来帮助您刺杀我……"

"哎哟！疼死我了！武藏，事已至此，什么也别说了。本位田家的武运已经终结，把我的头砍了吧！"

阿杉婆痛苦不堪，只能说出以上那番话语。

阿杉婆虽然拼命挣扎，但已经没有任何力气，而且撞到的地方还非常疼痛。自从住进三年坂的客栈，阿杉婆就一直感冒低烧，搞到现在腿脚都懒得动了，很显然阿杉婆已经失去了昔日的健康。

再加上在她前往下松路口的途中，又遭到又八的遗弃，这深深刺痛了老人的内心，也间接影响到她的健康。

"快杀我呀！把阿杉婆的头砍了吧！"

若考虑到她心理上的痛苦和肉体上的衰老，武藏会发现阿杉婆做这番挣扎并不是弱者的呼叫，同样也不是口出狂言，而是她觉得事已至此，只好速求一死。

但是，武藏却说：

"阿杉婆，痛吗？……哪里痛呢？……您快告诉我啊！"

武藏将阿杉婆的身体轻轻托起，放回自己的被褥，然后坐在枕边，一直陪护到天亮。

天一泛白，小沙弥就送来武藏所委托的便当，同时也带来了住持的催促："虽然不该如此催您，但昨天中堂捎话过来，让您早上尽快离开此地，所以您还是赶紧走吧！"

武藏意亦如此，他很快就整理好自己的行装。可是他又犯愁了，这受伤的阿杉婆该怎么处理呢？

武藏向寺里提出了自己的问题，但对方怕阿杉婆留在寺里会给他们带来麻烦，所以就提出了一个权宜之计："前段时间，一位大津的商人运完货物之后，就把他的母牛寄养在我们这里了。他现在丹波路做生意。你用牛将病人驮到大津，然后把牛放到大津的码头或者批发市场就行。你看这样如何？"

 乳

一

沿着大四明峰的山脊一路向下，直接可以抵达位于滋贺的三井寺的后身。

"……哎哟！……哎哟！"

阿杉婆趴在牛背上，体内不时会传来阵阵剧痛，使得她禁不住发出呻吟之声。

武藏在前面牵着牛，安慰她说：

"阿杉婆，很疼吗？要不我们休息一会儿吧！反正也不急着赶路。"

"……"

阿杉婆趴在牛背上，一言不发。阿杉婆的性格素来刚强，现在却要受自己仇人的照料，这让她非常羞愧。她把自己的头埋得很低。

武藏越是殷勤，阿杉婆越是憎恶，越是招致她更强烈的反感。阿杉婆狠狠地对武藏说：

"小样儿！别以为可怜我，我就会原谅你，我这老太婆可不是那么容易就可以忘记仇恨的……"

阿杉婆貌似是为了诅咒武藏而存在。就是对这样一个老太婆，武藏却没有丝毫的怨恨和仇视。

论力气，阿杉婆太过瘦弱，根本不是武藏的对手。事实上，直到今天为止，武藏不止一次中过这老太婆的奸计，并且伤害武藏最深的也是这个没什么力气，上了年纪的老太婆。但是，不管怎么样，武藏在心中就是无法恨这个老太婆。

虽然武藏丝毫没有把阿杉婆的劣迹放在心上，但还是会想起她对自己的所作所为。在故乡时，因为她的缘故，自己遭人冷眼；在清水寺时，也因为她的挑唆，自己遭到众人的唾弃和谩骂。因为这老奸巨猾的老太婆从中作梗，武藏屡次被扯后腿，从而坏了自己的好事。每当出现这样的情况，武藏都会问自己：

"我该怎么处置她呢？"

武藏的心中愤恨难平，即使把这老太婆大卸八块都不足以解其怒气，但每次他都把自己的怒火压了下去。就像这次，他差点被这老太婆抹了脖子，但他也只是在心底咒骂了一句：

"死老太婆！"

他根本没有打算去扭断她那布满皱纹的脖子。

阿杉婆身体一直欠安，再加上这次又受了摔打，浑身异常疼痛，现在只

风之卷

剩下呻吟的份儿了，没有气力再去说那些尖酸刻薄的话语。武藏见此情景，又禁不住悲天悯人起来，心中希望阿杉婆的身体早日康复。

"阿杉婆，趴在牛背上辛苦您了！这也是没办法啊！等到了大津，我们再想别的办法，您再忍耐一会儿……您早上都没吃饭，肚子饿不饿呢？……要不要喝点水呢？什么？……不要啊……那怎么能行呢？"

沿着大四明峰的山脊环顾四周，不仅北陆的连绵群山和琵琶湖清晰可见，就连伊吹和濑田的"唐崎八景"都可以尽收眼底。

"我们在这儿休息一下吧！阿杉婆，我抱您下来，在这草丛上躺一会儿，如何？"

武藏将牛拴在树上，然后抱阿杉婆下来。

二

"啊！好痛！好痛！"

阿杉婆皱着眉头，但还是把武藏的手拨开，趴在了草丛上。

阿杉婆的皮肤泛着土色，头发也蓬乱不堪，如果放任不管的话，可能很快就会断气。

"阿杉婆，要不要喝点水……要不您也吃点东西？"

武藏拍抚着她的背，再三地询问。阿杉婆却非常顽固，把头拧到一边，说自己既不需要水，也不需要吃东西。

"这样您身子会更弱的啊！"

武藏已毫无办法。

"阿杉婆，您从昨晚到现在，滴水未进。本来打算给您煮点药，可这一路上没碰见一户人家……您一定累坏了吧！……快把我这半份便当吃了吧。"

"脏死了！"

"什么？您说它脏？"

"我即使被抛尸荒野，哪怕成为鸟兽的盘中餐，也不会吃仇人的东西。浑蛋——你给我闭嘴啊！"

阿杉婆甩开武藏为她抚背的手，又趴在了草地上。

"哦！"

武藏没有生气，反而很理解阿杉婆此时的心情。武藏叹了一口气，他知道要想解除阿杉婆对自己根深蒂固的误解，就必须让她了解自己的心情，但这绝不是一件容易的事儿。

武藏非常有耐心，他就像照顾自己患病的母亲一样，无论阿杉婆说什么，他都甘心接受，也愿意去原谅阿杉婆的无理取闹。

"阿杉婆，如果您就这么死了，岂不是很遗憾？您就没法看到又八出人头地了……"

"你，你说什么？"

阿杉婆咬着牙，似乎想把武藏撕碎一般：

"就那点事，即使没有你的帮忙，又八也很快可以出人头地！"

"我也这么认为，因此您更应该早点好起来啊！到时候，我们一起去激励他！"

"武藏，你真是个伪君子！你以为那说些甜言蜜语就能骗我忘掉仇恨。别做梦了！……别说那些废话了，我耳朵都起茧子了。"

阿杉婆表情冷漠，谈话无法继续进行下去。武藏心想，即使是好意，如果再说下去也会招致阿杉婆更强的反感，还是不说好了。武藏默默地站起来，留下阿杉婆和母牛，径自走到阿杉婆看不到的地方，打开便当。

虽说是便当，但其实就是一个用百叶包着的饭团，中间夹着一点黑味噌。对武藏而言，这饭团实在是太美味了。他舍不得全吃完，还是想留一半给阿杉婆吃！于是，他把剩下的半块饭团重新用百叶包好，放入怀中。

这时，从阿杉婆的方向传来了说话声。

武藏从岩石后转头往回看，发现是一位过路的乡下妇女。她身穿山裤，貌似一名走街串巷卖货的商贩，头发没有打理，也没有擦油，简单地束成了一个把儿，搭在肩上。

那女人的声音洪亮：

"阿婆，我们家有一位病人，现在已经基本上康复了！不过我觉得病人要是喝了牛奶会好得更快，我能不能用这只壶挤点牛奶呢？"

阿杉婆抬起头，那眼神和面对武藏时完全不一样，她问道：

"我确实听说牛奶对病人有好处，不过你看那母牛，能挤出牛奶来吗？"

乡下妇女在和阿杉婆交谈的同时，已经钻到了牛肚子底下，拼命地往怀中的壶中挤牛奶。

三

"真的太感谢您了，阿婆！"

那名妇女从牛肚皮底下爬出来，小心翼翼地抱着装满牛奶的壶，行了一个礼后，立刻转身走了。

"啊！别走啊！"

阿杉婆慌忙举手招呼住了她。

然后她环顾了一下四周，没有看到武藏的影子，这才放下心来。

"妹子……能不能让我喝点牛奶？哪怕一口也可以！"

阿杉婆的嗓子干得冒火，连声音也颤抖起来。

那妇女同意了，将奶壶递到阿杉婆嘴边。阿杉婆抱起奶壶，闭上眼睛，畅饮起来。几滴牛奶顺着她的嘴角流下，滑过她的胸前，滴入草丛中。

阿杉婆喝了个饱，她的身体禁不住抖了一下，胃里的牛奶往上撞，使她露出了要吐的表情。

"哎！什么怪味啊？不过喝了牛奶之后，我的身体或许也能好起来。"

"阿婆，您哪里不舒服？"

"没什么大事，就是点伤风感冒，再加上摔了一跤，伤了手！"

阿杉婆边说边自己站起来，刚才趴在牛背上哼哼唧唧的病态这时一点也看不到了。

"妹子……"

她压低声音，走近那名妇女，然后又瞥了一眼四周，以防武藏听见：

"沿着这山路一直走，可以通到哪里啊？"

"大概通到三井寺的上面吧！"

"三井寺？那不是到大津了吗？还有没有别的小路？"

"有倒是有，不过阿婆究竟想到哪里去呢？"

"到哪里都行，我被一个坏人给抓了，现在逃不开，所以想找条小路逃脱他的魔爪。"

"您直着往前走四五百米，那里有一条下山的小道，沿着那条小道一直走，您就可以到大津和坂本之间了。"

"是吗？……"

阿杉婆惴惴不安地说：

"要是有人追上来，无论他问你什么，你都推说不知道！"

阿杉婆说完，就赶到那名妇女前面，脸上露出一股怪异的神情，像一只受伤的螳螂一样，一瘸一拐地匆忙离去。

"……"

这一切，武藏都看在了眼里。他苦笑着，从岩石背后静静走出。

他看到那名妇女正走在前面，于是就叫住了她。妇女战战兢兢地站在那里，脸上露出一副无论你问她什么，她都一概不知的表情。

而武藏却没有问她阿杉婆的事儿，而是和她唠起了家常。

"老板娘，你是这附近的居民，还是樵夫呢？"

"我是这里的居民，山顶的那家茶馆就是我家！"

"半山腰的那间茶馆啊？"

"是啊！"

"那太好了，我付你路费，你能不能替我跑一趟京都？"

"去倒是没问题，不过我家里还有一个病人。"

"我帮你把牛奶送回去，然后在你家等你回来。如果你现在就走的话，不用到天黑就可以回来了。"

"可我不认识你啊……"

"别担心，我不是坏人。看到刚才那位阿婆那么硬朗地走了，我也就不担心了,由她去好了。我这就写封信,麻烦你把它送到京都的乌丸家,我在茶馆等你回来!"

四

武藏从随身带的文具盒中抽出一支笔,给阿通写了一封信。

在无动寺疗养的那几日,他一直想给阿通写封信。

"拜托了!"

武藏将信递到那名妇女手中,然后跨上牛背,随着牛的步伐,慢悠悠地走了半里地。

刚才写的那封信实在是匆忙,武藏幻想起阿通从那名妇女手中接过信,然后阅读起来的样子,不禁感叹道:

"一直以为再也见不到她了,没想到还能再见面。"

武藏的脸上露出笑容,犹如那天空中明亮的白云。

他的笑容比等待夏日来临的万物更充满朝气,也比装饰晚春蓝天的云彩更加灿烂。

"这段时间,阿通一直病病歪歪的,现在可能还躺在病床上呢!等她看了信,也许会'呼'地爬起来,和城太郎一起追过来呢!"

母牛不时停下来,嗅嗅草丛。绿色的草地点缀着白色的小花,在武藏眼中,就宛如繁星点缀晴空一般。

现在武藏脑海里萦绕的尽是快乐的事情,但他突然想到了离去的阿杉婆:

"阿杉婆?……"

他向山谷里打望——

"她一个人独行,而且又受了伤,一定很艰难吧!"

武藏开始担心起阿杉婆。武藏现在的状态比较放松,也正是这种清闲,才使他有闲心去关心阿杉婆的感受。

武藏在给阿通的信中写了一首小诗,现在想来,要是让别人看见了,那可真是羞死人了。

> 那一次
> 你在花田桥上等我良久
> 这一次
> 换我在唐桥上静静等你
> 我会先你一步到大津
> 牵着牛儿在濑田唐桥上
> 等候你的到来
> 心中有无尽的话儿
> 想对你诉说

他骑在牛背上,将这首诗默诵了好几遍,甚至开始想象跟阿通见面之后,要聊些什么话题呢。

在山顶上,有一个插着幌子的茶馆。

武藏心想:

"就是这里了!"

他走近茶馆,从牛背上一跃而下,手里拎着牛奶壶,一屁股就坐到屋檐下的椅子上。在土灶边烧火的阿婆马上端来温茶,向他客套道:

"招待不周,对不起了!"

武藏向阿婆仔细诉说了自己遇见老板娘,并请她送信的经过。他说完之后,将牛奶壶递给了她。

"是!是!"

那位阿婆边听边不住点头,但可能是耳背的缘故,她没完全听懂武藏说了些什么。当武藏把牛奶壶递给她时,阿婆又一脸疑惑地问:"这是什么啊?"

武藏指着身边的母牛对阿婆解释说:"这是老板娘从母牛身上挤下来的奶,说你们家有一位客人病了,老板娘想把这牛奶给那位客人喝,让那位客人恢复得更快。"

阿婆似懂非懂地回应说:"嗯?……是牛奶吗?……哦?"

她两手拿着瓶子,不知如何是好。她往狭小的屋子内看了一眼,大声叫道:"客官!里面的那位客官!你快来啊,看看怎么处理这牛奶好呢?"

五

但是,客官并不在屋内。从后门处传来一声回应:

"噢!"

不久,从茶馆的旁边探出了一个男人的脑袋:

"阿婆,什么事啊?"

阿婆立即将奶壶递到了那名男子的手中。可是,那名男子只是抱着奶壶,既没有听阿婆说话,也没有看奶壶中的牛奶。

那男子眼睛直勾勾地盯着武藏,武藏也愣在了那里。

"……啊,啊!"

两人同时发出惊异之声,相互走向前去,盯着对方仔细端详。武藏大叫:"这不是又八吗?"

那男子正是本位田又八。

听到昔日旧友的声音,又八也禁不住喊道:"呀!阿武,真的是你啊?"

他大声地喊着对武藏的昵称。武藏向他伸出手,他也赶紧伸出手,可是手中的奶壶却"啪"的一声掉到了地上。

奶壶碎了,白色的牛奶溅到了衣服的下摆上。

"啊！我们多少年没见了啊？"

"关原之战之后，我们就再也没见过。"

"这么算来——"

"五年了。我今年都已经二十二岁了。"

"我也二十二岁了。"

"是啊！我们是同岁啊！"

两人拥抱在一起，牛奶的清香也蕴聚于空气中，二人都在回忆幼时的时光。

"阿武，你变强了！现在还称呼你为阿武，总感觉怪怪的，我还是称呼你为武藏好了。你在下松路口的表现，以及之前的事迹，我可都有所耳闻啊！"

"没有了，真是不好意思啊！我还差得很远，无非就是一个世间的小混混儿而已，什么都不行的。又八，难不成老板娘说的客官就是你啊？"

"嗯，就是我……我本来打算去江户的，但是到京都后，因为有点事，就耽误了十天。"

"那病人是谁啊？"

"病人？"

又八疑惑地问道，然后恍然大悟：

"啊！病人呀！那是我带来的一个人。"

"哦！那就好！只要你平安无事，我就高兴了。不久前，我从大和路去奈良时，城太郎向我转交了你的信件。"

"……"

又八突然低下头来。

他想起了自己在书信中的豪言壮语，可到现在一件也没有落实。又八备感羞愧，觉得在武藏面前实在是不好意思抬起头。

武藏将手搭在又八肩上。

回忆着过去的美好时光。

他一点也没想过自己和又八在这五年间产生的差异，只是期盼能够有机会和老友开怀畅谈。

"又八，那个病人是谁呢？"

"啊……没什么，就是一个朋友。不过……"

"哦！我们到外面聊吧，我们在这里聊天会打扰到阿婆的！"

"好吧！走！"

又八也希望到别处去聊，于是二人快步走出了茶馆。

蝶与风

一

"又八,你现在靠什么生活呢?"

"我的职业吗?"

"嗯!"

"我命里注定与做官无缘,一直也没做什么正式的工作。"

"哦,这些年你就这么过来的啊?"

"你这么一说,倒让我想起一件事。为了阿甲那女人,我错过了自己的大好前程。"

他们走到一片草原,风景类似于伊吹山的山麓。

"我们坐下聊吧!"

武藏盘腿坐在草地上,又八也一脸自卑地坐在他的旁边。望着又八怯懦的眼神,武藏真的是非常焦急。

"虽然都怪阿甲……但是,又八,你作为一个男人,不能老这样放不下啊!你自己的路还得自己去走!"

"我也知道我不该这样……可我怎么说好呢?我就像一个被命运操纵的玩偶,根本就无法掌控自己的命运。"

"你这个样子,怎么能够适应得了这个时代呢?江户现在虽然还是块处女地,但是各方英豪纷纷前去淘金,你要是没有过人之处,又怎么能够在江户立足呢?"

"我要是早点练就剑术就好了,唉……现在有点晚了!"

"可别这么说,你才二十二岁,前面的路还长得很……不过,又八,我真的觉得你不是练剑的料,你还是做学问吧,然后找个好的主君,谋个一官半职,这样最好。"

"我会的……"

又八拧了一束草穗儿,叼在嘴中,他从心眼里为自己感到羞愧。

自己和武藏同岁,出生在同一个山村,并且父亲都是乡间的武士,就因为彼此选了不同的道路,结果五年间就产生了如此大的差异。又八为自己过去虚度的光阴而深感后悔。

在没有见到武藏的日子里,又八听到了一些关于他的传闻,总觉得这可能是他人的夸大之词,其实没什么了不起。可是当五年之后,武藏重新站在自己的面前,又八无论多么虚张声势,都还是能够感觉到武藏的威势在压制着自己,禁不住自惭形秽起来。在见到武藏的那一刻,又八平日里对武藏的反感、傲气和自尊瞬间失去，心中充满的只有深深的自责。

"喂，想什么呢？振作点！"

武藏拍了拍又八的肩膀，自己的手掌甚至可以感受到对方的懦弱。于是，武藏鼓励他说：

"别这样了，其实没什么大不了的！就当你晚生五年好了。再说，这也许是上天对你的考验，虚度的五年时光也可能是宝贵的修行啊！"

"丢死人了！"

"……呀！刚才只顾着聊天，忘了告诉你了。又八，我刚刚和你的母亲分开。"

"啊？你碰到我母亲了？"

"为什么你就没继承一点你母亲的刚强和傲慢呢？"

二

武藏看到又八不争气的样子，就禁不住可怜起那位不幸的母亲——阿杉婆。

武藏在心中对自己说：

"这家伙实在是太没出息了！"

不过看到又八毫无主见，又消极沉沦的样子，武藏又不能弃之不管。

他真想对又八说：

"你可比我强多了，你看我，从小母亲就没了，我所忍受的寂寞你又何曾体验过呢？"

若从根儿上说起——

阿杉婆那么大年纪了还甘愿忍受旅途的艰辛，并把武藏视作永远的仇敌，说到底有一个根本原因，那就是她老觉得——又八最珍贵。

这是一种由盲目的溺爱衍生出的误解，又由误解衍变成了一种固执。

武藏只有在儿时的梦中才见过母亲的形象，所以他非常理解没有母亲的痛楚，并且也非常羡慕别人能有一位好母亲。每当自己被阿杉婆谩骂，受她迫害，或者中她奸计的时候，心中也会怒不可遏。但是事情过后，他又不免羡慕又八有这样一位爱他的母亲，心中自然升起一股孤单和忧愁。这种孤单和忧愁咬噬着他的心肝，那种痛苦让人窒息。

"怎么样才能让阿杉婆不恨我呢？"

武藏看着又八，在心中自问自答。

"要不帮又八出人头地好了！只要又八比我有出息，老家的乡亲就会夸阿杉婆有一个好儿子，这应该会比砍我的头更令她高兴吧！"

此念头一出，他对又八的友情就像对剑所持的情感，又像刻观音像的时候所持的激昂情绪一样。

"又八，你怎么就没这样想呢？"

武藏的话里充满了诚挚的友谊，他郑重地说道：

"你有这么一位好母亲,为什么不做出一点让她欣喜落泪的事儿呢?你看,我没有母亲,我就特羡慕你。我不是批评你不尊敬母亲,而是觉得你自己把为人子的幸福给糟蹋了。反过来说,如果我有一位你那样的好母亲,那我该多么幸福啊!如果我能有的话,那我修身养性,建功立业都会特有干劲。为什么这样说呢?因为当孩子建功立业时,没有人会比父母更欣喜了。你做出一点成就,有人陪你一起高兴,这是多么大的鼓励啊!——对有母亲的人来说,这听起来可能是陈词滥调,但当一个人漂泊在外,看到美丽的风景却无人分享的时候,这种感觉是多么寂寞啊!"

又八一直在专注地听着,武藏握住他的手,又继续说道:

"又八……这个道理你应该很清楚吧!我们是同乡,又是好友,我真的拜托你了……喂!当年我们参加关原之战时,扛着枪,雄赳赳气昂昂地跨出村庄,那气势何等威武。让我们拿出当年的勇气,相互勉励,共同学习,好吗?虽然现在已经没有战争,关原之战的战火也已熄灭,但是和平环境下的人生之战却要比真正的战争残酷得多,它更像是一个修罗场或者阴谋场。要想在其中杀出一片天,最终还得靠自己。怎么样?又八,拿出当年扛枪出村庄的勇气,好好在这世上闯一闯,好好学习,漂漂亮亮地出人头地!只要你愿意,我可以帮你,哪怕当你的奴仆我也心甘情愿。如果你真有心要奋斗,愿意对天地发誓的话——"

又八眼中流出了两行热泪,"吧嗒"、"吧嗒"地滴在了二人紧握的手上。

三

以前母亲也曾说过这些,但又八每次都觉得母亲是在唠叨,所以总是对此嗤之以鼻。但是,时隔五年之后,当这些话又从朋友口中说出,却给他的内心带来了强烈的震撼,他禁不住流下泪来。

"……我懂了!知道了!谢谢你!"

又八重复了好几遍,用手背掩住了眼睛:

"今天是我又八重生的日子,我的心又活了!我确实不是练剑的材料,当我去江户,或者游历诸国的时候,如能碰见良师,我就拜他为师,好好做学问!"

"我也帮你找找看有没有良师或良主。毕竟不是只有闲暇时才能做学问,你还可以一边服侍自己的主君,一边学习学问。"

"啊!我现在觉得豁然开朗了。不过还有一件麻烦事儿……"

"什么事儿啊?尽管和我说,将来也一样,只要是我能做到的,并且对你有帮助,那我赴汤蹈火,也再所不辞。——我曾经惹你母亲生气,这就算我对她的补偿吧!"

"该怎么说好呢?"

"小秘密最终会铸成大阴谋！快说吧，即使不好意思，那也是一眨眼的事儿。更何况我们还是朋友，没什么好害臊的。"

"那我可就直说了啊。"

"嗯！"

"我还带了一个女人，正在茶馆后厅休息呢！"

"什么？你还带了一个女人？"

"嗯……唉！真是难以启齿！"

"看你，一点男人气概都没有。"

"武藏，你可别生气，那女人你也认识的。"

"啊？……到底是谁？"

"是朱实。"

"……"

武藏着实大吃一惊。

在五条大桥会面时，朱实已经不是昔日那朵纯洁的小雏菊了，虽然还没有像阿甲那样变成一株充满媚汁的毒草，但也已经变得和衔着危险的火种到处飞翔的小鸟差不多！当时，她伏在武藏的胸口哭泣，向武藏表白自己的情感。同时在桥畔，却有一个蓄着刘海儿，貌似和她有某种关系的年轻男子，一直在用白眼盯着他们。

武藏听到又八竟和朱实走到了一起，心中"咯噔"一声。一个是背景复杂，性格怪异的女子，另一个是怯懦软弱的好友，现在二人却要携手走完人生之旅，这前途该会多么黑暗啊！真是太不幸了！

这究竟是怎么了？又八选来选去，最终敲定的人生伴侣却都是阿甲和朱实这样的危险角色，他的命运怎么就那么差呢！

"……"

又八看到武藏沉默不语，于是就解释道：

"你生气了吧？本来不想对你说的，可是觉得对你隐瞒又不好，所以就直接说了。你现在心情肯定很难受吧？"

武藏真为又八感到可怜，骂道：

"傻瓜！"

接着又恢复脸色。

"我实在不知道你究竟是运气不好呢，还是自作自受？——阿甲的苦头，你还没吃够吗？"

武藏为又八觉得可惜，于是就询问原委。又八将从在三年坂客栈遇到朱实，以及有一夜在瓜生山再相遇，突然心血来潮，二人商量前往江户求发展，并将母亲舍弃等经过，毫无隐瞒地告诉了武藏。

"可能是上天对我舍弃母亲的不孝之举的惩罚！朱实那家伙自从在瓜

生山上滑倒受伤之后，便一直喊疼，到现在仍然整天躺在茶馆。我虽然很后悔，但已经无可挽回了！"

听到又八的叹息，武藏也不忍心再责备他。眼前这个男人抛弃了"慈母之珠"，换回个"衔火之鸟"，这不是自作自受，又是什么呢？

四

这时，茶馆的阿婆来到他们的面前，慢吞吞地说：

"客官，原来您在这里啊！"

阿婆的面容有些苍老，她双手背在腰后，抬头望着天，貌似是在观察天气。

"跟您一起的那位，没一起来啊！"

她似问非问地嘟囔着。

又八脸上露出紧张神色，立即追问：

"朱实……她怎么了？"

"她不在屋里。"

"不在屋里？可是，她刚才还在呀？"

武藏凭自己的直觉，觉得一定是出事了。他来不及细想，立即催促又八：

"又八，走，快去看看！"

武藏跟在又八身后，迅速跑回了茶馆。他望了一眼朱实睡过的房间，房内有些杂乱。正如阿婆所言，没了她的身影。

"啊！她走了！"

又八四处张望，禁不住叫出声：

"束腰不见了，鞋子不见了，连我的盘缠也不见了！"

"梳妆的东西呢？"

"梳子、头钗都不见了！她竟然抛下我，自己走了。"

又八刚才还发誓要奋发图强，热泪盈眶的脸上，现在却布满了怨恨。

阿婆也回来了，她站在门口，自言自语道：

"她去哪儿了呢？客官啊，我老婆子说话可能不中听了，那女娃娃根本就没病，她是在你面前装病呢！她整天躺在那里，我老婆子一眼就看出她是在装病！"

又八根本无心去听这些话，他冲出屋子，茫然地望着眼前蜿蜒崎岖的白茫茫的山路。

武藏带回的那头母牛悠闲地躺在桃树下，不时打个长长的哈欠。桃花已经变黑，在微风的吹拂下，残花簌簌落下。

"……"

"又八！"

"……"

"喂！"

"哦？"

"你在发什么呆啊？朱实这一去，至少可以找一个安身之所，我们就为她祈祷吧！"

"嗯，你说得也是！"

又八面无表情，呆呆地站在那里。这时，一阵微小的旋风吹过，一只黄色的蝴蝶被风的旋涡吹得晕头转向，不一会儿就落到山崖下面去了。

"刚才聊天时你说的那些话，让我很欣慰，你真的下定决心了吗？"

"下定了，不然又能怎么样呢？"

又八咬着嘴唇，用颤抖的声音低声回应着。

武藏一把抓起他的手，努力将他从迷茫中唤醒。

"又八，你前面的路还很长。朱实走了就走了吧！你们本来就不是一路人。你快穿上草鞋，去坂本和大津之间去找你的母亲！——她非常爱你，你一定不要失去这样一位好母亲。赶紧出发吧！"

他拿出又八的草鞋、绑腿以及旅行用具，并且将房檐下的小马扎也拿了进来。

武藏又问道：

"你还有盘缠吗……我这还有一点，虽然有点少，但你还是拿着吧！如果你要立志去江户发展的话，那我想和你一起去。再说，我还有一些话要对令堂说。我这就把牛送到濑田的唐桥去，然后去追你。对了，一定要把你母亲带上啊！"

道听途说

一

武藏留在茶馆等待黄昏的来临。不，更确切一点应该是等待送信的老板娘归来。

时间刚过中午，离天黑还有小半天，就这么干等着，武藏自己都觉得非常无聊。他像抻橡皮糖一样，抻了抻自己的身体。然后，又模仿起在桃树下睡觉的母牛，也把自己的身体横放在了茶馆一角的床榻上。

今天起得早，而昨晚一宿又几乎没合眼，躺下不一会儿，武藏就进入了梦乡。武藏梦见了两只蝴蝶，他在梦中觉得一只蝴蝶是阿通，另一只蝴蝶是自己，两只蝴蝶正在绕着连理枝翩翩起舞。

一觉醒来，武藏发现太阳已经西下，阳光也射到了屋子的深处。茶馆里人声鼎沸，仿佛在一觉之间就换了一个世界。

在这山谷下，有一个采石场。一到休息时间，采石场的匠人就会会集到茶馆，吃点东西，狂饮一通粗茶，再畅快地聊聊天。

"总之，实在是太差劲了。"

"你是说吉冈门的人吗？"

"当然喽！"

"这次丢人丢大发了，那么多弟子，没有一个拿得出手。"

"都怪第一代拳法师父太厉害了，所以世人才会如此高估吉冈门的实力。可是无论第一代多么厉害，到了第二代就差多了；等到了第三代，那就基本没落了；等传到第四代，恐怕就找不到你这样跟墓石那么配的人了。"

"什么？我跟墓石配吗？"

"当然，你家世世代代都是采石匠，你不配谁配啊？别打岔，我是拿你比喻吉冈门的事呢！要是不信，你可以看看太合大人的后代。"

接下来，众人的话题又转回到下松路口的那场打斗。有一个采石匠站了出来，说自己在那天早上目睹了整场打斗。

那个采石匠或许已经在众人面前将当时的经过讲了几十遍，甚至上百遍。但他每讲一遍，都讲得绘声绘色。

一百几十个人围住了宫本武藏，但武藏一点都不怕，他上下左右一通砍，为自己杀出一条血路。他那夸张的口吻，加上惟妙惟肖的模仿，宛如自己就是战场上的宫本武藏。

故事中的主人公就躺在屋角的床榻上，幸亏刚才的高潮部分他没有听见，要不然肯定会乐得喷饭，也有可能会羞得无地自容。

但是，在屋檐下坐着的另外四人的耳中，采石匠的描述却是无聊透顶。

这四人中，有三人是延历寺的武士，另外一位则是面容清秀的年轻人。三位武士送年轻武士来到茶馆，拱手道别说：

"那么，我们就送君至此吧！"

那位年轻人与三名武士坐在檐下小憩。只见那名年轻人气宇轩昂，一副旅装打扮，身着窄袖便服，身上背着一把大刀，额前的头发结成一个发髻悬于头顶，沁出阵阵芬芳。他的装束、眼神和身姿，无不透出一股尊贵的气息。

采石匠见这位年轻武士气质不凡，断定不是一位寻常角色，心中不免生出几分忌惮，于是众人将粗茶从桌子移到一角的草席上，免得失礼于眼前的年轻人。等坐定之后，众人又继续谈论起下松之战的情形，并且调门儿越来越高，不时会传出哄堂大笑之声，还屡次夸赞武藏之名。

此刻，一直在旁边静听的四人再也忍不住了，只见佐佐木小次郎大声招呼采石匠：

"喂！工匠们！"

二

采石匠听到小次郎的招呼，纷纷转过头看向他，众人也不知发生了什么事,赶紧坐直了身子。

他们都知道眼前这位威风凛凛的年轻武士是由三名延历寺武士护送至此,所以不敢怠慢,众人都低着头,毕恭毕敬地回应:

"是。"

"喂!喂!刚才那个不懂装懂,胡说八道的男的,到前面来。"

小次郎用铁扇指着那个采石匠的头。

"其他人也坐过来一点……大家不用害怕。"

"是,是。"

"刚才听你们把宫本武藏夸得天花乱坠,他有那么厉害吗?你们要是再敢胡说八道,别怪我不客气!"

"是……"

"其实宫本武藏根本没你们夸的那么神!你们中间,也许有人看了几眼那天的比斗,可我佐佐木小次郎却是那场比斗的监场人。我当时就在比斗现场,非常仔细地观察了整场比斗。

"后来,我又去了比睿山,在根本中堂的大讲堂内,面对全山的学生,讲述了我对于这场比斗的所见所闻所感。此外,我还应许多寺院大师的邀请,痛快地陈述了自己的意见。"

"……"

"算了,跟你们说了,你们也不懂。也许你们连剑是什么东西都不知道,只看到表面的胜败,别人说什么,你们就信什么。要是武藏真的是一位旷世英豪,是一个天下无双的剑客,那我小次郎在比睿山大讲堂内说的话岂不都成了谎话?

"其实我本不想和你们这些无知的凡夫俗子较劲,可是今天还有诸位中堂的武士在此,我觉得有必要解释一下,不然你们以讹传讹,会贻误世人的。

"你们赶紧把耳朵竖起来,听我给你们讲讲当时的真相,以及武藏究竟是个什么货色!"

"……是!"

"武藏这人,特不是东西!从他挑起比斗的目的就可以看出,这是一个沽名钓誉之徒。他为了自己扬名立万,特意向京城第一的吉冈门挑战,并且非常巧妙地引起冲突。吉冈一派不幸中了他的奸计,成了他的踏脚石。"

"……?"

"为什么这么说呢?初代拳法时代的庇护已经不复存在,京流吉冈已经衰败,这是众所周知的事实。就如同要倒的朽木,也像濒死的病人一样,你即使把吉冈门放在那里,过不了多久,它也会自己消亡,可武藏却偏偏还要去推一把。

"其实无论是谁,都可以轻而易举打败吉冈门,可是大家都不愿意这样做。这是为什么呢？首先，在今天的兵法家中，已经没人把吉冈一派放在眼里了；再者，大家念及拳法师父的遗德，以及武士自身的情怀，都不愿意去消灭它。可武藏不管这些，他故意虚张声势，努力把事情闹大，在城市的大马路上立布告，在街头巷尾散布谣言，结果吉冈门就中了他的圈套。"

"……？"

"武藏居心卑鄙，无耻的行为数不胜数。和清十郎、传七郎比斗时，他从来没有准时过。另外，在下松路口比斗时，他也不是从正面堂堂正正地去战斗，而是使出一些歪门邪招。"

"……"

"不过话说回来，若从人数上来看，确实是吉冈门人数众多，而武藏则是一人。但这其中恰恰是隐藏着他的狡诈和沽名钓誉之举。正如他事前所料，事后人们对他充满了同情。

"但是，在我眼里，那场比斗的胜负就如同儿戏一般。武藏耍足了他的小聪明，行为奸诈，见好就逃跑。

"不过，我也必须承认，武藏既野蛮又强大。若这样，就评价他是一位高手，那就有点过了。若非要说他是一位高手的话，那他也是一位'逃跑高手'。那'噌噌噌'逃跑的速度，确实称得上是'高手'！"

三

小次郎有雄辩之才，说出的话就如同那立板上流水一般，噼里啪啦，滔滔不绝。当时在比睿山的讲堂中，应该也就是这番情景吧！

"外行人会认为几十个人对付一个人，那会相当容易。其实根本不是这样的，几十个人的力量并不是每个人力量的总和。"

小次郎用这套理论，再加上一些剑道知识，以三寸不烂之舌评论当日的胜负。

小次郎是比斗的旁观者，至于他如何评价那场比斗，那是他个人的事，并不能代表当时的实情。

接下来，小次郎又大骂武藏竟然连年幼的名义上的掌门人都杀了。他不只是单纯地去骂，而是从人道主义、武士道以及剑道精神的高度去分析，最终断定武藏是一个不可原谅的恶棍。

小次郎还提及了武藏在故乡成长过程中的一些经历——至今，还有一位叫本位田某某的阿杉婆视他如仇敌呢！

"如果有人觉得我在胡说八道，那么可以直接向本位田阿杉婆求证。我在根本中堂的这几天，恰巧碰见了这位阿杉婆。她是非常慈祥的一位老人，今年已经六十岁了，但思想依然非常单纯。你们想想吧，被这样一位老人视作仇敌的人，能是一个好人吗？你们这些人，不明事理，反而去夸赞一个到处树敌的恶棍，这真是世风日下啊，我个人感到非常寒心。

"坦白说,我既不是吉冈门的亲戚,和武藏也无怨无仇。我这个人爱剑,一直在研习剑道,遇到不对的事儿,我就想去批判,所以才说了这么多。懂了吗?采石匠们!"

说完这番话后,小次郎的嗓子也干得冒烟了,他端起茶杯,一口饮尽,然后回过头,对三名陪同的武士说:

"啊!太阳快要落山了。"

武士们回应道:

"是啊!您再不赶紧起身,天黑之前就赶不到三井寺了。"

三人边说边站起身来。刚才小次郎的那番话说得实在是太久了,众人的腿都坐麻了。

那几个采石匠瞅此机会,也赶紧起身,就像从监狱里放出的犯人一样,争先恐后地到山谷里做工去了。

整个山谷已经沉浸于一片紫色的余晖之中,鹎鸟的鸣叫声在山谷间久久回荡。

"那么,请多保重!"

"您下次来京,我们再见!"

寺院的武士就此和小次郎告别,然后回中堂去了。

现在只剩小次郎一个人,他向屋内喊道:

"阿婆!我把茶钱放这儿了。我怕走到半路天就黑了,所以想向您要两三根火绳。"

阿杉婆正蹲在土灶前准备晚饭,她边添柴边回应道:

"火绳啊?火绳就挂在墙壁的那个角上,你用多少尽管拿。"

小次郎冒冒失失地进入茶馆内,从墙上挂着的整捆火绳中抽了两三根出来。

就在这时,本来挂在钉子上的整捆火绳,"啪嚓"一声掉到了下面的床榻上。当他伸手去捡时,才发现床榻上有东西。原来是有人躺在那里,而且脚就露在自己面前。小次郎顺着那双脚往上看,等他看到那人的脸时,顿时吓了一跳,胸口好像被重击般难受。

躺在床榻上的人正是宫本武藏,他以肘为枕,直愣愣地盯着小次郎的脸!

四

小次郎以迅雷不及掩耳之势,迅速向后弹开。

"……喂?"

武藏吆喝了一声。

武藏不慌不忙地站起身来,脸上还挂着一副睡眼惺忪的神态。他对小次郎微微一笑,露出一排洁白的牙齿,然后朝屋檐下的小次郎走去。

"……"

武藏在小次郎面前站定，双唇微启，面带微笑，眼神犀利，仿佛能将人的内心看透一般。小次郎也很想回报以微笑，奈何脸部肌肉僵硬，根本笑不出来。

小次郎觉得武藏肯定在心中耻笑自己，因为自己刚才下意识地迅速弹开，显得过于慌张。再加上小次郎觉得在采石匠面前所讲的话，武藏肯定都听到了，这更令自己狼狈不堪，所以就笑不出来了。

很快，小次郎的脸色和态度就恢复了往日的傲慢，但是刚才之举实在是狼狈至极。

"呀！是武藏啊！原来您也在这里！"

"前些时候……"

武藏刚说出个头儿，小次郎马上抢过话题说：

"呀！前些时候啊！您的表现实在是太神勇了，一般人还真做不到。而且，看起来您也没受什么伤……真是可喜可贺啊！"

此时，小次郎的内心是非常矛盾的，他在骨子里对武藏非常不服，可是却又非常佩服他的表现，结果就说出了上面那番话。说完之后，连自己都觉得懊恼。

武藏特想讽刺一下小次郎。不知为什么，每次看到小次郎的风采和态度，他就想挖苦他一通。于是，武藏故意奉承说：

"这些日子，你作为那场比斗的监场人，没少为我费心，谢谢了！刚才你还在那些采石匠面前说了那么一通对我的劝告，我在旁边都听到了，再一次谢谢你！

"你也知道，有时候人对自己的评价和别人对他的评价其实是存在很大差距的，我很少能听到那么中肯的话，而你却在我睡觉的时候，说给我听了，这让我如何感激你好呢？

"我决定了，我会把你的忠告铭记在心，永世不忘……"

"……"

"铭记在心，永世不忘。"

这句话让小次郎起了全身的鸡皮疙瘩。虽然听起来是恭敬之词，但是在小次郎听来，却包含着在不久的将来向他挑战之意。

而且，言词间似乎还蕴含着另外一层意思：

"我把话先放在这儿……"

武藏和小次郎都是武士，而且都是剑道修行者，他们决不允许虚伪，也决不会将人格上的污点弃之不理。就事物的是与非来进行口舌之辩，最终只会落得个抬杠的下场，而且丝毫也不利于问题的解决。对武藏来说，下松路口的那场比斗是自己人生路上的一个大事件，也是自己在剑道修行中的一大考验。时至今日，他一直都不认为那场比斗有任何的不道德，同时也不存在丝毫的愧疚。

但是在小次郎眼中，那场比斗却并非如此。他对采石匠说的那番话正是他对这场比斗的看法。事到如此，要想解决双方间的问题，似乎只好依照武藏的言外之意：

"我把话先放在这儿，你可别忘了！"

二人之间在将来必将会有一战。

佐佐木小次郎内心的情感虽然复杂，但他绝不是在毫无根据的情况下随意说出那番话的。小次郎觉得自己是根据亲眼所见，下了最公正的判断。虽然武藏的武功很高强，但在现阶段他仍然没有强过自己。

"……嗯！您这句'铭记在心，永世不忘'，我会铭刻在心。武藏，你自己可别忘记啊！"

"……"

武藏不作声，只是微笑着点点头。

连理枝

一

城太郎刚踏进篱笆墙的大门，就大声喊道：

"阿通姐！我回来了。"

屋子周边盘绕着一条小溪，溪水清澈。城太郎没有直接回屋，而是一屁股坐在小溪旁，"哗啦哗啦"地洗着小腿上的泥巴。

山月庵是一座茅草屋，门楣上方有一块木匾额，上面用白漆写着"山月庵"三字，此外还有小燕子留下的白色粪便痕迹。这会儿，正有一群小燕子站在上面，一边"叽叽叽"地叫个不停，一边俯视着正在下面洗脚的城太郎。

"噢！好凉！好凉呀！"

冰凉的溪水刺得他眉头紧锁，但他仍然没有把脚拿出的念头，继续用脚拨弄着溪水。

这条小溪从附近银阁寺的院内流出，清冽无比，比洞庭湖的水更加清澈，也比赤壁的明月更加清冷。

但是，小溪周边的土地却是温暖的。在城太郎的身边，紫罗兰开满了一地。城太郎眯起眼睛，独自享受着大自然的馈赠。

洗了一会儿，他将自己湿淋淋的脚在草地上蹭了几下，然后就沿着走廊静悄悄地走回屋子。这处宅院本是银阁寺一位和尚的闲宅，空着也是空着，后来在乌丸家的说合下，阿通和武藏在瓜生山分手后的翌日就住了进来。

之后，阿通一直在此养病。

当然，下松路口决战的消息也悉数传到了这里。

在那天，城太郎就像信鸽一样，在下松战场和山月庵之间来回跑了不下几十次，一有新的消息就会立即报告给阿通。

城太郎相信，对阿通的身体来说，武藏平安无事的消息要比任何药都要管用。

得到武藏平安无事的消息后，阿通的脸色日渐红润，现在都能靠着桌子坐一会儿了，这也充分证明城太郎的判断是正确的。城太郎一度非常担心，要是武藏在下松一战中战死了，那么阿通也肯定会随他而去。

"喂！阿通姐，我饿了！——你在做什么呢？"

阿通望着精力十足的城太郎：

"我从早晨一直坐到现在。"

"你老这么坐着，不烦吗？"

"虽然我的身体不方便，但我的心是自由的啊！城太，你今天起那么早，去哪里玩了啊？那边的提笼里有昨天人家给的粽子，你快去吃吧！"

"粽子先不着急，我有好消息要告诉你。"

"什么好事？"

"是关于武藏的。"

"啊？"

"听说他在比睿山。"

"啊？他去比睿山了？"

"我打听了好几天，要不我出去这么早干什么呢？今天终于打听到消息了，他就住在东塔的无动寺。"

"……那就好！……他没事就好！"

"我们快去找他吧，不然他又不知道跑到哪里去了呢！我先吃个粽子，然后就去准备。阿通姐，你也快去准备一下……咱们这就到无动寺找他去！"

二

阿通静静地望着远方，她的目光穿过屋檐，射向天空，心也早已飞到武藏所在的地方。

城太郎狼吞虎咽地吃了点粽子，然后挎起个包袱，再次催促道：

"阿通姐，我们走吧！"

可是，阿通却一直坐在那里，丝毫没有要出发的意向。城太郎愤愤不平地诘问道：

"怎么了？"

"城太，我们还是别去了。"

"啊？"

城太郎感觉自己被耍了，内心有些不快，嘟起嘴说：

"为什么啊?"

"不为什么!"

"唉!女人啊!正因为这样,所以才招人嫌。心里早就恨不得飞过去,现在好不容易有了消息,可是又说不去了!"

"你说得没错,我现在恨不得立即飞到他身边。"

"那好啊!我们现在就快点去吧!"

"只是……只是,城太,那一天,当我在瓜生山见到武藏后,以为再也见不到他了,于是就把心里话全说了。而武藏也对我说,这辈子可能再也见不到我了!"

"他现在还活着,这不是又能见了吗?我们还是快走吧!"

"我不!"

"你真决定不去了啊?"

"虽然武藏在下松一战中获胜了,但他的内心是否已经释然,以及为何要蛰居于比睿山,这些我都还不知道。而且,他还对我说了那样的话。当我放开他衣袖的那一瞬间,我就明白,我们之间的缘分已经尽了。所以,即使我现在知道了他的住所,只要他不主动叫我去,我又怎么能去呢?"

"哎呀!要是十年、二十年,武藏师父都不来找你,那还真不去见他了吗?"

"嗯,不见!"

"就这么一直坐着,天天看天度日?"

"嗯,就这么度日!"

"阿通姐,你真是个怪人。"

"你不了解他的!可我能够了解。"

"了解什么啊?"

"武藏的心啊!在瓜生山和武藏诀别之后,我比之前更了解武藏了。这种感觉应该就是信任吧!之前,我一直特别仰慕武藏,一直苦苦地爱着他。在你面前,我也没什么不好意思的,当时我真的觉得爱得好辛苦;并且也不知道自己是否真的信任武藏……可是现在不同了,我非常信任他,我觉得我们两人无论是生与死,还是别与离,心都是连在一起的,在天如那比翼鸟,在地如那连理枝,所以我一点也不孤单……我现在只是在祈祷武藏能在剑道修行的路上越走越远!"

城太郎静静地听着阿通的倾诉,但突然大声喊道:

"你骗人。女人都只知道撒谎——好了,是你自己说的不想去见武藏师父了,以后你要是再哭天抹泪的话,我可不管了啊!"

城太郎气得肚子鼓鼓的,看来这几天的努力又是白费了,直到晚上他都没说一句话。

入夜不久,庵外映出了火把的红光,并且传来了"哐哐哐"的叩门声。

三

乌丸家的武士将一封书信交到城太郎手中。

"武藏师父以为阿通小姐还住在我府,所以派人将这封信送到了我家府上。我家大人听说是武藏师父的信,立即让我给送了过来,并顺祝阿通小姐身体安康!"

武士说完,就回去了。

城太郎把信拿在手上,看了一眼上面的字迹:

"啊!真的是武藏师父的信,要是武藏师父在下松战死了,那么就不会写这封信了……怎么只有给阿通姐的,没有给我的呢?"

阿通从屋内走出来:

"城太,刚才大纳言府上有人来,是不是来送武藏的信啊?"

"是啊!"

城太郎故意将书信藏在身后,逗阿通说:

"反正你主意已定,来信又有什么用呢?"

"把信给我!"

"不给。"

"你这孩子怎么这么坏呢?快给我!"

她一着急,眼泪又快落了下来,城太郎只好把信交给她:

"快看吧!明明想去见他,我说一起去吧,可是又死要面子活受罪,怎么都不去!"

阿通已经什么都听不进去了,她赶紧跑回屋里,在灯下打开书信。信纸,白嫩的手指,连同灯芯上的火光一起颤抖着。

收到书信之前,阿通就像着了魔一样,她刻意把灯调得特别亮,而且内心乐开了花,特别舒畅。现在她知道了,原来这是好的预兆。

那一次
你在花田桥上等我良久
这一次
换我在唐桥上静静等你
我会先你一步到大津
牵着牛儿在濑田唐桥上
等候你的到来
心中有无尽的话儿
想对你诉说

阿通确信这真是武藏写来的书信,上面的笔迹是那么熟悉,而且还带着一股墨汁的清香。

黑黑的墨迹在阿通眼中，就宛如一道道彩虹。长长的睫毛上挂满了晶晶亮的泪珠。

——这不是在做梦吧!

过度的欣喜让阿通的大脑暂时出现了空白——阿通禁不住开始怀疑这一切都是假的。

《长恨歌》中记载，安史之乱时，杨贵妃被缢死。战乱平息之后，唐玄宗返回长安，日夜思念杨贵妃，于是命道士四处寻其魂魄。道士上穷碧落，下探黄泉，最终在海上的蓬莱仙宫中找到一位花貌雪肤的仙子。此位仙子正是已在仙界的杨贵妃，道士向其诉说了唐玄宗的相思之苦，仙子听后，既惊愕又欣喜。

阿通觉得自己现在的心情就和那位仙子如出一辙，欣喜得都有些茫然了。一封短短的书信，阿通怎么看都看不够，反反复复地读了许多遍。

她本来想对城太郎说：

"……要是等人的话，会感觉时间过得特别慢！得了，我们还是尽快出发吧！"

但是，她已被欢欣冲昏了头脑，自己一个人在那儿自言自语，还以为正在跟城太郎说呢！

她很快就收拾妥当，然后给山月庵的主人、银阁寺的僧人以及曾帮助过自己的人一一写了感谢信。接下来，她穿上鞋子就冲出门外。

她对坐在屋子里生闷气的城太郎说：

"城太，你不是已经收拾好了嘛！我们快走吧！我还要锁门呢！"

"我们这是要去哪里啊？"

城太郎坐在那里闹别扭，摆出一副任谁也别想挪动他的架势。

四

"城太，你生气了啊？"

"当然生气了！"

"为什么呢？"

"因为阿通姐太任性了——我好不容易打听到武藏师父的下落，本来想和你一起去见他，可你又不去了！"

"我不是已经向你解释过了吗？这次是武藏主动给我写的信，我当然要去了！"

"哼，别提那封信的事儿了！一个人在那儿偷偷地看，也不让我看一眼。"

"呀！我疏忽了，是我不好！城太，对不起了！"

"算了，我现在不想看了。"

"得了，别气鼓鼓的了，把信给你。你说这是不是很稀奇，武藏竟然主动写信给我，这还是第一回！而且他还那么温柔，说一定等我前去，这也是第一回呢！自我出生以来，我从来没有这么高兴过……城太，你就别生气了，快带我去濑田，好吗……喂！你这孩子怎么气性那么大啊？快别生气了！"

"……"

"城太，你自己不是也非常想见武藏师父吗？"

"……"

城太郎默不作声地将木刀插入腰间，然后将之前打好的包袱斜挎在背上，一阵风似的跑到了庵外。只见阿通站在那里还不知就里，城太郎却已经转身，用剑鞘指着她说：

"要去就快走啊！别在那里磨磨蹭蹭的了，不然我可把你锁在里面了！"

"呀！你这孩子太可恶了！"

二人连夜翻过了志贺山。城太郎的怨气还没消，一路上闷不作声。

城太郎大步流星地走在前面，一会儿摘片树叶，吹吹叶笛子，一会儿哼哼小曲儿，还不时地踢踢小石子，显出一副无处发泄情绪的样子。阿通见状，故意找话说：

"城太，我给你带了一样好东西，刚才忘了给你，现在给你吧？"

"什么啊？"

"竹叶糖！"

"……嗯？"

"前天，乌丸大人不是派人送了一些点心来吗？还剩一些呢！"

"……"

城太郎既没说要，也没说不要，只是一个人闷不作声地走在前面。这可把阿通给害苦了，她已经累得上气不接下气，但依然紧紧地跟在后面。

"城太，你要不吃的话，我可给吃了！"

这时，城太郎的怨气终于有些缓解。

当他们登上志贺山的时候，北斗星已经泛白，天边的云彩也渐渐现出色彩，天就要破晓了。

"阿通姐，累坏了吧？"

"嗯！一直在爬山，累死我了。"

"接下来就是下坡了，下坡就轻松了……呀！你看到那个湖了吗？"

"那是琵琶湖吧！濑田在哪边呢？"

"那边。"

他用手指着：

"虽然武藏师父说会等你，但他能去这么早吗？"

"别着急，还早呢！到濑田至少还得半天时间。"

"哦！不过从这里看过去，感觉很近的呀！"

"我们要不要休息一下啊？"

"好吧，那就休息一会儿吧！"

现在，城太郎的怨气已经完全消了，他蹦蹦跳跳地去寻找适合休息的地方。城太郎发现了两棵巨大的合欢树，他赶忙招呼阿通说：

"阿通姐！阿通姐！这棵树下没有露水，来这儿啊，就坐这儿休息吧！"

五

二人靠着合欢树坐了下来。

城太郎问道：

"这是什么树啊？"

阿通抬头看了一眼，然后回答说：

"这是合欢树。"

接着又说：

"我和武藏小时候经常在七宝寺里玩耍，那所寺庙里就有这种树。等到六月份的时候，整棵树上都会开满淡红色的花，那种花就如同丝线一般。这种树的叶子比较奇怪，当月亮升起的时候，所有的叶子都会合到一起，就跟睡着了似的。"

"哦，怪不得叫睡觉树呢！"

"不对，不是睡觉树，是合欢树。虽然发音一样，但是汉字的写法却不一样。"

"为什么呢？"

"至于为什么，我也没想过，可能是别人借用了汉字，却仍用原来发音的缘故吧！……你看这两棵树，即使不叫那个名字，看起来是不是也非常像欢乐地靠在一起？"

"别扯了，树木哪分欢乐还是悲伤啊？"

"城太，你仔细看看这山中的树木，就会发现有的树正在独自快乐，有的树正在暗自神伤，还有的树和你一样，正在哼小曲儿呢！不过大部分树木都是看不惯这个世道的。石头也是同样的道理，不信你去问懂石头的人，他们肯定也会这样对你说。所以说树是有生命的，他们有自己的欢乐和悲伤。"

"经你这么一说，我也这么觉得了——那么你觉得这两棵合欢树正在想什么呢？"

"其实我挺羡慕它们的！"

"为什么这么说呢？"

"白居易曾写过一首叫作《长恨歌》的诗。"

"怎么讲？"

"在《长恨歌》的末尾有这么两句——在天愿作比翼鸟，在地愿为连理枝。诗中所说的'连理枝',大概指的就是这样的合欢树吧!"

"连理?是什么意思啊?"

"说的是两棵树,它们的枝与枝,干与干,根与根相互交织在一起,好得就像一棵树一般,它们共同昂首挺立在天地之间,一起享受着春华秋实的快乐。"

"哎哟!你这不是在说你和武藏师父吗?"

"城太,别乱说话!"

"好好好,我不说了!"

"天快亮了,今天的朝霞好美啊!"

"鸟儿也出巢了。我们这就下山,找个地儿吃早饭去!"

"城太,你怎么不哼小曲儿了?"

"哼什么呢?"

"就白居易的诗歌吧!城太,你还记得乌丸家的家臣教你的那首诗吗?"

"是《长干行》[①]吗?"

"对,就是那首诗,你哼一下吧!哪怕像背书似的也无妨。"

城太郎立即开口吟诵上了:

妾发初覆额,
折花门前剧。
郎骑竹马来,
绕床弄青梅。

"是这首诗吗?"

"嗯!你继续!"

同居长干里,
两小无嫌猜。
十四为君妇,
羞颜未尝开。
低头向暗壁,
千唤不一回。
十五始展眉,
愿同尘与灰。
常存抱柱信,
岂上望夫台。
十六君远行,

……

背到这里,城太郎猛地站了起来,催促听得入迷的阿通:

"我不想背书了,肚子都快饿扁了。阿通姐,我们快点去大津吃早饭吧!"

送春谱

一

天地依然笼罩在一片湿漉漉的晨雾之中。

清晨的曙光刚刚洒满村镇,每家每户的烟筒上都飘出了袅袅炊烟,犹如冒烟的战场一般。从湖的北岸一直到石山之间,横着一道美丽的朝霞。透过朝霞和袅袅的炊烟,隐约可见远方的大津驿站。

武藏赶了一夜的路,现在都有些腻烦了。虽说是赶夜路,也无非就是由着母牛的性子踱步而已。黎明时分,武藏抵达了一个小村庄。他揉了揉眼睛,眺望着眼前的景色,嘴中禁不住喊出了"哦"的一声。

——就是在这同一时刻,阿通和城太郎也在志贺山的山道上眺望着大津的屋顶,他们满怀着希望,正在步履轻盈地朝湖畔走来!

武藏从半山腰的茶馆下山之后,进入三井寺的后山,然后又经过了八咏楼,现在正走在尾藏寺的后坡。心中一直在想阿通会从哪条路下山呢?

也许不必到湖畔的濑田,说不定在半路就能碰见了。巧的是,双方到濑田所花的时间和路程都一样,但武藏在路上却没有看到阿通和城太郎的身影。

即便如此,武藏也没有失望,他本来也没打算能在路上碰见他们。

替武藏送信的老板娘回来之后告诉他,阿通已经不住在乌丸家了,但乌丸家还是把信收了,并且还表示一定会在入夜之前将信交到阿通手中。

武藏盘算了一下,如果阿通昨天晚上收到信的话,最快也得今早才能动身,以她的身体状况,再加上女人的脚力,大约傍晚时分才能到达约定地点。

再加上他现在也没什么急事,所以一点也不着急,也就不觉得牛走得慢了。

山间的夜露打湿了母牛庞大的身躯。看到清晨青青的嫩草,母牛就控制不住自己的食欲,会不时地低头啃几口。武藏也不在乎,任它想怎么着就怎么着吧。

——这时,武藏发现有一处民宅和寺院相对而立,中间的十字路口上种着一棵老樱花树。这种樱花树不比寻常,武藏在很多名胜都曾见过。樱花树下有一个坟墓,坟前的石碑上刻着一首和歌。

这首和歌是谁写的来着?武藏绞尽脑汁也想不出,走过了两三百米之

风之卷

后，他突然想起来了。

"呀！是《太平记》中的和歌。"

《太平记》是武藏少年时代最喜欢读的书籍之一，有些地方他至今还能背诵下来。

今日所见的和歌勾起了他少年时的回忆。母牛悠哉游哉地踱着步子，牛背上的武藏也情不自禁地背起了《太平记》中有关这首和歌的章节：

> 志贺寺上人，手持丈八法杖，蓄着八字白眉，正对着湖水念水想观①，不经意间瞥见京都御所的女眷返回志贺花园，心中妄念顿生，多年修行崩于一溃，一切丧于火宅②之执念。……

"记不起来了！"

武藏想了想，又隐约记起一些，继续背道：

> 志贺寺上人返回寺庙后，虽日日侍奉佛祖，但脑中妄念却未除；虽天天诵念佛语，却仍闻烦恼之息；虽远眺暮山之云，心中却想着女子的发钗；虽独望窗外明月，目中却映出女子的笑颜。
>
> 今生的妄念已难消除，往生的罪障我已不顾，我只希望能来到你的住处，向你诉说我的钟情。如能如此，我死也无憾了。上人拿起法杖，来到御所，在榉树下站了一日一夜。

不知何时，牛已走到小镇中。这时，有人从后面叫住了武藏：

"喂！旅客，那骑牛的武士！"

二

原来是批发站的伙计。

那人跑过来，抚摸着母牛的鼻尖，抬头看着武藏。

"武士大人，您是从无动寺过来的吗？"

"嗯！你猜对了！"

"前段时间，我把这头带斑点的母牛租给了一位商人，帮他往无动寺运货物。他不是这牛的主人，只是租的。武士大人，那您付我点租金呗？"

"哦，原来你就是牛的主人啊！"

---

①译者注：水想观，净土宗修持法之一。为十六观的第二观。即在禅观中，观想清澈之大水，藉以为观想极乐净土琉璃地之阶梯。

②译者注：火宅，比喻迷界众生所居住之三界。火喻五浊等，宅喻三界。语出《法华经》七喻中之火宅喻。众生生存于三界中，受各种迷惑之苦，然犹不自知其置身苦中，譬如屋宅燃烧，而宅中稚子仍不知置身火宅，依然嬉乐自得。

"不是，不是，这牛不是我的，是批发站的，是用来有偿出租的！"

"我知道，我会付费的——不过，是不是只要我付了钱，我想骑它去哪儿，就去哪儿啊？"

"嗯，只要您肯付钱，想怎么着都行。从这里往前三百里，有一个可以住宿的批发站，您只要把牛交到那里就行了。过不了几天，又会有客人用这牛驮货物回大津的。"

"好的，我就到江户，该给你多少钱呢？"

"我们到批发站再说吧！就在前面，您还需要去登个记。"

批发站就在码头旁边，上船下船的人络绎不绝。码头向来是旅人聚集的地方，所以在周边有一些草鞋店和理发店。武藏悠闲地吃了顿早饭，虽然时间还早，但他还是赶紧骑上牛背，继续出发了。

濑田已经不远了。

武藏骑在牛背上，欣赏着湖畔的风光。任牛走得再慢，在中午之前也一定能够抵达。

武藏心里还在犯着嘀咕：

"阿通应该会来吧？"

武藏以前和阿通见面，内心总会很忐忑，而这次则与以往不同，内心非常平静。

这是因为武藏现在对阿通非常放心。在下松一战死里逃生以前，武藏在内心中总是对女性持有一种芥蒂，对阿通也是抱有同样的态度。

但是，在那天，当武藏看到阿通开朗的神情，以及处理自己感情的聪明方式，武藏改变了对阿通的认识。这种认识超越了简单的爱，而是上升到一种信赖。

以前，他一直用不信任的眼光去看待阿通。现在对于自己的小心眼，武藏感到很惭愧。

就像武藏信任阿通一样，自那天以后，阿通对武藏也是充满了信任。

武藏的内心已经完完全全被阿通给占据了。武藏决定今天见面之后，无论阿通提出什么愿望，都要满足她。

当然这种愿望不能是让他歪曲剑道的事，也不能是让他从修行途上堕落的事。

武藏以前对女人持有芥蒂就是因为以上两点，他害怕自己会因为痴迷于女人的温柔乡，而丧失了剑道的锐气。但是，像阿通这样通情达理、将理智和爱情分得很清的女人，肯定不会成为自己修行途中的羁绊。只要自己不沉溺于女色，不自乱脚步就行了。

"要不，我带她去江户吧！阿通可以学一些增强女人修养的东西，我和城太郎也可以进一步去修行，提升自己的剑术。当时机成熟了，我们就结婚。"

武藏沉浸于自己的幻想中。在太阳的照耀下，湖水的波纹折射到他的脸上，摇摇晃晃地，恰如他脸上幸福的微笑。

三

中之岛将二十三间①的小桥和九十六间②的大桥连在了一起，岛上遍植着古老的柳树。

因为中之岛上的柳树太引人注目了，所以濑田的唐桥又被称作青柳桥。

"啊！来了！"

城太郎从中之岛的茶馆跑出来，扶着小桥的栏杆张望着。他突然兴奋起来，一手指着一个年轻人，一手招呼还在茶馆内的阿通：

"是武藏师父……阿通姐！阿通姐！快过来啊！师父骑着牛过来了。"

来往的路人睨视着城太郎，不明白这个年轻人为什么会如此欣喜，脸上纷纷露出疑惑的神情。只见城太郎高兴得欢呼雀跃：

"喂！真的是武藏师父啊！"

阿通赶紧跑过来，还差点摔了一跤。

两个人拼命地挥舞着斗笠，摇着手。

"师父！"

"武藏！"

武藏也发现了他们，微笑着朝他们走来。

武藏将牛拴在一棵大柳树下。刚才隔着河，阿通还能拼命地摇手，拼命地喊他的名字，但当武藏真的站在自己面前时，却不知道该说什么好了。阿通目中带笑，静静地看着武藏，而城太郎却拉着武藏喋喋不休地聊个不停。

"师父，您的伤口好了吗？刚才我看您是骑牛过来的，不会是伤口还痛，不敢走路吧？您问我们为什么来这么早啊？……那您得问阿通姐了。武藏师父，我跟您说啊，阿通姐可不像话了，她说再也不见您了呢！不过，等她一接到您的信，就又急不可耐地要来见您了。"

"嗯！是吗？哦……"

武藏一直在微笑着点头。茶馆里还有别的客人，可是城太郎却三句话不离阿通，搞得武藏好像是来相亲的一样，脸上不免臊得发热。

茶馆后院有一个用藤蔓搭起的小座席，三人坐在那里，阿通还和以前一样，忸忸怩怩，而武藏也是坐在那里，一言不发，唯独城太郎在那儿说个不停，活跃着气氛。对了，喋喋不休的除了城太郎，还有牛虻和蜜蜂，它们正在绕着藤花"嗡嗡嗡"地飞个不停。

"啊！石山寺上方的天空都黑成那样了，看来要下雨了，大家快到里面

---

① 译者注：约41米。

② 译者注：约171米。

来吧！"

茶馆店主赶紧卷起了苇帘，挡上防雨木板。江水已不知何时开始泛出铅色，微风中也开始夹杂着雨气。紫色的藤花宛如杨贵妃的裙摆，在风的吹拂下，颤颤巍巍地散发出迷人的芳香。

——雨忽地下起来，从石山上吹下的山风裹挟着雨水，拍打着那些柔弱的藤花。

"啊！打雷了，这还是今年第一次打雷呢！阿通姐，师父，你们快进来吧，别淋湿了！这雨下得太好了，下得真是时候，真是时候！"

城太郎说这些话也许是无心的，但是在武藏和阿通听起来却是别有用心。经城太郎这么一说，武藏现在更羞于进茶馆了。阿通也羞红了脸，与满地的紫藤花瓣一起在屋外淋着雨。

"天啊！雨太大了！"

白茫茫的大雨中，一个身披蓑衣的男子正在疾驰着。

他跑到了供奉四明山神的神社的屋檐下，用手抚掉了头发上流下的水滴，抬头看着翻滚的乌云，口中不禁自言自语说：

"这雷阵雨真是说来就来啊！"

这时，四明岳、琵琶湖和伊吹山也都沉浸在蒙蒙的雨中，滴滴答答的雨声不断传入耳际。

"……啊！"

又八非常怕打雷，他用手捂住了自己的耳朵，缩到了神社屋檐的雷神雕刻的下方。

很快，云开雾散，阳光又重洒大地，大街上也恢复了人来人往的喧嚣。远处飘来三味线的乐音，一位婀娜多姿的女子微笑着从街对面朝又八走来。

四

又八并不认识眼前这个女子。

"您是又八大人吧？"

女子开口问道。

又八感到非常诧异，赶紧问她为何知道自己的名字。女子告诉他，她家里有一位客官，说是又八的朋友。他从二楼看到了又八，特意吩咐她把又八叫过去。

听她说完，又八才发现在神社周边有几家妓院。

"……事情谈完之后，你就可以走了。"

前来传话的女子，无视于又八的踌躇不前，径自将他带往附近的一家妓院。其他女子殷勤地帮又八洗脚，还帮他换下了淋湿的衣裳。

又八好奇地问：

"那自称是我朋友的人到底是谁啊？"

众女子故意卖关子说：

"你到二楼，不就知道了吗？"。

又八在路上淋了雨，现在衣服全湿了，只好借用妓院的衣服来穿。不过他今天在濑田的唐桥上还有约，所以恳请妓院的女子尽快将自己的衣服烘干，一定不要强留自己。

"拜托了！可以吗？"

又八一再恳求。

女子们冷淡地说：

"知道了！知道了！谈完之后，就马上让你走。"

边说边把又八推上二楼。

"这人是谁呢？"

又八在心里嘀咕，但就是猜不出到底是谁。不过又八早已习惯了这种风月场所，当他跨入的那一瞬间，他的思维已变得清晰，行为举止也变得落落大方。

"啊！犬神先生！"

对方冷不丁地叫了一声。又八以为对方认错了人，自己也愣在了那里。他看了一眼那人，觉得似曾见过。

"哦……你是？"

"你忘了吗？我是佐佐木小次郎啊！"

"犬神先生又是谁呢？"

"就是你啊！"

"我哪是犬神先生啊！我叫本位田又八！"

"这我知道。你忘了吗？那天晚上，你在六条松原被一群野狗给围住了，而你却坐在狗群中，做出各种各样的表情。自那一刻开始，我就觉得你应该是犬神，所以就称呼你为犬神先生了！"

"这都哪儿跟哪儿啊？别扯淡了，那天我可被你给害苦了！"

"都是我不好，所以今天才要给你补偿啊！我特意把你请上来，就是想和你好好坐坐。来，来，来，快坐下嘛！——喂！美女们，快给客人倒酒！酒杯呢？快拿酒杯来啊！"

"不用倒了，还有人在濑田等我，我得赶紧走，今天就先不和你喝了。"

"谁在濑田等你呢？"

"宫本武藏，我的发小——"

又八话还没说完，小次郎就抢过话茬儿：

"什么？武藏……噢！你们是不是在半山腰的茶馆约好的？"

"你怎么知道啊？"

"你的成长历程，以及武藏的经历我都了如指掌。不瞒你说，我在比睿山的中堂遇见了令堂，她把含辛茹苦将你养大的事儿都告诉我了。"

"哦？你见过我母亲？我从昨天就一直在找她呢！"

"令堂真了不起，是个值得尊敬的人。中堂的僧人都很同情她，我在离别之前也答应将助她一臂之力。"

小次郎摇了摇酒杯：

"又八，为了一雪旧怨，我们来干一杯！不是我说大话，有我佐佐木小次郎在，根本没必要惧怕武藏那家伙！"

小次郎双颊绯红，递出了酒杯。

但是，又八却没有去碰杯。

五

小次郎素来爱慕虚荣，注重仪表，但是一旦喝醉，就不管自己的仪表了。

"又八，你怎么不喝呢？"

"我不陪你了，我得走了。"

小次郎伸出左手，用力抓住又八的手腕：

"别啊！"

"今天真的不行，我和武藏都约好了！"

"你这人可真够傻的，就凭你一个人，一动手就玩儿完了！"

"我们之间已经尽释前嫌，而且我还打算追随武藏，和他一起到江户发展。"

"什么？你要追随武藏？……"

"都怪我母亲老说武藏的坏话，所以世人才会觉得他是一个大恶人，其实是我母亲错怪他了。我这次深深地体会到了这点，同时自己也觉悟了。我要向武藏好好学习，虽然现在看起来有些晚，但我已经决定了。"

"哈哈！哈哈哈！"

小次郎拍手大笑。

"你这人真是好骗啊！怪不得令堂告诉我说，你是天底下最容易被骗的人！傻瓜，武藏是在骗你呢！"

"不可能，武藏怎么会骗我？"

"闭嘴！你真是一个背叛自己母亲，偏袒仇人的不孝子！我佐佐木小次郎虽是个局外人，但还是为令堂感到气愤，并且还发誓将助她一臂之力，你真是连我都不如啊！"

"不管你怎么说，我都要去濑田。放开我——喂！衣服干了没有？把我的衣服拿过来！"

"不准拿！"

小次郎醉眼蒙眬。

"没听到吗？不准拿！又八，你要是想追随武藏的话，首先应和令堂商量一下。不过我觉得，她肯定不会答应的，她受不了这样的屈辱！"

"我其实也一直在找我母亲，但就是找不到她，所以才决定和武藏先一起去江户。我觉得只要我出人头地了,任何宿怨都是可以解决的!"

"看你这说话的口吻,一听就是武藏教你的。明天我和你一起去找令堂,先听听她的意见再说。今晚我们喝个痛快,不管你喜欢不喜欢,你就在这儿陪我吧!"

当然,妓女们也都添油加醋地帮着小次郎,一直不肯把衣服还给又八。

太阳已经落山,很快天就黑了。

若不借点酒劲,又八就无法在小次郎面前抬起头来。但只要他一喝多,就变得虎虎生威。二人也不顾及那么多了,从入夜一直喝到天蒙蒙亮,又八也借着酒意,将心中的郁闷全都倾诉了出来。

二人直到天快亮时才合了一下眼,等再睁开眼,日已过午。

小次郎还在另外一间房中熟睡着。昨天的雷雨洗尽了空气中的尘埃,使得阳光显得更加澄明。又八耳边又响起武藏的话语,这时腹部突然一紧,昨晚喝的酒差点被吐出来。

又八下到楼下,换上自己的衣服,然后赶紧逃出妓院,来到了濑田的唐桥。

混浊的濑田川,飘流着石山寺的落花。紫藤屋的紫藤花也开始一嘟噜一嘟噜地凋落,花瓣随着山风四处飘散。

"武藏说他会牵着牛的啊?"

所以,又八看遍了小桥和中之岛,也没有发现牛的影子。

又八找遍了所有的地方,最终在中之岛的一家茶馆内,打听到了武藏的消息。店家告诉他,昨天有一位骑牛的武士来到了店里,一直等到打烊时才去旅馆过夜。今天早上,那人又来了,等了一会儿后,也没见要等的人来,于是就写了一封信,并且嘱咐店家要是有人来找他,就将这封信交给那人,然后把信挂在屋前的柳树上就走了。

又八来到树下,那封信正挂在柳树的树枝上,宛如一只趴在树上的白蛾一般。

又八解下书信,上面写道:

"实在抱歉!——久候未至,予先行一步。"

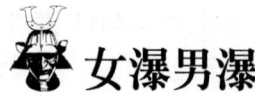 女瀑男瀑

一

时令已接近初夏,木曾路①的两侧正沐浴在一片新绿之中。武藏骑在牛背

---

①译者注:木曾路,中山道中的一段。

上，慢悠悠地行进在中山道上，心里还在嘀咕：

"还是慢点走吧，说不定又八过会儿能赶上来！"

又八读了武藏的信之后，就赶紧上路去追，但一直追到草津都没碰到武藏。后来他又继续追到彦根的大鸟居旁，结果还是没有发现武藏的踪影。

"咳！我该不会走过头了吧？"

他在折钵岭的山头眺望来往行人，看了半天，还是一无所获。

又八又问路人有没有看到一位骑牛的武士，可是得到的回答却是骑牛或骑马的武士非常多。又八以为武藏是一个人，可他又哪儿知道武藏还带着阿通和城太郎呢！

又八一直追到美浓路，也没能看到武藏，这使他不禁想起了小次郎的话：

"难道我真的被武藏给骗了吗？"

又八一旦怀疑起来，便会没完没了。

他自己也非常困惑，他一会儿折回来往回走，一会儿又转个圈儿，这样一来，当然是碰不到武藏了。

但是，等又八抵达中津川的驿站时，他终于遇到了比他先走一步的武藏。

数日来，又八一直满怀热情地追赶着武藏，这份热情在他整个人生历程中都很少见。然而当他看到武藏背影的那一刻，他的脸色倏地一下变了，内心也对武藏充满了怀疑。

骑在牛背上的人不是武藏，而是阿通。——武藏让阿通骑在牛背上，而自己则牵着牛走在前面。

城太郎跟在武藏和阿通旁边，但又八却对他视若无物，不过阿通和武藏之间亲密的关系，让又八感到有些猜疑和震惊。

刹那，又八涌起了对武藏的憎恶。虽然又八以前也曾憎恶和忌妒过武藏，但却从来没有像今天这样视他如恶魔。

"……唉！看来我真的是容易被人骗！从被他撺掇到关原作战，一直到今天，他一直都在骗我——看来我真是太好骗了，什么时候才能不这样呢？武藏你这浑蛋，给我记好了，我会报仇的！"

"好热，好热啊！这样大汗淋漓地走山路，我还是生平头一遭呢！师父，这是哪里呀？"

"是木曾山最难走的马笼顶。"

"我们昨天已经翻过两座山头了呢！"

"那是御坂和十曲。"

"哎呀！我已经累得爬不动了，好想早点到江户那热闹的大都市啊！阿通姐，你说是不是？"

阿通坐在牛背上：

"说实话,我还是喜欢人少的地方,像在这样安静的路上,你让我走多少天,我都不会觉得厌。"

"哼!那还不是因为你不走路的缘故。师父,快看,那边有个瀑布,真是瀑布啊!"

"嗯,我们休息一下吧!城太郎,你去把牛拴到那边。"

三人循着瀑布的声音,经过一段小路,来到了悬挂瀑布的悬崖旁。悬崖上方有一个观赏瀑布的小屋,在氤氲的雾气下,周边开满了五颜六色的小野花。

"……武藏!"

阿通看着瀑布旁边的告示牌,又微笑着将目光移向武藏。牌子上面写着"女瀑男瀑"。

两条瀑布,一大一小。那条如溪流一般,比较秀气的,肯定就是"女瀑"了。刚才走路的时候叫苦连天,一直嚷着要休息的城太郎,现在却兴奋得不得了。看到那飞流直下的瀑布,还有那岩石间冲来撞去的激流,城太郎就忘我地跳到水里,跑到山崖下面玩去了。

"阿通姐,这里有鱼啊!"

阿通没有回应,城太郎又继续说道:

"可以用石头打鱼!只要被石子打中了,鱼就翻起白肚皮,浮上来了!"

还是没有回应,只听见城太郎在那"哇哇"地叫着。

山谷间飘荡着城太郎的回声,看来他是不打算往回赶了。

二

阳光从山顶洒下来。花草的上方笼罩着一层水雾,映射出无数的小彩虹。

武藏和阿通来到小屋的背阴处,沉浸在一片瀑布声中。

"到底去哪里了呢?"

"城太郎吗?"

"真是拿他没办法。"

"城太郎还算好了,跟我小时候比起来,那他还差得远呢!"

"你啊!你是个例外。"

"又八和我就不一样,他比较老实……这小子最终也没来,不知他怎么了。"

"他没来,我倒松了一口气。要不然,我还打算躲起来呢!"

"没必要躲的!世上没有讲不通的人。"

"本位田家母子俩的脾气可和别人不一样。"

"阿通……你要不要再重新考虑一下呢?"

"考虑什么?"

"我问你要不要再考虑一下做本位田家的媳妇?"

听武藏这么一问,阿通吓了一跳,然后厉色回应说:

"不需要考虑!"

阿通那如兰花般美丽的眼睛一下噙满了泪水,眼睛变得通红。

武藏也为自己说错了话而后悔。阿通本以为武藏已经了解自己的用心,可他现在却仍在怀疑自己会犹豫不决,心中不免难过起来。她用手遮着脸,肩膀微抖,轻轻啜泣。

她那洁白的衣领好像在向武藏倾诉:

"……我是你的人!"

小屋周围遍植着一些小的枫树,现在刚刚露出新绿,正可以挡住行人的视线。

武藏觉得自己身体内的血液在沸腾,那沸腾的声音犹如震耳欲聋的瀑布声一样,在激荡着自己的身体。望着那飞流直下的瀑布,还有在岩石间冲来撞去的激流,武藏和城太郎一样,体内也萌发出一种狂放的激情,这种激情甚至要比城太郎更要强烈。

这几天来,在驿站的灯火下,以及灿烂的阳光中,在武藏眼中,阿通的身体泛出各种各样的霞光。阿通那芙蓉花瓣一般的肌肤,以及夜晚飘过屏风传来的诱人体香,这一切都勾起了武藏常年压抑在心底的爱欲。一股压抑的感觉不由直冲心头,犹如夏天被炙热的太阳晒得闷热的青草。

"……"

武藏突然转身离去。不,更应该说是逃走。

武藏把阿通一人扔在原地,只身一人踏入一片没有任何路的草丛中。武藏胸口发闷,似乎要有火焰从口中喷出。体内的血液也在膨胀,好像要抛掉一些不痛快一般。他很想像城太郎那样去发泄一下。武藏发现了一块干枯的草地,冬日的枯草又高又长,阳光静静地洒在上面,他大叫一声:

"啊!"

然后,一屁股坐了下去。

阿通内心一紧,立马追了过去。她依偎在武藏的膝下。阿通惊恐地望着武藏的面孔。面部肌肉僵硬,而且沉默不语的武藏,确实有些恐怖。

"武藏……武藏……你怎么了?是不是我惹你生气了,对不起了!你原谅我吧!"

"……"

"武藏,如果……"

武藏的面部肌肉越是僵硬,阿通的内心就越紧张。武藏的面容越恐怖,阿通把他抱得更紧。阿通摇晃着武藏的身躯,她那花香般的体香不断飘向武藏，这更让他憋得难受。

武藏又叫了一声：

"啊！"

武藏用巨大的手臂猛地将阿通揽入怀内，然后将她扑倒在荒草丛中。阿通伸长那白嫩的脖颈，但还是无法出声，只能在武藏的怀里拼命挣扎。

三

罗汉松上有一只长尾缟鸟，正眺望着尚有积雪的伊那山脉。

山间的红杜鹃红得似火，天空一片蔚蓝，从枯草的下面散发出深山紫罗兰的幽香。

远处传来猿猴的啼叫声，松鼠也在树枝间蹦跳，这是一片原始的土地。武藏将阿通紧紧地压在身下，阿通虽然没有哀号，但那惊叫声却已接近于哀号：

"不行啊！武藏，不可以！"

她犹如长满刺的栗壳一样紧缩着身子。

"你怎么可以做这种事，你怎么……没想到你竟是这种人！"

阿通伤心地呜咽着——武藏立刻警醒过来，全身的欲火逐渐消退。他用理智而又冷淡的声音问她：

"为……为什么？为什么？"

武藏发出近乎呻吟般的声音，音调中已经带着哭腔。即使这是两人间的秘密，对男人而言仍是种无法忍受的侮辱。武藏的愤怒与羞耻无处宣泄，只好把怒气发在自己身上。

——当武藏放开手的那一刻，阿通立刻跑掉了，一个小小的香袋掉在了武藏身边。他茫然地盯着香袋，不禁落下泪来。此时武藏已经完全冷静下来，他已经能够客观地评价自己，他觉得自己刚才的所作所为确实很下流。但是，他依然猜不透阿通的心思。阿通美丽的眼眸，阿通诱惑的嘴唇，阿通的话语，阿通的身子——甚至连阿通的毛发都无时无刻不在激起他的情欲。

阿通的逃掉就如同女人在男人心中点了一把火，当火点着了，女人却吓跑了一样。虽然阿通本意并非如此，可结果却是，她欺骗了爱她的那个男人，同时也让那个男人陷入了苦恼，甚至可以说是羞辱了那个男人。

"……呜！呜！"

武藏伏在草地上哭泣。

直至今日的所有努力全都一败涂地，所有的修行也都付诸东流。武藏对此深感悲伤，这种悲伤就如同孩子不小心丢掉了手中的糖果一样。

武藏内心深深自责，甚至可以说是在唾弃自己。他趴在地上哭泣，觉得自己再也抬不起头了。

"我没有恶意啊！"

武藏屡次对自己强调自己没有恶意，但是他始终无法释怀。

"真是难以理解！女人太难理解了！"

武藏现在已经无心去体味少女清纯内心的可爱之处。在他看来，即使女人如白珍珠一般娇贵，多愁善感，怕被人触碰，但这仅限于女人一生中的特定时段。有人将此看作是女人的最美之处，最值得尊重之处，甚至是最可爱之处，但武藏此刻一点也不这样觉得。

他趴在地上，嗅着大地的气息，心情渐渐地平静下来。他猛地站起来，眼中的血丝已经退去，脸色却变得更加苍白。

他将阿通的香袋踩在脚下，低着头，好像在倾听大山的声音。

"对了！"

他径直朝瀑布的方向走去，浓黑的眉毛紧锁，那神态和赴下松之战时一样。

鸟儿的叫声尖锐，划破苍穹，然后振翅高飞而去。风将瀑布的轰鸣声送入耳内。一束阳光透过白云，轻轻地洒了下来。

阿通只是跑出去了二十多步远，她倚靠着白桦树，一直凝视着武藏。她清楚地看到了武藏痛苦的表情，现在非常希望武藏能够扑到自己身边。她在犹豫自己该不该走过去向他道歉，但是她又像一只受惊的小鸟，身体还在止不住地颤抖。

四

阿通停止了哭泣，但她的眼神却比哭泣时更充满惊恐、迷惑和悲伤。

眼前这个男人——她一直信赖的武藏，却和自己内心中幻想的那个武藏完全不同。

阿通幻想中的武藏是完美的，但当一个真实的武藏出现在自己面前时，阿通却发现他和自己的幻想不一样。阿通非常惊愕，心中难免涌起万千悲伤。

但是，在惊恐和痛苦中，阿通没有意识到自己刚才的举动其实蕴藏着不可思议的矛盾。

如果刚才压在自己身上的人不是武藏，而是其他的男人，那她绝对不会只跑出去二三十步。

为什么只跑了二十多步就停下来了呢？是心中还有牵挂吗？应该不只是因此。阿通的情绪慢慢地平静下来，她觉得武藏刚才的所作所为和那些臭男人还是不同的。

"……你生气了吗？别生气了！我不是讨厌你！不要生气了！"

阿通觉得自己宛如一个人站在了疾风骤雨之中，心中只是一味的道歉——武藏也充满了自责，内心非常苦闷。其实，阿通并不觉得武藏刚才强烈的举动下流，也不觉得他同其他男人那般浅薄。

阿通问自己：

"我这是怎么了？"

她觉得刚才的惊恐完全没有必要。武藏扑上来的那一刹那，自己的内心也是热血沸腾，宛如升空绽放的焰火一般，现在回想起来，似乎还有那么一丝眷恋。

"……喂，你在哪里啊……武藏。"

不知何时，武藏已经走了。阿通立刻觉得武藏会不会是弃自己而去了呢？

"他肯定生气了……没错，一定是生气了……啊！我该怎么办呢？"

她惴惴不安地走回小屋，却没有发现武藏的身影。瀑布从高空落下，激起大片的水花儿。瀑布下方的水潭中升起阵阵雾气，在山风的吹拂下，将满山的树木弥漫在其中。瀑布震耳欲聋的轰响声充斥着耳膜，激起的水珠冷冷地拍打着阿通的面颊。

这时，从高处传来城太郎的喊声：

"啊！不得了了！师父要跳潭了——阿通姐，快来啊！"

城太郎站在溪流对面的半山腰，本来在欣赏男瀑下方的深潭，可是没承想看到了正准备跳潭的武藏。城太郎大惊失色，赶紧大声向阿通报告。

瀑布的响声完全遮住了城太郎的喊声。阿通顺着城太郎指的方向看去，她也发现了武藏，立即惊得面无血色——她在雾气中，踩着湿滑的山苔，艰难地爬到瀑布下方。

城太郎也像猴子一样，从对面的山崖，抓着藤蔓，荡到了瀑布底下。

五

阿通看到了。

城太郎也发现了。

——武藏正站在瀑布下方的深潭中。

在瀑布的冲击下，潭中的水沫横飞，弥漫着一层白白的雾气，一开始根本分辨不出站在其中的究竟是石头还是人。定睛一看，原来是武藏，他双手合十，正低头站在五丈多高的瀑布底下。

阿通是在悬崖峭壁的中途，而城太郎则是在对岸的深潭旁边，二人同时目睹了这一情景，都禁不住忘我地喊道：

"啊！师父！师父啊！"

"武藏——"

两人用尽了全身的力气去呼喊，但是武藏耳中除了那轰鸣的瀑布声，听不到任何其他的声音。

苍黑色的潭水已经漫过了武藏的胸口。瀑布化作千百条银龙，正在啃噬着他的面颊和肩膀。水潭中仿佛映出千万只水怪的眼睛，正在紧紧地拽着武藏的双脚，打算把他引入死亡的深渊。

"……"

在这千钧一发之际，如果武藏一不小心，哪怕精神稍有松弛，都有可能从青苔上滑落到水潭中，然后被激流裹挟到冥界，永远不能复生。

激荡的瀑布从武藏头顶上方压来，似有数千斤的重量，使得武藏的肺腑犹如被大马笼山压住一般痛苦。

即使是承受着如此大的冲击，但武藏心中依然难以舍去阿通的身影。

俗话说，情关最难过，就连志贺寺的高僧也曾为了自己喜爱的女子而心潮澎湃，法然大师的高徒亲鸾也曾被感情所困扰。自古以来，越是建功立业的人，越是气势恢宏的人，越要经历更多的感情磨炼。

武藏十七岁时，凭着自己的一腔热血，单枪匹马赴关原之战。后来也是凭着这腔热血，为泽庵的教诲而感动，为法情的慈悲而落泪，他幡然醒悟，立志重新做人。依然是凭着这腔热血，他靠一把孤剑，打破了柳生城的传统，逼石舟斋陷入绝境……在下松一战中，武藏还是凭着这腔热血，于敌人的万千兵刃，刀光剑影中死里逃生。

但是这腔热血在碰到阿通之后，却幻化成人类最原始的本能。这种本能充满了狂乱的野性，任凭他多年积累起的修行和定力都难以驾驭。

碰上这种"敌人"，任何武器都派不上用场。现实中的敌人是外在的，有形的。而心中的"敌人"则是潜藏于自己的内心，无形的，让人捉摸不定。

武藏现在感到有些不知所措，他清楚地感知到自己正在陷入心中的那个巨大旋涡。

感情真的是一种非常复杂的东西，没有的时候烦恼，当有了的时候也烦恼。阿通点燃了武藏心中的激情，而武藏如今却不知如何处理好了。这让武藏有些抓狂，于是他想跳到冰凉的潭水中，让自己冷静一些。城太郎看到武藏跳潭，还以为他要自杀，这可把他给吓坏了，他赶紧通知阿通，并大声地哭喊着：

"……师父啊……师父啊！你可别寻死啊！你千万别想不开啊！"

城太郎也双手合十，似乎也在忍受着瀑布的冲击。他一直在大声地呼喊，喊叫声和瀑布的轰鸣声交织在一起。城太郎抬头向绝壁看去，发现悲伤不已的阿通已经不见了。

六

"啊！不好……阿通姐呢？"

这一切来得太突然，城太郎有些不知所措。他望着泛着白沫的水流，慌得在原地团团打转。

他猜测，武藏可能因为什么，所以选择跳入潭中，打死也不上来，而阿通姐见此情形，也跳到潭中，去陪武藏了。

很快，城太郎就发现自己的担心是多余的。因为武藏依然牢牢地伫立在水潭中，虽然在承受着瀑布的冲击，但浑身上下却散发出蓬勃的生命力。——这和站在蹴鞠场上，只求一死的志贺寺的高僧的状态完全不同。城太郎终于领悟到，武藏是想用大自然的力量来洗尽自己心中的尘埃，让自己坚定生存的信念，更好地去面对人生。

武藏的声音终于从潭中传来，至于他说了些什么，却不是那么清晰，他貌似是在诵经，又似是在怒骂自己。

夕阳从峰顶射过来，照亮了水潭的一角，同时也在武藏的肩膀上映出无数小小的彩虹。此外，一条最大的彩虹正横贯在瀑布与天空之间。

"阿通姐！"

城太郎像鲇鱼般一跃而起，踩着一块一块的岩石，渡过奔涌冲撞的激流，来到对面的绝壁旁。他在心里对自己说：

"只要阿通姐能够放下心，那我就不需要担心了，因为只有阿通姐最了解武藏师父的心思。"

城太郎攀上绝壁，来到先前观赏瀑布的小屋旁。他解开拴牛的绳子，牵在手中，任由牛啃着周边的青草。

城太郎瞥了一眼小屋，忽然发现阿通正背对着他，蹲在屋檐下——她在做什么呢？城太郎蹑手蹑脚地走向前去，想一探究竟。阿通没有意识到城太郎的靠近，她正抱着武藏脱落的衣服和长刀、短刀，蹲在那里低声哭泣。

"……？"

看来，这也是一个让人理解不了的女人。城太郎用手抵住嘴唇，呆呆地站在那里。阿通抱着一堆衣物在那儿哭泣，这令城太郎感到有些不可思议。不过，阿通这次独自哭泣的样子和平时不太一样，城太郎虽然年少，但还是感觉到了。城太郎默不作声，赶紧悄悄地回到母牛旁边。

那头母牛正躺在一片开满白花的草丛中，在夕阳的照耀下，那眼角的眼屎也格外显眼。

"……这两人究竟怎么了啊？这样下去，什么时候才能到江户啊？"

城太郎毫无办法，于是就依偎在母牛旁边睡着了。

空之卷

 普贤

一

木曾路上的积雪还未曾全部融去，道路两旁随处可见斑斑残雪。

白雪覆盖下的驹岳山，山脊棱线犹如一把弯刀，从凹陷的山顶一直延伸到山脚，在阳光的照射下，散出耀眼的白光。山上的树木已经萌发出暗红色的嫩芽，但山腰的积雪还没有完全化完，远远望去，犹如一块块的白斑。

山脚下的田野，以及道路两旁，已经泛起了淡淡的绿色。现在正是万物吐绿的季节，到处都是刚刚露头的小草。

这段时间，城太郎的胃口越来越大，似乎是他的胃也在主张他需要长身体的权利。城太郎的身高长得确实很快，就如同那头发的生长速度一样，现在基本现出成人的雏形了。

城太郎从懂事的时候就开始浪迹天涯，而且收养他的人也是一个颠沛流离之人。长期的旅途生活磨砺了他的品格和意志，成长的环境使得他少年老成。但随着年龄的增长，城太郎也不时地露出一些狂妄之色，这让阿通有些烦恼。

"这孩子，怎么越大越不听话了呢？"

阿通时常为他叹息，有时二人甚至怒目相向。

但是不管阿通怎么教育城太郎，都是没什么效果，因为城太郎对阿通实在是太了解了。城太郎知道，虽然阿通有时候装得挺恐怖，但心底里还是疼爱自己的。

眼前的季节让人心情愉悦，再加上他那永远填不饱的肚皮，所以只要一看到食物，城太郎就跟被钉住了一样迈不动步子，厚着脸皮要吃的：

"喂！喂！阿通姐，买那个给我吃！"

他们刚刚走过了须原宿，木曾将军的四大天王之一今井兼平曾在此处修

筑要塞。道路两旁是一家挨一家的小店，都在叫卖"兼平煎饼"。城太郎动起了吃煎饼的念头，阿通又拗不过他，只好说：

"只买这个，下不为例啊。"

可是城太郎才走了半里地，就将整个煎饼吃光了，又露出一副想吃东西的饥饿状。

早上二人起得早，于是就借客栈茶馆边上的一个小角落，随便吃了几口早饭。撑到现在，城太郎早饿了。二人爬过一座山，来到了上松，城太郎又动起了吃东西的念头。

"阿通姐，阿通姐，你快看，柿饼啊！你想不想吃？"

阿通骑在牛背上，脸耷拉得跟牛脸一样，假装没有听见。城太郎也只好眼巴巴地看着柿饼越离越远。早上八点左右，他们来到了信浓福岛的町中，这里也是木曾最繁华的地方，二人也都有些饿了。

城太郎又按捺不住了。

"在那里休息一下吧！"

"好不好嘛，拜托了啦！"

城太郎开始耍赖皮，黏在那里不想动弹，摆出一副纵使大轿抬他，他也不走的架势。

"阿通姐，阿通姐，我们吃点黄豆饼吧！你不喜欢吃吗？"

到后来，已经分不清是城太郎在央求阿通，还是胁迫阿通了。反正城太郎拉着牛缰绳，只要城太郎不动，阿通就别想动。长时间的僵持，搞得阿通也有点火了。

"你别闹了，行不行？"

阿通坐在牛背上瞪着城太郎。那头母牛似乎也和城太郎串通好了，用鼻子嗅着地面，一动也不动。

"好，你跟我耍赖是吧！看我告诉武藏去，让他收拾你！"

阿通假装要从牛背上跳下去，城太郎望着她，笑而不语，根本没有去阻止她的意思。

二

城太郎坏坏地说：

"怎么不去了啊……"

他吃定阿通不会向武藏打小报告。

阿通从牛背上下来，没办法，只好来到卖黄豆饼的小铺前：

"算了，那你得快点吃啊！"

城太郎还摆起了架子，吆喝老板说：

"老板，给我来两盘黄豆饼。"

城太郎将牛拴在门口的拴马石上。

"我可不吃！"

"为什么啊？"

"如果老是吃个不停，人会变傻的！"

"好吧，那我把你那一份儿也吃了吧！"

"吃吧！你就等着变傻子吧！"

城太郎只顾着吃了，根本听不进别人说什么。

城太郎蹲在那里，长柄木剑正好戳着他的肋骨，这严重妨碍了他大快朵颐的感受。吃到一半的时候，他干脆将木剑甩到背上，大口嚼着黄豆饼，同时拿眼睛瞟着来往的行人。

"你快点吃吧！眼睛别滴溜乱转。"

"……奇怪了？"

城太郎把盘中的最后一块黄豆饼塞入口中，然后跑到街中心，用手遮着眼睛，貌似在寻找什么。

"你吃饱了吗？"

阿通付了钱，正准备出来，却被城太郎给推了回去。

"你等等！"

"你还想吃啊？"

"不是了，我刚才看见又八走过去了！"

"撒谎！"

阿通不相信他说的话。

"又八不可能来这里的！"

"可我刚才真的看见他走过去了啊！他戴着一顶斗笠，阿通姐，难道你没看到吗？他还盯着我们，看了好一会儿呢！"

"真的吗？"

"你要是不信，我去叫他。"

"——别啊！"

阿通单听到又八的名字，就吓得面色全无，现在看起来仿佛是一个病人。

"没事！没事！你别害怕呀！他要是敢来，我就到前面去找武藏师父！"

阿通明白，如果因为害怕又八，而躲在这里一直不走的话，那么离前面的武藏就会越来越远。

阿通只好又骑上牛背。病后之躯本来尚未完全康复，现在又突闻这一讯息，心中难免开始难受起来。

"阿通姐，有件事儿我觉得有点奇怪！"

城太郎没有意识到阿通的嘴唇已经失色，他猛然回头问道。

"我们三人在抵达马笼山瀑布之前，一路上有说有笑的，可是从那之后，大家就都不说话了！"

阿通没有接话，城太郎继续说道：

"你们究竟怎么了啊？阿通姐。你们走路隔得那么远，晚上也不在一个屋子睡……你们吵架了吗？"

三

城太郎又多嘴了。

本以为他吃饱了，就不说话了，没想到又在别的事情上喋喋不休。城太郎非常想弄清楚阿通和武藏之间究竟发生了什么。阿通在心中低语：

"你还是孩子，和你说了，你也不了解！"

阿通独自悲伤，不想将事情的缘由告诉城太郎。

这几天，阿通一直骑牛赶路，没受什么劳累，身体上的病已经慢慢康复，但心病却一直未能消除。

在马笼山女瀑和男瀑的激流下，当时阿通的哭泣声和武藏的怒吼声交织在一起，或如奔腾的江河，或如淙淙的溪流。他们之间存在深深的误会，只要双方的心结不解，那么彼此间的芥蒂将永世不得消除。

在阿通的脑海中，当时的情景还历历在目。

"我当时是怎么了？"

当武藏压向自己，直率地表明欲望的时候，自己为什么要用尽全身的力气去拒绝他呢？

为什么？为什么？

阿通现在后悔不迭，百思不得其解当时为什么会拒绝武藏的求爱。

"天底下的男人，是不是都用这种强迫的方式向女人示爱呢？"

阿通既感到有些悲伤，也感到自己有些下流。一直深深埋藏于心底的恋爱圣泉，在经过女瀑和男瀑之后，已经变得如瀑布一般狂野，在猛烈敲打着自己的心门。

更让阿通不解的是，在武藏热情拥抱自己的时候，自己吓得逃了出来，可是在之后的旅程中，却紧紧地尾随着武藏，唯恐一不小心就会失去他的身影，内心非常矛盾。

那件事发生之后，两人之间的气氛就变了，彼此不再交流，也不一起并肩走了。

武藏走在前面，但他还是会刻意放慢步伐来配合牛的速度。他们约好了一起去江户，武藏是绝对不会食言的。有时，城太郎贪吃贪玩，会耽误一些时间，但武藏都会等他们。

他们经过了福岛的五条街区，七个路口，最终来到了位于山上的兴隆寺，远远望见一处关卡。关原之战后，为了清查浪人，各关卡加强了搜查的

空之卷

力度，女人通关也变得非常麻烦。但乌丸家送给他们的通行证非常管用，二人顺利通过了关卡。阿通骑着牛，两侧茶馆内的旅客都在看着他们。突然，城太郎问道：

"普贤？阿通姐，普贤是什么啊？刚才那茶馆有个像和尚的旅客，指着你说——那个骑牛的女施主好像普贤啊！"

"应该是说我像普贤菩萨吧！"

"哦，要是你是普贤菩萨的话，那我就是文殊菩萨了！因为我们是形影不离的！"

"你是贪吃鬼文殊菩萨！"

"那你就是爱哭虫普贤菩萨；我们是绝配！"

"你又来了！"

阿通羞红了脸，故做生气状。

"文殊菩萨和普贤菩萨为何老是形影不离呢？又不是男女恋人。"

城太郎又开始奇思妙想了！

阿通自小在寺庙长大，所以给城太郎详细解释一番还是不成问题的，但她又怕城太郎问起个没完，所以就言简意赅地说：

"文殊菩萨负责智慧，普贤菩萨负责行愿①。"

话刚说完，有一个男人像苍蝇一样从身后追随而来，他尖声喊道：

"喂！"

这人正是城太郎在福岛看见的本位田又八。

四

又八肯定是一直在这里等，想截住他们。

这真是个卑鄙的男人。

阿通看着又八那张臭脸，心中立刻涌起一股对他的鄙视。

"……"

见到阿通之后，又八爱恨交加，内心血流奔涌，犹如一把感情的利刃插入大脑，使他几乎丧失了理智。

他从京都一路追随武藏和阿通而来，后来虽然武藏和阿通不再说话，也不再并肩走了，但他猜想这肯定是二人为了避人耳目，故意做出的举动。一旦夜幕降临，二人独处一室，那肯定是干柴烈火，如胶似漆，拆都拆不开。

"下来！"

又八用命令的语气呵斥牛背上的阿通。

阿通不想理他，在她心中，眼前的这个男人早就已经死了。数年前，正

---

① 译者注："行愿"二字来源于佛教文化中普贤菩萨的精神理念。"行"是指实践的精神，"愿"是指崇高而远大的理想。

是眼前的这个男人毁弃了两人间的婚约，让自己另寻对象出嫁。前段时间，也是眼前这个男人，在京都清水寺的山谷间，手持利刃，面目狰狞地追杀自己。阿通心想：

"事到如今，还有什么好谈的？"

阿通沉默不语，从那冷漠的眼神中，俨然能看出她对又八的憎恶和鄙夷。

"喂！你快下来！"

又八再次吼道。

又八和他母亲阿杉婆一样，依然还保留着在村子里傲气凌人的那种说话口吻。虽然阿通已经和他解除了婚约，但他还是用这种命令的语气去吩咐她，这招致阿通更深的反感。

"有何贵干？如果没什么正事，我就不下去了！"

"什么？"

又八来到阿通旁边，去拽阿通的衣袖。

"你快给我下来！你没事，我可有事！"

又八无视周边的路人，大声怒吼，逼迫阿通下牛。

城太郎一直在旁边，默默地关注着这一切，他突然甩开牛绳，厉声喊道：

"没听见啊！阿通姐说她不愿下来，你再逼她，别怪我不客气！"

城太郎声如洪钟，并且还出手往又八胸口推了一把。

"哎哟！——你这个小兔崽子！"

又八打了个趔趄，他提上鞋子，昂首挺胸对城太郎说：

"哦！我说我怎么看你这鼻屎眼熟呢！原来是北野酒馆的小二啊！"

"谢谢你还记得我啊！我记得你当时经常被艾草屋的老板娘阿甲骂得狗血喷头！"

这话正好戳中了又八的伤疤，而且还是在阿通面前。

"小兔崽子！"

又八想去抽他，城太郎立刻逃到了牛后面。

"你说我是鼻屎，那你就是鼻涕！"

又八气急败坏地追打城太郎，城太郎用牛当挡箭牌，在牛肚子底下穿梭了两三次，最后还是被又八给抓住了衣领。

"你给我再说一遍！"

"说就说！"

城太郎依然嘴硬，但是还没等木剑拔出，就被又八像抓一只小猫一样，给扔到路旁的灌木丛里了。

五

灌木丛底下有一条小阴沟，城太郎好不容易才从里面爬出来，身上脏得像一条泥鳅。

"……咦？"

城太郎发现牛没了，他左看右看，终于看到那母牛正驮着阿通，摇晃着它那笨重的身躯向远方走去。

又八手牵着牛绳，用余下的一段敲打着牛背，走过的路上激起一片微微的沙尘。

"呀！畜生！"

城太郎的血往头上涌，他忘了自己的力量尚微，也忘了向武藏汇报，只觉得保护阿通是自己的责任，于是撒腿追了上去。

天空中飘浮着朵朵白云，肉眼看去，静静地，一动不动。

驹岳山耸入云霄，周边连绵起伏的矮山犹如它的裙摆，铺陈在天地之间。在其中一座山丘上，有一位旅客正在歇脚，他抬头茫然地仰望着雄伟的驹岳山。

"天啊！我究竟在想些什么啊？"

武藏从迷茫中解脱出来，重新思考自己的内心。

他环顾眼前的群山，但心中缠绕的却是阿通的身影。

看来武藏也是情关难逃啊！

少女的心思就如同那夏日的天空，一日多变，让人捉摸不透。

武藏越想越觉得窝火，向她坦承自己的激情难道有错吗？是她勾起了自己的情欲，而自己只是向她表明自己的激情而已，而她却把自己给推到了一边，像躲避流氓一样躲着自己。

武藏内心交织着惭愧和耻辱，他感到无地自容。为了解除这份烦恼，他跳入潭水中，希望能洗尽自己内心的污垢。可是事与愿违，后来烦恼却与日俱增。有时武藏自我解嘲：

"干脆别要女人了，走我自己的路得了！"

武藏也曾想将此想法付诸实施，但最后都不了了之，无非是一时的解嘲罢了。

武藏知道，自己曾对阿通立下了未来的誓言。他曾告诉她，等到了江户，她可以去做自己喜欢的事情，而自己也可以去修习剑术，于是阿通才肯跟随他离开京都。武藏觉得自己对阿通负有不可推卸的责任，绝对不能中途抛弃她。

"怎么办好呢？再和她这么纠缠下去，那我的剑术就真的完了！"

武藏紧咬嘴唇，仰望着眼前的驹岳山，他深感自己的渺小。心情不好的时候，任何东西都会给自己带来痛苦。

"还没来？"

武藏有些等得不耐烦了，最后站了起来。

虽然自己走得有点快，但等了这么久，他们也该赶上来了啊！

跟他们说好了今夜要在薮原过夜，可现在眼见天就要黑了，而离宫腰的客栈还有很长一段路，这可如何是好？

武藏站在山丘上回望来时的路，在一千米多长的路面上根本没有他要等的人。

"奇怪……他们会不会被关卡给拦住了？"

刚才还在犹豫要不要管他们，可真等看不见他们了，武藏却又担心起来，一点儿往前赶的心情都没有了。

武藏赶紧跑下来，沿原路往回找。周边的原野上有一些散养的马，看到武藏奔跑的身姿，都惊吓得四散逃去。

"喂！武士大人，你和那位骑牛的女子是一起的吧？"

武藏一跑回街上，便有个路人向前打招呼。

还没等对方把话说完，武藏已经意识到情况不妙，于是赶紧问道：

"嗯，那位女子是不是出事儿了？"

木曾冠者

一

那个路人告诉武藏，有一个浪人在离关卡的茶馆不远的地方截住了那位女子，然后鞭打那牛，连人带牛一并劫走了。这一消息立刻在街内炸开了锅，搞得人尽皆知。

武藏一直待在山丘上，所以到现在还不知道这一变故的就只剩他了！

从出事到现在已经过去了半刻钟，要是阿通真的遇到什么危险，那还来得及去救她吗？武藏立刻跑到了那家茶馆前：

"老板！老板！"

关卡的木栅门在下午六点关闭，茶馆的老板正在收拾桌子。他回头望着气喘吁吁的武藏，问他：

"你落什么东西了吗？"

"不是，大约半刻钟之前，有一位女子带着一个小男孩从这里经过，您看到了吗？"

"你是指那位坐在牛背上像普贤菩萨的女子吗？"

"嗯，没错！听说他们二人被一个浪人给劫走了，您知道去哪里了吗？"

"我没亲眼看到，不过听来往的人说，他们从前面首塚那个地方被拐到了旁边的小道，往野妇池方向去了。"

顺着老板手指的方向，武藏以迅雷不及掩耳之势消失在苍茫暮色中。

综合路人的说法，武藏绞尽脑汁也想不出究竟是什么人，为什么要绑架阿通。

武藏万万没有想到下手的正是本位田又八。武藏从比睿山的无动寺前往大津的过程中，在山顶的一间茶馆内碰见了又八，两人尽释五年前结下的仇怨，恢复了幼时的朋友之情，并且还约好一起去江户。

武藏紧握又八的双手，眼神中饱含真诚和期待。

"之前不愉快的事情就让它随风飘散吧！你要认真修行，要对未来充满希望。"

武藏的鼓励令又八感激涕零，又八欣然地说：

"嗯，我要认真修行，重新做人。你是我的兄长，要多多指教我呀！"

就是这样一个又八！武藏根本不可能将他和劫持阿通的人联系到一起！

武藏猜测，劫持阿通的人可能会是浪人中的卑鄙小人，也有可能是在世间投机取巧的小蟊贼、人贩子，甚至还有可能是劫道的武夫。如果这些都不是，那极有可能就是地方上彪悍的野武士了。

武藏现在根本搞不清对手是谁，他现在既着急又紧张，唯一能做的就是赶紧去野妇池寻找线索。此时，天已经大黑，天空虽布满星光，地上却是伸手不见五指。

武藏按照茶馆老板的指示，去野妇池寻找，但是找遍了所有的地点，也没发现一块像池塘的地方。田地和森林都是倾斜的，道路也在一点点变陡，武藏觉得自己好像来到了驹岳山脚的某个地方——武藏是彻底迷路了！

"好像走错路了？"

武藏环顾四周，黑漆漆的，什么也看不见。在驹岳的巨大山体底下，有一处被防风林包围着的农家院落。透过树林可以看见熊熊燃烧的炉火，将周面的木篱笆映得通红。

武藏走向前去，一眼就看到了院子里的那头花斑母牛，但是没有发现阿通。——牛被拴在了厨房外面，正在无聊地"哞哞"叫着。

二

"……哦！花斑母牛！"

武藏松了一口气。

牛在这里，那毫无疑问，阿通肯定也被劫持到了这里。

可是……

这处民宅位于防风林中，住的究竟是何许人呢？武藏思虑再三，决定先观察一下，以免打草惊蛇，对阿通不利。

武藏躲在外面窥探屋内情形。

"娘,您休息一下吧!您老说自己眼睛不好,可还偏要在那么暗的地方干活,快别干了!"

声音有些大,从一个阴暗的角落里传来,旁边堆放着一些柴草和稻壳。

武藏屏气凝神探听屋内的动静。厨房的隔壁有一个房间,里面生着炉火,火光摇曳,映得整个屋子通红。可能是从这间屋子,也可能是从隔壁有着破格子门的房间,传出了轻微的纺线声。

那位母亲听到儿子的劝说,赶紧停止手头的工作,纺线声戛然而止。

儿子在隔壁的屋子里,似乎在忙着什么。他起身出来,顺手带上了拉门,对母亲说:

"娘,我出去洗洗脚,然后咱吃饭!"

厨房的旁边有一条引水沟,清清的泉水正在静静地流淌。儿子拎着一双草鞋,来到引水沟边,一屁股坐在了旁边的石头上,用清水涮了两三次脚。这时,那头花斑母牛悄悄地将头探到那男子肩膀后。

那男子摸摸牛鼻尖,对始终没有作声的母亲大喊:

"娘,等您忙完了,快出来看啊!我今天可捡到大便宜了!您猜是什么?一头牛!而且还是一头优质母牛。不仅可以耕地,还可以挤奶呢!"

武藏站在篱笆门外听得一清二楚。如果他当时再耐心一些,搞清楚对方的底细之后在行动,就不会酿成后来的过错了。武藏觉得自己侦察得差不多了,就找到入口,悄悄地潜入院子。

虽然是一处农宅,但非常宽敞。墙壁有些破旧,应该是一处老宅。屋子里没有长工,也没有女佣。茅草屋顶上长满了青苔,没人打理,远远望去,像一座废宅。

"……?"

武藏来到亮着灯光的窗前,踩着窗下的石头向屋里窥望。

首先映入眼帘的是一把长刀,正挂在对面的墙壁上。一般老百姓不可能拥有这种刀,至少也是颇有来头的武将才能使用。皮革刀鞘上的金箔花纹虽已褪色,但仍依稀可辨。

看来——

武藏思前想后,更加狐疑。

刚才,微弱的灯光映射着洗脚男子的脸庞,那眼神让人一看就知道不是一般人。

那人身着及腰粗布衣,裹着满是泥渍的绑腿,腰上还别着一把刀。大圆脸盘子,头发蓬乱,自眼角处用稻草束起,眼角上挑,显得炯炯有神。胸肌强健,腿脚麻利。武藏一见此人,就觉得他非常可疑。

"肯定是这家伙干的!"

铺着蔺草的房间内空无一人，松枝在巨大的火炉中熊熊燃烧着，释放的浓烟"呼"的一声从窗户中顶出来。

"……咳！咳！"

这下把武藏呛了个够呛，他赶紧用袖口捂住口鼻，但还是发出了咳嗽声。

"谁？"

厨房内传来老太婆的声音。武藏赶紧躲到窗户底下。那老太婆貌似走进了有炉子的房子，吆喝儿子说：

"权之助，仓库的门锁好了吗？好像又有小偷来偷栗子了。"

三

"来了更好，我正愁抓不到他们呢！"

武藏打算先抓住那壮汉，然后逼他招出把阿通藏在了哪里。

那名壮汉看起来非常勇猛。武藏怕过会儿缠斗起来，如果再从里面窜出几个壮汉来，那可就麻烦了。如果只对付这一个，那还好说。

武藏趁老太婆喊着"权之助、权之助"的时候，赶紧从窗下逃走，躲到外侧的树底下去了。

那名叫权之助的男子大步流星地跑过来：

"在哪里？"

他大声地问：

"娘，贼呢？在哪里呢？"

老太婆靠着窗边：

"在那边，刚才我还听到咳嗽声呢！"

"您不会是听错了吧？娘，您最近不是有些眼花耳背嘛！"

"不会错的！肯定是有人站在窗子外面偷看，结果被烟给呛了！"

"真的吗？"

权之助像巡逻城墙一样，在屋子周边转了几圈，嘴里嘀咕着：

"经您这么一说，我还真闻到生人味了！"

武藏见权之助眼中充满杀机，所以没敢贸然现身。

权之助将自己从脚趾武装到胸口，没给对手留下任何偷袭的空隙。武藏想弄清楚他手上究竟拿了什么东西，所以凝视着他的一举一动。最后武藏终于看清了，原来在他的右手内侧一直到肘部之间，藏着一根四尺长的圆木棍。

那不是普通的擀面杖，也不是简单的棒子，更不是随随便便的树枝，而是一种闪着光泽的武器——在武藏看来，圆木棍已经和权之助合二为一，无论何时，权之助都不会将棍离手。

"喂！谁在那里？"

权之助猛地挥出木棍，带来一阵疾风。风从武藏鼻尖吹过，武藏稍一闪身，木棍从他肩旁落下。

"我来向你要人。"

权之助盯着武藏，沉默不语。武藏厉声说道：

"赶紧把那女子和孩童交出来。——不然，休怪我不客气！"

二人的背后就是一道天然屏障——驹岳山。每当夜幕降临，从驹岳山的雪溪中经常会吹来阵阵刺骨的寒风。武藏第三次要求：

"赶紧把人交出来！"

武藏的语气比寒风还要冷峻。权之助反手握着木棍，那眼神宛如要将武藏吃掉一般，头发一根根全都立了起来，远远望去，活像一只大刺猬。

"你这狗杂种！你以为是我掳走的啊？"

"肯定就是你。你看他们两人好欺负，于是就将他们劫持到了这里——快点把人交出来！"

"你，你说什么？"

权之助突然挥出四尺多长的圆木棍——速度之快，让人难以分清究竟是木棍，还是手臂。

四

武藏除了躲闪之外，别无他法。权之助的武艺精湛，再加上他体力超群，这让武藏吃了一惊。武藏后退数步，警告他说：

"赶紧把人交出来，不然可别后悔！"

权之助将一根木棍使得上下翻飞，没有一点纰漏，厉声回应说：

"少啰唆，看打！"

二人缠斗在一起，难舍难分，武藏后退十步，权之助紧跟十步，后退五步，权之助紧跟五步。

武藏在躲闪过程中，一度两次抓住了自己的刀柄，但是对方速度太快，武藏根本没时间将刀拔出，迫于形势，最终不得不被迫放弃。

因为在手握上刀柄的那一瞬间，肘部就会暴露在敌人面前，给敌人造成可乘之机。武藏并不是所有时候都这么小心，这也因敌人而异。有时敌人比较弱，他就不需要顾及这么多，但一旦碰到强敌，就不得不戒备了。权之助的攻击速度远远超出了武藏的预想，如果小看他是一介草民，逞一时之勇，那可能就要挨闷棍了。虽然对方显得有些急躁，但是呼吸均匀，出招过程中无半点破绽，这让武藏觉得此人绝非泛泛之辈。

武藏在一开始步步躲闪，处处戒备，还有一个目的，那就是想摸一下权之助的底细。

权之助的棍术中藏着固定的章法，他的步伐矫健，身姿灵敏，在武藏看来，这俨然就是"金刚不坏"之身。乍看上去，权之助浑身上下透出泥土的气息，但是挥起棍来，从内到外却无不透出武术之道。武藏碰见的高手无数，但其中无人能匹敌此农夫的武艺。而且权之助身上散发出"武士道精神"的光芒，正是武藏梦寐以求却尚未达到的境界。

——众位看官，见我如此叙述武藏的内心世界，大家可能会觉得他们慢悠悠地对峙了良久。其实，这一切都发生在瞬息之间。权之助的木棍没有片刻停息，一直如雨点般进攻。

"噢！"

权之助用全身的力气发出一声闷吼。

"呀！"

他拳打脚踢，而且还不断变换出棍的招数。他嘴中骂骂咧咧：

"你这狗东西！"

"王八蛋！"

权之助将一根木棍使得如同一把长刀，他有时单手握棍，有时双手握棍，或打，或抽，或刺，或旋，变化万千。

长刀一般分为刀刃和刀柄两部分，而且只有刀刃可以伤人，但木棍就不一样了，它不分前后上下，哪里都可以置人于死地。一根木棍被权之助使得如同糖果店里的软糖一样，可长可短，让人看着都心生胆战。

"阿权，小心啊，对方可不是泛泛之辈哟！"

他的老母亲突然从堂屋窗口喊道。权之助的老母亲虽然没有参战，但是已经发现眼前的这名年轻人是自己和儿子的大敌。只听权之助宽慰母亲说：

"娘，您别担心。"

权之助得知母亲在一旁观战，愈加勇猛。武藏闪过权之助的一记攻击，然后趁此间隙，"嗖"地抓住了他的小臂。权之助犹如巨石压顶一般，"咕咚"一声倒在了地上，跌了个四脚朝天。

"等一下！浪人！"

那名老母亲担心儿子安危，猛捶窗子大喊。凄厉的叫声透过窗户的竹格子传出，愤怒的面相也让武藏开始犹豫要不要进一步攻击。

五

母子连心，骨肉之情让老母亲急得毛发竖立。

看到儿子被摔到地上，老母亲也颇感意外——按照常理，武藏摔倒权之助之后，要在对方爬起之前，冲上去补上一刀。

然而武藏当时并没有那么做。

"哦！我等你！"

武藏骑在权之助的胸口，用脚踩着他的右手腕，抬头望着老母亲刚才在的那个小窗口。

"……？"

武藏面露惊讶。

窗口内，已经没了老母亲的身影。被武藏压在身下的权之助还在拼命地挣扎，努力想挣脱武藏的束缚。他拼命地蹬着腿，企图靠腰部和腿部力量挽回败局。

老母亲觉得大意不得，于是赶紧跑回厨房，拿上武器，冲了出来，指着权之助的鼻子大骂：

"你这臭孩子，太不争气了！我来助你一臂之力，你可不能再输了啊！"

武藏本以为那老母亲让自己等一下，是为了跑上前来，跪在自己面前，乞求饶她儿子一命。可没想到，这老太婆是为了激励她儿子，陪他继续战斗。

武藏瞧见老母亲的腋下夹着一把没鞘的长刀，在星光的照耀下，现出点点寒光。她站在武藏背后，喊道：

"你这个瘦猴子！别以为欺负我们这样的草民就能帮你扬名立万，你还真以为我们是普通的老百姓吗？"

武藏身子底下正压着一个大活人，他根本无暇去顾及身后的一切。如果老母亲这时突然从背后攻击，那么武藏将很难应付。更何况权之助还在地上拼命地折腾，背上的衣服和皮肤都磨破了，只为给母亲赢得一个有利位置。

"这就是一个浪人！娘，您不用担心！您不用靠得太近，看我现在就打倒他！"

权之助虽被压在地上，但依旧嘴硬。老母亲嘱咐他：

"你别急躁！"

又接着说：

"怎么能够输给这种野浪人？我们的先祖那可是大英雄，木曾家族大名鼎鼎的太夫房觉明的血流到哪里去了？"

听母亲这么一说，权之助大声喊道：

"在我身上。"

他一边喊着，一边抬起头，一口就咬在了武藏的大腿上。

权之助已将木棍扔开，现在双手也自由了，再加上咬着武藏的大腿，弄得武藏难以招架。背后的老母亲也前来助阵，挥舞着长刀，向武藏砍去。

"等一下，老妈妈！"

这次换作武藏喊暂停了。武藏知道争斗并不能解决问题，再这样下去，双方肯定是不死即伤。

如果再继续下去，如果能够救得了阿通和城太郎，那也罢了，主要是现在还不能确定是不是这两人劫持了阿通和城太郎。——武藏想先把事情搞清楚再说！

武藏要求老母亲先将长刀放下，但老母亲却没有立即答应，她问儿子：

"阿权，你说怎么办？"

她想和被压在地上的儿子商量一下，看看要不要妥协。

六

火炉中的松枝燃烧得正旺。母子二人和武藏交流之后，才发现双方存在误会，最终冰释前嫌。

"哎呀！哎呀！真是好险啊！这可真是天大的误会……"

老母亲终于松了一口气，坐下休息一会儿。权之助也想坐下，可被老母亲制止了：

"权之助。"

"娘，什么事？"

"你先别坐下，带这位武士参观一下屋子——让他看看咱们没藏那位女子和孩童！"

"好的！您怀疑是我在大街上绑架了那女子和孩童，我实在是太冤枉了——您跟我来，这屋子您可以随便翻，随便看！"

武藏跟在权之助身后，脱掉草鞋进入屋内，坐在火炉前的草席上，和他们母子二人聊着天。

"我就不看了，你们是清白的！刚才怀疑你们，真的很抱歉！"

武藏诚挚地向对方道歉，权之助也有点不好意思。

"我做得也不对，要是先问清楚，就不会出现那样的事儿了！"

说完，盘腿坐在火炉边。

话虽如此，但武藏依然没有打消心中的顾虑，刚才在门外看到的那头花斑母牛，确实是自己从比睿山带来的，途中把母牛让给了病弱的阿通来骑，而且城太郎还在前面牵着牛绳，怎么这会儿就给拴在了这家民宅的院子里了呢？

"你就因为那牛才怀疑我啊？"

权之助恍然大悟，赶紧将自己捡到母牛的经过一五一十地告诉武藏。

"不瞒您说，我在这附近有些田地。傍晚的时候，干完农活，我拿着渔网去野妇池捕鱼。当我走到池尻河的时候，发现那头花斑牛掉到了里面，正在淤泥里挣扎。淤泥很深，那牛越挣扎越往下陷。它难受啊！就在那'哞哞'地叫！我见它可怜，就把它拉上来了！拉上来之后才发现，原来是一头还在哺乳的母牛。我去周边找它的主人，但没人认识，于是我就猜测这肯定是被哪个盗贼偷出来，然后给扔在那里的。您也知道，一头牛能顶得上半个劳力。我家里太穷，都不能好好供养老母亲，所以我当时就觉得这可能是上天可怜我，特意赐给我的礼物，于是就把它牵回家了！既然您是牛的主人，那就把它带走吧！至于您说的阿通和城太郎，我可是一概不知的呀！"

说到这里，一切都清楚了！眼前的这个年轻人不是什么强盗，而是一个率直质朴的农村汉子。率直是他的优点，可是正是这优点造成了刚才的误会。

"如此说来，您一定很担心他们吧！"

老母亲用慈爱的口吻对儿子说：

"权之助，你快点吃，过会儿和这位武士一起去找找他那两位可怜的朋友。如果还在野妇池附近，那就好说了。如果被带到了驹岳山区，那可就麻烦了！——那地区盗贼横行，杀人越货，无恶不作，有时候连庄稼都偷。要是真被他们给劫持了，那他们二人可就凶多吉少了！"

七

火把的火焰在山风中摇曳。

一阵强风从山脚下出来，席卷草木，发出凄冷的声响。强风过后，一切又归于平静。武藏屏息倾听着周围的一切，四周静悄悄的，唯有天幕中繁星在闪烁。

"朋友！"

权之助举起手中的火把，等着后面的武藏。

"真遗憾，没人看到他们。从这里到野妇池的途中，也就是那片杂木林的后面，还有一户人家，要是他们也不知道，那可就真没办法了！"

"今晚上谢谢你了！我们已经问了十几家，可是一点线索也没有，可能是我走错方向了吧？"

"也许吧！那些绑架妇女的歹徒非常狡猾，他们是不可能往人多的地方去的。"

夜已过半。武藏和权之助几乎找遍了野妇村、毋口村等驹岳山脚下的所有村庄，就连附近的山丘和树林也都找了。

武藏本希望能够打听到一点线索，可是现在连见过他们的人都没有。

阿通姿色出众，凡是见过她的人，应该都会留下印象。可是，那些农民却都摇着头说：

"没见过！"

武藏非常担心阿通和城太郎的安危。此外，权之助和自己毫无交情，却如此卖力地帮助自己，这也让武藏有些过意不去，更何况他明天还要下地干活。

"给你添了那么多麻烦，真是对不起！我们再去问一家，如果还不知道的话，那我们也回去吧！"

"没关系了，就是走几步夜路而已！那名女子和孩童是您的仆人，还是家人呢？"

"他们是……"

武藏无法开口告诉对方那女子是自己的恋人，而那孩童是自己的徒弟，于是随口敷衍说：

"他们是我的家人。"

也许是权之助同情武藏丢失了亲人，他没再接话儿，径自走向通往野妇池的杂木林的小路。

虽然现在武藏满脑子想的都是阿通和城太郎的安危，但又不得不感谢上天对自己命运的安排——也可以说是恶作剧吧！

要是阿通没有被人劫持，那么武藏就不可能遇见权之助，也就不可能领教他棍术的精彩。

武藏现在过的是流浪生活，难免不会与阿通走散。如果走散了，只要阿通安然无恙，那就算不上是什么大事。但在武藏的一生中，如果他不能领教权之助棍术的精彩，那肯定会成为他武士生涯中的一大遗憾。

武藏打从刚才就暗自盘算，一定要找机会问问他的门第，还要向他讨教棍术，但他同时也知道，问这些信息，提这些要求，都是非常不礼貌的。他内心有些犹豫，只好紧紧地跟在权之助后面。

权之助指着树林中的一间茅草屋对武藏说：

"朋友，您先在这儿等一下——这户人家好像已经睡下了，我去把他们叫醒，问一下！"

权之助一个人拨开草丛，迈着大步走向前去敲门。

八

不一会儿，权之助就回来了，将询问的详情悉数告知了武藏。

住在那里的是一户猎户，他们的回答也是云里雾里，不得要领。不过据那女户主介绍，傍晚时分，她外出购物，途中遇到的一件事可能对武藏有所帮助。

当时天色已晚，天空中露出点点繁星，街上没有一个行人，寒风吹着两旁的行道树飒飒作响，显得非常冷清。就在这时，一个陌生的小男孩哭着向她跑来。

那孩子手上、脸上全是泥巴，腰上挂着一把木刀，向薮原的客栈方向飞快跑去。女户主拦住他，问他发生了什么事，结果孩子哭得更厉害了，问道：

"能告诉我官府在什么地方吗？"

女户主有些好奇，就问他找官府干什么。那个孩子回答说：

"我姐姐被坏人劫走了，我想求官府的人帮我找她！"

女户主告诉他，他去找官府也是白搭。因为官府的人，只有大人物从这儿经过，或者上级下命令时，才会手忙脚乱地捡拾马粪，甚至用黄沙铺道。至于市井小民的事情，根本入不了他们的耳朵，更甭说帮他去找人了。

尤其像绑架妇女，打家劫舍这样的小事，每天都在发生，根本不足为奇。

然后，女户主建议那男孩去找大藏先生。大藏先生就住在客栈后身的奈良井附近，在一个十字路口的旁边。这人开了一间药铺，平时采集百草，治病救人，遇到别人有难，也都会积极帮忙。大藏先生和官府的老爷们完全不同，他态度温和，喜欢扶贫济弱。只要他觉得有必要的事，他都会倾囊相助。

权之助原封不动地将女户主的话语转告给武藏。

"那女户主还说，那个腰佩木剑的小男孩听完之后，立马停止了哭泣，一溜烟跑去找大藏先生了——她所说的小男孩，会不会就是您要找的城太郎呢？"

"嗯，肯定是他。"

武藏脑海中浮现出城太郎的身影。

"看来，我把方向给弄反了！"

"嗯，这里是驹岳山的山脚，而奈良井是在另一边，还很远的！"

"真是太感谢你了！我这就去奈良井找大藏先生——今儿多亏你了，我现在稍稍有些头绪了。"

"反正您也得沿原路回去，不如回我家休息一宿，明天吃完早饭再去找！"

"那真是太麻烦你们了！"

"我们渡过野妇池，然后从池尻回去，可以省一半的路程。我去借条小船。"

他们稍微往下走了一段，来到一个被杨柳环绕的池塘边。池塘不大，也就方圆六七百米。驹岳山以及漫天的繁星映满了整个湖面。

杨树和柳树在这一地区并不多见，不知为什么，池塘四周却长满了那么多杨柳。权之助将火把交给武藏，然后拿起船桨，向池塘中心划去。

火红的火把映在幽暗的湖面上，使得湖水也变得红亮。——就在那时，阿通也看到了湖面上移动的火把。也许是命运弄人？也许是两人缘分尚浅？两人相隔如此之近，却彼此不相知。

 **毒齿**

一

夜深人静，往池心移动的火把和映在水面上的倒影，从远处看来，宛如两只火鸳鸯在水面上游动。

阿通首先发现了火把。

"啊！不好，有人来了。"

又八露出一副狼狈相，他抓紧捆绑阿通的绳子，惊得喊出了声。做了坏事的人最怕遇到突发事故，又八现在就是这种心情，惴惴不安啊！

"怎么办？对了，到这里来，快点过来。"

在池塘边，有一座被杨柳掩映着的祈雨堂。当地的百姓也不知道里面供奉的是哪路神仙，只知道夏天天旱的时候，只要到这里来求雨，那么雨云就会从驹岳山飘到野妇池上，然后降下滋养万物的甘霖。

"我不去！"

阿通蹲在那里，死活不动。

又八用力将她拽到祈雨堂的屋后，然后开始严厉地责骂她。

阿通双手被绑，动弹不得，要不然真想与又八拼个你死我活。她现在特想跳到池塘里，淹死之后，变成一条缠在杨柳上的大蟒蛇，一口将眼前这个卑鄙的男人吞下去。唉，这一切都只能是想想，她现在是什么也做不了啊！

"给我站起来！"

又八手上拿着柳条抽打阿通的背。

又八越打，阿通越决绝，反倒希望又八再狠一些，要是能把自己打死，那就再好不过了！阿通一言不发，拿眼睛瞪着又八的脸。这气势让又八也软了下去，语气缓和了一些："喂，你快走啊！"

阿通依然赖在地上不起身，这下又八又火了，他猛地用单手抓起阿通的衣领："我看你走不走！"

又八拖拽着阿通跌跌撞撞地往前走。当阿通要向池中的小船呼救时，又八立刻用手捂住她的嘴，然后把她扛起来，像扔小鸡一样扔到了祈雨堂里。

又八将脸贴在格子门上，观察着火把的一举一动。小船渐行渐远，在离祈雨堂两百米的地方，拐入了池尻河，然后火把的火光就渐渐地消逝在苍茫的夜色中。

"……啊！这下好了！"

又八拍拍胸口松了一口气，但心情尚未平静。

阿通人虽在自己手上，但她的心却另有所属。又八这一晚上深切体会到了拖着一具没有灵魂的躯壳走路是多么辛苦了。

如果强奸阿通，强行将她占为己有的话，那阿通肯定会以死相逼，说不定会咬舌自尽。又八从小就熟悉阿通的性子，所以不敢贸然行事。

"绝对不能让她死！"

此刻，盲目的冲动以及沸腾的性欲正在折磨着又八。

"为什么如今她那么讨厌我，而那么爱慕武藏呢？在这之前，我们俩在她心中的位置可是正好相反的啊！"

又八不得其解。他一直深信自己要比武藏更受女孩子欢迎——尤其是和阿甲,以及一干女孩子交往之后,他更加坚定了自己的信念。

他坚信,一定是武藏为了诱惑阿通而不择手段,一次又一次在她面前说自己的坏话,结果阿通变得那么讨厌自己了。

武藏如此蛇蝎心肠,见面的时候却花言巧语地和自己聊友谊情深——

(看来我还是太单纯了,又被武藏给骗了!竟然还被他的那番虚情假意感动得落泪,真是丢死人了……)

又八倚在格子门上,想起了佐佐木小次郎在妓院内对自己的忠告。

二

又八现在有些明白了,佐佐木小次郎当时所言虽然逆耳,可是句句都是忠言啊!

他说自己人太好,所以容易被骗,说武藏肚子里是一肚子坏水,还打比方说:

"连你屁股上的毛都被武藏给拔去了!"

现在想来,当时他的话语真是贴切,句句一针见血。

同时,又八对武藏的认识也大为改观。以前,无论两人之间发生多么大的变故,友情都能够恢复如初。可是这次,又八对武藏却是憎恶至极。

"武藏竟然如此对我……"

又八深深地咬着嘴唇,内心深处涌起对武藏的诅咒。

又八比较感性,要比常人更加爱恨分明。虽然有时候,他会在内心深处强烈地诅咒某个人,但却不会永远怀恨在心。

然而经过这件事之后,又八却对武藏产生了无尽的仇恨,甚至把他的祖宗八代也一并怀恨在心。又八和武藏从小一起长大,为何会结下如此深的仇怨呢?

因为在又八心中,武藏是一个彻头彻尾的伪君子。

以前,每当武藏遇见自己,都会说一番大理论,什么认真做人,发奋图强啦,什么携手并肩,出人头地啦。现在想想,真是觉得恶心。

每当想到自己竟然被武藏的一番花言巧语骗得眼泪直流,他就气不打一处来。自己太老实了,结果被武藏玩弄于股掌之间。又八想到这里,更是悔恨交加,血脉喷张。

(世间所谓的善人,其实都是武藏那样的伪君子。你们都这样了,也别怪我学你们。我一定奋发图强,早日抛掉单纯,迈入你们的行列。说我是坏人,那也没什么,反正大家都一样。即使耗尽一生,我也要阻止那浑蛋出人头地。)

又八本来是一个心里藏不住事的人,可是这次他却将这毒誓深深地藏在了心底,当然这也是他有生以来下得最大的一个决心。

他"哐"的一声踢开了身后的木格子门。刚才把阿通扔进祈雨堂的又八，与现在经过门外抱腕沉思后的又八，在须臾之间已经完全判若两人，犹如小蛇变成了巨蟒。

"哼！别哭了！"

又八望着祈雨堂中黑暗的地面，冷冷地说：

"阿通！"

"……"

"喂！……快点回答我刚才问你的话！听见了没有？"

"……"

"你光哭有什么用，我又不知道！"

又八抬脚要去踹她。阿通见状，立刻将肩膀缩到了一边。

"我对你没什么好说的，你要还是个男人，就赶紧一刀把我杀了！"

"做什么美梦？"

又八从鼻子里发出嗤笑之声。

"我刚才已经决定了，你和武藏耽误了我的一生，那我也将用一生来让你们不得安宁！"

"一派胡言，耽误你的是我们吗？真正耽误你一生的，是你自己，还有那个叫阿甲的女人！"

"你说什么？"

"为什么你和阿杉婆都那么喜欢憎恨他人呢？"

"别废话，快点回答我，愿不愿意做我的老婆！"

"我都告诉你好多遍了，我不愿意！"

"你骗人！"

"只要我还活在这个世上，那我的心中就只有宫本武藏一人，再也容不下别人……再说，我阿通平生最最最讨厌你这种没出息的男人，只要一看到你，我就恶心得浑身起鸡皮疙瘩。"

三

任何男人受到这番侮辱，要么会选择弄死对方，要么会选择放手。

阿通把自己想说的话全都说了出来，心中痛快了许多，脸上也现出一副豁出去的表情。

"——哼！你可真够绝情的啊！"

又八努力控制住颤抖的身体，勉强挤出一丝冷笑。

"原来你这么讨厌我！——现在都说明白了，这样也好！——阿通，我今天也跟你说明了，你喜欢我也好，讨厌我也罢，反正我今天一定要得到你的身子！"

"……？"

"你在发抖吗？怕吗？……哈！哈！哈！你都能说出那么绝情的话，应该不会怕的吧？"

"我不怕！我在寺庙长大，从小连父母的面都没见过，死又何所惧？"

"我可不是和你开玩笑！"

又八蹲到阿通身旁，阿通赶紧将脸扭到了一边，可又八又恬不知耻地将脸贴了过去。

"我可不舍得杀你，我要慢慢地折磨你！"

又八突然紧紧抓住阿通的左肩膀，并隔着衣服狠狠咬向阿通的手腕。

阿通发出一声哀号。

她倒在地上挣扎，可是越想摆脱又八的牙齿，又八咬得越深。

鲜血沿着袖子流到被捆绑的双手指尖。

又八像只咬住猎物的鳄鱼一样，死活不肯松口。

"……"

在月光的映照下，阿通的脸色更加惨白，渐渐失去了知觉。又八见状赶紧松开牙齿，然后解开绑住阿通嘴巴的布条，打开她的嘴巴，看看舌头还在不在。——又八最怕阿通会咬舌自尽。

剧烈的疼痛让阿通一时昏了过去，脸上沁出一层细细的汗珠。

"……喂，别装了！……阿通，阿通！"

又八猛烈地摇晃着阿通的身体，阿通终于醒了过来，疼痛让她再次躺在地上打滚，口中大喊：

"痛！……好痛啊！城太，城太！……"

"痛吗？"

又八脸色苍白，肩膀一耸一耸地喘着粗气：

"即使伤口好了，我的齿痕也会长久地保留在你的身体上。要是让别人看到了，该做何感想呢？……要是让武藏知道了，他又会怎么看呢？……反正再过一会儿，你就是我的人了，所以我要先做个记号。你想逃就逃吧！我会公告天下，谁要是敢碰有我齿痕的女人，那他就是我的情敌，我一定不会放过他！"

"……"

梁上的尘土往下掉，黑漆漆的地面上传出阿通的阵阵饮泣声。

"……别哭了，你还要哭到什么时候？我都快被你给烦死了！我不折腾你了，你给我乖乖待在这里。……我去弄点水来！"

又八从祭坛上取下一个容器，正要走出门外，发现有人站在格子门外向里偷窥。

四

"谁？"

又八心中大惊。门外之人发现自己被发觉之后，撒腿就跑。又八猛地拉

开格子门，追了出去。

"浑蛋，别跑！"

又八很快就将那人给抓住了，定睛一看，原来是附近的农夫。那农夫吓得浑身发抖，他说自己正用马驮了一些谷物，准备连夜送到盐尻的店铺去。

"我真没什么坏心思！我只是听到祈雨堂中有女子的哭声，觉得奇怪才过去看看的。"

对方极力解释，像一只大蜘蛛一样，跪在地上，磕头求饶。

又八最擅长欺负弱小，他立刻摆起架子。

"真的没别的目的？"

他就像官僚一般，站在那里耀武扬威。

"是的，仅此而已……"

农夫跪在那里颤抖不已，又八又说：

"嗯！那就饶了你吧！不过你得把马背上的货全卸下来，然后驮上那位女子，送我到要去的地方！"

像这番无理的要求，任何人听到，都会想捅对方一刀。可是农夫力量太弱，只能卸下货物，扶阿通上马。

又八捡起一根竹枝，敲打着在前面牵马的农夫。

"嘿！种地的。"

"是。"

"别往大路走！"

"那往哪里走啊？"

"我要去江户，你给我拣人迹罕至的小路走！"

"这……这怎么可能呢？"

"什么不可能？只要绕小路就行了。绝对不能走中山道，要走从伊那到甲州那条路！"

"这条山路很不好走的，需要爬过姥神山和权兵卫山两座大山。"

"你给我爬就行了！要是敢偷懒，小心我揍你！"

又八继续拿竹枝抽打着前面的农夫。

"我会给你饭吃的，你不必担心，尽管走就是了。"

那位农夫带着哭腔说：

"老爷，我把您送到伊那，到了那儿，您就把我放了吧！"

又八摇头。

"啰唆！必须把我送到江户，要是敢耍什么花招，小心我杀了你。再说了，我现在需要的就是这匹马，至于你嘛，有没有都无所谓！"

山路昏暗，越往上走越险峻。当赶到姥神山半山腰的时候，已是人困马乏。脚下是茫茫的云海，远处天边泛起微微的霞光。

阿通被绑在马背上，一路上一言不发，现在望见漫天的朝霞，心情渐渐平静下来。

"又八大人，您就积点德，将那农夫放了吧！还有，把这匹马也还给他。——我绝不会逃走的，那农夫太可怜了。"

又八有些疑虑，但禁不住阿通的再三请求，最终将她从马背上松绑，嘱咐她说：

"你可要乖乖地跟着我呀！"

"嗯，我不会逃的。再说我手腕上还有你的齿痕，我怎么会逃呢？"

阿通用手捂住手腕上的伤口，同时紧紧地咬着自己的嘴唇。

星之中

一

武藏现在已经练就了一种功夫——无论何时何地，只要他想睡觉，立马倒头就能入睡。虽然时间很短，但也能保持充沛的精力。

昨夜亦是如此。

回到权之助家之后，武藏连衣服都没脱，找了一间屋子，倒头就睡。早上起得还很早，当小鸟发出第一声鸣叫的时候，他已经睁眼了！

昨晚从野妇池进入池尻河，等到家已经后半夜了。武藏醒来之后，觉得昨晚把权之助累坏了，这么早，他肯定还在睡觉吧！那老母亲也应该还在休息！所以武藏就没着急起来，以免打扰到他们。他躺在榻榻米上，一边听着小鸟的鸣叫声，一边等待着隔壁的拉门声。

——这时。

外面传来哭泣声，那声音不是来自隔壁，而是来自更远的房间。究竟是谁呢？

"……咦？"

武藏屏气凝神静听。好像是权之助，哭声忽高忽低，有时候竟犹如婴儿一般号啕大哭。

"娘，您太过分了吧！我也很不甘心啊！……娘，难道您不知道我比您还不甘心吗？"

武藏只能断断续续地听到权之助的只言片语。

"一个大男人哭什么——"

老母亲像在教训三岁小儿一样，语气平静且坚决。

"你要是觉得不甘心，以后就得好好修行武艺，决斗时要处处小心……别哭了，真难看，快点把脸擦干净。"

"嗯……我不哭了！昨天让您看到我那么熊的样子，真是太对不起了，您就原谅我吧！"

"批评归批评，不过仔细想想，你的武艺和他之间确实有一段距离。再加上你的生活过于平静，结果导致你的武艺也迟钝了。所以说，输也是必然的！"

"被娘这么一说，我更感惭愧了！平时朝夕受您的教诲，直到昨晚我才知道自己还有很长一段路要走。就我现在这水平，还想在武林中闯出一片天，实在是太自不量力了！娘，我觉得我还是做普通老百姓吧！整日舞枪弄棒总比不上拿锄头种田，这样也可以让您过上衣食无忧的生活。"

武藏本来以为他们的交谈和自己毫不相关，可是仔细听下来，原来谈论的主角正是自己。

武藏心头一惊，立刻坐了起来——没想到他们对一次胜败看得如此之重。

武藏原以为昨晚的误会已经过去了，万万没有想到昨晚权之助输给自己一事会给母子二人留下那么大的阴影，乃至使他们痛哭流涕，懊恼不已。

"……这种输不起的人，真让人受不了！"

武藏一边在嘴里嘀咕，一边悄悄躲入隔壁房间。借着早晨微微的亮光，他偷窥着隔壁的动静。

隔壁是这家的佛堂，老母亲背对佛坛而坐，儿子伏在佛坛前哭泣。权之助，这个膀大腰圆的大男人竟在老母亲面前哭得稀里哗啦。

他们没有发现武藏。听权之助说完，老母亲勃然大怒，抓起儿子的衣领，厉声问道：

"你说什么？……权之助，你刚才说什么了？"

二

老母亲听到权之助打算一辈子做农民的想法，气就不打一处来。

"你说什么？要当一辈子农夫？"

她抓起权之助的衣领，将他拉到自己膝盖前。像打三岁小孩屁股一样，咬牙切齿地责骂权之助。

"我本来指望你能够出人头地，重振家族声威，可谁承想你这么没出息。看来我这么多年来的期望要和这草屋一起朽烂了。早知道这样，我当初何必教你读书，让你学武艺，何必过那吃糠咽菜的苦日子！"

老母亲说着说着，声音开始哽咽。

"你是因疏忽才落败，怎么就没想过一雪前耻呢？幸亏那浪人还住在家里，等他醒来，你们再比试一场，一定要赢回你那被挫败的信念。"

权之助抬起头来，面露难色。

"娘，我要是能打赢他的话，又何必跟您说这些丧气话呢？"

"这不像平常的你啊？为何变得如此消沉？"

"昨晚我不是陪那浪人出去了一趟嘛！我其实一直在找机会，想给他致命一击，可是无论如何我都下不去手！"

"那是因为你太懦弱了。"

"不是因为我懦弱。我的身体里流的是木曾武士的血，还曾在御岳的山神面前祈愿二十一天，最终在睡梦中悟得了使用木棍的精髓。就这样输给一个毫不知名的浪人，我确实也非常不甘心。——但不知道怎么了，只要一看到那个浪人，我就下不了手！"

"你是不是在山神面前发过誓，立志要成为一流的棍术大师？如果是的话，那你就必须战胜他！"

"但是，仔细想来，我所掌握的棍术其实都是自己摸索的，说得不好听一点就是'闭门造车'。我不可能成为一流的棍术大师。这些年，为了锻炼武艺，我把家给拖累了，还让您忍饥挨饿，所以我才会萌发放弃棍术，专心耕田的想法。"

"以前你和那么多人交过手，从未有过败绩。昨天你败给那个浪人，我觉得可能是山神想惩罚你的自满。你放弃棍术，也许会给我换来锦衣玉食，但我又有何心思去享用呢？"

老母亲的谆谆教导还在继续。她不断怂恿儿子等武藏醒来之后，再和他比试一场。如果再次败了，那再选择放弃棍术也不迟。

武藏躲在纸槅门的阴影里，将二人的谈话听得一清二楚。武藏心中有些犯难：

"这可怎么办呢？……"

武藏悄悄溜回自己的房间，坐在榻榻米上发着呆。

三

这可如何是好呢？

自己若是露面，他们母子二人肯定会提出比武的要求。

如果真要比武，那获胜的肯定是自己。

武藏确信！

如果权之助再次失败的话，那他可能就会放弃自己一直以来引以为傲的棍术，彻底断了自己的习武志向。

还有那位老母亲，儿子的成功是她唯一的生存支柱，即使生活再贫穷，她也不忘对权之助的谆谆教导。一旦权之助失败了，那老母亲该会多么伤心啊！

"……看来，还是不比的好！我从后门偷偷溜走得了！"

武藏轻轻推开后门，溜出屋外。

初升的朝阳透过树梢，洒下一片不规则的白色斑点。武藏回头看了一眼仓库外面的院子，阿通骑过的母牛还拴在那里，它正沐浴在朝阳下，悠闲地啃着青草。武藏突然特想送给那牛一句祝福：

"希望你能够在这里健康快乐地生活！"

武藏走出防护林，大步行走在驹岳山脚下的田埂上。

天气依然比较寒冷，迎着阳光的一侧耳朵还比较暖和，逆光的一侧就感觉冷得要命。天空晴朗，驹岳山也将自己的整个身姿展现在世人面前。从山顶吹下的微风轻抚着武藏的衣襟，昨晚的疲劳和焦躁都消失殆尽。

仰望天空，白云悠悠。

天空中飘着无数的白云，每一朵的形状都不尽相同。它们在天空中自由自在地翱翔，在湛蓝的天空中做出一个个鬼脸。

"不必焦虑，也不必担心。月有阴晴圆缺，人有悲欢离合，一切都是命中注定。虽然城太郎和阿通柔弱，但柔弱也有柔弱的福分，上天会安排善良的人保护他们的！"

昨日萦绕在武藏心头的迷茫——不，更应该说是从马笼岭的女瀑男瀑之后，一直挥之不去的踌躇彷徨，在今天早上，一下子都烟消云散了。武藏又找回了自己该走的路。阿通？城太郎？——这一切都是过眼云烟。

午后时分。

他的身影出现在了奈良井的客栈中。

奈良井的街道两旁店铺林立，有熊胆店，店铺檐下的笼子内还养着活熊；有百兽屋，门前挂着各种各样的兽皮；还有木梳店，里面摆着木曾出产的各种木梳。此外，这里的客栈也是热闹非凡。

武藏走进街道拐角的一家熊胆店，门上挂着一个大招牌，上面写着"大熊"二字。

"有人吗？"

武藏探头进去。

店铺里面有一口铁锅，正烧着开水，老板在旁边喝着茶。

"客官，有何贵干？"

"请问大藏先生的店铺怎么走？"

"啊！大藏先生啊？从这儿往前走，过了前面那个十字路口——"

老板从店内走出，给武藏指路。恰在这时，店里的小伙计从外面回来。老板便吩咐他说：

"喂，喂，你过来！这位客官要去大藏先生那里，他的店不好找，你带他去吧！"

小伙计应允在前面带路。武藏感觉一股浓浓的热情扑面而来，他想起了权之助对他说的话，奈良井的大藏先生德高望重，果然不是浪得虚名。

四

武藏听到大藏先生开了一家草药的批发店,还以为会跟路边鳞次栉比的小店一样。但是,等真的到了那里,武藏大吃一惊。

"武士大人,这里便是大藏先生的府邸。"

眼前是一座大宅院,若无人引路,还真是不好找。那名小伙计向他指明之后,就转身回去了。

虽说是店铺,但门前却没有幌子和招牌,只有三扇锈迹斑斑的格子门,旁边有两个土墙仓库,四周围绕着高墙,门口上方挂着遮阳篷。这家店铺比较隐蔽,要是没人引路,还真是不好找。

"有人在吗?"

武藏拉开大门问道。

屋内非常昏暗,大小和一个酱油铺子差不多,冰冷的阴风迎面吹来。

"是谁啊?"

有人从柜台后面走了出来,武藏也顺手带上门。

"我叫宫本武藏,是个浪人。我的弟子城太郎是一个年约十四岁的小男孩,听说他昨晚或者今天早上来过贵府求助,不知是否属实?"

武藏的话还没说完,对面的大伙计就频频点头,口中念道:

"应该是那个孩子吧!"

他恭敬地递给武藏一个坐垫,一番客套之后,向武藏诉说了事情的经过,可是结果却很令武藏失望。他说:

"实在是非常抱歉!昨天半夜,那孩子确实来过,把门敲得震天响。当时恰巧我们家大藏大人要出远门,我们都在忙着帮他收拾行装——开门一看,正是您要找的城太郎。他就站在门外,神情非常着急!"

老字号店铺的伙计一般都比较率直,讲话也讲究来龙去脉,当时的经过大致如下:

好像有人告诉他:"奈良井的大藏先生喜欢行侠仗义,有什么难处可以去找他。"

结果那孩子就哭着跑来了,他向我家主人诉说了阿通被劫走的事儿。我家主人宽慰他说:

"虽然这种事非常棘手,但是我一定会派人帮你去找。如果是附近的野武士或者挑夫干的,那很快就可以查到。如果是过路的行人干的,那就麻烦了。阿通可能会被藏在某处,或者通过小路被带走了!"

从昨天夜里一直到今天早上,我家主人派人四处寻找,但却毫无线索。应该是被过路的行人给劫走了。

城太郎见我们没找到人,就又开始哭鼻子。而我家主人今天早上又急着出发,于是就对他说:

"要不这么着！你跟我一起走吧！我们一边走一边找你的阿通姐姐，说不定还会在路上碰见你的武藏师父呢！"

城太郎一听，就跟找到了救星似的，立刻决定一起走。大伙计还告诉武藏，两人刚刚出发没多久。武藏非常遗憾地回应说：

"这么说来，他们也就刚刚离开两刻钟吧！"

五

时间已经过去了两刻钟，现在再怎么赶也赶不上了！武藏好不惋惜，但他继续追问道：

"请问大藏先生的目的地是哪里呢？"

大伙计也难以给出明确的答案。

"您也看到了，我们店虽说是一家草药店，但却没有悬挂招牌。草药都是去山中采好了，然后在春秋两季，由店员背着草药去各地销售。这样一来，我们家主人的闲暇就多一些。但他一旦闲着，就会去参拜神社或寺庙，要不就去泡温泉，还喜欢游览名山大川——我觉得他这次可能会从善光寺出发，然后经过越后路，最终抵达江户。"

"看来你也不知道你家主人的行踪啊！"

"是的，主人从不告诉我们他要去哪里。哦！您看我这记性，忘了给您斟茶了！"

大伙计一边说着，一边走到店铺里面，给武藏拿茶水。而武藏此刻根本就没有心情去喝茶。

等大伙计端来茶后，武藏立刻向他询问大藏先生的容貌和年龄。

"我家主人很好认，您要是在半路遇见他，肯定一眼就能认出来。他今年五十二岁了，但身板依然硬朗。他四方脸，面色红润，脸上还有一些痘疮留下的疤痕。脑袋右侧的鬓角有点秃。"

"那身高呢？"

"跟您差不多高。"

"穿着什么样的衣服呢？"

"穿了一件条纹外衣，是用在堺市①买的一种进口棉布做的！这种布料很珍贵，世间很少有人穿的。您要是去追他的话，那这衣服就再显眼不过了！"

武藏已经基本弄清了大藏先生的特征，再和大伙计聊下去也没什么意义。于是武藏抿了一口茶水，谢过大伙计之后，便立刻起身去追。

武藏在心里盘算着，天黑之前是赶不上他们了，要是自己连夜经过洗马和盐尻的客栈，中间不休息，直接到达盐尻峰山顶的话，那肯定就会超过他们。等天亮了，在山顶等他们赶过来就可以了。

---

①译者注：堺市是大阪府下面的一个市，位于大阪湾东岸，是一处重要的通商口岸。

"就这么办了,我先超过去,然后再等他们。"

当武藏经过赘川、洗马,到达山脚下的客栈时,太阳已经快要落山了。村庄上方升起了袅袅炊烟,家家户户也都亮起了灯。虽时值晚春,但整座村庄都沉浸在一片安静祥和的气氛中。

从山脚到盐尻峰的山顶还有二里多地。武藏一口气爬了上去,夜还未深,站在高山顶上,武藏松了一口气。置身于繁星之下,一股疲劳感向武藏袭来。

慈母棍

一

武藏睡得很香。

他躺在一座小神社内,神社门楣上方有一块牌匾,上面写着"浅间神社"四个大字。

浅间神社位于一座石头山上,这里是盐尻峰的最高点,远远望去就如同山顶上长出的瘤子一般。

"喂!快上来啊!能够看到富士山!"

叫喊声不经意间传入耳内,以手当枕,正在神社内睡觉的武藏,一个"骨碌"爬起来。灿烂的朝霞映入眼帘,但没有看到一个人影。远处是大片的云海,富士山就处于云海之上,在朝霞的映照下,富士山通体都变成了火红色。

"啊!真的是富士山吗?"

武藏如少年般发出惊讶的叫声。虽然他以前在图画中见过富士山,甚至自己在内心中也无数次勾勒过富士山,但见到真正的富士山,这还是平生第一次。

尤其是在自己爬起来的那一刹那,富士山就在自己眼前,那高度和自己没有什么差别,双方彼此对望着,这令武藏一下子忘记了自己的存在,只能一个劲地惊呼。

"啊!"

武藏目不转睛地眺望富士山,也许是感受到了什么,两行热泪顺着他的脸颊流下。武藏根本没有拂拭眼泪的念头,在朝阳的照射下,泪珠散发出红色的光芒。

——人类是多么渺小啊!

武藏深受震撼。与浩瀚的宇宙相比,武藏更加感受到自己的渺小,不禁悲从中来。

说实话，自从武藏在下松凭一把剑征服了吉冈门的数十名弟子之后，他就有些飘飘然了，内心也萌发出自负的幼芽。他觉得天下那些被冠以剑术高手的人，其实水平也都一般。此种傲慢心态，使武藏更加趾高气扬。

但是，即使成为众人尊崇的剑圣，那又算得了什么呢？生命又能延长多少呢？

武藏深感悲伤，尤其是在富士山的亘古悠久的屹立和优美身姿面前，他更加深感自己的渺小。

毕竟人类的生命是有限的，大自然的不朽是人类想模仿也模仿不来的。在世间的排序中，比自己强大的事物会排在自己的前面。毫无疑问，大自然要比人类高贵得多。武藏觉得自己不配和富士山对立相望，于是他情不自禁地跪了下来。

"……"

武藏双手合十。

他祈祷母亲在九泉之下能享冥福。他感谢大地之恩，并祈祷阿通和城太郎平安无事。武藏还在心中暗自许愿——虽然自己注定不会变得像天地神灵那般伟大，但也希望自己能够成为人类中的强者。

"……"

他再次合十。

——傻瓜，人类哪里渺小了？

他喃喃自语。

——大自然因为有人去看它，所以它才显得伟大，要是没人理它，那它什么也不是。神灵也是，因为有人信仰，所以才存在。可以看出，人类才是事物的主宰，是万物之灵。

——人类、神灵和宇宙之间，并不存在太远的距离。只要你肯努力，通过你腰间的三尺长刀就能够达到神灵和宇宙的境界。如果你觉得自己现在还难以达到，那只能说你离伟人和名人还有一段距离。

武藏合十期间，脑海中闪过了上述念头。这时，耳际又传来过路行人的声音。

"哇！看得好清楚啊！"

"很少能有机会如此膜拜富士山神啊！"

四五名行人爬了上来，他们用手遮着眼睛，欣赏着富士山的风光。在这些人中，有人看到的只是单纯的一座山，而有些人看到的则是神明。

二

从石头山俯瞰下去，山路上来往的行人非常渺小，就如同蚂蚁一般。

武藏转到神社后面，认真注视着这条山路。——他觉得，大藏先生与城太郎肯定会沿这条山路上来。

武藏现在非常放心，即使自己不小心把他们给漏过去了，那他们也会主动找自己的。

为什么这么自信呢？因为武藏为了慎重起见，在石头山下的路边拾了一块石板，在上面写道：

  奈良井的大藏先生，
  本人非常想见您一面，
  我在山顶的神社静候您的到来。
  城太郎的师父武藏

然后武藏将石板立在了悬崖上方一处非常显眼的地方。

可是，现在日上三竿，赶路的早高峰早就过了，却依然没能看到大藏先生和城太郎的身影。也无人看见那块石板后，从下面吆喝他。

"奇怪了！"

武藏满腹狐疑，内心焦躁不安。

"他们应该来的啊！"

这条山路直通山顶，然后分成三支，分别通往甲州、中山道和北国街道。山上的河水则都是往北流，然后在越后入海。

无论大藏先生是前往善光寺，或是前往中山道，都必定通过这里。

但是，世事变幻莫测，常出人意料。也许对方突然改变了方向，也许是对方在前一个山脚下就住下了，这一切都让人说不准。武藏虽然准备了一天的伙食，但他还是决定到山下的客栈把早饭和午饭一并解决了。

"……得了，就这么着了！"

武藏正要走下石头山，却突然听到有人在山下大吼。

"啊！他在那里。"

那声音充满杀气，和权之助挥棍打出时的声音非常相似。武藏心头一惊，抓住岩石往下看，底下的人也在往上看，两人的目光交汇在了一起。

"朋友，我可找到你了！"

原来是驹岳山下的权之助，并且把老母亲也一并带来了。

老母亲骑在牛背上。权之助一手握着四尺长的木棍，一手揽着牛绳，直勾勾地盯着武藏。

"朋友，能见到你实在是太好了！你是不是听到什么，然后偷偷逃走了啊？你这一走，我这脸面可就挂不住了！咱们一定要比试一次，让你再尝尝我棍术的厉害！"

三

岩石与岩石之间是一条狭窄的山路。武藏停下脚步，靠在岩石上向下望。

权之助见武藏不肯下来,便对母亲说:

"娘,您就在这儿看好吧!不是平地,我也一样能打。我这就爬上去,把他打下来让您瞧瞧!"

权之助放开手中的牛绳,握紧木棍,抬腿就要往上爬!这时,老母亲叮嘱他说:

"儿啊!别冒冒失失的,你上次不就是吃了粗心大意的亏吗?还不长记性!俗话说'知己知彼,百战不殆',要是他从上面滚石头砸你,你可如何应付?"

武藏只看到他们母子二人在底下嘀嘀咕咕说着什么,至于说的内容则是一句也听不清。

在这期间,武藏也做出了自己的决定——一定要避开这场比武。

在上次的打斗中,武藏已经获胜,并且也领教过他的棍术,根本没必要再比试一场。

而且,这对母子虽然失败,却咽不下这口气,竟然追赶自己来到此地。可见这对母子不但输不起,而且嗔恨之心令人生畏。正如同自己与吉冈门的宿怨一样,这种比武只会增添怨恨。弊多利少的事能免则免,否则一步走错,步步走错。

这位老母亲和阿杉婆有些相似,两人都非常无知,都因为盲目溺爱自己的儿子而胡乱诅咒别人。武藏对这样的老母亲是深感恐惧。

武藏不想再去招惹另外一位母亲的诅咒,所以他决定无论如何也要避开这场比武。除此之外,别无他法。

武藏本来从石头山上走下了一段,可是见此情形,他又赶紧往回爬。

"喂!武士!"

背后有人叫他,不是气喘吁吁的权之助,而是那刚从牛背上下来的老母亲。

"……"

那声音充满威严,武藏停下脚步,回头望去。

老母亲坐在石头山下,正抬头望着自己。老母亲看到武藏回头往下望,赶紧双手伏地,给他行了一个跪拜大礼。

这一跪,把武藏也给跪慌了,他不得不赶紧转身回头。那户人家对武藏有留宿之恩,而且武藏没有致谢就偷偷溜走了,本来就已经欠人家的情,可现在又受到如此大礼,武藏深感惭愧。

"老太太,您这大礼我可承受不起啊!您快起来吧!"

武藏边说边"扑通"一声跪在了地上。

"——武士,也许您瞧不上我们,觉得和我们比武掉价。但是,我们特意找您比武,并不是记恨您,也不是恬不知耻地来自讨没趣。我儿子的棍术都是他一个人自己摸索的,他一直苦于没有朋友或对手可以互相切磋。这次能够遇到您这样的高手,希望您能指导他。"

武藏依然保持沉默。那老母亲怕武藏听不清楚,故意把声音喊得很大。她的语气诚恳,令人不得不洗耳恭听。

"如果就这样和您错过了,那我们将会遗憾终生,不知以后还能不能碰见您这样的高手——上次败得那么惨,这让我们母子无颜面对以武学享誉盛名的祖先。这次我们追过来,就是想向您好好讨教,以使自己知道败在了哪里!如今难得遇到您这种高手,若不向您好好讨教,就如同入宝山而空手归,令人扼腕。所以,恳请您和我儿子再比试一场,也圆了我这老婆子的愿望!"

老母亲说完,又双手伏地,对着武藏的脚后跟叩头。

四

武藏默默地走下来,牵起跪在地上的老母亲的手,扶她上牛。他对权之助说:

"你来牵牛绳,我们边走边谈。让我也考虑一下要不要与你比武。"

武藏默默地走在这对母子前面,虽然刚才说边走边谈,但他依然是沉默不语。

至于武藏为何在犹豫,权之助是一概不知,只能用疑惑的眼神盯着武藏的脊背。母子二人紧跟武藏的步伐,不时拍打一下慢吞吞的牛,催它快一点。

——武藏会拒绝吗?
——武藏会答应吗?

老母亲骑在牛背上,露出一副不安的神情。在默不作声走了三四里路之后,武藏突然停下脚步,回头对他们说:

"喂!我决定和你比一场!"

权之助丢开牛绳,兴奋地说:

"你真的同意了吗?"

武藏扫了一下周边适合比武的场地,丝毫没把干劲十足的权之助放在眼里。

"可是,这位老母亲。"

武藏对骑在牛背上的老母亲说道:

"您可要做好万一发生意外的准备啊!比武与生死决斗只是使用的武器不同而已,其他可说毫无差别。"

看到武藏如此谨慎,老母亲脸上也首次露出了笑容:

"这位武士,你无须担心!我儿子已习棍术十年,若他果真败于你这晚辈,那他断了习武的念头也罢!——对我们这种人来说,一旦放弃习武,那

空之卷

也就没有了活着的价值，对本人来说，死也许是一种解脱。所以，我绝对不会记恨你的！"

"既然您这么说，那就好办了！"

武藏捡起地上的牛绳，指着远处的一棵松树对权之助说：

"此处来往人多，我们将牛拴好，这样也能专心比武。"

在山岭中央，有一棵巨大的光秃秃的落叶松。武藏将牛拴在松树下，说道：

"权之助先生，准备好了吗？"

武藏催促着。

已经等待良久的权之助，立即横握木棍，站在了武藏面前。武藏也在观察着对方的一举一动。

"……"

武藏没有准备木剑，也没打算捡拾别的东西来当武器。他双肩放松，两臂自然下垂。

"你不准备吗？"

权之助问他。

武藏反问道：

"为什么要准备？"

权之助愤然而怒，眼中仿佛能喷出火来：

"你必须得有一件武器，什么东西都可以！"

"我有啊。"

"两个拳头吗？"

"不是。"

武藏摇头，左手缓缓移到刀柄上。

"是这个。"

"什么？真剑？"

"……"

武藏撇嘴微笑以示回答。此时，双方之间气氛凝重，互相盯着对方的一举一动，绝不敢有半点闪失。

那老母亲原本气定神闲地坐在松树底下，听到武藏要用真剑比武，脸色不禁吓得铁青。

五

"真剑？"

当老母亲听到儿子说出这个字眼儿后，浑身一阵战栗。

"啊！请等等。"

老母亲想叫住他们。

但是武藏和权之助注意力高度集中，眼中只有对方，根本听不到老母亲的呼喊。

权之助紧握木棍，那木棍仿佛要吸尽山岭中的精气，然后在一击之中，将其全部喷出。而武藏也是手握刀柄，锐利的目光直逼对手眼眸。

此时，二人在精神上已经厮杀成一团。在这种场合，眼神的杀伤力要比木棍和刀剑的杀伤力更为强大。首先用眼神震慑住对方，然后再用木棍、刀剑或其他的武器一举制伏对手。

"等一等啊！"

老母亲再次大声喊叫。

"——什么？"

武藏退后四五尺之后问道。

"你真的要用真剑比武吗？"

"是啊！——对我来说，木剑和真剑都一样。"

"我并不是想阻止你……"

"您早点知道也好。我的剑可是不长眼睛的，只要比武一开始，我就不会照顾任何人，我会使出全部的实力。要是害怕，现在逃还来得及！"

"我不是这意思，我是想让你们在比武之前先介绍一下自己，免得以后没机会了再后悔。——所以，才叫住了你们！"

"哦，原来如此！"

"不管结果怎样，我都不会记恨您的！能和您这样的高手切磋，是我儿子的福分。阿权啊！你先做个自我介绍！"

"好！"

权之助恭敬地行了一礼。

"我家祖先乃是木曾殿下的家臣太夫房觉明。木曾殿下去世之后，祖先觉明就出家了，成为法然大法师的入室弟子。不过后来，家道中落，到我这一代已经变成一介草民。家父在世时，曾受人欺辱，于是和家母一起在御岳神社发誓，要靠武艺将家门发扬光大。后来，我将在神灵面前领会到的棍术命名为'梦想流'，因此他们也称呼我为'梦想权之助'。"

权之助语毕，武藏也还礼介绍自己说：

"鄙人乃播州赤松的支派，平田将监的后裔，家住美作乡宫本村。父亲是宫本无二斋，我叫宫本武藏，是家中独子。鄙人只身一人闯荡江湖，无亲无友，今天即使死于你的棍棒之下，也无须为我善后。"

说完之后，武藏摆好战姿，对权之助说：

"出招吧！"

权之助亦再度紧握木棍，回应说：

"好！"

六

老母亲坐在松树的树根上，屏气凝神，紧张地注视着眼前的一切。

如果说这是天降灾难的话，那也是自己找的，是自己撺掇儿子追上来，结果让他暴露于对手的利刃之下。老母亲的内心常人难以理解，即使儿子处于这么危险的境地，她也能泰然自若地坐在那里观战。老母亲就是这样固执的一个人，只要她决定了，任凭别人说什么，都不为所动。

"……"

老母亲双手放在膝盖之上，双肩稍稍往前倾，一看就知道她很在意自己的坐姿。不知她养育了多少儿女，也不知她有多少儿女已经逝去，端端正正的坐姿让她那饱经贫苦的躯体看起来更加羸弱瘦小。

——此时，武藏和权之助正在对峙，相距不过数尺。

"出招了！"

战斗一开始，老母亲的眼眸中放出异彩的光，犹如天地众神都汇集于她的眼眸，通过她的眼眸来观战一般。

权之助已将自己的生命完全寄托在了武藏的剑上。在武藏拔出剑的那一刹那，权之助就知道了自己的宿命，禁不住全身冰冷。

"奇怪，这人怎么和之前判若两人？"

权之助颇感异常。

权之助发现眼前的武藏和数日之前在院子里和自己打斗的武藏完全不同。若以书法来形容的话，那晚武藏的动作就如同是行云流水的草书。但今天的武藏严肃刚毅，那动作就如同楷书，一横一竖一丝不苟。权之助察觉到自己低估了武藏的实力。

权之助一直引以为傲的木棍今天也失去了往日的风采，只能被举在头顶，以顶住武藏凌厉地进攻。

"……"

"……"

荒原上生起了一层雾霭，或聚或散，变化无常。在远处的大山前，一只大鸟正在悠闲地飞过。

"啪"的一声，两人之间的空气激烈动荡。震动过于剧烈，若此刻有飞鸟从此飞过，那也必定会被震落。这声响不是木棍搏击长空的声音，也不是利剑划破苍穹的声音，而更像是禅学中的"只手之声"[①]。

武藏和权之助厮打在一起，双方移动迅速，在眼睛将看到的信息传递给大脑的几万分之一秒的瞬间，双方的位置和姿态已经发生变化，所以凭肉眼根本分辨不出谁是谁。

[①]译者注：禅学中的一个公案，日本佛学界对此有多种解读。

权之助跳起来,从上往下挥棍痛击。武藏一闪躲了过去,反手自下往上横挑对方的上半身。虽被权之助给躲了过去,但剑还是划过了他的右肩,削掉几根毫毛。

这时,武藏使出了自己的绝招,在剑刃将要离开权之助的一瞬间,他突然将剑锋一转,杀了个回马枪。在比武中,武藏经常会用这一绝招把对手送入地狱。

权之助根本没料到武藏会在中途将刀锋一转,他惶恐万分,只好把木棍举过头顶,硬挡住武藏的进攻。

"哐——"的一声,大刀击中他额前的木棍。受此劈砍,棍棒通常会断为两截,但如果大刀不是斜砍的话,棍棒一般不会断裂。权之助接招时心里有数,他双手横握木棍挡在额前,左臂肘部深深推向武藏手边,右臂肘部弯曲抬高,企图迅速反击,用木棍一端击中武藏肋骨。但出乎意料的是,武藏的大刀卡在了木棍中。武藏见势不妙,立即放手后撤,但为时已晚,木棍还是扫过了他的肋骨下方,所幸伤得不重。

武藏的大刀砍下来时和木棍垂直接触,结果木棍没有断裂,反而是大刀卡在了里面。木棍的一端也直抵武藏胸口,在还有寸余距离的时候,擦着武藏的肋骨而过。

七

现在双方进也不是,退也不是。

谁都不敢贸然进攻,因为大家都知道,肯定是焦躁的一方落败。

如果是刀与刀的对决,那可以被称作是白刃交锋。可现在一方用的是刀,另一方用的是木棍,很难对他们下一个准确的定义。

木棍既无刀鞘,也无刀刃,而且还没有刀尖和刀柄。

但是这把四尺长的圆木棍,可以说到处都是刀刃,也到处都是刀尖或刀柄。如果使用者技艺高超的话,那么棍术可以表现得千变万化,这是刀剑所不能比拟的。

习惯用剑的人会用剑术的思维去判断木棍的进攻方式,也因此为自己招来横祸。因为,木棍的招数繁多,它不仅具备刀剑的所有特质,还同时可以发挥短枪的功能。

当武藏将刀砍入木棍之后,他没敢贸然拔出,就是因为无法预知权之助下一步的出击招数。

权之助更显谨慎。因为他的木棍在头顶上撑着武藏的大刀,处于挨打劣势。别说把刀夺过来,只要精力稍有懈怠,武藏的大刀就可能飞过来,把自己的脑袋剁个稀巴烂。

权之助虽然在御岳神社的神灵面前领悟到了"梦想流"这一棍术,且能将木棍运用自如,但此刻却一招半式也使不出来。

权之助脸色转白，他咬紧下唇，眼角上挑，周边沁出密密的汗珠。

"……"

权之助头顶上方十字交叉的木棍和大刀在双方的用力下，忽前忽后，忽左忽右，犹如波浪一般。站在下方的权之助呼吸愈来愈急促。

在这时，坐在松树下屏息观战的老母亲脸色比权之助更显苍白。她大叫一声：

"阿权！"

在她大声喊出的瞬间，肯定是忘却了自己的存在。她坐得笔直，不停以手拍打自己的腰部。

"腰啊！腰！"

不知老母亲当时是否紧张得吐血，只见她一头向前栽去。

武藏和权之助缠斗在一起，木棍和大刀就像已经定格了一样，难舍难分。在老母亲叫了一声之后，倏然分开，其力量比刚才砍在一起时还要强劲。

这股力量来自武藏。

武藏往回退了三四尺，而权之助则往后退了七尺。由于反作用力过于强大，双方退过的路线，都被脚后跟掘出了厚厚的泥土。

说时迟，那时快，权之助一个箭步，腾空跃起，抡起木棍就向武藏打来。武藏一个闪身，顺手抓住权之助的衣服，将他狠狠地甩了出去。

只听权之助"啊"的一声，头差点栽到地面，整个人往前踉跄了好几步。本来权之助想抓住机会，转守势为攻势，可没想到吃了大亏。而此刻的武藏则如同一只面对强敌的老鹰，毛发竖立，眼睛在搜索着对方的每一个破绽。权之助这一踉跄，把自己的背部完全暴露在了武藏的大刀之下。

一道像雨丝一般细微的闪光，划过他的背部。权之助发出小牛般的哀鸣，往前走了三步，"扑通"一声倒在了地上。

武藏也用手按住肋骨下方，一屁股跌坐在草丛中。

"——我输了！"

武藏大叫一声。

而权之助则趴在那里，毫无声息。

八

权之助长时间趴在那里，一动不动。老母亲见此情景，以为儿子已经死了，悲恸欲绝。

"别担心，我是用刀背打的！"

武藏向老母亲做出解释，但老母亲却并没有起身。

"您快去给弄点水吧！您儿子肯定没有受伤。"

"……嗯？"

老母亲这才缓过神来,她抬起头,满脸狐疑地盯着武藏。确实如武藏所言,权之助身上没有半点血迹。

"噢!"

老母亲跌跌撞撞地爬到儿子身边,给他喂水,呼唤他的名字,并不停地摇晃他的身体。权之助这才苏醒过来,看见武藏茫然地坐在一边,赶紧致谢。

"多谢手下留情。"

他边说边双手伏地,给武藏叩头。武藏也赶紧还礼,慌忙握住对方的手说:

"不,输的人不是你,是我。"

武藏掀开衣服,让他们看自己肋骨下方的伤痕。

"这是被你打的,已经淤血了!要是再近一点,我这小命恐怕都没了。"

武藏不知道这样说,他们会不会相信,他希望通过这一方式让对方相信他们没有输。

同样,权之助和他母亲也都张口结舌,望着武藏皮肤上一个小小的红斑点,不知说什么好。

武藏放下衣襟,询问老母亲。"为什么要在比试时,大喊'腰'呢?是不是当时权之助腰部露出了破绽,所以您才大声提醒他呢?"

老母亲如实回答说:

"实在很羞愧,犬子用木棍拼命抵挡您的大刀时,双足被死死地钉在了地上。他退也危险,进也危险,命悬一线。虽然我不懂武术,但旁观者清,我看出您的一个破绽。但犬子当时全心应战,他当时只在考虑是该出招,还是后退,根本没注意到这一破绽。依我看来,他的上身不需要变化,只要稍微蹲低腰部,木棍就可以击中您的胸膛。所以我才不自觉地叫了出来。"

武藏点头默许,对能够有机会和他们母子二人切磋表示感激。

权之助在一旁默默地听着,想必感悟到了什么。这次不再是御岳神社的神灵面前感悟到的"梦想流",而是现实中的母亲眼见儿子处于生死边缘,因为母爱而激发出的"穷极活理"。

权之助本来是木曾的一名农夫,后来被人尊称为"梦想权之助",是"梦想流"棍术的始祖。他在自传的后记中记下了母亲的话语,题为《母亲的一招》。

这篇文章记录了伟大的母爱,以及与武藏比武的过程,但并未写"赢了武藏"。在他一生中,他都说自己输给了武藏,并且将输的过程一一详记下来。

武藏向这对母子送上了衷心的祝福,然后就和他们作别,离开了荒原。

当武藏来到上诹访附近时,他发现一名武士正在马子驿站向来往行人打听自己的下落:

"您有没有看到一个名叫武藏的人从此经过?他应该走的就是这条路——"

 一夜之友

一

疼死了……

权之助的木棍戳中了他的肋骨边缘,至今仍隐隐作痛。

此时他来到山脚下的上诹访附近,打听城太郎和阿通的消息,内心一直惴惴不安。

接下来,他又来到下诹访一带。下诹访的温泉非常有名,他打算先去泡泡温泉,解解乏。

这个小镇位于湖畔,有一千多户人家。有一家客栈在店前搭了一间温泉小屋,背靠来来往往的大马路,前往泡澡的人络绎不绝。

武藏将衣物连同大刀、小刀一起挂在树枝上,然后跳入一个露天温泉浴池。

"爽!"

武藏把头枕在石头上,闭目休憩。

早晨,昨天受伤部位的皮肤硬得像皮革一样,现在泡在温泉之中,再加上武藏不停地去揉搓,这一部位的血管渐渐缓和过来,血流加快,搞得武藏昏昏欲睡。

夕阳西下。

住在湖畔的多是打鱼人家,户与户之间都隔着水。黄昏时分,水面上升起淡紫色的雾霭,远远望去,犹如温泉上散发的蒸汽一般。隔着两三块田地就是车水马龙的大道,一片熙熙攘攘的景象。

路边有一家卖油和日用品的小杂货店。

"我买一双草鞋。"

一名武士坐在点头的矮凳上,整理着自己的鞋。

"我听闻一名武士在京都一乘寺的下松单身挑战吉冈门数十人,并且还获胜了。当今世上,这样的高手真是罕见啊!据说他会从此经过,不知诸位见过没有?"

看来这名武士在越过盐尻峰之后,就一路打听着来到此地。显然他不认识武藏,被问的人也是一头雾水,反而还询问他武藏的服装和年龄等。武士

只能如实地回答说：

"至于具体情况，我也不太熟悉！"

众人都非常热心地问他为何要找这样一个人。那名武士获悉无人见过武藏之后，脸上露出失望的表情。

"真希望能见到他……"

武士整理好鞋之后，依然在傻傻地喃喃自语。

难不成他是在找自己？

武藏泡在温泉里，隔着一片田地端详着那名武士。

也许是长途跋涉的缘故，那名武士被晒得黝黑，年龄四十岁左右，看起来不像是一名浪人，应该是一位领主。

他的鬓角的毛发被斗笠的系带磨得乱七八糟。此人骨骼强健，若在战场上，肯定是一名虎将。武藏觉得如果他脱掉外衣的话，身上应该会有甲胄和护具留下的痕迹。

"奇怪……我不认识这人啊？"

武藏正纳闷着，那名武士已经走远了。

从他刚才提起吉冈门的语气来看，这人可能会是吉冈门的弟子！

吉冈门弟子众多，其中既有刚毅有志之士，也有老奸巨猾之徒，当然想找他报仇的人也不在少数。

武藏擦干身体，换上衣服，混入熙熙攘攘的人群。这时，刚才那名武士不知从哪里突然冒出来：

"请问……"

他站在武藏面前，仔细端详武藏的面容。

"莫非阁下就是宫本大侠吧！"

二

武藏一脸疑惑，他点头默认。那名武士非常欣喜：

"啊！果然是您。"

他为自己准确的第六感而感到高兴，不无自豪地说：

"终于找到您了，我真是太幸运了！……不瞒您说，自从开始旅行的那天起，我就觉得肯定会在什么地方碰见您。"

那名武士自己乐不可支，未待武藏回话，便邀请武藏晚上和他一起投宿。

"您放心，我不是坏人。说起来可能招您笑话，我出来旅行的时候都是带十四五名仆人，并且还需要牵一匹备用马。对了，先介绍一下我自己吧！我叫石母田外记，是奥州青叶城的城主，同时也是伊达政宗公的臣下。"

武藏决定和他结伴同行。外记挑了位于湖畔的一家大客栈，办完入住手续，他问武藏：

"要不要去泡温泉？"

他问完，又觉得有些不妥，赶紧打圆场说：

"唉！阁下方才在露天温泉泡过了，我还这么问，真是抱歉啊！"

外记脱掉行装，拿起毛巾就走了出去。

武藏觉得这男人挺有意思，但心里还是挺纳闷的。武藏对他一无所知，不知道他为什么要寻找自己，也不知道他为何对自己如此殷勤。

"这位客官，您要不要换一下衣服？"

客栈的侍女拿出便服询问武藏的意见。

"我就不换了，还不知道要不要住在这里呢！"

"噢！那好吧！"

武藏走到外面半露天的环廊中，望着眼前暮色渐浓的湖水，眼前突然浮现出阿通悲伤时的样子，他不禁担心：

"她现在境况如何呢？"

身后，客栈侍女准备晚饭的声音已经逐渐安静下来。屋内的灯光从背后照射过来，把自己的身影投在了暗黑的湖面上。栏杆前的水波慢慢地由深蓝转为漆黑。

"……唉，我是不是找错方向了啊？如果阿通真的被劫持了，那歹徒也不会来这么繁华的地方吧！"

正当武藏对自己表示怀疑的时候，耳边仿佛传来了阿通的呼救声。虽然武藏一向信仰天命，对任何事情都比较豁达，但此刻心中还是不免担心。

"哎呀！我泡了太久，实在是失礼了。"

石母田外记从外面回来。

"来，快吃饭吧。"

他劝武藏落座，同时发现武藏还没有换衣服。

"阁下，您怎么不换便服呢？"

语气中透出一份恳求。

武藏也非常固执，他解释说，由于自己风餐露宿惯了，所以无论是睡觉，还是走路，都穿同一身衣服，如果换成宽松的睡衣，反而会不习惯的。

"哦！原来如此。"

外记拍腿叫好。

"政宗公最在乎一个人的行走坐卧。他料想您毕竟不同于凡人。看来，果真如此啊！"

外记借着灯光，仔细地打量着武藏的面孔，仿佛连脸上的坑疤都要观察清楚。

他回过神之后，对武藏说：

"能和您相识，我实在是太高兴了！"

他涮了一下酒杯，给武藏斟满酒，看来今晚是想把酒言欢，痛快一番。

武藏正坐，双手扶膝，行完礼之后，问他：

"外记阁下，您为何一路打听我的下落？又为何如此盛情地招待我呢？"

三

被武藏这么一问，外记也觉得自己似乎有点太一厢情愿了。

"呀！我的做法可能让您有点不太舒服——不过，我真的没别的意思。如果您问我为什么要对您这样一位路人如此热情——一句话，是因为我对您非常敬仰。"

接着又补充说：

"哈！哈！哈！这也许就是男人和男人间的惺惺相惜吧！"

他又重复说了一次。

石母田外记非常直率地表明了自己的内心世界，但武藏却认为他的表述还不够彻底。

若说男人和男人之间的惺惺相惜，这武藏完全可以理解。至于敬仰的话，那武藏就不太熟悉了，因为他还从来没有碰到一个让他心生敬仰的人。

在武藏接触的人中，给他留下深刻印象的有三位：泽庵、光悦和柳生石舟斋。泽庵令人生畏，光悦与世隔绝，至于柳生石舟斋则是自视清高，不易亲近。

回顾以往的知己，似乎找不到能让自己心生敬佩的人。然而，石母田外记竟如此轻松地对自己说：

"因为我对您非常敬仰！"

武藏在心中怀疑，他是不是在奉承自己呢？轻轻松松就说出这种话的人，肯定是一个轻薄之徒。

但是，凭外记的刚毅风貌，应该不是轻薄之徒。于是，武藏又一本正经地追问道：

"刚才您所说的敬仰是什么意思？"

外记似乎做好了他要询问此问题的准备：

"实话实说，自从我听到阁下在下松的壮举之后，就一直憧憬着有朝一日能见到您。"

"这么说来，您在京都逗留了不短时间啊？"

"我一月份去的京都，住在三条的伊达家里。就在您比武的第二天，我照惯例前往乌丸光广卿家拜访时，听闻了您的各种传言。乌丸光广卿说他与您有一面之缘，还提及您的年龄和阅历等，这更加深了我对您的思慕之情，所以决定一定要见您一面——承蒙上天的眷顾，在我返乡途中，不料竟在盐尻峰的山崖上看见了您的留言。"

"我的留言?"

"您不是在一块石板上留言——奈良井的大藏先生,我静待您的到来吗?并且还把它挂在了山崖的显眼处。"

"啊!原来你是看到那个啊!"

武藏觉得世间真是充满滑稽色彩——自己要找的人没找到,反而引来素不相识的人来寻找自己。

听完外记的介绍之后,武藏对此人的一片敬仰之情表示遗憾。无论是和三十三间堂的决斗,还是下松的血战,那都是惭愧和伤心超过荣耀。不过下松一战似乎已经耸动世人的听闻,使得流言迅速传播开来。

"别这么说,下松一战,我一点都不光彩!"

武藏也倾诉了自己的惭愧之情,觉得自己根本不配被对方敬仰。

然而,外记却说:

"在领俸百万石的伊达政宗公门下,不乏优秀的武士。我闯荡江湖多年,见到的剑术高手也有很多,但如阁下这般优秀的人才却很罕见,而且您还那么年轻,这都是让我肃然起敬的原因。"

外记不断夸赞武藏,又接着说:

"真心希望我们能成为'一夜之友',即使您有为难之处,也希望今晚您能住下来,我们一起把酒言欢。"

说完,外记又重新涮了一下手中的酒杯,把酒斟满。

四

武藏开心地接过酒杯。一如往常,酒精入胃之后,脸立马红了起来。

"雪国的武士都能喝酒啊——政宗公那么厉害,强将手下自然无弱兵了!"

酒过数巡之后,石母田外记依然毫无醉意。

送酒的侍女也剪过了数次灯芯。

"今晚,我们就这样喝酒聊天到天明吧!"

武藏爽快地回应道:

"好。"

他笑着问:"——外记先生,刚才听您说,您经常拜访乌丸府邸,您和光广卿是至交吧?"

"还不到至交的程度——主要是我家主人总是派我去他府上办事,再加上光广卿为人豪爽,一来二去,我们就渐渐熟络了。"

"以前经本阿弥光悦先生的介绍,我曾在柳町的妓院见过他。他性格开朗,一点也没有公卿的架子。"

"开朗?仅此而已吗?……"

外记似乎对这个评语不太满意。

"你要是和他多聊一会儿,还能感受到他的热情和智慧!"

"当时我们在妓院,就没有多聊。"

"哦,原来如此,您只是看到了他世俗的一面罢了!"

"那他究竟是一个什么样的人呢?"

武藏顺口问道,外记摆正坐姿,连说话的口吻也变了,一字一句地说道:

"他是一个忧郁的人!"

说完又补充道:

"——他的忧郁源于幕府的横行暴力。"

湖水的波浪轻轻地敲打着岸边,屋内的灯火也随着微风轻轻摇曳。

"武藏先生,您练剑究竟是为了谁呢?"

武藏还从未遇见过这样的问题,他率直地回答道:"为了我自己。"

外记用力地点点头。

"哦,原来如此。"

接着又继续追问道:"那你自己又是为了谁呢?"

武藏不知如何回答。

"难道也是为了你自己吗?先生这样的剑术高手,不会为了一点小小的荣耀就满足了吧!"

两人的谈话,至此才算正式开始。也可以说是外记特意设计了一个突破口,然后将自己想说的话吐了出来。

在外记看来,虽然现在天下控制在德川家康手中,并且到处都在鼓吹国泰民安,但老百姓并没有真正得到幸福。

历经北条、足利、织田、丰臣数代,战乱纷飞,各派诸侯争权夺势,其中受苦最深的就是人民与皇室。皇室被乱臣所控制,而百姓也惨遭奴役之苦——而唯有介于两者之间的武士阶层还算繁荣昌盛。自源赖朝之后,各位大名都崇尚武家政道,最终形成了今天的幕府制度。

织田信长稍有注意到此弊端,特意为天皇营造了宫殿,以示对他的尊敬。丰臣秀吉对天皇也是极为尊敬,并且致力于恢复朝廷的威信,甚至遵照古礼为天皇举办了一次盛大的聚乐第行幸。此外,还采取了一些造福百姓的方针政策。然而到了德川家康时,所有的一切全以德川家为中心,庶民的幸福和皇室又再次被践踏。现在,幕府的权势越来越大,整天就只知道横行霸道。

石母田外记告诉武藏:

"在天下诸侯中,唯有我家主人伊达政宗公能够洞察这一切——当然了,在公卿中,乌丸光广卿等人也是可以的。"

五

任何人都不喜欢听别人吹牛皮，但是如果那人吹的是自己家主人的牛皮，那听起来就没有那么讨厌了。

这个石母田外记似乎非常为他主人自豪。在他眼中，当今天下，能够忧国忧民，并且心系皇室的诸侯，唯有他家主人伊达政宗公一人。

"……哦！"

武藏点头配合着他。

武藏对这些国家大事不甚了解，听他这么一讲，觉得有理，于是就不自觉地点头附和了。关原之战以后，天下局势大变，但武藏却只是浅浅地感觉到有些变化。

以秀赖为首的大阪派系的大名们将采取什么样的行动？德川派系的诸侯们又抱着什么样的企图？岛津或伊达等政坛新星将坚持什么样的态度？武藏对这一切从没关注过，相关的知识也是非常有限的。

另外在看待加藤、池田、浅野、福岛等地方势力方面，武藏也只保持在一个二十二岁年轻人的水平。武藏对伊达政宗公的了解，仅限于此下一条：

"这位内地的大藩主，表面对外宣称领俸六十万石，实际却享有百万石的俸禄。"

除此之外，武藏对他毫无概念。

武藏频频点头，"哦，哦"地附和，时而流露出怀疑之色，他会在心里问："政宗公是那样的人吗？"

外记列举了好几个例子："每年，我家主人政宗公都会分两次向天皇进献当地的贡品，都是经过近卫大人之手送到皇宫内的——即使是战乱年代，我家主人也从未曾懈怠过进贡——而且这次还是亲自押运贡品，进京上贡。一切都很顺利，主人现在正在返回仙台的途中。要是途中有闲暇，他一般都会游览一下周边的景致。"

接着又继续说道："众诸侯当中，城内专门为天皇设置御座的，只有我们青叶城吧！当年建城之时，我家主人特意派人用船舶从远处运来古老的木材，精心打造了这处御座。房内摆设素朴，我家主人每天早晚都会对着御座行礼，以表示对天皇的遥拜。他更以武家政道的历史为鉴，无论何时，只要武家在世间作乱，主人必定会以朝廷之名讨伐武家。"

说到这里，外记又想起了另一件事："对了，我家主人在渡海征讨朝鲜时——"

外记继续说道："在那场战争中，小西、加藤等人为了自己的功名争得不可开交，影响非常不好，而政宗公的表现则与他们完全不同。在朝鲜战场上，高擎太阳旗浴血奋战的只有政宗公一人。有人问政宗公，为什么不用自己的家徽，而用太阳旗呢？政宗公回答说：'我政宗率兵出海作战，为的是整个国家的利益,而不是我伊达一家之私。太阳旗是一个国家的标志,而家徽仅是我一个家族的标志,你说我该举什么旗子呢?'"

武藏听得津津有味,外记也忘了喝酒。

六

"酒冷了。"

外记拍手唤侍女过来,让她去温一下酒。武藏见状,赶紧制止他说:"酒就不再喝了,我想喝点热汤!"

"……怎么了,还没喝多少啊?"

外记稍显遗憾,但也不好勉强武藏,于是便吩咐侍女:"那再上点饭吧!"

外记一边喝着汤,一边继续夸赞他家主人的丰功伟绩。在那诸多话语中,最让武藏敬佩的是以政宗公为首的伊达藩的武士集团,他们整日切磋磨砺,心中想的是如何成为真正的武士,可以说他们身上体现的是真正的"武士道精神"。

武术自上古时代产生以来,就一直伴随着一种"武士道精神",但当时人们对此并没有深刻的认识,那时的武士道更可以说是一种古老的道德。时至今日,战乱纷飞,道义泯灭,武士之间已经失去了古时的那种武士道,他们之间现存的仅是对自己身份的一种认同:

"我是武士。"

"我是弓箭手。"

这种观念随着战国时期频繁的战乱,日益增强。新的时代已来临,而新的武士道却还未曾建立。在此背景下,那些自负的武士或者弓箭手就渐渐落后于农夫和商人,甚至出现了一些道德败坏的低劣之徒。当然这种低劣的武士必定会自取灭亡,而那些能够领悟并钻研武士道,并将其视为富国强兵之根本的武将却又少得可怜——纵观丰臣派和德川派的各位诸侯,有这样素养的武将是极其少见的。

以前,武藏曾受泽庵影响,在姬路城天守阁的一个房间闭关三年,与世隔绝,埋头苦读百家群书。

在池田家众多的藏书中,有一册手抄本的书籍给武藏留下了深刻的印象,这就是《不识庵样日用修身卷》。

"不识庵"指的便是上杉谦信。书的内容乃是上杉谦信为了教育家臣,亲手所写的平日修身养性的心得。

通过阅读这本书,武藏了解到上杉谦信的日常生活,还了解到越后地区在那个时代的富国强兵之路——但在当时武藏还没有将此认识上升到武士道的高度。

今日听到石母田外记的一番表述,武藏觉得伊达政宗公应该是一位不差于上杉谦信的大人物。同时还认识到，伊达藩在这乱世之中，已经不知不觉孕育出不屈服于幕府权势的"武士道精神"，并且所有武士都相互扶持，士气高涨，这一点从石母田外记身上也可以清楚看到。

"哎呀！你看我这唠唠叨叨的，一说开头就没完了！……武藏先生，要不要去我们仙台玩玩。我家主人喜欢结交四海宾朋，只要对方有'武士道精神'，不论是浪人，还是什么，我家主人都会热情接待。再说，你不是还有我的引荐嘛——怎么样？去我们那儿转转吧！这样我们也可以同路！"

侍女将饭菜撤下，外记热情地邀请武藏去仙台。武藏没有直接回答，只是说："我再考虑一下。"

然后就回到了自己的房间。武藏躺在榻榻米上，瞪着双眼，陷入沉思。

武藏一直在思索武士道的问题，他突然将武士道联想到自己的剑术上。对了，自己的剑不能仅仅停留在剑术的阶段，要创立自己的剑道。

无论如何，剑必立于道之上。上杉谦信和伊达政宗公等人所提倡的武士道，大多体现在军队纪律方面，而自己所要创立的剑道要更多地体现人的内心世界。自己要通过剑道，将现实中的小我与大自然相融合，和谐共处；与天地宇宙同呼吸，共命运，借此达到安身立命的境界。

武藏领悟之后，下定决心要尽己所能努力完成此誓愿。一心一意贯彻始终，将剑术提升到"剑道"的境界。

——下定此决心之后，武藏便沉沉睡去。

 钱

一

一张开眼，武藏立刻想起自己该干的事——阿通怎么样了？城太郎到什么地方了呢？

"昨晚聊得真尽兴！"

早餐时，武藏在餐厅碰到了石母田外记。二人吃罢早餐，一起踏出客栈，立刻就被淹没在中山道人来人往的客流之中。

武藏观察着来往的行人，不断四处张望。

要是碰见背影和阿通相似的女子，他都会在心里嘀咕：

"会不会是她呢？"

外记察觉到他的不安情绪，就问他：

"您是不是在找人呢？"

武藏回答说：

"是的！"

武藏挠挠头，将事情的原委一五一十地告诉了外记。并且还告诉外记，自己本打算去江户，可是途中阿通和城太郎丢了，他现在非常担心，打算先找到他们，然后再去江户。因为自己要沿着另一条路去寻找，所以二人只能就此别过，武藏对外记昨晚的款待表示感谢。

外记好不遗憾。

"本打算和您一起去仙台，现在看来是不行了——不过，昨晚咱们都说好了，您要是有时间，请一定到仙台找我。"

"等有时间，我一定会去打扰您的。"

"到时候，我一定陪您好好看看伊达武士的士气。还可以去听一下仙台的民谣。您要是不想听歌的话，咱还可以去欣赏一下松岛的风光。总之一句话，我等您来！"

说完之后，这位一夜之友先行告别，一个人朝着和田峰的方向走去。武藏望着他的背影，心中难免涌出一丝不舍之情。他在心里决定，一定要找时间拜访一下伊达藩。

在那个时代，旅途中巧遇有缘人的情况并不罕见。因为当时天下风云变幻，今朝不知明日事，有雄才大略的藩主都会大力招揽人才。如果家臣在路上碰见杰出的人才，一般都会向主人大力举荐，这也被视作家臣效忠于主人的一大职责。

"客官！客官！"

有人在后面叫武藏。

武藏本打算往和田方向走，可是中途他又折回来，想到下诹访。等他到了甲州街道和中山道的交岔口时，他又犹豫了，不知道该何去何从。这时，一个客栈伙计模样的人从后面叫住了他。

虽说是客栈伙计，可他们并不在客栈里帮忙。他们之中，有扛行李的，有拉马的，而且这里正好是往和田方向的上坡路，所以还有专门抬人上山的轿夫。

武藏回头问他："有什么事吗？"

那人一边打量着武藏，一边拱着手，像螃蟹一样走向武藏，用开玩笑的口吻说：

"客官，我看您好像在找人啊！要找的人肯定是个富家美女吧？要不就是个小家碧玉？"

二

武藏没有什么行李，所以根本就未曾打算坐轿子。

武藏觉得这人有些啰唆，摇摇头回应道：

"不是了……"

他默默离开这群人。刚走出没几步，心里又犯嘀咕了：

"我该往西,还是往东呢?"

他想一切听天由命,自己继续前往江户。但是,他一想起城太郎和阿通还生死未卜,就打消了这一念头。

"要不,我今天在这附近再找找……要是找不到,我再继续往前走!"

这时,旁边的人又插话了。

"客官,您看我们在这儿晒太阳,也没什么事可干。您要是真的找人的话,何不让我们帮您去找呢?"

一人说完之后,其他人也帮着附和。

"费用也不高,您看着给就行了!"

"您要找的人,是年轻女子还是老人呢?"

他们刨根问底,问个不停。

武藏只得将事情的原委告诉他们:"事情是这样子的……"

武藏还询问他们可曾在街上见过城太郎和阿通。

"这个嘛!"

大伙儿互相对望。

"我们都没见过您说的那两个人。不过我们可以分成三路去找,一路去诹访,一路去盐尻,一路去那边。要是我们帮您找的话,一定能找到的。绑架女子的歹徒应该不会走没有路的荒野,他肯定是走小路了。这地方的小路蜿蜒曲折,要不是当地人很难走出去的。"

"原来如此。"

武藏觉得他们言之有理,也不禁点头表示同意。自己对这一带不太熟悉,要是这样漫无目的地找下去,不仅搞得自己心烦意乱,而且也难以取得成果。如果委托他们去帮自己找的话,也许很快就可以得到阿通和城太郎的下落。

"好吧!那你们帮我去找吧!"

武藏语气干脆。伙计们齐声说:"没问题。"

他们接受委托之后,就开始讨论如何分头去找,并且还选出了一名代表。那名代表走向前来,搓着手心说:

"那个……客官……我真是不好意思开口。我们都是靠卖力气吃饭的人,到现在还没吃早饭呢!我们保证在天黑之前打听到那两人的下落,不知您现在能不能先预支我们半日的工钱,还有打草鞋的钱。这样我们也能吃饱了,好有力气去找。"

"噢!这是应该的。"

武藏认为这是理所当然的,他点了一下自己那点微薄的盘缠,就算全部掏空了,也不足以支付这些人的工钱。

武藏只身一人闯荡江湖,他比任何人都能体会到金钱的宝贵——但是,他又绝不是一个痴迷于金钱的人。他一个人吃饱了，全家不饿，不需要去照顾谁。他可以栖身于寺庙，也可以露宿在街头，自己一个人怎么都好说。有时候受朋友照顾，能有一餐饱饭。要是实在没地儿吃了，那也没什么，饿几顿肚子不成问题。

——这就是武藏流浪生活的真实写照。

自从遇到阿通之后，所有的花销都是由阿通来负责。乌丸家给了阿通一笔不少的路费，不但解决了行路中的燃眉之急，而且还能分给武藏一些零用钱。

"这些您收着吧！"

武藏把阿通给他的钱全部付给了这些伙计，并且还问道："这些够吗？"

那人掂量了一下，然后均分给每一个伙计。

"就这样吧！看您也没多少钱，就算给您便宜点好了——客官，您先到诹访明神神社的牌坊那儿等着。在天黑之前，我们肯定给您带来好消息。"

说罢，众人就如同一群蜘蛛，四散而去。

三

虽然众人已经四处寻找，但武藏觉得自己也不能这么空等着，决定从高岛城出发绕诹访走一周看看。

为了寻找阿通和城太郎的消息，就这么空走一整天，那还是有点可惜。为此，他决定顺便了解一下这里的地貌水文和风土人情，同时打听一下有没有武学大家等……这样才不至于枉费了这一天的大好时光。

但是，武藏走了一天，也依旧一无所获。眼见夕阳西下，武藏来到了约定的诹访明神神社，然而牌楼附近却空无一人。

"啊！累死我了！"

武藏自言自语，一屁股坐在了牌楼的台阶上。

也许是太疲惫的缘故，他的自言自语听起来更像是一声叹息，这在武藏身上是很少见的。

依旧没有人来！

武藏有些闷得慌，他在宽阔的神社庭院内走了一圈，又回到了牌坊底下。

还是一个人也没有！

黑暗中，武藏听到什么东西踢地的"咚咚咚"之声，这声响把他拉回到了现实世界中——他走下台阶，发现在丛林深处有一栋小木屋，里面拴着一匹白色的骏马。刚才听到的声响正是这白马踢地面发出的声音。

"这位浪人，有何贵干？"

一个穿着白褂，正在喂马的男子瞧见武藏，回头问他。

"都这么晚了,你还在神社干什么呢?"

眼中透出怀疑的目光。

武藏向他说明缘由,并解释自己不是坏人。那男子听完之后,捧腹大笑。

"哈哈!哈哈哈!你乐死我了……"

武藏不知对方为何狂笑,心中涌起一股不悦。那名男子继续大笑着说:"亏你还是个闯荡江湖之人,怎么能信那些浑蛋的话。他们就是一群如苍蝇一般的无赖,拿了钱之后,早就跑了,又怎么会帮你花一天工夫来找人呢?"

听完男子的话,武藏问道:"那他们说分头去找,难道是骗我的?"

这回那名男子看武藏挺可怜的,便郑重其事地告诉他:"你真的被骗了。——我白天在后山的杂木林中看到一群伙计,他们围坐在一起喝酒赌博,说不定那些人就是骗你钱的那一帮人。"

说完之后,那名男子又向武藏举了几个例子,告诉他在诹访和盐尻一带来往的人群中,有很多这样的伙计,专门骗取路人的钱财。

"其实世间都一样,以后无论你走到哪里,都要注意了!"

那名男子说完之后,提起空的饲料桶,自己一个人走了。

武藏茫然地站在那里。

"……"

现在,他才发现自己是多么幼稚。

他一直自负于自己在剑术上的天衣无缝,可是一踏入俗世,就被一群不入流的客栈伙计给骗了。——可以看出自己的社会经验是多么的不足了!

"……唉,没办法啊!"

武藏长叹一声。

他并不是心疼那些钱,只是觉得自己这么幼稚,以后要是带兵打仗,统率三军,还表现得这样天真,那可怎么办啊?

武藏觉得自己应该谦虚一点,多向俗世的凡夫俗子学习。

他又回到牌楼下,忽然发现在自己离去的这段时间里,有个人已经站在了那里。

四

"喂!客官。"

那个人在牌楼前面四处张望,看到武藏的身影之后,立马从台阶上迎下来,告诉武藏说:

"我们只打听到你要寻找的两人中的一位,天太晚了,所以特意赶回来向您汇报。"

"嗯?"

武藏备感意外——定睛一看，原来是早上那帮伙计中的一人。

刚才在马棚前还被嘲笑受骗了，可现在却有人回来汇报，所以武藏才露出意外的神情。

武藏同时也了解到，虽然有十几个人拿着自己给的半日工钱去吃喝玩乐了，但并不是所有的人都是骗子，其中也有实在人。想到这儿，武藏就备感欣慰。

"你打听到的那个人，是城太郎呢？还是阿通呢？"

"我打听到奈良井的大藏先生的下落了，他正带着城太郎！"

"真的吗？"

即使是这点消息，武藏还是放心不少。

这位老实的伙计向他诉说了事情的始末。

——今天早上，我们拿了半日的工钱之后，很多人根本没打算帮您去找人，而是去赌博了。只有我听到您的诉说之后，感到您挺可怜的，于是便走遍了从盐尻到洗场的每一个驿站，向每一个我认识的人打听那两人的下落。可是，无人知晓那女子的下落。后来，在中午用餐时，从一家客栈的侍女那里听说奈良井的大藏先生今天中午才离开诹访，然后越过了和田峰。

"谢谢你的消息。"

武藏想给这人一点酒钱，以奖励他的正直和功劳，只可惜囊中的盘缠都被那群狡猾的伙计给骗光了，现在身上剩的只有今晚的饭钱。

武藏自己在心里琢磨："我总得表示一下吧！"

然而，自己的随身物品中，没有一样值钱的东西。因此，武藏决定晚饭不吃了，省出饭钱奖励给这名伙计。武藏将口袋里剩的钱全部赏给了那人。

"谢谢！谢谢！太谢谢了！"

老实的伙计做了自己该做的事，却得到了额外的奖赏。这让他有点感激涕零，他将赏钱捧在额头，再三地向武藏道谢，然后离去。

——武藏现在连一个钢镚儿也没有了。

武藏望着那人的背影渐渐远去。钱全部给了别人，现在突然有点穷途末路的感觉，更何况自己的肚子自傍晚就开始叫个不停了。

不过，话说回来，把钱赏给那个正直的伙计，要比填饱自己的肚子更有意义。现在，那个伙计知道了正直可以得到奖赏，那么等他以后再遇到其他路人时，也会以正直的心去对待。

"对了……我与其在这里住一宿，还不如立即翻过和田峰，去追赶大藏先生和城太郎呢！"

武藏忽然意识到，如果能在今夜翻过和田峰，那么明天就或许能够追上城太郎。武藏已经好久没有走夜路了，他立即离开诹访的客栈，只身一人踏入茫茫黑夜。

五

也许是由于生来就孤单一人的缘故，武藏非常喜欢暗夜独行。

在黑暗中，他数着自己的脚步，听着大自然发出的天籁之音，忘掉了所有的忧愁，剩下的只有自己一个人才能领会到的快乐。

当他身处嘈杂的人群，心中升起的反而是难言的寂寞。当他独自一人走在寂静的黑夜里，内心却变得心潮澎湃。

这是因为在黑暗中，曾经无法表达的心情这时全都浮现出来。除了能够冷静地思索世俗琐事之外，甚至可以脱离自己的形体，犹如去观察别人一样，冷静地洞察自己。

"……嗯！那儿有灯光！"

武藏在黑夜中踽踽独行，远处现出的一点灯光，还是给了他很大的安慰。

那是民宅的灯火。

当他的意识回归本身之后，对人的那种依恋和眷念又使他的内心悸动不已。武藏已没有心绪去思考这种矛盾，他现在只想：

"——好像有人在烤火，我也过去烤一下吧！顺便把被露水打湿的衣袖烤干。哎呀，肚子好饿啊！要是能再有点残羹剩饭就好了！"

武藏快步向灯火处走去。

此时夜已过半。

武藏离开诹访的时候，天色就已经大黑了！走过落合川的小桥之后，他就一路爬山，刚刚翻过了一座小的山峰，前面还有和田峰和大门峰两座大山在等着他。

这两座大山的山脚连在一起，形成一片广阔的湿地。就在那湿地尽头，闪烁着点点灯光。

走近一看，原来是一间驿站茶馆。屋檐下立着四五根拴马桩。屋里传出柴火燃烧时发出的噼里啪啦声，一个男人粗声大气地说道：

"——你说的可是真的？"

武藏站在那里有些迟疑，在这大山深处，且又是深夜，这些人会是些什么人呢？而且他现在身无分文，不知自己该不该进去。

如果这只是普通的农家或樵夫家，大可拜托对方让自己歇歇脚，而且讨碗残羹剩饭来填饱肚子也不成问题。但这里是做生意的茶馆，即使喝一杯茶水也是必须要付钱的。

武藏身上一个钢镚儿也没有，可是空气中飘来的阵阵饭菜香，更加勾起了他的饥饿感，让他挪不动步。

"干脆告诉他们实情，我拿东西抵饭钱得了！"

现在能够抵付饭钱的，只有他背着的武士修行包中的一样物品。

"……打扰了!"

武藏叫门前,内心经过了激烈的挣扎,最终还是决定进去讨碗饭吃。而对正在屋内吵吵嚷嚷的那些人而言,武藏的出现也显得异常突兀。

"……"

大家都吓了一跳,顿时安静下来,用惊讶的眼神望着武藏。

房屋正中的房梁上垂着一个大挂钩,上面挂着一口大锅,里面炖着猪肉和萝卜。大锅下面,简单挖了一个坑,木柴在里面旺盛地燃烧着。众人没有脱鞋,围坐在大锅旁边。

三个浪人,或坐在矮凳上,或坐在酒桶上,他们吵吵嚷嚷,大口喝酒,大块吃肉,还把酒壶埋在炭火中加温。店老板背对着门口,在里面切着咸菜,并且还和他们胡乱侃着大山。

"什么事啊?"

一个目光犀利,梳着半月形发髻的浪人代替店老板问道。

六

猪肉汤的香味,加上屋内温暖的炭火,使得武藏更加饥渴难耐。

刚才问话的那个浪人好像又问了什么,但武藏没有回答,径自走进屋内,坐在了一个矮凳上。

"老板,给我来碗肉汤,再给我来份米饭。"

店老板很快就端上了一份冷饭和一碗肉汤。

"客官,您这是要连夜翻过山岭吗?"

"嗯!我今天走夜路。"

武藏拿起筷子,三两口就把汤喝完了,又问店老板要了第二碗。

"白天时,你们可曾看见奈良井的大藏先生,带着一个小孩翻过了这座山峰呢?"

"嗯,没看见——藤次先生,你们有没有看见过这样的两个人呢?"

店老板问大锅对面的三个浪人。他们正坐在一起,吆五喝六地喝着酒。

"我们也没看见!"

三人异口同声地摇头说道。

武藏吃完之后,又要了一碗肉汤。现在他身上暖和了,也吃饱了,开始考虑如何付饭钱的事了。

要是在吃饭之前,把事情说清楚就好了。刚才那三个浪人喝得正欢,再说武藏也不希望得到他人的怜悯,所以就没说自己没钱的事儿。可是现在吃完了,要是店主人不同意自己吃白食,那可怎么办呢?

武藏决定了,要是老板不答应的话,就用自己带的物品抵饭钱。如果老板都不满意的话,那就只好赔上自己的刀笀了。

"老板,我有一个不情之请。说实话,我现在身上一分钱都没有——不

过，我绝对不是想吃霸王餐，我能不能用别的东西抵一下饭钱啊？"

没想到店老板非常和气。

"可以啊！不过你要拿什么东西抵呢？"

"是一座观音像。"

"这种东西？……"

"这不是什么名家的作品。只是我在旅途中，用古梅木刻的一个小的坐像观音。可能不值这顿饭的饭钱……不过，还是想请您先看一下。"

武藏解开自己背着的武士修行包。这时，对面的三个浪人，也都放下酒杯，注视着武藏的一举一动。

武藏将包裹放在膝上。这个包裹是将雁皮纸搓成细线，浸泡柿核液之后编制而成。闯荡江湖的武士一般都会将自己的贵重物品放在随身的包裹里，可是武藏的包裹内除了他刚才提到的木雕观音之外，只有一件贴身衣服和一些寒酸的笔墨用品。

武藏抖了一下包裹，这时从里面骨碌出了一样物品。

"……呀？"

茶馆老板和三个浪人不约而同地叫出了声。——武藏看着脚边的东西，一时语塞，脸上露出疑惑的表情。

那是一个钱包。

庆长小金币，以及其他的银币、金币撒了一地。

武藏心中纳闷："这是谁的钱？"

其他四人也都充满疑惑，大家都屏气凝神，直勾勾地盯着地上的货币。

武藏又抖一抖包裹，这时从里面又掉出一封书信。

七

武藏也感到有些奇怪，他捡起书信一看，原来是石母田外记留给自己的。

里面只有短短的一行字：

　　送给先生一点路费。

话虽这么说，可是留的钱数真的不少。武藏明白石母田外记的用意，他是希望通过这种方式给对方留下好感，以使对方将来能为自己所用。在那个时代，其实不只是伊达政宗，各国大名也都采取这一政策来招揽人才。

自古以来，招揽有为之士并非易事，尤其是近来风云变幻，各国更需要有能力的人才。关原之战以后，流散于各地的浪人比比皆是，但其中真正有才的人士却是凤毛麟角。各国大名求贤若渴，若碰见有为之士，即使给出数百石、数千石的厚禄也在所不惜。

俗话说："千军易得，一将难求。"现在各藩国都在拼命地寻找"良将",如果能够碰见好的将才,那必将用尽所有的方法,施尽所有的恩惠将对方收入自己麾下。如果不能收入自己麾下,那么签订对自己有利的密约也行。

为了求得人才,大阪城的秀赖不惜为后藤又兵卫花费巨资,这是天下皆知的事实。关东的德川家康也通过调查得知——大阪城每年都会送许多金银财宝给在九度山中隐居的真田幸村。

隐居的真田幸村根本用不了那么多的生活费,他将金银散发给数千人,从而使这些人有了生活来源。于是在关原之战爆发之前,有许多人隐藏于市井街道,游手好闲。

伊达政宗的家臣,听闻武藏在下松的英雄事迹之后,立即就想把他招揽到主人的门下。

——外记肯定是想用这些钱来讨好自己!

——这笔钱可真不好用啊!

如果用了,那便欠他一个人情。

如果不用的话,这饭钱可怎么付啊?

武藏在心中自己开导自己。

"就因为见到了这些钱,所以才会这么矛盾。得了,就权当没看见好了,这也就不用矛盾了!"

想完,武藏就立刻蹲下,将地上的钱捡起来包好,放回自己的包裹中。

"——老板,就用这观音像抵饭钱吧!"

武藏把手中的观音像递给老板。可是,这次店老板却面露不悦:

"不行,这东西不能抵!"

老板拒绝伸手去接。

武藏问他为什么不能抵饭钱。老板回答说:

"你还问我为什么?客官,你说你身无分文,想用观音像来抵账。要是真的话,我可以答应你……你要是别让我看见也就罢了,你明明带了那么多钱,却想用这观音像来抵饭钱,这怎么能行呢?快点给钱吧!"

本已喝得醉醺醺的三个浪人看到那么多钱之后,也都清醒了,双眼放出贪婪的目光,垂涎欲滴地站在那里。现在听店老板如是说,他们也都站在后面附和着。

八

武藏想向对方讲明这钱并不是自己的,但他转念一想,这样的解释实在是太愚蠢了。

"那好吧!……我给你钱吧!"

武藏没办法,只好掏出一枚银币,递了过去。

"哎呀!我没零钱找你啊!……客官,你有零的吗?"

武藏又翻了一下钱包,里面的最小面值就是银币了,剩下的都是庆长小金币和别的金币。

"不用找了,就当茶水费用吧!"

"那真是太谢谢您了。"

店老板的态度出现了一百八十度大转弯。

既然已经动了这笔钱,那就没必要再藏着掖着了,武藏干脆将钱包绑在了裤腰带上。他打开包裹,将观音像放回原处,然后背起行囊,准备出发。

"不用急,喝杯热茶,暖暖身子再走吧!"

店老板往炉膛内添加木柴,武藏趁机走到屋外。

夜已经很深了,武藏也吃饱了!

武藏打算在天亮之前,越过和田峰和大门峰。若是在白天,可以欣赏到这一带高原上盛开的石楠花、龙胆花和薄雪草等。但此刻在深夜,什么东西也看不见,只能看到白茫茫的露水铺满了大地。

虽然地面上的花看不见,但漫天的繁星,看起来却犹如大片星星的花海。

"喂——"

大约走出两千米的时候,他听见有人在后面叫他。

"客官,你有东西落在茶馆了!"

原来是茶馆中三个浪人中的一人。

他跑到武藏身旁,喘着粗气说:

"你走得可够快的啊!在你走后,我们发现了这枚银币,是你掉的吧?"

那个浪人托着一枚银币,递到武藏眼前,看来他是为了还这枚银币,特意追过来的。

武藏表示那钱不是自己的。但是,那个浪人却摇着头,坚称那是武藏的钱包掉落时,其中一枚银币滚到了房间的角落里。捡的时候也没注意,结果就落在那里了。

武藏根本不知道外记给了多少钱,听那浪人这么一说,他觉得也许是真的落了一枚。

武藏行了一礼,接过银币,将它装入袖子内部的口袋里。虽然那个浪人干了一件好事,但武藏丝毫没有感激他的感觉。

"冒昧地问一句,您的武功是跟谁学的啊?"

浪人跟在武藏旁边,亦步亦趋。

"没人教我,是我自己创的。"

武藏的语气透出一股不耐烦。

"你别看我现在沦落到这深山里了,其实我以前也是武士的!"

"哦!"

"刚才一起吃饭的那两人也和我一样。俗话说'是金子总会发光的',我们都在等待时机,重出江湖呢!也许不会像佐野源左卫门那么好运,但只要战事一开,我们还是准备腰系山刀,身披盔甲,追随有名的大名冲锋陷阵,再展昔日风采。"

"你是大阪派,还是关东派?"

"我才不管哪派呢!若不见风使舵,那我一辈子也别想出人头地!"

"哈哈哈!你说得也对!"

武藏根本不想理他,所以迈开大步往前走,想早一点摆脱他。可是,那个浪人也加快了步伐,紧紧地跟在身后。

而且更令武藏讨厌的是,那个浪人老是在自己的左侧蹭来蹭去的。这个部位是武士最忌讳的一个位置,因为它会直接影响到拔刀的动作。

九

武藏明白这浪人凶险的意图,他故意将身体左侧露出破绽,以让对方有机可乘。

"武士先生,若您不嫌弃的话,就到我家去住一宿吧!……和田峰的前面还有一座大门峰,对不熟悉路况的人来说,很难在天明之前翻过这两座大山的。更何况再往前走,道路就越来越艰险了!"

"谢谢您的提醒,那就麻烦到您府上借住一宿了。"

"好啊!好啊!——就是条件简陋一点,不知您能不能适应?"

"没关系,只要有个睡觉的地方就可以了。你家在什么地方呢?"

"就在这前面,沿着这个山谷,往左前方爬五六百米就到了。"

"你住的地方还真够隐蔽的啊!"

"刚才都跟您说了,我们是暂时隐居在此,在等待时机呢!我和那两个人住在一起,平时靠采些草药,狩些猎物为生。"

"你出来了,他们两人还在那里干什么呢?"

"他们还在茶馆喝酒呢!他们经常喝得烂醉如泥,每次都得我把他们扛回去。今夜,我可不管他们了。……噢,武士先生,下了这个小陡坡就是谿川的河滩,路不好走,您可千万要当心啊!"

"要到河对面去吗?"

"嗯!……谿川的最窄处有一座独木桥,过桥后,往左拐就到了……"

浪人说完之后,就在小陡坡中央停了下来。

武藏头也不回,径直走上独木桥。

那个浪人突然跳下陡坡,抬起独木桥的一端,想把武藏给扔到湍急的河流中。

"你要干什么?"

这时,武藏迅速从独木桥上弹跳起来,一个鹞子翻身,稳稳地站在了河中央的一块岩石上。只听一声惨叫：

"——啊！"

独木桥应声落入水中，激起大片白色水花。就在这些水花完全落定之前，武藏腾空跃起，拔出自己的长剑，瞬间砍掉了这个卑鄙小人的头颅。

——在此紧急情况下，武藏绝不会去关注一具尸骸。被砍掉头颅的尸体踉跄了几步之后，扑通一声倒在了地上。武藏也做好了再次发起攻击的准备。武藏的头发犹如秃鹫的羽毛一般，根根竖立，眼睛警觉地观察着周围的一切。

"……"

"咣"的一声，河流对面传来震彻山谷的巨响。

毫无疑问，那是猎枪发射子弹的声音。子弹"嗖"的一声，打在了武藏身后的崖壁上。

武藏的经验告诉他，子弹不会射中同一个地方两次。所以，他在第一发子弹落定之后，迅速扑倒在刚才子弹射入的地方。然后，他仔细观察对岸的情况，发现有一个红点，犹如萤火一般，正在一晃一晃地闪着红光。

——两个人影悄悄地向河岸爬来。

先去见阎王的那个浪人骗武藏说那两个朋友在茶馆喝得烂醉如泥，其实他们早就绕到前面埋伏起来，静待武藏的到来。

这一切，武藏早就预料到了。

刚才那个浪人说的什么狩猎啊、以采药为生啊，这全都是一派胡言。他们的真实身份就是一群货真价实的山贼。

不过，刚才那个浪人所说的"等待时机"还是有几分道理的。武藏身上带着那么多钱，这对他们来说，绝对算得上是一个绝佳时机。

没有任何一个盗贼愿意自己的子孙后代继续从事盗贼这一行当。他们也是在乱世当中为求生存，所以才不得不出此下策。现在各藩国盗贼横行，山中的贼、农村的贼、城镇的贼，各种各样的贼到处可见。等哪一天天下大乱，战争爆发，这些人就会扛起生锈的武器，穿上破旧的盔甲，跟随某个大名冲锋陷阵，恢复他们正常人的身份。可惜的是这些人求的只是生存，他们没了在下雪天和友人焚梅煮酒的那份雅兴，也没了静待时机，并且将一切置之度外的那份气度。

焚虫

一

其中一个人将火绳衔在口中，好像正在推弹上膛。

另外一个人弓着腰，观察着对岸的动静。他们亲眼看到武藏倒了下去，但内心还是有些拿不定主意。

"……应该死了吧！"

他小声询问伙伴。

拿着猎枪的那个人回答说："肯定死了！"

他点点头。

"打中了。"

两人这才放下心，踩着独木桥向武藏走来。

当拿枪的那人走到桥中间时，武藏一跃而起。

"——啊！"

对方发出一声惊呼，下意识地扣动了扳机。由于没有瞄准，子弹自然打空了，在天空中发出一阵声响之后，就消失在茫茫黑夜里。

两人连滚带爬，沿着河流逃走了。武藏异常气愤，在后面紧追不舍。

"喂！喂！跑什么啊？就一个人，我藤次就能应付得了，赶紧回来帮我！"

没带枪的那人停下脚步，招呼另一个人回来。

那人自称藤次，从他身上的装束来看，应该是此处山贼的头目。

"好——"

经他这么一吆喝，另一个山贼也转身回来了。

在一片慌乱中，火绳已经被他们弄丢了。只见那山贼反手握着猎枪，一步步向武藏逼近。

武藏马上觉察到这两人绝非简单的浪人，单从他们挥刀的动作来看，多少还有点水平。

但是，他们哪是武藏的对手，双方刚一交手，两个山贼就败下阵来。拿枪的那个山贼的衣服被武藏从肩膀开始划了一个大口子，山贼从岸边一下跌落到水流中去了。

山贼头目藤次也捂着自己小臂的伤口，屁滚尿流地向上爬去。

在他的踩踏下，脚下的土石不断滑落，但武藏依然紧追不舍。

这是和田峰和大门峰的交界处，山谷中长满了山毛榉，因此这里也被称作山毛榉谷。武藏爬上山坡，发现一处被山毛榉围着的民宅。民宅由一根根山毛榉建成，比普通的山民住宅要大一些。

屋内透出亮光——

武藏发现一个人正拿着纸糊灯笼站在屋檐下。

山贼头目慌慌张张地逃向小木屋，压低声音呵斥道：

"快把灯熄了！"

那人立即用袖子捂着灯笼，并问道：

"出什么事了？"

是一个女人的声音。

"哎呀，怎么这么多血——你受伤了没有？刚才我听见山谷方向有枪声，正担心呢！"

山贼头目回头观察，看有没有人追过来。

"笨……笨蛋！快点熄灯啊！屋里的灯也给灭了！"

他一边喘着粗气，一边呵斥那个女人。

山贼头目连滚带爬地躲到屋内，所有的灯都熄灭了，女人的身影也消失在一片夜色中。

武藏来到房前，发现屋内没有半点亮光，门窗也都关得紧紧的。

二

武藏怒不可遏。

但他并不是因为那浪人的卑鄙和虚伪而发怒，而是觉得这些像蝼蚁一样的渣滓竟然还能存在于这个世上，这着实让人心生气愤，也可以说是社会的公愤吧！

"开门！"

武藏咆哮着。

当然对方是不会开门的。

木门破旧不堪，一脚就可以踹开，但武藏为了慎重起见，还是与木门保持了大约四尺的距离。在这种情况下，别说是武藏，就是稍微有点经验的人，也不会贸然上去敲门，做那种破门而入的傻事。

"快开门！"

屋内依然一片寂静。

武藏抱起一块大石头，用尽全身力气猛地向木门砸去。

石头正好砸在了两扇木门的接缝处，两扇木门应声倒地。就在这时，屋内突然飞出一把尖刀。接着，那个浪人连滚带爬地朝屋后逃去。

武藏一个箭步冲向前去，抓住了那人的衣领。

"啊！壮士饶命！"

坏人在阴谋失败，被对方捉住后，必然会这样低三下四地告饶。

那个浪人像一只大蜘蛛一样，被武藏紧紧地按在地上。虽然他口中告饶，但心中并未投降，他一直在找机会逃脱。正如武藏一开始所料，这个山贼头目确实有几把刷子。他很快就挣脱出来，挥拳打向武藏。他的拳法不错，凌厉且富有威力。

武藏也不敢大意，封住了对方打过来的每一拳。最后，眼看武藏就要制伏他了。那山贼开口骂道：

"浑……浑蛋！"

男子用尽全身的力气，腾空跃起，拔出短刀，向武藏刺来。

武藏赶紧闪躲，顺势喊道：

"你这个鼠贼！"

武藏趁机捉住他的身体，"咚"的一声把他扔回到屋子里。大概是四肢撞上了炉子上的挂钩，使得挂钩上腐朽的竹子断裂开来，霎时炉口有如火山爆发般扬起一阵白灰。

在白茫茫的烟灰中，有人将锅盖、木柴、火钩子和陶器等所有能够抓到的东西全扔向武藏，以阻止武藏的逼近。

尘埃落定，定睛一看，往外扔东西的人原来不是那个山贼头目。他可能受了猛烈撞击，已经躺在柱子底下奄奄一息了。

貌似山贼妻子的女人抓起够得着的东西，拼命地向武藏砸来，口中还大骂着："畜生！畜生！"

武藏迅速将女人按在地上——女人虽被压在下面，但她从头上拔下一根簪子，朝武藏狠狠地刺去，口中依然大骂："畜生！畜生！"

武藏眼疾手快，安全躲过了她的发簪，然后用脚踩住她的手。

"老公，你到底怎么了？怎么会败给这么一个臭小子！"

那女人咬牙切齿，失望地骂着已经失去意识的丈夫。

"啊？"

武藏不自觉地放开那个女人。她却比男人更为勇猛，立刻爬起身子，拾起丈夫掉落的短刀，又砍向武藏。

"……呀，你是阿杉婆？"

女人愣了一下。

"——欸？"

她气喘吁吁地端详着武藏的脸。

"啊！你？……哦，你不是阿武吗？"

三

除了本位田又八的母亲阿杉婆，还有谁会叫自己的小名呢？

武藏面露诧异之色，毫不拘礼地凑上前去看那女人的面孔。

"哎呀！阿武，你都长成一名真正的武士了啊！"

女人的声音好生熟悉。她就是住在伊吹山的艾草屋——后来将女儿朱实卖入妓院，并在京都经营茶馆的阿甲。

"你怎么会在这里？"

"……你这么一问啊，我还真是有些羞于启口。"

"那个倒在地上的人……是你家男人吗？"

"你可能也认识他，他是以前吉冈武馆的祇园藤次。"

"啊！那人竟是吉冈门下的祇园藤次，怎么会沦落到……"

武藏赶紧闭口，后面的话就不再说了。

吉冈一派没落之前，藤次卷着建武馆的所有钱款和阿甲一起私奔了。当时京都的百姓骂声如潮，都说这么卑鄙的男人，不配做一名武士。

武藏对此也略有耳闻，但没想到藤次竟然落魄到如此境地。虽然此事和自己没什么关系，但心中也不免替他感到悲哀。

"阿婆，您快去看看他吧！要是早知是您丈夫，我就不下那么重的手了！"

"哎呀！别说了，我现在就想找个地洞钻进去。"

阿甲扶起藤次，给他喂水，包扎伤口。藤次仍处于半昏迷状态，但阿甲还是向他介绍起武藏。

"啊？"

藤次猛地惊醒过来，抬头望着武藏。

"原来你就是宫本武藏——哎呀！我真是没脸见你啊！"

藤次抱着头表示歉意，久久不愿抬起头来。

放弃武学，带着女人私奔，然后落草为寇，这一切若从大处来看，也许是他命运使然，是今生已定的安排，但若从小处来看，活得如此落魄，真的是又可怜又可悲。

武藏将刚才的怒火全都抛到脑后。他帮这对夫妻扫屋子，擦炉子，还给灶膛添上薪柴，就像要迎接贵宾一般。

"没什么好招待您的，先喝点酒吧！"

武藏看他们要去温酒，就赶紧劝住说："别麻烦了，我刚才在山上吃饱喝足了！"

"——我们好久没聊天了，就尝尝我做的酒菜，一起聊聊天吧！"

说完，阿甲便将锅放在炉子上，并且还拿出了酒壶。

"这令人想起在伊吹山的山麓的日子。"

屋外，山风怒吼着。虽然闭着门，但山风还是透过门缝吹了进来，刮得炉火噌噌地往屋顶蹿。

"朱实后来怎么样了？你有没有什么消息？"

"我听说她在从比睿山到大津的途中，在山上的一家茶馆逗留了数日，后来拿着又八的所有盘缠跑了……"

"唉，这孩子……"

阿甲觉得女儿朱实的遭遇要比自己还要坎坷。

四

不只阿甲觉得惭愧，祇园藤次也是异常惭愧，他希望武藏能将今夜发生的事情全部抛到脑后。他恳求武藏：

"若他日我能重振雄风，我必将以祇园藤次的身份向您道歉。如今我无脸向您说道歉的事儿，就先让今夜的不愉快随流水而去吧！"

已经沦为山贼的藤次即使恢复成以前的祇园藤次，那也不可能有大的变化，但考虑到自己和他同是天涯沦落人，武藏也就原谅他了。

"阿婆，您也不要再做这么危险的事儿了！"

武藏略带酒意，说出了自己的忠告。

"什么啊？其实我一点也不喜欢做这样的勾当。我们离开京都之后，本打算去新开发的江户谋生。可谁曾想到，走到半路，这个人在诹访的赌场把身上的钱全给输光了。实在没办法了，只能重操旧业，我们在山里采点草药，然后拿到城里去卖，换口饭吃。……今夜我们已经受到了惩罚，我保证以后再也不干坏事了。"

阿甲一喝点酒，就现出以前的媚态。

这个女人的姿色一点也没有受到年龄的影响。她就如同一只娇媚的母猫，如果被主人养在家里，会跳到主人的大腿上撒娇；如果被放到山里，那她就会变成两眼在暗夜里发出璀璨光芒的野猫，会觊觎那些得病路人的肉，也会爬到荒郊野外的棺材上，把里面的尸体吃个精光。

阿甲就是这种人。

"……喂！亲爱的！"

阿甲回头望着藤次。

"听武藏刚才介绍，朱实那丫头好像也去江户了。我们也该离开这深山，去过正常人的日子了。要是能碰到她，说不定还能给我们出一些做生意的点子呢！……"

"好！好！"

藤次抱着膝盖，漫不经心地回应着。

本位田又八被这个女人抛弃之后，内心后悔不已。现在和阿甲同居的藤次，内心的苦闷应该和又八差不多吧！

武藏望着藤次的脸，感觉这个男人实在是太可怜了。他又联想起又八，觉得又八也被这女人害苦了——想到自己差点受这女人的引诱而坠入万丈深渊，全身就禁不住起了一片鸡皮疙瘩。

"外面下雨了吗？"

武藏仰头看着黑乎乎的屋顶。阿甲抛着她那因酒醉而更增添几分娇柔的媚眼说：

"没下雨！没下雨！就是风太大而已。树叶子啊，小树枝啊，经常会被刮过来，砸得屋顶啪啪响。在山里，一到晚上，没有一天天上不掉东西的。——有时候，即使皓月当空，繁星满天，也还是会有树叶子、沙土什么的吹过来。有时起大雾，有时瀑布的水珠还会飞溅过来。"

武藏点头回应道："哦！"

藤次抬起头来。

"——眼看天就亮了，武藏先生肯定也累了，你快去铺被子，让武藏先生休息吧！"

"好的，好的。阿武啊！这边黑，你先别过来啊！"

"恭敬不如从命，那我今晚就在这儿借住一宿了。"

武藏起身，随阿甲走入黑暗的走廊。

五

武藏睡的地方是一栋从悬崖上搭出的小木屋。夜里太黑，无法辨识下面的一切。也许在地板下面就是深不见底的万丈深渊。

慢慢地，山雾起来了。

在狂风的裹挟下，瀑布的水珠击打着门窗。

每当一阵狂风吹过，小木屋都会摇晃几下，就好像在大海中行进的小船一样。

阿甲踮着白嫩的双脚，踩着竹片铺成的地板，悄悄地回到刚才的房间。

藤次盯着炉火，陷入沉思。听到阿甲回来后，他立刻瞪大双眼问她：

"……他睡了吗？"

阿甲双膝跪在藤次旁边，回答说："好像睡着了，接下来怎么办？"

"把兄弟们叫来。"

"真要那么做吗？"

"当然了！杀了他，不仅可以得到一大笔钱，还可以为吉冈门报仇，一举两得啊！"

"好，那我这就去。"

阿甲卷起袖口，向门外走去。

深夜。深山。黑暗中的狂风。疾走的白嫩的双脚。身后飘扬的秀发。这女人，如果不是一只充满妖术的母猫，又会是什么？

在大山的褶皱里，不只有鸟兽，还隐藏着各种各样的人。随着阿甲的嫩脚走过山峰，走过沼泽，走过田地，在她的身后已经会集了二十多人。

这些人训练有素，走路的声音要比在地上翻滚的枯叶还要轻。大家悄悄地聚集在藤次的屋前。

"一个人吗？"

"是武士吗？"

"带着钱吗？"

众人交头接耳，同时用手语和眼神来交流，很快就按照平时的分工开始行动。

这群人有的拿着扎野猪的长矛，有的拿着猎枪，还有的拿着大刀，武器是各种各样。一部分人站在武藏睡觉的小木屋外，向里窥探。另一些人从小木屋旁边下到悬崖底下，静悄悄地埋伏好。

还有两三个人先爬到悬崖的半腰，然后再慢慢爬到小木屋的正下方。

一切都已准备妥当。

从悬崖上伸出的那栋小木屋，俨然已经陷入他们的重重包围之中。此外，在小木屋的草席上，还堆放着很多晾干的草药，故意摆了一些研磨草药和制药的工具。其实这些草药都有安眠作用，以使进入小木屋的人尽快沉沉入睡。这些人的职业也不是采药，制药的山民，他们就是一群打家劫舍的山贼。

武藏躺下之后，闻着药草的清香，感觉好舒服。再加上他劳累了一天，现在身上的每个细胞都疲乏得不得了，真想就这么睡去。不过对山里生，山里长的武藏来说，这栋小木屋还是引起了他诸多的怀疑。

自己老家的山上，也有采草药的小屋，那都是建在朝阳的地方。草药是非常忌讳湿气的，按理说不可能把储藏草药的小木屋建在这种树木苍郁、杂草丛生的树荫下，况且还有瀑布的水珠会将屋子打湿。

在他的枕边有一个碾药的研磨台，台子上面有一个锈迹斑斑的灯台。武藏望着微微摇曳的灯芯，又发现了一个不合理的地方。

屋内四个角落都是用木材连接起来的，木材与木材之间用锔子箍着，但锔子的排列却非常不整齐，而且接缝处木材的纹路也不一致，有一两寸的错位。

"啊！我懂了。"

武藏昏昏欲睡的脸上挤出一丝苦笑，但他的头仍枕在木枕上。

在湿漉漉的雾气中，武藏感到一种恐怖的气氛正在向自己靠拢。

六

"……阿武……睡了吗？睡着了吗？"

阿甲靠在格子门外，低声试问。

阿甲仔细听着武藏的气息，拉开房门，轻轻来到武藏枕边。

"水给您放这里了！"

阿甲边放水盆，边故意凑近武藏的脸，以进一步确认武藏睡了没有。一切妥当之后，她悄悄退出了房间。

祇园藤次则将主屋的灯全给熄灭了。

"睡了吗？"

他小声询问阿甲，阿甲以眼神示意。

"睡熟了……"

藤次胸有成竹地跑到屋外，观察了一下黑暗中的山谷，然后开始挥动手中的火绳。

那是他们的信号。

信号一放，立即有人拔掉了插入山崖中起支撑作用的圆木。小木屋"轰隆"一声整个掉入了万丈深渊，摔得支离破碎。

"好！"

这群山贼就好像猎人捕获猎物一般，发出兴奋的欢呼。然后一个个像猿猴一样，蜂拥着下到谷底。

他们看到手中宽裕的路人，就会想一切办法骗他到这栋小木屋住宿。等到那人入睡了，他们就撤掉支撑的木柱，然后将人摔死，再从死者身上搜刮钱财。

事情过后，他们又会在悬崖上搭起另一栋简单的小木屋。

预先在谷底埋伏的山贼，看到小木屋摔碎之后，就如同一群恶狗一般，迅速聚拢过来，寻找武藏的遗骸。

"摔死了吗？"

上面的人也下来了。

"尸体呢？"

大家一起寻找。不知谁说了一句：

"没见尸体啊！"

"胡说！蠢货，怎么可能没有尸体！"

这人找了一阵之后，想法开始动摇，他大声喊道：

"真的没有啊！那他会去哪里呢？"

藤次也紧张起来，他两眼布满血丝，大声吩咐道：

"不可能！也许是中途撞到岩石弹开了，你们去那边找找看！"

藤次的话还没说完，只见山谷中的岩石、流水、山草全都变得通红，仿佛染上了夕阳的红晕。

"——啊？"

"——天啊！"

所有山贼都抬起头往上看，在七十多尺高的悬崖的上方，藤次的房屋正在熊熊燃烧。门里，窗户里，四周都在往外喷着火红的火焰。

"啊！啊！快来人啊！"

阿甲在发疯般呼喊着。

"不好，快去看看。"

山贼们抓着藤蔓攀上悬崖。藤次的屋子已经完全被山风和火焰包围了。阿甲脸上落满了烟灰，被反手绑在附近的一棵树上。

武藏什么时候逃走的呢？事到如今，他们仍不愿意相信武藏已经逃走了这一事实。这时，一个小喽啰喊道：

"快去追，他肯定还在附近——"

藤次知道武藏的厉害，所以他根本不敢去追。但是，别的山贼没和武藏交过手,不知武藏的实力,所以一窝蜂似的追了出去。

荒野中已经没有了武藏的踪影,不知他是沿小路逃走了,还是正在树上呼呼大睡呢!在熊熊大火之间,东方已经泛起鱼肚白,和田峰和大门峰又迎来了新的一天。

前往江户的妓女

一

甲州街道的两旁没有像样的行道树,而且邮驿设施也非常不完善。

很早以前——其实也不是很久,也就是在永禄、元龟和天正年间,武田信玄、上杉谦信、北条氏康以及其他将领曾经在此征战。当年的军用道路现在行走的都是来往的路人,因此甲州街道也就没有前街和后街之分。

从大地方来的人,最不习惯的就是这里的客栈。举个例子吧,早上出门的时候,如果你麻烦客栈给你准备一份便当,那么他们要么是用竹叶给你卷块饼,要么是用干橡树叶给你包个饭团——可以看出,这地方的人依然保留着藤原时代最原始的习惯。

然而,即使是屉子、初狩和岩殿附近比较偏僻的客栈,也都是门庭若市,热闹非凡。街道上的行人熙熙攘攘,而且是下行的路人要比上行的多。

"你看,今天又有妓女队伍通过——"

一些路人正坐在小石佛上休息,看着后面上来的一个团队,他们打开了话匣子,在相互交谈着。

很快,那个团队就来到了他们面前,他们这才发现原来这个团队那么多人。

他们应该属于同一个妓院,单是年轻女子就有大约三十人,此外,还有五个侍奉妓女的小女孩,再加上中年妇女、老婆婆和男人,总共有四十多人。

他们的行李有竹箱、长箱……各种各样的箱子堆得满满的。其中有一个四十多岁的男人,看起来应该是这个妓院的主人。

"草鞋磨出泡的话,就别再穿草鞋了。换上拖鞋,把带子绑好,一样可以赶路。什么?走不动了啊!那也得走啊!喂,看好孩子啊!一定要看好孩子。"

那男人催促动不动就坐下来,不想走的年轻女子赶紧起身。他的语气坚决,无形中透出一股威慑力。

像这种运送京都妓女的队伍,每隔三天就会出现一次。他们的目的地当然就是新开发的江户。

自从新将军德川秀忠坐镇江户以来,江户俨然已经成为全国的中心,京都的文化迅速向这里转移。官方的运输、建筑材料的搬运和大小官员的往来已经将东海道和海路塞得满满当当，因此这些妓女团队只能选择更偏僻的中山道和甲州小路前往江户。

今天带领这帮妓女前往江户的男人来自伏见城，他本是一名武士，不知何故如今却成了妓院的老板。这人头脑灵活，也颇有才干，与伏见城的德川家攀上关系，取得移驻江户的官方许可。他不仅将自家的妓女运往江户，还帮助其他妓院运妓女，这人就是庄司甚内。

"那好吧！休息一会儿吧！"

队伍来到小石佛旁，找到了一块适合休息的好地方。

"现在还不到饭点，大家就先吃点便当垫一下肚子吧！阿直，把便当分给她们。"

阿直婆立即从行李车上卸下一箱便当，那都是用干树叶包着的饭团，阿直婆将饭团逐个分到大家手中。妓女们得到饭团之后，便四散分开，狼吞虎咽地吃起来。

这些妓女一个个面黄肌瘦，虽然头上戴着斗笠或包着头巾，但头发上还是落上了厚厚一层白色的灰尘。虽然无汤茶，但她们还是吃得津津有味，不时还会传出吧嗒嘴的声响。任谁看到这番情景，也不会想到这些女人到江户之后，经过一番打扮，又会变成千娇百媚，让无数男人折倒在石榴裙下的妓女。

其中有一个妓女由衷地说道："啊！真好吃啊！"

要是他们父母听到这番话语，肯定会伤心落泪吧！

这时，有两三个妓女正花痴般地盯着一名过路的年轻男子："啊，好帅啊！"

"一般帅吧！"

她们在低声地品头论足。旁边的妓女插话说："我跟这人很熟的，他是吉冈武馆的弟子，经常来店里捧我的场！"

二

在京都人的印象里，关东是一处比东北还要遥远的地方。

店会开在什么地方呢？

妓女们对未知的土地充满了各种各样的疑虑，因此一听说有伏见城的熟客从此经过，一个个都兴奋起来。

"哪一个人啊？"

"是那个吗？"

大伙儿急忙在人群中搜寻，唧唧喳喳地闹成一片。

"就是那个背着大刀，气宇轩昂的年轻人啊！"

"是那个蓄着刘海的武士吗？"

"嗯！嗯！"

"你快叫啊！快叫他名字看看！"

佐佐木小次郎压根也没想到，就在这有小石佛的石佛岭上，会有那么多妓女正在注视着自己。他甩着手臂，在马车和行人之间钻来钻去。

这时，有个柔媚的声音喊道：

"佐佐木先生，佐佐木先生——"

佐佐木小次郎听到了那妓女的叫声，但他没有意识到那是在叫自己，于是依然头也不回地往前走。

"蓄刘海的那个武士——"

这声呼唤他听着特刺耳，觉得岂有此理，皱起眉头往后看。

正坐在马车旁吃便当的庄司甚内见状，呵斥那些妓女说：

"别闹了！不得无礼！"

他抬头看了一下佐佐木小次郎，觉得这人好生面熟。他很快记起来，这人曾和吉冈门的一众门人来店里玩过，当时还打过招呼。庄司甚内赶紧起身，拍拍身上的草说：

"这真是太巧了啊！没想到能在这里碰见佐佐木先生。您这是要到哪里去呢？"

"哎呀！原来是角屋的老板啊。我要到江户去。冒昧问一句，你们这是要去哪里啊？好像是大迁移呀。"

"我们跟您一样，也打算到江户去。"

"你们在伏见待得不是好好的吗？还有那么一处古香古色的大宅院，为什么非要到一切都还未知的江户呢？"

"伏见的竞争太激烈，再说这里面水太深了，不好混啊！"

"你说得倒也对！不过，现在到江户去，修筑城池或是制造枪炮的工作倒是很多。但是，像你这样的青楼生意好做吗？"

"没问题的，生意肯定能做。你看大阪城，在丰臣秀吉开发之前，那边的妓院就已经做得有声有色了。"

"哦！你打算把妓院开在江户的什么地方呢？"

"上面已经将市中心的一块叫作葭原的沼泽地赐给我们了，方圆有数平方千米呢——再说，已经有些同行在那儿打前站了，所以我们也就不担心打头阵的事儿了。"

"什么？德川家竟然赐给你们数平方千米的地皮——都是免费的吗？"

"有谁会花钱买杂草丛生的沼泽地呢？而且，上面还赐给我们一些石材和木料呢！"

"哈！哈！哈！……原来如此！看来你打算把全家都搬到江户去啊！"

"您有没有谋个一官半职的打算呢？"

"没有啊！我可不希望当官。现在江户是新将军的落脚地，同时也是天

空之卷

795

下政治的中心，所以我才想去看看。不过话说回来，要是能当将军家的武术指导，那也未尝不可。"

甚内听完之后，就默不作声了。

甚内深谙江湖内幕，对经济走向和人情世故也都非常精通。虽然他不知道佐佐木小次郎的剑术如何，但是只凭他刚才说话的口吻，就断定此人不值得深交。

"时候差不多了，都起来了，这就上路！"

甚内把小次郎撇在一边，催促大家赶紧出发。阿直婆数了一下妓女的人数，吃惊地说：

"哎呀！少了一个，究竟少了谁呢——几帐？墨染？不对啊！她们两人都在那边！这事儿可奇怪了，到底少了谁呢？"

三

小次郎不愿意和这些妓女一起走，觉得掉价，于是自己先走了。因为少了一个人，所以角屋的这群人也没有立即出发，而是站在原地等待。

"刚才我还看见她了呢！就坐在那边。"

"她去哪里了呢？"

"可能逃走了吧！"

大家在有一搭没一搭地说着闲话，其中还有两三个人已经沿着来时的路回去寻找了。

甚内在一片唧唧喳喳声中和小次郎道别，然后回头问阿直婆：

"喂！阿直！你说到底是谁逃跑了？"

阿直婆觉得妓女的逃跑自己负有不可推卸的责任，于是战战兢兢地回答说：

"是朱实。……就是老板您在木曾路上碰见的那个女孩。您问她愿不愿意入青楼，她表示愿意的那个！"

"找不到了吗？"

"不知她是跑了，还是落在后面了，刚才我叫几个女孩下山找了。"

"我与那女孩一没有签契约，二没有付她卖身钱。她说她愿意做妓女，我看她外形不错，有挖掘的潜力，所以才答应带她去江户。可惜这一路为她花了不少的路费。不过，这也是没办法的事，我们别管她了，走吧！"

今晚若能赶到八王子，那明天就可以到达江户了。

老板甚内觉得即使今晚拖一下晚，也要赶到八王子，所以他急匆匆地走在队伍前列。

这时，路旁传来一个女人的声音：

"各位，真是非常抱歉！"

原来是朱实。刚才怎么找都找不着的朱实，这会儿竟然主动回到了队伍

中。阿直婆大声怒斥她道:

"你到哪里去了?以后可不能不声不响地就走了!你不知道有多少人在担心你啊!"

无论阿直婆怎么骂她,怎么生气,朱实都赔着笑脸:

"刚才有个熟人从这里经过,我不愿意见到他,于是就躲到了后面的草丛里,结果给滑到沟里去了,弄成了这副德行……"

她将划破的衣服和手肘展示给众人看,而且口中还连声喊着"抱歉""抱歉",但她的表情却一点也没有道歉的意思。

走在前面的甚内,听到后面的动静,就回头对朱实说:

"喂!小姑娘!"

"是在叫我吗?"

"嗯,你是叫朱实吧!这个名字可不好记呀!你要是真想在青楼干的话,最好改个朗朗上口的名字。你真的做好当妓女的准备了吗?"

"不就是当妓女吗?有什么好准备的!"

"一旦你成了妓女,可不是你想不干,就能不干的了!你要满足客人所有的要求,要是没有做好心理准备,那干起来会很麻烦的。"

"我无所谓了,反正最美好的青春年华,已经被那些臭男人给糟蹋了——"

"但你也不能自暴自弃啊!这一路上,你自己好好想想吧!……不管结果怎么样,我都不会问你要路费的!"

恶作剧

一

昨夜,高雄的药王庙住进了一名中年男子。

他带着一个仆人,帮他挑着行李。另外,他还领着一名十五岁左右的少年。

黄昏时分,他们来到了药王庙的山门前。

"今晚就先在这里住下吧!我们明天再去参拜。"

早上,那名男子起得很早,他带着那名少年在山上转了一圈。大约在中午时分,两人又回到了药王庙。望着经过上杉谦信、武田信玄和北条氏康的战乱而变得破败不堪的药王庙,二人内心涌出了无限的伤感。

"这些钱拿去修理寺庙吧!"

男子将三块金子交到寺僧手中,然后就打算穿上草鞋离去。

药王庙的住持见有人捐了这么多的钱,感到非常惊讶,他仓皇跑过来和那男子打招呼：

"不知施主能否留下姓名？"

这时，一旁的僧人立刻告诉他说：

"名字我已经记在账本上了。"

住持拿过账本一看，只见上面写着：

木曾御岳山下百草房奈良井屋大藏

"原来您就是……"

住持抬头望着大藏先生，对昨晚的草率接待表示歉意。

在全国各地的神社和寺庙的捐赠名单上经常可以看到"奈良井屋大藏"这个名字。大藏先生一般都会捐几块金子，要是碰着比较灵验的神社或寺庙，他还会捐得更多，有时会达到几十块金子。究竟是他爱好佛仙之道，还是他沽名钓誉，还是他乐善好施，这一切除了他本人，无人知道。尤其是在这个风云变幻的时代，像他这样的人真是非常少见，所以药王庙的住持对他也是早有耳闻。

住持想留他参观一下庙内的宝物，但大藏先生却执意要走，他推辞说：

"我还会在江户待一阵子，其中若有时间，我肯定还会再来拜访贵寺。"

"那好吧，我送您到山门！"

住持把大藏先生送到山门外。

"今夜您要在府中过夜吗？"

"不，我打算直接赶到八王子。"

"那不太远，您也不用急着赶路了！"

"嗯！现在八王子是谁在管理呢？"

"最近换成大久保长安了！"

"啊！他原先做过奈良奉行吧？"

"嗯，听说现在金山地区也归他管辖呢！"

"真是个了不起的人才啊！"

三人下山之后，太阳还依然挂得很高，他们很快就来到了八王子繁华的二十五宿大街上。

"城太郎，你觉得我们住哪家客栈好呢？"

城太郎一直像跟屁虫一样紧紧跟在大藏先生身后。听到大藏先生这样问他，他率真地回答说：

"伯伯，只要不是住在庙里，住哪里都行。"

于是，他们挑了整条街上最大的一家客栈。

"掌柜的，麻烦您了，我们要住店。"

店掌柜看大藏先生衣着不凡，人品高雅，并且还带着随身仆人，断定此人肯定来头不小，因此不敢怠慢，赶紧向前招呼说：

"客官，您来得可真早啊！"

掌柜给他们安排了院子对面比较靠里的房间，非常安静，没有什么打扰。

太阳落山之后，客栈里的人渐渐多了起来。店老板和掌柜的来到大藏先生住的房间向他解释说：

"真是不情之请啊！刚才来了一大批客人，所以一层噪音比较大。二楼相对清静一些，不知大家是否愿意搬到二楼呢？"

"啊！没关系，就听你们的安排好了！"

大藏先生非常爽快地答应了，并且收拾了一下行李，很快就搬上了二楼。正在这时，他发现角屋的妓女们也住进了这家客栈。

二

"哎呀！跟这些人住在同一家客栈，那可惨了！"

大藏先生来到自己二楼的住处之后，环顾了一下自己今晚的落脚点，禁不住自言自语地发出感慨。

妓女们住进来之后，整个客栈是一片忙乱。叫店小二上来，没人搭理；叫人送饭菜上来，更没人回应。

好不容易等到饭菜送上来了，吃过以后，又无人收拾。

楼上楼下，"啪嗒啪嗒"的脚步声响成一片。大藏先生虽然有些不悦，但看到所有的伙计忙成一团，都怪可怜的，也就不好责怪他们。

房间也没人收拾，大藏先生以手当枕靠在床上。他突然想到了什么，招呼仆人说：

"助市！"

没人回应，于是他又喊道：

"城太郎！城太郎！"

城太郎也不知跑到哪里去了。大藏先生没办法，只好亲自走到屋外看一下究竟发生了什么。他发现好多男人正扶着二楼的栏杆向下张望，客栈一层的大厅里站着好多妓女，难怪这些男人会做出如此举动。

城太郎因为好奇，也混在人群之中，窥视着一楼的情形。

"你这家伙！"

大藏先生把城太郎拎回房间内。

"看什么呢？"

大藏先生流露出责备的眼神。向来剑不离身的城太郎将木剑放在榻榻米上，然后坐了下来，理直气壮地说：

"没看什么啊！大家都在看，我也就跟着看了！"

"大家，大家在看什么啊？"

大藏先生也多少被挑起了一点兴致。

"嗯，大家都在看大厅的那些女人。"

"就只看这些吗？"

"嗯，就这些。"

"她们有什么好看的？"

"我也不知道。"

城太郎据实摇摇头。

让大藏先生难以平静的不是伙计上下楼的脚步声，也不是楼下那群角屋的妓女的吵闹声，而是大家在二楼向下窥望的那种骚动。

"我到镇子里转转去，你最好给我待在屋子里，哪里也别去。"

"求求你，你就也带我去转转吧！"

"不行，晚上不行。"

"为什么？"

"我不是经常和你说嘛，我晚上出去并不是为了玩。"

"那是为什么呢？"

"为了信仰。"

"你白天到处施舍，而且还时不时住在神社和寺庙里，这还不够证明你的信仰啊？"

"光是参拜神社和寺庙是无法建立信仰的，再说我还有其他的祈祷。"

大藏先生不理城太郎。

"我行李箱里有个褡裢，你给我拿过来。"

"钥匙不在我这儿，我可打不开。"

"钥匙应该在助市那里，你知道他去哪里了吗？"

"我见他刚才到楼下去了！"

"是去泡澡了吗？"

"没有，他在楼下偷窥妓女的房间。"

"那家伙？"

大藏啧啧作声。

"你快去把他叫上来。"

大藏吩咐完，顺便紧了紧自己的腰带。

三

四十多人的大团队，客栈一层几乎全被他们给占满了。

男人们住在前台附近的房间，妓女们则都住在大厅对面。

一阵喧嚣之后，客栈里渐渐安静下来。

"我明天可一点儿也走不动了！"

有些妓女细长白嫩的小腿被晒伤了，她们正在往伤口上涂着捣碎的萝卜泥。

有一名妓女，应该是还不太累，她借来了一把破旧的三弦琴，自弹自唱起来。还有一些妓女，累得脸都青了，已经盖好被子，面壁而睡了。

"看起来很好吃啊，能给我一点儿吗？"

有些妓女在争抢着食物。还有人在油灯下奋笔疾书，向远方的男友诉说自己这一路上的辛苦。

"明天是不是就能到江户了啊？"

"不知道啊！刚才我问这里的伙计了，他说还有十三里地。"

"这店里晚上也不关灯，好浪费啊！"

"哎哟，你还真替店老板着想啊。"

"才不是呢！……好烦啊！头也痒得要命，快把你的发钗借我用用。"

看到这么多花枝招展的女子，尤其还是从京都来的妓女，没有男人不会动心吧。助市从浴室出来之后，也不怕着凉，站在大厅傻傻地看着。

突然有人从后面拧住了他的耳朵。

"还不走啊！看会儿就行了啊！"

"啊！痛……"

助市赶紧回头，看是谁在捣乱。

"城太郎，原来是你这混小子。"

"别看了，有人叫你呢！"

"谁？"

"你家主人啊！"

"骗人。"

"我还真没骗你。你家主人说要出去走走，让我来叫你。我就奇怪了，那个伯伯是不是从年头走到年尾啊？"

"真的叫我啊？那我得赶紧过去。"

城太郎本来想跟着助市一起回屋，可是在树影里有个人叫住了他。

"城太，真的是城太吗？"

城太郎赶紧回头，四处搜寻，看是谁在叫自己。这一路上，虽然城太郎放下了一切，任何事都听凭命运的安排，但在他的内心深处，还是时时挂牵着走失的武藏和阿通。

单凭声音，可以判断出刚才是一个年轻女人在叫自己，难不成是阿通姐——这可把城太郎兴奋坏了，他赶紧朝树影处看去。

"……谁？"

城太郎慢慢向树影处靠近。

"是我。"

树影里出现了一张白皙的脸，她绕过树木，来到城太郎面前。

"哎呀，怎么是你啊！"

城太郎失望至极。看到城太郎这副表情，朱实自己也尴尬得不得了。

"怎么了？见到我不高兴吗？"

朱实本来准备了一肚子的感伤之话要去诉说，可是被城太郎这么一弄，全给憋了回去。她脸面有点挂不住了，扬起粉拳，不断敲打城太郎。朱实又开口了：

"我们好久没见了，你怎么会在这里啊？"

"我自己也不知道为什么会在这里。"

"我的事儿……你也知道了吧！我跟艾草屋的养母分手了，一路上吃了不少的苦。"

"哦……你和这些女人是一起的吗？"

"我还在考虑呢！"

"考虑什么啊？"

"要不要当妓女啊！"

朱实本来不打算跟城太郎这样的小孩说这些事，但又没人倾听自己的苦楚，就只能向他诉说了。

"……城太，武藏最近在做什么呢？"

朱实终于将话题转移到武藏身上，其实她从一开始最想问的就是这个问题吧！

四

城太郎心想，自己还想知道他在做什么呢！他如实回答道：

"我不知道啊！"

"不会吧！你怎么会不知道呢？"

"我跟阿通姐，还有师父在半路上就走散了。"

"阿通姐——是谁啊？"

朱实的注意力立刻被这个名字吸引过去，但她好像记起了什么。

"……哦……原来是那个人，她现在还在追求武藏吗？"

朱实自说自话。

在朱实的心目中，武藏是一位行云流水，风餐露宿的修行者。因此，无论她多么想念他，都觉得无法在他身上找到稳定的归宿。再加上她的坎坷身世，心中充满了深深的自卑，觉得自己根本就配不上武藏。

但是，猛然间听说武藏身边出现了另一个女人，她心中嫉妒的火焰在瞬间开始燃烧。

"城太，这里人来人往不方便，我们到外面去聊吧！"

"到街上去吗？"

城太郎一直想出去转转，现在听朱实邀请自己，他当然毫不迟疑地就答应了。

两人走出客栈,来到熙熙攘攘的大街。

八王子因为它的二十五家客栈而闻名于世,所见之处要比其他地方繁华得多。秩父和甲州边境的群山横亘在八王子的西北部,这里一到晚上,便灯火辉煌,酒香满巷——赌场的欢呼声、纺织厂的纺线声、批发市场的叫卖声和艺人的清冷音乐声交织在一起,一片热闹繁荣的景象。

"我从又八那里听到过阿通姑娘的点点滴滴,这人是个什么样的女人呢?"

可以看出,朱实对阿通非常在意。

自从阿通这个名字在她耳边响起之后,武藏的事已经不重要,她心中燃起了一股针对阿通的嫉妒烈焰。

"是个很好的姑娘。"

城太郎接着又说:

"她亲切、温柔、善良,又漂亮——我超喜欢她!"

朱实听完城太郎的评价之后,内心超级不爽,她感到这女人对自己已经构成了威胁。

女人是一种奇怪的动物,即使感到有人对自己构成威胁,也不会直接表现出来。相反,朱实反而微笑着说:

"哦!原来她是这么好的一个人啊!"

"阿通姐可厉害了,什么都会。歌唱得好,字写得也好,还会吹笛子呢!"

"女人会吹笛子有什么用啊?"

"可是,大和的柳生大人,还有其他的一些人都夸阿通姐吹得好啊!……不过,我觉得阿通姐还是有一个缺点的。"

"女人任谁都有很多缺点啊!无非是有些人表现得比较突出,而有些人掩藏得比较深,不让他人知道而已。"

"不是你说的那样了,阿通姐只有一个缺点。"

"什么缺点呢?"

"她动不动就哭,是个爱哭鬼。"

"爱哭?……哎呀!为什么那么爱哭呢?"

"她一想到武藏师父就哭。我跟她在一起,老郁闷了,所以不喜欢她那样。"

——如果城太郎在说话的时候能留意一下朱实的脸色,他就不会那么口无遮拦地说个不停了。朱实的胸口,乃至全身都燃烧起熊熊的嫉妒之火。

五

朱实的眼眸深处,皮肤表层几乎都要喷射出嫉妒的火焰——但是,朱实还想再了解一些，于是她装作若无其事的样子继续问城太郎：

"那个阿通姑娘多大年纪啊？"

城太郎瞟了一眼朱实的脸庞，将她和阿通比较之后说：

"跟你差不多吧！"

"和我？"

"不过，阿通姐比你漂亮。"

话题若在此打住也就罢了，但朱实继续追问道：

"武藏那么硬朗，肯定不喜欢爱哭鬼这样的女人吧！那个阿通肯定是靠眼泪来博取男人的好感。——就跟角屋的那些妓女一样！"

朱实想尽一切办法抹黑阿通，以使城太郎对阿通反感，但朱实的"努力"却适得其反。

"不是你说的那样了！武藏师父虽然外表看起来不温柔，其实私底下还是非常喜欢阿通姐的。"

城太郎的这句话语深深刺痛了朱实，她内心的嫉妒火焰燃烧得更旺了，脸色也变得更加难看。若是旁边有一条河，朱实真想跳进去，一死了之。

假如城太郎不是一个孩子，她还想让他告诉自己更多，但是面对城太郎天真无邪的脸庞，朱实只好作罢。

"城太郎你过来。"

朱实看到前面十字路口有一家店铺挂着红灯笼，于是就拉着城太郎一起去。

"哎！那不是一家酒馆吗？"

"对啊！"

"女人还是不喝酒的好！"

"我就是突然想喝了而已，一个人又太无聊，只好叫你了。"

"可我也不能喝啊！"

"不用你喝，你捡点儿你爱吃的，陪着我就行。"

两人打量了一下店内，没有发现一个客人。朱实冒冒失失地闯了进去，喊道：

"……拿酒来。"

朱实面对墙壁，一杯一杯地喝着闷酒。城太郎看她有些不在状态，就赶紧过去制止她，可她却推开城太郎，并且嚷嚷道：

"烦死了！干吗呢？你这小破孩——老板，酒……再给我上酒！"

朱实满脸通红，红得如同火焰一般。她趴在桌子上，喘着粗气。

"不能再喝了啊！你可别喝了！"

城太郎站在旁边，关切地制止她。

"没关系，我喝，反正也没人喜欢我。你不是也喜欢阿通吗？……我，朱实，生来最讨厌靠哭天抹泪博取男人同情的女人。"

"我最讨厌喝酒的女人了！"

"是我不好。……可我不能不喝啊！我心里好难受！……我这是在借酒浇愁啊！你这样的小屁孩，懂吗？"

"你快去结账吧！"

"我拿什么结啊！我没钱！"

"什么？你没钱啊？"

"你回客栈，向角屋老板要去，反正我已经卖身为妓了……"

"哎呀，你哭了！"

"不行吗？"

"你刚才还说阿通姐是爱哭虫，你不喜欢女人哭，你看你现在自己却哭起来了！"

"我的眼泪怎么能和她的一样——啊！好烦啊！我死给你看好了。"

朱实突然爬起来，向黑暗的屋外跑去。城太郎大吃一惊，也赶紧追了出去。

酒馆的伙计对这样的场景那是司空见惯，他们笑嘻嘻地看着发生的一切。这时，在酒馆角落里睡觉的一个浪人，突然睁开了醉眼，目送他们冲出屋外。

六

"朱实姐，朱实姐！——你可千万不能寻死啊！"

城太郎在后面狂追。

朱实在前面猛跑。

越往前跑，前面越黑。

视野内一片黑暗，根本分不清前方是否有泥淖，朱实只管一味地往前跑。城太郎在后面紧追不舍，呼喊中已经现出了哭腔。

朱实的心中也曾萌发出少女多情的嫩芽，但这稚嫩的芽尖却被一个粗鄙的男人——吉冈清十郎给生生折断了。当初，她在住吉的海边跳海自杀时，那是真的想寻死。今日的朱实已经失去了那份纯真，虽然嘴上说要去寻死，其实心中并不想。

"谁没事会自己去找死啊！"

朱实自己在心里说。她只是觉得城太郎在后面狂追自己很好玩，所以想逗他一下。

"啊！危险——"

城太郎大声提醒她。

他发现在朱实前面有一个壕沟，但由于天太黑，朱实没有看见。

城太郎从身后紧紧抱住跌跌撞撞的朱实。

"朱实姐,你可千万别寻死啊!死了可就什么都完了!"

城太郎把她拉住,可朱实却闹得更厉害了。

"你和武藏都认为我是一个坏女人,我活在这个世上还有什么意义。别管我,就让我怀着爱武藏的一颗心去死好了!……我死了,也能成全他和那个女人早日结婚。"

"你怎么了啊?到底怎么了啊?"

"城太,快,快把我推到那沟里,淹死我算了,我也能一了百了。"

朱实双手掩面,号啕大哭起来。

城太郎哪见过这番景象,吓得都要哭了。

"……姐,咱回客栈好吗?"

城太郎想赶紧带朱实回去。

"城太,我好想武藏啊——你帮我把他找来,好吗?"

"停下啊!你别再往前走了——"

"……武藏,我先去阴间等你了!"

"危险——"

当朱实和城太郎跑出来的时候,那个睁开醉眼的浪人就紧跟在他们身后。这时,他已经绕过壕沟,正一步一步向二人逼近。

"喂!小孩儿!……把这女人交给我就行了,我过会儿把她送回去,你先回去吧!"

说完他便推开城太郎,把朱实紧紧搂在怀里。

这个男人个子颇高,看起来有三十四五岁。他浓眉大眼,脸上布满了浓密的络腮胡,颇有关东武士的风采。离江户越近,武士的穿着与关西也越不相同,关东武士的袖口一般都比较短,而且所持的大刀也要比关西武士大得多。

"哎哟——"

城太郎被推了个趔趄,禁不住哎哟了一声。他抬头看去,发现眼前这个浪人从下巴一直到右耳有一道长长的刀疤,整个脸鼻塌嘴歪,就像桃子的裂口一般。

城太郎在心中思忖:"这个家伙好像很厉害!"

他咽了一口唾沫,拽着朱实说:"不用你管,我要带她回去!"

那个浪人哪肯让到手的女人溜了,他哄城太郎说:

"你看这女人不闹了吧!看她这表情,在我怀里睡得多香啊!你先回去吧!我过会儿把她送回去!"

"不行啊!大叔。"

"你给我滚开——"

"……?"

"还不滚啊!"

他缓缓提起城太郎的衣领,而城太郎则像罗生门中的渡边纲忍受恶鬼的臂力一般,紧紧地踩着地面。

"你,你要干什么?"

"你这臭小子,不在这水沟里灌饱,你是不想回是吧?"

"胡说八道!"

此刻,城太郎瞬间拔出比自己还高的木剑,狠狠地打在了那个浪人的腰上。

——但是,由于反作用力太大,自己也被弹开了。一屁股坐在了水沟旁,幸亏没有掉下去。不过,身体还是受了重创,呻吟了几声之后,城太郎就失去知觉了。

七

其实不只是城太郎,小孩子们大都如此。遇见事儿,他们不会和大人那样思虑再三,而是会愣冲愣撞。纯朴的本性经常会使他们徘徊在生与死的边缘。

"喂!小孩儿。"

"姑娘!"

"小孩儿……"

城太郎在恍惚中,仿佛听到了有人在找自己。他睁开眼,发现周边站着好多人,正在眨巴着眼睛望着自己。

"醒了吗?"

大家关切地问着。这反而搞得城太郎有点不好意思了,他一骨碌爬起来,捡起自己的木剑,想赶紧一走了之。

"喂,别走啊!和你一起跑出来的那姑娘呢?"

客栈的伙计赶紧抓住他的胳膊,不让他离开。

城太郎一听才弄明白,原来他们是角屋的员工,还有客栈的伙计,是一起出来找朱实的。

人群中有人提着灯笼,也不知是谁发明的,最近在京都特别流行,看来这东西也传到关东来了。还有一些年轻男子,他们手持棍棒,问城太郎:

"有人前来送信,说你和角屋的一个姑娘被浪人给劫走了。……你知道那个姑娘去哪里了吗?"

城太郎摇着头。

"不知道,我什么也不知道。"

"不可能!……你别骗我们了,你怎么可能什么都不知道!"

"我只知道她被那浪人抱着,跑到那边去了!"

城太郎回答得言简意赅,他不想和这些人纠缠下去,要是不尽快赶回去

空之卷

的话，可能又要遭大藏先生的骂了。此外还有一个原因，要是让大伙儿知道敌人还没出招，结果自己就给摔得昏了过去，那就太难为情了。

"那浪人到底往哪里逃了？"

"那边。"

城太郎用手一指，大家便追了过去。没过多大一会儿，就听见有人说："在这里！在这里！"

大家提着灯笼和棍棒一拥而上——朱实站在了一户农家的茅草屋的阴影里，衣冠不整，显得非常狼狈。看地上的情形，刚才她应该是被那浪人压在了干草堆上。后来，听到大家的脚步声，她赶紧站了起来。她的头发和衣服上全都是杂草，领口也敞开着，腰带松松垮垮，差点儿就被那浪人解了下来。

"哎呀！没出事吧？"

众人用灯笼一照，立刻就明白了，要是再晚来一会儿，朱实可能就会被那浪人给强奸了。大家不再多言，也忘了去追赶那作恶的浪人。

"……好了！回去吧！"

朱实甩开扶她的手，靠在茅草屋的木墙上，低声啜泣。

"她好像喝醉了。"

"为什么又在外面喝酒呢？"

众人只能站在那里，看着她哭泣。

城太郎站在远处，也看见了朱实哭泣的样子。城太郎现在还太小，无从想象她究竟遭遇了什么。但是，他忽然想起了过去自己亲身体验过的一件趣事，虽然这和朱实毫无关系。

当时，他住在大和柳生庄的一家客栈内，客栈内有一个小姑娘，名叫小茶。他们二人就如同两只小狗一样，在马料仓库的稻草上抓来抓去，滚来滚去，一旦听到人的脚步声，就吓得不得了。

"走吧——"

城太郎觉得非常无趣，于是就离开了。刚才差点儿丢了自己的小命，现在却还能活在这个世上，他感到非常高兴，禁不住哼起了小曲。

> 田野中的大金佛。
> 你可曾见过一个十六岁的小姑娘？
> 那小姑娘迷了路。
> 我敲木鱼，"哐"。
> 我问金佛，"哐"。

草云雀

一

城太郎以为自己能找到回客栈的路，因此也没注意周围的建筑，一个劲儿地往前跑。

"啊！是不是走错了？"

城太郎开始怀疑起来，他前后看了一下。

"来的时候好像没经过这里啊！"

他确定自己走错了方向。

这儿以一处古时的城寨遗迹为中心，周边是一圈武士住宅。城寨曾被其他藩国的军队占领过，毁坏得非常严重，现在基本是一片废墟。但是，其中一部分还是得以恢复，成为这一地区最高长官大久保长安的住宅。

这处城寨和战国以后流行的平地城池不同，它极为古式，应该是土豪时代的城寨，因此没有护城河，也没有城墙和浮桥，只是背靠一座高大的灌木山。

"啊！……是谁？……从那上面下来的是人吗？"

城太郎所站位置的一边恰好是一处武士住宅的外墙。

另一边则是田地和沼泽。

田地和沼泽的尽头是一座险峻的高山，上面长满了灌木。

此处既无道路，也看不到石阶，应该就是这座城寨的后身。就在这时，城太郎发现有人从长满灌木的绝壁上扔下一根绳子，然后悄悄地爬了下来。

绳子的前端有一个铁钩，那人先将铁钩挂在绝壁的顶端，然后滑到绳子的最下端。双脚不断地寻找岩石和树根，等自己站稳之后，再挥舞绳子，让铁钩掉下来，重新挂好铁钩之后，再顺着绳子滑下来。

——如此反复几次之后，那个人影安全地到达了山脚下的田地，然后潜到灌木丛中，不知了去向。

"那究竟是人，还是别的什么东西啊？"

强烈的好奇心让城太郎忘记了自己已经迷路，并且远离客栈这一事实。

"……？"

但是，即使他把眼睛瞪得再大，也看不到任何动静了。

受好奇心的驱使，他不愿就此离去。他在道路旁边的树荫里藏了起来，希望那人过会儿会跨过田埂，走到自己面前。

功夫不负有心人，城太郎的期望没有落空。过了很长一段时间，那人终于跨过田埂，走了过来。

"……不会吧！原来是偷柴火的山民。"

当时确实有一些山民，趁着月黑风高，偷偷爬过险峻的悬崖，去别人的林区内偷柴火。要是真是偷柴火的山民的话，那城太郎的等待就太没意义了。但是，事情很快发生了转变，这一转变不仅满足了城太郎的好奇心，而且远远超出了他的承受能力，他变得恐惧，浑身也在止不住地颤抖。

——从田埂上走过来的那个人俨然没有注意到躲在树荫里的城太郎的小小的身影，他悠哉游哉地从城太郎面前走过。借着微光，城太郎看清了那个人，他惊得差点儿叫出声来。

因为那个人不是别人，正是自己一路追随的奈良井的大藏先生。

城太郎不愿意相信自己看到的这一切，他在心里告诫自己：

"不，肯定是我认错人了。"

他努力将自己刚才的意识从脑海中清除掉。

这样一来，他就更加确认是自己认错了人——因为从逐渐走远的背影看来，那人脸上蒙着黑布，身上穿着夜行衣，脚上穿着轻便的草鞋，而且背上还背着一个重重的包裹，肩膀宽阔，腰身硬朗，怎么看都不像已经五十多岁的大藏先生。

二

刚才的人影，往前走了一段路之后，向左一拐，走上一座山丘。

城太郎没有多想，毫不迟疑地尾随而去。

无论如何他也得找到回去的路，可是附近又没有能够问路的人，他只能跟在那人身后，希望过会儿能够看到客栈的灯光。

但是，那名男子很快就走进了一条小路，他将重重的包裹放在路标旁，仔细辨认着路标上的文字。

"啊？……奇怪了……还是很像大藏先生。"

城太郎越来越觉得奇怪，他决定就这么一路尾随下去，探个究竟。

那男子继续沿着山丘往上爬。城太郎跟在身后，也看了一眼那块路标，只见上面写着：

首塚之松，在此之上。

"啊，是那棵松树吧！"

城太郎抬头望去，只见山丘顶上有一棵大松树。他紧跟着那人爬到山丘顶部，发现那男子正坐在松树底下抽烟。

"这下可以确定了，这人肯定是大藏先生。"

城太郎小声嘟哝着。

在当时，农夫和商人根本抽不起烟草。南蛮人将烟草带到日本之后，教会了日本人抽烟，并开始在日本种植。但是在当时，烟草是非常昂贵的东西，即使在京都，若不是非常有钱的主，也抽不起烟草。更重要的是，当时日本人的体质还不适应烟草，有些人抽烟之后，会出现眩晕和口吐白沫等症状，但大家都知道抽烟的感觉是很爽的，所以将烟草视为一种"魔药"。

据说，奥州的伊达政宗公等每年拿六十多万石俸禄的藩主，大多都喜好抽烟。书吏记载伊达政宗公的抽烟规律是：

　　早上抽三根，傍晚抽四根，睡前抽一根。

城太郎自然不会知道以上典故，他只知道很少有人抽得起烟草——而且城太郎也经常可以看到大藏先生用陶烟管抽烟。因为大藏先生是木曾的首富，所以城太郎对大藏先生抽烟一事一点也不奇怪。但是，此刻看到首塚的松树下，如萤火一般或明或暗的烟头，城太郎感到一股深深的恐惧。

"他在做什么呢？"

城太郎已经习惯于冒险，他悄悄地爬到那人附近的阴影里。

他终于看清了。

那男子悠闲地抽完烟草之后，猛地站起来，他脱掉夜行衣，摘掉面巾。没错，正是奈良井的大藏先生。

大藏将蒙面用的黑布塞到腰间，绕着松树转了一圈，然后不知从哪里拿出一把铁锹。

"……？"

大藏先生以铁锹当杖，站在那里观赏着苍茫夜色。这时，城太郎也发现了，这个小山丘正是客栈一条街和武士住宅的接壤地。

"嗯！"

大藏满意地点点头。他用力将松树北侧的一块大石头撬开，然后一锹插进了下面松软的泥土中。

三

大藏挥动铁锹，全神贯注地挖着土。

很快就挖出一个一人多高的大坑。他抽出腰间蒙脸的黑布，擦了一把脸。

"……？"

草丛中有一块大石头，城太郎就藏在石头的阴影处。他的眼睛瞪得老大，注视着大藏的一举一动。城太郎感觉眼前的这个大藏先生和自己之前认识的大藏先生简直判若两人。

"……成了！"

大藏跳到洞穴里比画了一下，只剩一个头露在外面。

他用力踩了踩洞穴的底部。

城太郎心想，要是大藏先生把自己埋在坑里自杀的话，那自己无论如何也要阻止他。但他很快就发现，自己的担心完全是多余的。

大藏从坑中爬出来，把松树下重重的包裹拖到大坑旁边，然后解开捆绑包裹的麻绳。

城太郎本以为那个包裹就是一个包袱皮，没想到竟然是一件作战时穿的皮革背心，而且背心里面还有一层如帷幔一样的布。大藏小心翼翼地将布打开，里面装满了金子，数量多得惊人。而且还有好几块竹节金①。本以为就这些黄金，可谁曾想他又将衣服解开，从前胸、后背，以及全身抖落下许多庆长金币。大藏捧起地上的金币，和其他金子混在一起，然后用布和皮革背心包好，像踢一只死狗一样，将黄金包裹给踢到了大坑里。

接下来，大藏先生把坑填平，再用脚把土踩实，然后又把石头挪回原处。为了不使刚刚翻动的新土引人注目，他还特意找来一些杂草和树枝堆在上面。

一切处理妥当之后，大藏先生脱下草鞋和绑腿，并将它们跟圆锹绑在一起，丢到人烟罕至的杂草丛中。然后他穿好衣服，换上草鞋，胸前挂上和尚才用的头陀袋，长长地舒了一口气：

"啊！还真是有点累啊！"

他一边自言自语，一边朝山丘下走去。

等大藏走远之后，城太郎也来到刚才埋黄金的地方瞅了瞅，发现一点翻动过的痕迹都没有。他感到非常惊奇，慨叹大藏埋黄金的手法简直就跟变魔术一样。

"……糟了，我要是不先赶回去，他肯定会怀疑的！"

城太郎看着城里的灯火，已经知道如何赶回去。他选择了一条和大藏不同的道路，如疾风般迅速向山丘下跑去。

回到客栈之后，他装作若无其事地回到二楼。进入房间一看，大藏还没有回来，城太郎也松了一口气。

只见仆人助市在油灯下，靠着行李箱，孤独地睡着了，嘴角还流着哈喇子。

"喂！助大哥，这样睡会着凉的！"

城太郎故意摇醒他。

"啊！城太，你回来了啊……"

助市揉一揉眼睛。

"这么晚了，你去哪里了呢？也没向我家主人禀报……"

"你在说什么啊？"

城太郎反问道。

---

①译者注：战国时期的一种货币形态，将熔化的黄金倒入半圆形的铸模内，冷却之后，外形像一劈两半的竹节，所以叫竹节金。

"我早就回来了，只是你睡着了，不知道而已。"

"骗人！我亲眼见你带着一个角屋的妓女出去了——你这么小就撒谎，我看你将来怎么办？"

没过多久，大藏就回来了，他拉开纸门打招呼说：

"我回来了。"

四

客栈离江户还有十二三里地，要想在太阳落山之前赶到江户，那就必须早起。

角屋的妓女们天还没亮就离开了八王子，而大藏先生、城太郎和助市三人则慢悠悠地吃了一顿早餐，然后才出发。

他们离开客栈时，太阳已经很高了。

助市和城太郎像往常一样，紧紧地跟在大藏先生身后。昨晚，城太郎目睹了大藏先生的所作所为，所以今天显得特别苦闷。

"城太！"

大藏先生回头望了一眼闷闷不乐的城太郎。

"今天怎么了？看起来不高兴啊！"

"嗯？……"

"出什么事儿了吗？"

"没有了！"

"原先都蹦蹦跳跳的，今天怎么突然就老实了呢？"

"其实啊！……大藏伯伯，我跟您直说了吧！如果这样一直跟着您，我也不知道能不能找到我师父，所以我想自己去找……不知您愿不愿意？"

大藏毫不犹豫地回答说：

"那可绝对不行。"

若是在以往，城太郎肯定会拽起大藏的胳膊，撒娇缠他答应自己的要求，可是这次城太郎却缩了回来。

"为……为什么啊？"

他结结巴巴地问道。

"我们休息一下吧！"

大藏说完，便一屁股坐在了武藏野的草地上。他挥挥手，让挑着行李箱的助市先走。

"大藏伯伯，我想尽快找到我师父，所以您就让我自己去找吧！"

"那怎么能行呢！我可放心不下。"

大藏先生面露难色，拿出陶烟管，"吧嗒吧嗒"地抽着烟。

"从今天开始，你就做我的养子吧！"

这事儿可变得严重了，城太郎吓得咽了一口唾沫，他看见大藏先生满脸堆笑，觉得他可能是在开玩笑。

"我不，我不想成为伯伯的养子。"

"为什么呢？"

"伯伯是城里的商人，可我想成为一名武士。"

"若从根上说起，我也不算一个城里人。你若肯当我的养子，我一定帮你成为厉害的武士。"

看来大藏先生是认真的，城太郎禁不住浑身发抖，他疑惑地问道：

"伯伯为什么突然要收我为养子呢？"

大藏先生猛地抓起城太郎的手，把他揽到自己胸前，然后贴着他的耳朵，小声对他说：

"因为你都看见了啊！小家伙。"

"……嗯？"

"你不是都看见了吗？"

"……看，看到什么啊？"

"昨晚我做的事啊！"

"……"

"为什么要跟着我？"

"……"

"为什么偷看我的秘密？"

"……对不起！大藏伯伯。真的对不起，我没对任何人说。"

"小点声！既然你已经都看到了，我也不想责备你，但作为补偿，你必须做我的养子。如果你不肯答应，虽然你很讨人喜欢，但我还是会杀了你——要么成为我的养子，要么去死，你自己选择一个吧！"

五

也许真的会被杀死，城太郎生平第一次感到如此恐惧。

"对不起！真的对不起！您可千万别杀我啊！我还不想死！"

城太郎就像一只被大藏捏在手心的云雀，他只能轻轻地求饶，怕自己一旦奋力挣扎，惹恼了大藏，立即就会被他捏死。

但大藏俨然没有要杀死他的意思，他轻轻地把城太郎抱到自己的膝盖上。

"这么说，你是要选择当我的养子了？"

大藏用他那稀稀拉拉的胡子蹭着城太郎的脸颊。

胡子扎在脸上的感觉非常疼。

虽然大藏的动作比较柔和，但是手上的力道却是大得惊人，再加上身上散发出的体臭，熏得城太郎苦不堪言。

城太郎现在完全不知所措。若论危险程度，这次还不如以前的数次遭遇凶险，当时他都能够奋力向前，从容应对。可是，这次不同以往，他就像婴儿一样，发不出声，抽不出手，难以从大藏的膝盖上挣脱。

"哪一个，你到底选哪一个？"

"……"

"想当我的养子，还是被杀掉？"

"……"

"喂！快点决定啊！"

"……"

城太郎哭起来。他用脏兮兮的小手抹了一把脸，结果整个脸都给搞花了。眼泪顺着脸颊流下，被脸上的污垢染得漆黑，挂在鼻翼的两侧不再动了。

"哭什么啊？当我养子不好吗？你要是想成为一名武士的话，那就再合适不过了。我一定会帮你成为一名杰出的武士。"

"可是……"

"可是什么？"

"……"

"有话快说！"

"伯伯……"

"嗯？"

"可是……"

"你真是要急死我了。男子汉大丈夫，别磨磨叽叽的！"

"……可是……伯伯，您真的是小偷吗？"

如果大藏稍一松手，城太郎应该可以迅速逃脱。可是，大藏的膝盖就如同深渊一般，任城太郎想尽一切办法也难以离开。

"啊！哈哈哈！"

大藏拍了拍城太郎因哭泣而一抖一抖的背。

"就因为这个，你才不愿意做我的养子啊？"

"……嗯！"

城太郎点点头。大藏又拍拍他的肩膀，笑着对他说：

"我确实是一名天下大盗，但我和那些专偷穷人和劳苦百姓的小偷不同。你看德川家康、丰臣秀吉和织田信长，他们和我一样，也是天下大盗，只是窃取的是国家政权而已——只要你跟着我，把目光放远点，以后就会明白我今天跟你说的话了。"

"这么说来，伯伯您不是小偷啊！"

"我不会做那种鸡鸣狗盗之事的——我做的是更大的事业！"

考虑到城太郎年纪尚轻，解释深了他也理解不了，所以大藏先生就只好先说这些了。

他将城太郎从膝盖上放下。

"我们出发吧!别再哭了,从今天开始,你就是我的养子了。你放心,我会疼你爱你的。不过,昨晚的事儿可千万别跟他人说呀——你要是说了,我就立刻把你的头拧下来!"

 开拓者

一

五月底,阿杉婆也来到了江户。

那是一个炎热的时节,而且当时的江户正面临干旱,整个梅雨季节一滴雨都没下。阿杉婆来到江户后就纳闷不已——为什么要在这荒芜的草原和杂草丛生的沼泽地建一座新城呢?

离开大津之后,她用了大约两个月的时间才最终抵达江户。在经过东海道来江户的途中,她生过病,也参拜过神社,各种各样的琐事耽误了她不少时间。现在回想来时的路,真如那首歌里唱的那样——"都城在那彩云深处",真是太遥远了。

高轮街道的两侧最近新种了行道树,并且还堆起了计算路程的土堆。高轮街道从河口一直通到日本桥,是江户这座新兴城市的主干道,所以走起来还算比较方便。但是,经常会有运石料和木材的牛车从此经过,再加上盖房子的人家需要搬家和填埋土地等,所以这条街道显得非常拥挤。由于好久没有下雨,路面上积聚了厚厚的灰尘,一旦有人或车经过,都会激起一片白色尘埃。

"——啊!没长眼吗?"

她怒目圆睁,盯着一处正在兴建的新房子。

房内有人在笑。原来是粉刷匠在刷墙壁的时候,不小心将涂料溅到了阿杉婆的身上。

这老太婆虽然年事已高,对这种事情却无法忍让。她拿出以前在老家,本位田家的那种架势,破口大骂:

"你们将涂料溅到行人身上,不但不道歉,还在那儿笑,真是无法无天啊!"

要是在老家,如果她用这种语气训斥佃户和村民,那么那些佃户和村民肯定会立马跪地请求宽恕。可是,这是在新兴城市江户,没人听她这一套,正在搅拌白灰的粉刷匠对她的怒吼嗤之以鼻,根本不当一回事儿。

"说什么呢?你这老太婆也太奇怪了吧!在那儿嘟嘟囔囔地说些什么呢?"

阿杉婆一听，更是气不打一处来。

"刚才是谁在笑？"

"我们都在笑啊！"

"放肆！"

粉刷匠们见阿杉婆如此动怒，一个个都笑得前仰后合。

来往的路人都觉得阿杉婆年纪已经不轻了，没必要计较这些。可是依阿杉婆的性格，绝对不能就这么善罢甘休。

她默不作声走进屋内，把手放在脚手架上。

"是你们在笑吧？"

说完，瞬间把脚手架上站人的木板抽开。

粉刷匠们噼里啪啦摔了下来，沾得满身都是涂料。

"你这个老畜生！"

粉刷匠们立即爬起来，纷纷握紧拳头，作势要打阿杉婆。"要打架是吧？走，到外面去！"

阿杉婆双手叉腰，一点也不畏惧对方人多势众。

阿杉婆的架势把所有人都给镇住了，他们未曾料到这老太婆竟然如此凶悍。从她刚才的举动，以及说话的语气，众人断定这老太婆肯定是武士的母亲。粉刷匠们个个面露惧色，不敢轻举妄动。

"给我记好了，以后可不能再做这么无理的事儿了！"

出了一口恶气之后，阿杉婆雄赳赳气昂昂地走了。过往的路人目送她的背影渐渐远去。

就在这时，一个光着脚，满身木屑的小学徒，从工地旁边冲出来，大声喊着：

"死老太婆！"

"哗啦"一声，把一桶泥浆泼在了她身上，然后迅速躲了起来。

二

"谁？"

阿杉婆立即回头寻找，但刚才恶作剧的那个小学徒已经不见了。

她看到自己被泼了一身泥浆，眉头紧锁，脸上布满阴云。

"笑什么呢？"

看到来往的路人在那儿哈哈大笑，她更是怒气冲天。

"有什么好笑的，别笑了！我现在是老了，可你们早晚有一天也会老的。我大老远来到这里，你们不但不热情地关照我，反而还往我身上泼脏水，还哈哈大笑，难道这就是江户人的待客之道吗？"

阿杉婆似乎没觉察到，她越是责骂，聚集的路人越多，而且笑声越大。

"现在全国上下都在说江户的事，说这儿多么好，多么棒！可我来了一看，这都是些什么啊？你们劈山填沼泽，挖沟填大海，到处都搞得尘土飞扬，脏兮兮的。而且，人情味还那么淡，素质那么差，和我们京都真是无法比。"

阿杉婆说了一通之后，内心舒服了不少，她不顾嘲笑她的民众，气呼呼地走了。

城里到处都是木料和新房子，白花花的，晃得人难受。有一些空地还没有埋结实，泥土下面随处可见干枯的芦苇根。一眼望去，地上满是干结的牛粪，发出的刺激性气味直往眼睛和耳朵里钻。

"江户原来就这样啊？"

她对江户的一切都看不上眼。在这片新开发的处女地上，最古旧的东西也许就是阿杉婆了。

实际上，活跃在这片土地上的都是年轻人。开店的是年轻人；骑着高头大马的官吏也是年轻人；戴着斗笠，迈着大步行走的武士也是年轻人；工人、木匠、小商人和士兵，甚至将领也都是年轻人。可以说，江户是年轻人的天地。

"要不是为了找人，这鬼地方我一天也待不下去……"

阿杉婆气鼓鼓地自言自语，可是前面一条沟挡住了她的路，她不得不绕行。

挖出的土如同一座小山，不断有车子来将土运走。在一块刚刚掩埋好的地块，木工们正在装修房子。虽然还没有完工，但已经有一个涂着白粉的女子在门帘后面画着眉毛。屋子外面挂着一块中草药招牌，里面堆着一些和服绸缎布料，同时还在卖酒。

这里是江户城的郊外，以前只是千代田村和日比谷村之间的一条田间小路，后来随着江户的开发，才逐渐发展成这样。如果到江户城周边，会看到太田道灌①之后，以及天正年间以来修建的大街小路和屋敷町，这些地方已经发展得非常繁华。阿杉婆还没有走到中心城区，错把郊区当成了江户。

从昨天到今天，阿杉婆看到的全是江户的新开发地区，她以为江户就是这种乱七八糟的样子，所以对江户的第一感觉非常不好。

正在挖掘的水沟上，有人搭了一块木板，用来临时通行。阿杉婆小心翼翼地走过去，发现有一个小屋子，四周挂着草席，用剖开的竹子固定着，门口挂着一个幌子，上面写着——澡堂。

阿杉婆将一文永乐铁钱交给澡堂的门房，然后就"噌噌噌"地冲进浴室。她其实不是为了洗澡，只是想把弄脏的衣服洗干净而已。她把被泼了泥

---

①译者注：太田道灌是室町中期的一名文武兼备的将领，在各方面都有显著成就。在筑城方面，除了坚固的江户城，还修筑了川越、岩槻等城。

浆的脏衣服简单搓洗了几下，然后向门房借来一根晾衣竿，将衣服晾在了小屋旁边。现在她只穿着贴身衣服，抱腿坐在湿衣服下面，等着衣服晾干，同时也在望着来往的行人。

三

阿杉婆不时摸摸衣服干了没有。她本以为阳光这么强，湿衣服很快就能晾干，可是等了好久，衣服也没干。

阿杉婆觉得只穿一件贴身衣服坐在这里实在不雅，于是找来一条浴巾搭在身上。她本来是不拘小节的，可这会儿也有点害羞，为了不让来往的路人看见，她蜷成一团躲在了小屋的阴影里。

对面有人在说话。

"这里有多大面积啊——如果价钱便宜的话，我们可以谈！"

"八百多坪①吧！价钱刚才也告诉您了，实在是没法再便宜了。"

"太贵了！你这不是在敲诈吗？"

"我没漫天要价。现在搬土的人工费可贵了，再说这附近也没别的地皮了！"

"不会吧？你看那边，不正在填湖造地吗？"

"那块啊！还没填的时候，就被人给买走了，现在一厘地也没有了。——不过，你要是再往隅田川的河边走走，那里倒是有地，也便宜，不过地段不好啊！"

"这块地真有八百坪吗？"

"你要是不信的话，自己拿绳子来量。"

四五个商人正在交易土地。

阿杉婆向路人打听这地方的地价，一听就惊得傻眼了。在这地方买一两坪土地的花费都够在老家买十几块好地了。

江户的商人最近正在疯狂地炒地皮，像这样的景象，随处可见。

"又不能种水稻，也不是在城里，怎么就那么贵呢？"

阿杉婆百思不得其解。

那几个商人好像已经谈妥了，拍手成交，然后四散离去。

"——啊！"

阿杉婆正看得出神，突然有一只手从背后伸到了自己的口袋里。阿杉婆抓住那只手，大喊："抓小偷啊！"

那小偷看起来应该是一名瓦工或者轿夫，他挣脱阿杉婆的拉拽，拿着偷来的钱包，撒腿就跑。

"快抓小偷啊！"

---

①译者注：日本面积单位名，等于一日亩的三十分之一，合3.3057平方米。

阿杉婆就如同自己的头被拿走了一样，跟在小偷后面狂追，最后终于抱住了小偷的腰。

　　"来人啊！快来人啊！这里有小偷。"

　　那男子抽了阿杉婆好几个耳光，但还是无法挣脱她的纠缠。那小偷也有点急了，一边挣扎，一边喊着："让你叫！"

　　然后，男子一脚踹在了阿杉婆的肚子上。

　　这小偷以为阿杉婆就是一个普通的老太太，没承想这一错误判断给自己招来了大麻烦。阿杉婆被踹之后，呻吟了几声就倒在了地上。但她很快就爬起来，拔出腰际的短刀，挥刀向小偷的脚踝砍去。

　　"啊！疼，疼，疼！"

　　小偷一瘸一拐地逃出了二十多米。他低头一看，自己脚上全是鲜血，这可把他吓坏了，一屁股瘫在路上，走不动了。

　　刚才在附近谈生意的其中一人叫半瓦弥次兵卫，他还带着一名随从。二人看见了瘫在地上的小偷。

　　"——咦？这不是那个在咱家偷鸡摸狗的那个甲州人吗？"

　　"嗯，就是他，手里还拿着个钱包呢！"

　　"刚才我听见有人喊抓小偷，原来这家伙从咱家出来之后，手又痒痒了……啊！有个老太太倒在地上。我来抓这个小偷，你快去照顾老太太。"

　　半瓦说着，一个箭步冲上前去，抓住还打算逃跑的小偷的衣领，像摔蚂蚱一样，把他狠狠地扔在了地上。

四

　　"大把头，这家伙肯定是偷了老太太的钱包！"

　　"钱包我已经夺过来了，老太太怎么样了？"

　　"没什么大碍，就是昏过去了而已，等她醒来，肯定会大喊'我的钱包'、'我的钱包'吧！"

　　"她还没醒过来吗？"

　　"没有呢！那家伙把她的肚子踹了。"

　　"这个浑蛋！"

　　半瓦瞪了小偷一眼，然后对随从说：

　　"阿丑，给我打个木桩。"

　　小偷一听要打木桩，就如同被刀顶着脖子一般，吓得浑身发抖。

　　"大人，您就饶了我吧！我以后再也不敢了，一定改过自新，好好做人！"

　　那小偷跪地求饶，磕头如捣蒜。但是，半瓦却摇头说：

　　"不行，这次绝对不能饶你！"

　　阿丑找来两名架桥的工人，让他们帮着打桩。

　　"就打在这儿吧！"

阿丑用脚在空地上点了一下，示意打在这里。

两名工人很快就打好了一根木桩。

"大把头，你看这样行吗？"

"嗯，可以。把那家伙绑在上面，再在脖子后面插块板子！"

"您要写字吗？"

"嗯！"

半瓦向工人借来墨斗，然后以尺当笔，写道：

    此盗贼原为半瓦家的寄生虫，由于累犯恶事，特绑在此处，让他遭受七天七夜风吹日晒之苦，以示惩戒！

    木工町

    弥次兵卫

"谢谢了！"

半瓦将墨斗还给两名工人，然后吩咐修桥的木工和附近的瓦工说：

"麻烦你们了，要是有什么残羹剩饭，分他一点，免得饿死了！"

大家异口同声地回答说：

"知道了，我们会不断地嘲笑他的。"

在日本传统的町人社会中，没有比嘲笑更为残酷的惩罚了！长期以来，武士阶层之间的战争持续不断，官方的法令和刑法也都逐渐荒废。为了维护町人社会的正常秩序，于是大家就采用这种私刑来惩罚罪犯。

江户是一个新兴的城市，在它的政权结构中，上层已经建立了町奉行制度，而且武士庄园也确立了相应的制度和法制形式，但是在民间还是沿袭着以前的陋习，私刑泛滥，难以废止。

町奉行认为江户正处在开发阶段，社会混乱在所难免，而且私刑可以有效地维护社会秩序，所以也就不刻意去废除了。

"阿丑，把这钱包还给老太太。"

半瓦将钱包还给阿杉婆之后，又说：

"看这老太太一大把年纪了，还四处漂泊，真是可怜啊！……她的衣服呢？"

"正晾在澡堂旁边呢！"

"你替她收拾一下，把她背回去！"

"您是要把她带回咱家吗？"

"当然了，不能惩罚完小偷就不管老太太了啊！要是放在这里，说不定还会遇见坏人呢！"

阿丑怀里抱着阿杉婆的衣物，身上背着阿杉婆，跟在半瓦身后，往家走去。刚才聚集的行人也四散而去，各奔西东。

五

日本桥竣工还不满一年。

比起桥上五颜六色的彩绘，那宽广的河面，两岸新砌的石墙，以及新立起的白色木栏杆更引人注目。

桥旁停着很多来自镰仓和小田原的木船。对面的河边，满身鱼腥味的商人正在招揽客人买鱼。

"……疼死了！哎哟，疼死我了！"

阿杉婆趴在阿丑背上，皱着眉头，不断喊疼，但同时还在拿眼睛瞧着人声鼎沸的鲜鱼市场。

半瓦不时听到阿杉婆的呻吟之声，再加上路人纷纷将目光投向他们，于是半瓦回头半安慰半提醒地对她说：

"很快就到了，您再忍一会儿。生命是无大碍的，您就别叫那么大声了！"

阿杉婆听罢，立即像个婴儿一般安静下来，把脸靠在阿丑的背上。

按照聚集人员从事工作的不同，江户分成了各种各样的街区，有锻冶町、枪炮町、染坊町、榻榻米町和公务员町等。半瓦的房子在木工町中最为显眼，因为它有一半屋顶盖了瓦。

两三年前，木工町发生了一场大火，原先的茅草屋顶都被烧光了，现在大部分住宅的屋顶都是木板屋顶。弥次兵卫家的房子也只是在朝向大街的一侧盖了瓦，背人的一侧还是木板。

因为房顶的缘故，大家给他起了个外号，纷纷称呼他为"半瓦、半瓦"，而弥次兵卫觉得这名字还不错，于是就欣然接受了。

弥次兵卫初到江户时，只是一名普通的浪人。但他行侠仗义，又颇有才气，再加上领导才能出众，很快就转变成一名商人，通过给人修屋顶赚得第一桶金。后来，生意越做越大，现在就连诸侯家的活也交给他做。此外，他还兼营土地买卖。时至今日，即使整日抱着手不干活，也会日进斗金，他被人尊称为"大把头"。

在新开发的江户，涌现出一大批被人尊称为"大把头"的特权阶层。在他们当中，又数半瓦的人脉最广。

就像称呼武家为武士一样，这些人被尊称为"侠士"，老百姓觉得他们处于武士的下风，因此把他们看作是自己人。

这些侠士都不是土生土长的江户人，他们来到江户之后，无论是在风俗上，还是在精神上，都给江户带来了诸多变化。在足利时代末期，江户还是一片乱世，当时就出现了一个由外地人组成的邪恶组织——茨城组。当然在那时，这些人也没有被称为"侠士"。

据《室町殿物语》记载：他们赤裸上身，腰系猩红腰带，下身一水短打装束。身背三尺八寸长朱鞘长刀,刀柄一尺八寸,刀身二尺。头发蓬乱,用草绳捆扎,脚蹬黑靴。常常二十多人一起出行,手拿斧钺钩叉各种兵器……

路上遇见民众,他们便会大喊:"我们乃大名鼎鼎的茨城组,见者赶快回避,保持肃静!"

老百姓自然不敢怠慢,赶紧避到道路两侧,让他们先行通过。

茨城组虽然满口仁义道德,可是经常会做一些打家劫舍的坏事,并且还替自己辩解说:"武士也都打家劫舍!"

当江户发生战乱时,他们丧失操守,像墙头草一般,看见哪一方战势好,就投靠哪方。因此在战乱结束后,被武士和民众所不齿。看到在江户混不下去了,一些恶性不改的人便躲到荒郊野外,继续从事拦路抢劫的勾当。一些还有点骨气的人则选择继续留在江户,面对江户形成的新文化,他们也改变了自己的主张,提出:"正义是骨,民众是肉,侠义是皮——"

新形成的侠士群体开始在各行各业中崭露头角。

"我回来了,快来人啊!带客人进屋休息!"

半瓦一踏入家门,就朝着屋子深处喊道。

 **喧嚣河滩**

一

阿杉婆在半瓦家的生活十分惬意,不知不觉已经过了一年半的时光。

在这一年半中,阿杉婆的身体完全康复了。她经常念叨:

"没想到麻烦你们这么久,我看我还是走吧!"

虽然嘴上说要走,但心里却不想走。

半瓦很少在家,偶尔碰见了,阿杉婆就会絮叨自己要走的事。每当这时,半瓦都会挽留她说:

"哎呀!快别提要走的事儿了!您就安心住在我家,慢慢找你的仇敌。我们也帮你留意着,一旦发现武藏的下落,一定帮你把他斩于刀下。"

既然主人都这么说,那阿杉婆自然愿意留下了。

初到江户时,阿杉婆非常讨厌江户这片土地,以及这里的风土人情。但是经过一年半的时间,阿杉婆渐渐发现江户人还是很热情的。她开始仔细观察生活在这片土地上的江户人。

半瓦家会集了各种各样的人。既有百姓出身,好吃懒做的人,也有关原之战溃散的浪人,还有将父母留下的家产挥霍一空,然后逃出来的败家子,更有前年才被放出牢房,满身刺青的有前科人员——这些人会聚在弥次兵卫的门下,过着一种大家族式的生活。虽然看起来有些混乱,但是在散漫中又井然有序。

半瓦家佛龛供灯的后面立着一块木牌，上面写着"磨炼男人"，这是半瓦家的信条，可以看出半瓦家秉持的是一种六方者道场式的生活。

在六方者道场中，最顶层是大把头，下面是大把头的拜把子兄弟，再下面则是大把头的随从。随从又按照入门先后分成各个等级。此外，还有众多食客。虽然无人制定详尽的礼仪家规，但内部的结构和等级关系却非常严密。

"你要是觉得老这么待着无聊的话，就帮我照看一下府里的年轻人吧！"

阿杉婆欣然应允，召集一帮女工在洗衣间内洗衣服，缝被褥。

"不愧是武士家的老人，看来本位田家的家风是相当严格啊！"

家中老小对阿杉婆是赞不绝口。阿杉婆严格遵守作息时间，而且处理家务有板有眼，这都令半瓦家的老小感叹不已。受她的影响，半瓦家的风纪也端正了不少。

六方者也可以写作无法者①。六方者本来是指那些带着长短两把大刀，光着小腿，耀武扬威走路的那些人，后来逐渐成为大工町人的一个绰号。

"要是碰见宫本武藏，要立刻通知阿杉婆。"

半瓦家的人已经形成了此种共识，但是已经过去一年半了，在江户依然没有武藏的踪影。

半瓦弥次兵卫从阿杉婆口中听闻她的遭遇，对她颇为同情。同时，对她的意志也颇为敬佩。阿杉婆对武藏的描述直接影响到他对武藏的看法，可以说半瓦持有的"武藏观"其实就是阿杉婆的"武藏观"。

"阿杉婆太不容易了，武藏这浑蛋真是可恶。"

半瓦在后院的空地上特意为阿杉婆盖了一座房子，供她居住。赶上自己在家，必定会早晚问候阿杉婆，待她如上宾。

曾有随从问他：

"善待客人是好事，可是您身为大把头，为什么会对一个老太婆如此敬重呢？"

半瓦回答说：

"虽然这老人不是我的亲人，但我还是想尽一份孝道。……我以前没能对自己的父母尽孝，这一直是我人生的一大遗憾。树欲静而风不止，子欲养而亲不待啊！"

二

当时的江户还没有移栽樱花树，道路两旁开满了野梅花。

---

①译者注：在日语中，六方者和无法者的发音相同。

以前在江户，只有山边的悬崖上能看到白色的山樱。近年来，有一户特殊的人家在浅草寺前面的路两旁遍植了两排樱花树。虽然还很细，但今年已经冒出了许多花蕾。

"阿杉婆，今天我陪你去浅草寺转转吧！"

半瓦邀请阿杉婆。

"太好了，我正想去拜拜观世音菩萨呢！那就麻烦你了。"

"那我们走吧！"

半瓦、阿杉婆、随从菰十郎和幼仆小六提着便当，一行四人从京桥堀出发，乘船前往浅草寺。

虽然小六的外表看起来很柔弱，但他却是一个生性好斗，遍体鳞伤的小男孩。这孩子擅长划桨。

当船驶入隅田川之后，半瓦令菰十郎和小六打开饭笼。

"阿杉婆，今天是我母亲的忌日。他们的墓太远，我没法去祭奠，所以今天打算到浅草寺拜一下，做点善事再回去。……我还打算去爬爬山。来，我们先干一杯！"

半瓦拿出一只酒杯，伸到河中舀满水，涮洗了一下，然后给阿杉婆斟满酒。

"是吗？……你这心啊，真是太善良了！"

阿杉婆突然想起自己的生日也很快就要到了，禁不住又想起儿子又八。

"阿杉婆，你就放开喝吧！由我们照顾你，醉了也没事！"

"在令堂的忌日，如此这般放肆饮酒，不合适吧？"

"六方者最讨厌虚情假意和华而不实的形式，更何况这些都是我的手下，没关系的。"

"好久没喝酒了——喝酒就应该这样痛痛快快地喝！"

阿杉婆又喝了一杯。

隅田川发源于隅田宿，浩浩荡荡流到此地的时候，已经变得非常宽广。在下总岸边，生长着郁郁葱葱的树木。有一些河岸已经被冲刷得露出树根。流水清清，倒映着藏绿的树影。

"呀！是黄莺在啼叫啊！真好听。"

"是啊！现在是梅雨时节，本来是可以听到布谷鸟叫的，可直到今天，也没听见过布谷鸟叫。"

"我不能再喝了。……大把头，今天我老太婆承蒙你的款待，实在是太感谢了。"

"是吗？只要你高兴就好！你没喝多少，要不要再来点？"

小六正在划着桨，看大家喝得这么尽兴，他沉不住气了：

"大把头，你也赏我一口酒呗！让我也解解馋。"

"就因为你桨划得好,所以才特意带你出来的。喝酒划船太危险了,你还是回家再喝吧!"

"这馋虫一起来,那实在是太难受了!我现在看这河里的河水都像酒啊!"

"小六,把船划向那撒网打鱼的渔船,买点鱼回来做下酒菜!"

小六逐渐靠近渔船。打鱼的渔夫知道他们的来意之后,打开船板,让他们随便挑,随便选。

阿杉婆一直在山里生活,从来没见过这么多鱼,眼睛瞪得溜圆,觉得好稀奇。

船舱里的鱼活蹦乱跳,有鲤鱼、鳟鱼、鲈鱼、鲷鱼,还有长脚虾、鲇鱼和小银鱼等等。

半瓦抓起一只小银鱼,蘸着酱油吃了起来,还劝阿杉婆也尝尝。阿杉婆赶紧摇头拒绝,面露恶心状说:

"我可不敢吃生的!"

很快,船就到了隅田河滩的西边。小六将船停在岸边,众人踏上河滩,走进一片葱郁的森林,在这里已经能够看到浅草寺观音堂的茅草屋顶。

三

阿杉婆有些微醉,也许是年纪大了的缘故,从船上下来之后,身体有点摇晃。

"危险!我扶你吧!"

半瓦伸出手。

"没事儿,不用扶我。"

阿杉婆甩开他的手。

老年人一般都不愿意别人把自己当老人看待,阿杉婆也是如此。菰十郎和小六将船拴好之后,也从后面赶了过来。河滩宽广,放眼望去,岩石和水面连成一片。

在河滩上,一些小孩正在翻开岩石找东西,应该是捉螃蟹吧!一旦看到有人来了,便会立即围上去。

"大叔,买一个吧!"

"阿杉婆,你也买一个吧!"

他们跑到半瓦和阿杉婆身边,推销起自己的物品。

半瓦弥次兵卫看起来非常喜欢孩子,一点也没有讨厌的意思。

"什么呀?要是螃蟹的话,那我可不买啊。"

那些小孩异口同声说:

"不是螃蟹,不是螃蟹!"

他们从袖子内或者从怀里掏出一些东西,然后举给半瓦看:

"是箭，是箭！"

大家的喊叫声汇成一片。

"这哪里是箭啊！这叫箭头。"

"对，就是箭的头。"

"在浅草寺旁边的草丛中，有很多死人或者马的坟。来参拜的人都会买这种箭头去供奉的，你们也买一点吧！"

"箭头我就不要了，给你们一点零花钱吧！"

小孩子们拿到钱之后，一哄而散，继续去找箭头了。这时，一个男人，应该是小孩子们的父亲，从河滩旁边的茅草屋走出来，把他们手中的钱全给收走了。

"嘿——"

半瓦见状非常不高兴，动了一下舌头，然后把头拧到一边。此时，阿杉婆正在迷迷糊糊地望着广阔的河滩。

"这么容易就能挖到箭头，可以看出这河滩应该是处古战场。"

"我也不太清楚，这里以前叫茬土庄，据说经常发生战乱。往远了说，在治承年间，源赖朝从伊豆渡海而来，曾在此召集关东兵马；南北朝时期，新田武藏守在小手指原之战中战败，在逃至此地时，曾遭到足利军队的乱箭射击。往近了说，在天正年间，太田道灌和千叶氏也曾在此上演几度兴亡的历史。"

两人边走边说，而菰十郎和小六早已来到浅草寺的佛堂，正坐在廊子中休息。

虽然浅草寺非常知名，但其实就只有一个茅草屋顶的佛堂，再往后，还有僧人住的几间斋房。

"……这么破啊！这就是江户人口中的金龙山浅草寺？"

阿杉婆非常失望。

跟奈良和京都附近历史悠久的寺庙相比，这浅草寺实在是太寒碜了。

在发洪水时，隅田川的大水会侵蚀整座森林。在平时，也会有一条支流从佛堂旁边哗啦哗啦地流过。佛堂四周有许多千年古木。——不知从何处传来了"咚咚咚"砍树的声音，就像怪鸟的啼叫声一般。

"呀！是你们啊？"

突然有人从头顶上方向他们打招呼。

"——谁？"

阿杉婆吓了一跳，抬头往上看，原来是观音堂的和尚们正在佛堂屋顶上修葺茅草屋顶。

半瓦弥次兵卫的名气还真是大啊！这么偏远的地方，都有人认识他。半瓦抬头回应他们道：

"在修屋顶啊！辛苦了啊！"

"是啊！这附近森林里有一些大鸟，无论我们怎么修屋顶，那茅草都会被它们叼去盖鸟窝，所以老是漏雨。……你们先进屋休息，我们这就下来。"

四

半瓦和阿杉婆进入佛堂内，点起供灯，席地而坐。二人朝四周望了一下，心想这佛堂不漏雨才怪，墙上和屋顶上有许多破洞，透过这些孔洞都能看到外面的亮光。

> 如日虚空住，
> 或被恶人逐。
> 堕落金刚山，
> 念彼观音力。
> 不能损一毛，
> 或值怨贼绕。
> 各执刀加害，
> 念彼观音力。
> 咸即起慈心，
> 或遭王难苦。
> 临刑欲寿终，
> 念彼观音力。
> 刀寻段段坏，
> ……

半瓦与阿杉婆并肩而坐，他们从袖子内拿出念珠，心无旁骛地念起《法华经·普门品》。

在一开始，阿杉婆的声音很低，但渐渐地她就忘却了半瓦等人的存在，大声地背诵起来，脸上也现出忘我的神情。

阿杉婆诵完一遍经后，便用颤抖的手指数着念珠，口中念念有词：

"众中八万四千众生，皆发无等等阿耨多罗三藐三菩提心。南无大慈大悲观世音菩萨，请看在我老太婆诚心念佛的分上，保佑我早日手刃武藏。手刃武藏。手刃武藏。"

阿杉婆的声音突然停了下来，虔诚得五体投地。

"请保佑又八出人头地，光宗耀祖。"

佛堂的和尚见阿杉婆已经祈祷完毕，于是就向前打招呼说：

"水已经烧好了，过来喝杯茶吧！"

刚才，半瓦等人为了配合阿杉婆祈祷，把腿都跪麻了。他们一边揉着腿，一边站了起来。

菰十郎的酒瘾又上来了，他试探地问道：

"大把头，在这里可以喝酒了吧？"

获得应允之后，他立即跑到斋房的走廊，打开便当，让和尚去把刚才买的鱼给烤了。

"这附近虽然没有樱花，但我们就权当是赏花了。来，一起喝点吧！"

现在菰十郎的面前只有小六，他整个人轻松多了。

半瓦将布施交到住持手中。

"请拿去修补屋顶吧！"

他突然看见墙上列出的捐赠者中，有一个人与众不同。按照常规，一般人都会和他捐差不多的钱，甚至更少，但这个人却一下捐了十块金条。

"金条十块——信浓奈良井宿大藏。"

"住持师父。"

"在。"

"我想问你件事，十块金条，那可是一笔巨款啊！奈良井的大藏真的那么有钱吗？"

"我也不太清楚。去年岁末，他来我们寺参拜，觉得关东第一名刹竟然如此破败，实在是太可怜了，于是就捐了一笔巨款，让我们买建材用。"

"世上还真有这么大方的人啊？"

"我听说啊，大藏先生还给汤岛的天神神社捐了三块金条，给神田的明神神社捐了二十块金条呢！明神神社里供奉的是平将门公，民间普遍认为他是一个谋叛之人，这真是大错特错了。平将门公对开发关东，还是有很大贡献的。不管怎么说，大藏先生还真是一位奇特的捐赠者……"

就在这时，一阵慌乱的脚步声从森林中传来。

五

"孩子们，要玩就到河滩玩去，别到寺里打闹啊！"

看门的和尚守在门口，不让孩子们进去。

跑过来的小孩子们像一群小鸟一样聚集在屋檐下，唧唧喳喳地喊着：

"住持师父，大事不好了！"

"不知从哪儿来了一名武士，也不知从哪儿来了一群武士，他们在河滩上打起来了！"

"一个人对付四个人！"

"还动刀了呢！"

"快去看看吧!"

守门的和尚一听,立刻穿上草鞋,口中嘀咕:

"又打架了啊!"

和尚们在跑出去之前,还特意回头向半瓦和阿杉婆解释:

"各位施主,我们得失陪一下。不知为什么,老有人来此河滩打架。有些人是被骗来的,还有些人是想在这里决斗,所以经常可以看见流血死人的事——等事情过后,奉行所肯定会让我们交目击证明,我们要是不去看一下的话,就没法交差了。"

孩子们已经跑回河滩边,兴奋地嚷嚷着。

"是决斗吗?"

菰十郎和小六自然不愿错过看热闹的好机会,于是和半瓦一起跑出了浅草寺。

阿杉婆也跟在他们身后,穿过森林,站在了河滩旁边露出的树根上。由于阿杉婆跑得太慢了,等她站定之后,河滩上的决斗早就已经结束了。

刚才吵吵嚷嚷的小孩,跑过来看热闹的大人,以及附近渔村的男男女女,大家都安静地躲在森林中,咽着唾沫,大气不敢出一声。

"……?"

阿杉婆心里还在纳闷,说是决斗,怎么没看见人呢?她看大家都那么小心翼翼,自己也屏气凝神,不敢妄动。

放眼望去,这偌大的河岸,除了石头,就是滚滚的河水。

——定睛一看,一名武士,面色平静,正踩着石头小道,一步一步朝这边走来。

那是一名年轻的武士,背着一把大刀,身穿华丽的牡丹色的进口武士背心。不知他是否觉察到在森林中有无数只眼睛正在注视着他,不过他显然对此漠不关心。他突然停了下来。

"……啊!啊!"

就在这时,阿杉婆旁边一名看客低声惊叫起来。

受他的刺激,阿杉婆也终于发现了。

在那名武士身后大约二十米的地方,躺着四具尸体。毫无疑问,这就是刚刚被他砍杀的四人。之前,小孩子们喊着"一个人对付四个人",这名年轻武士应该就是那个"一个人",很明显,他取得了决定性的胜利。

然而,在那四个人中,有一个人伤得并不重,他挣扎着站起来,浑身是血,如幽灵一般大喊着朝年轻武士扑来。

"还没……还没……还没分胜负,你不要跑——"

年轻武士回过头去,安然地等着那人冲过来。负伤的那名男子衣衫染满了鲜血,远远望去就像一块红玉,他大喊着:

"我……我还没死！"

那人冲上来之后，挥刀便砍。年轻武士退后一步，瞬间拔出大刀。

"这下子看你还死不死。"

那名负伤者的脸像西瓜一样，被切成了两半。年轻武士背上的大刀是一把被称作"晒衣竿"的长剑。他将手越过肩头，捂住刀柄，瞬间出招，那速度之快，肉眼根本难以看清。

六

年轻武士将刀上的血迹擦干净，然后又在河中洗了洗手。

躲在森林中观战的人对决斗那是司空见惯，不过这次这名年轻武士的表情太平静了，连他们都觉得惊讶。还有一些看客，因为无法承受那么惨烈的砍杀场面，脸上已经吓得面色全无。

"……"

周围一片寂静。

年轻武士擦擦手，然后伸了一个懒腰，自言自语道：

"这隅田川和岩国川好像啊！……都让我有点想家了！"

他站在那里良久，欣赏着宽阔的隅田河滩，同时也在观察着燕子从水面上疾掠而过时翻起的白肚皮。

——过了一会儿，他迈开大步，好像要尽快离开此地。虽然不会再有未死之人过来砍杀他，但他怕在此逗留久了，会节外生枝。

他发现在河边有一艘小船，而且还附带着船桨。他心想，这实在是太好了，就坐着它走吧！于是，他悄悄爬上船，正在解缆绳的时候，听见有人在叫他。

"喂，那名武士！"

菰十郎和小六在森林中大声喊着，然后迅速跑到拴船的河边。

"你这是要干什么啊？"

两人用盘问的语气问道。

年轻武士身上飘出阵阵血腥味，山裤以及草鞋上也都沾满了血迹。

"……怎么了？不行吗？"

年轻武士放开手中的缆绳，朝他俩微微一笑。

"当然不行，因为这是我们的船。"

"哦，那么回事啊！……要不，我把租金给你们，行吗？"

"别开玩笑了！我们又不是专门租船的商人。"

面对这名以一敌四，并且将对手全歼的武士，菰十郎和小六竟敢用这么不客气的口吻和他说话，这也充分表现了关东的新兴文化，也可说只有新将军的威势以及江户的这片热土才能造就这番气势。

"……"

年轻武士没有道歉，但同时他也觉察到这么僵持下去也不是办法，所以他主动下了船，朝着隅田川下游的方向走去。

"佐佐木小次郎先生——你不是佐佐木小次郎先生吗？"

阿杉婆跑到年轻武士面前，仔细端详着他的脸。小次郎也认出了阿杉婆，惊讶地叫了一声，脸上凄怆的苍白之色也开始退去，终于露出了微笑。

"阿杉婆，你怎么会在这里啊——自从和你分别之后，我就一直担心你呢！"

"我现在住在江户的半瓦家。今天陪半瓦先生，以及几个年轻人来浅草寺参拜观音。"

"我忘了是什么时候了。对了对了，就是在比睿山的时候，你说可能会来江户，没想到真的就在江户见到你了。"

小次郎说完，回头望了一眼呆若木鸡的菰十郎和小六，然后问阿杉婆：

"那么，他们是跟您一起来的人喽！"

"嗯，他们大把头，也就是半瓦弥次兵卫可是一个了不起的人物啊！不过这些小喽啰言辞粗野，不懂礼貌。"

阿杉婆和小次郎站在那里聊得津津有味，森林中的看客感到非常惊讶，连半瓦也觉得不可思议。

半瓦见状走了过来，郑重地道歉说：

"刚才下人有失礼之处，还请壮士多多包涵！"

并且半瓦还发出邀请。

"我们这就要回去了，如果顺路的话，送您一程，如何？"

 刨花

一

在返回的船上。

有一个词叫"同舟共济"，说的是大家都在同一条船上，即使脾气不和，也要彼此相互帮助。

更何况这船上还有酒，还有鲜鱼呢！大家就更应该相互扶持了。

阿杉婆和小次郎第一次见面就非常投机，他们在船上聊着分别之后发生的事。

"你还在四处游学练武吗？"

阿杉婆问小次郎。

"你的夙愿实现了吗？"

小次郎也回问阿杉婆。

阿杉婆的凤愿无非就是"杀死武藏",但是这一年多来,她没有听到半点关于武藏的消息。小次郎透露消息说:

"听说去年秋冬之际,他拜访过两三位武术高人,现在应该也在江户。"

半瓦也接过话茬说:

"虽然我们能力有限,但是听到阿杉婆的遭遇之后,还是想助她一臂之力。不过,至今为止,没得到半点关于武藏的消息。"

大家的话题以阿杉婆的遭遇为中心,半瓦还特意要求小次郎:

"今后若有武藏的消息,恳请您能尽快告诉我。"

小次郎也回答道:

"不用客气,我们彼此彼此。"

说完之后,小次郎涮了一下酒杯,不仅给自己满上,也按顺序给大家一一斟满。

大家在河滩上已经见证了小次郎的实力,再加上喝起酒来大家相处得非常融洽,所以菰十郎和小六对他是由衷敬佩。此外,半瓦弥次兵卫觉得自己和阿杉婆亲如一家人,而小次郎又是阿杉婆的好友,所以可以和他肝胆相照。但是,阿杉婆却不这么认为,她只是觉得又多了一个后盾而已。

"俗话说世间还是好人多,我是真真切切体会到了。我这么一个孤老婆子,还能受到半瓦先生和小次郎这么好的照顾,我真是感激涕零……也许是观世音菩萨在冥冥之中保佑我吧!"

阿杉婆说得老泪纵横。

半瓦一看气氛有些低沉,就赶紧换了一个话题。

"——佐佐木小次郎先生,你在河滩砍杀的四个人,究竟是什么人啊?"

小次郎其实早就在等着大家问他这一问题,他得意扬扬地说:

"啊!他们啊——"

小次郎先是若无其事地笑了一笑。

"他们是小幡门下的浪人。我先前拜访过小幡五六次,去和他辩论,但这些人老是在中间插话,觉得自己的兵法和剑术无比厉害。我实在看不下去了,就向他们挑战说,有空我们在隅田河滩比试一下,他们来几个人都没关系,也让他们尝尝岩流秘术和'晒衣竿'的厉害。结果今天一下来了五个,其中一个还没等我出招就吓跑了……看来,在江户,耍嘴皮子的武士还是很多的啊!"

小次郎耸肩大笑。半瓦趁机问他:

"小幡是谁?"

"你不知道吗?就是甲州武田家的小幡入道日净的末代,名叫勘兵卫景宪——他受将军的征召,现任德川秀忠公的军事教头,家中弟子颇多。"

"啊!原来是那个小幡先生啊!"

空之卷

小次郎提起这么有名的一个大人物，竟然像说普通人一样。半瓦看着他的脸，心里就在纳闷了。

"这个年轻武士前额还蓄着刘海，他到底有多少能耐呢？"

二

六方者都比较单纯。虽然要面对一个复杂的社会，但他们觉得要想成为一名真正的男子汉，就必须在纷杂的社会中保持那份纯真。

半瓦完全被小次郎给迷住了，他觉得这人实在是太厉害了。

他越是这么想，越是对小次郎佩服得五体投地。

"有件事不知您意下如何？"

半瓦立刻把自己的想法说了出来。

"现在有四五十个弟兄跟随着我，我家后院还有一块空地——我打算在那儿建一个道场，您教他们习武，行吗？"

他想让小次郎做自己家的武术指导。

"实话跟您说也无妨！现在有很多诸侯争着抢着让我去教他们的子弟，年俸三百石、五百石的不在少数，可我都没有答应。我告诉他们，要是年俸少于一千石，别来找我——这次有幸遇到诸位，您又那么重情重义，我不做点什么，拍拍屁股走了，这也不合情理——这样吧！我可以每个月去教三四次。"

半瓦、菰十郎和小六一听这话，对他是更加敬佩了。小次郎的话中不乏吹嘘的成分，他希望借此来提高自己的身价，可是半瓦等人却一点也没有意识到。

"可以，可以，没问题，那就拜托您了。"

半瓦在说这些话时，都是用非常礼貌的敬语，他又补充了一句：

"请您务必到家中赐教！"

半瓦说完，阿杉婆立即接过话茬：

"静候你的到来啊！"

当船驶过京桥堀后，需要拐一个弯。小次郎喊住摇桨的小六说："就把我放在这里吧！"

然后，小次郎便上了岸。

众人目送穿着一身牡丹色背心的小次郎离去，他的身影很快就消失在茫茫人海中。

"这人真是不一般啊！"

半瓦还沉浸在一片敬佩之情中，不由得夸赞起小次郎。阿杉婆也趁机说：

"这才是真正的武士。像这样杰出的人才，即使大名花五百石，都不一定请得动呢！"

然后，嘴中又嘀嘀咕咕地说：

"要是又八能出落成他那样，那我就烧高香了……"

五日之后，小次郎果然来到半瓦府上。

半瓦的四五十名随从轮流进入客厅向他问好。

"你们的生活看来很有趣啊！"

小次郎说着，内心似乎也跟着愉快起来。半瓦对小次郎说：

"我想在后院建一个道场，您能过来帮我看看这地方行不行吗？"

半瓦带着小次郎来到后院。

这片空地面积不小，大约有两千坪。

里面有一个染房，旁边晒衣竿上挂满了染好的布料。这块空地已经被半瓦租出去了，不过随时都可以收回来。

"这块空地比较隐蔽，没什么人来往，所以没必要盖房子，露天就可以了。"

"下雨也没事吗？"

"没事，我不能每天都来，所以不用那么麻烦盖房子了，露天就行……不过，我丑话得说在前面，我这人比较严格，不同于柳生以及町里的师父——稍不留神，可能就会断胳膊断腿，甚至死人，希望大家能有个心理准备……"

"我们没问题！"

半瓦召集所有随从立誓，愿遵从小次郎的教导。

三

小次郎给定的练武日子是每月三次，逢三进行。

"他真是侠客中的大侠啊！"

附近的人把小次郎传得神乎其神，再加上他那花哨的打扮，走到哪里都会成为注目的焦点。

小次郎拿着琵琶形的长木剑，在染坊的晾晒场上，率领一干弟子练习武术，口中大声喊着：

"下一个——下一个。上！"

小次郎不知何时才愿意换上成人的衣服，他已经二十三四岁了，但穿得还跟个小孩子一样，额前蓄着刘海。有时他脱掉外套，会看到他里面穿着刺眼的桃山刺绣的肚兜，而且衣服带子也是用紫色皮革做的。

"你们要小心了，要是被我的木剑打中，骨头可能就会断掉——下一个，怎么了？不敢上了吗？"

小次郎不仅衣着艳丽，而且言语中也充满杀气，让人顿生恐惧之感。

身为半瓦家的武术教练，小次郎那是干得兢兢业业。今天是第三次训练，但已经有一人残废，四五人受伤，正躺在屋里呻吟呢！

"——没人上了吗？真的没人了吗？那今天就到这吧，我也回去了。"

他又开始展露他的毒舌本性。

"有，我来！"

一名随从战战兢兢地站了出来。

他走到小次郎面前，刚要捡起地上的木剑——只听"啪"的一声，他已经被小次郎给打倒在地。

"剑术最避讳的就是缺乏警惕——刚才教给你们的就是这一招！"

小次郎一边说着，一边拿眼光扫过三四十人的脸。大家都在咽着唾沫，被他折腾得浑身颤抖不已。

有人把刚才倒地的随从背到井边，想给他喂点水。

"人已经不行了。"

"是死了吗？"

"已经没气了。"

又有人跑过去察看，人群中一阵骚动，小次郎连理都不理，依然滔滔不绝地说：

"这么点小事就吓成这样，你们趁早还是别练了！还自称什么六方者的侠士呢！我看也就打打架还行。"

小次郎脚蹬皮袜，在空地上来回踱着步，用讲课的口吻继续说道：

"——六方者们，你们自己好好反思一下吧！在大街上，被人踩了一下脚，你们就立即拳脚相加；走路时，别人不经意碰了一下你们的刀鞘，你们就拔刀相向——可真要是碰见一个厉害角色，你们浑身就吓得如筛糠。我看你们啊，也就肯为女人这种无聊的事而拼命，根本没有为大义而献身的勇气。记住了，感情用事和逞能可是不行的！"

小次郎挺着胸脯，越说越兴奋：

"要是你们没有禁得住考验的信心的话，就不配称作勇士。来，振作一点！"

这时，有一个人实在听不下去了，就打算从身后偷袭他。可是小次郎一蹲，把那偷袭的人摔了个大马趴。

"——疼！"

小次郎瞬间出招，琵琶形木剑狠狠地敲在了那男子的腰骨上，结果那男子就疼得嗷嗷乱叫，爬不起来了。

"——今天就先到这儿吧！"

小次郎扔下木剑，来到井边洗手。刚才被他打死的那名随从的尸体还在井边，就像一块魔芋粉一样，软塌塌的，脸色惨白。小次郎若无其事地在水井边洗着手，一句道歉的话也没有——洗完之后，他笑嘻嘻地对众人说：

"最近听说菽原一带非常热闹……你们对那儿很熟的吧！今晚谁愿意带我去溜达溜达啊？"

四

想玩的时候就玩,想喝的时候就喝。

小次郎这种既自负又率真的个性,颇得半瓦的欣赏。

"你还没去过葭原啊!那得一定要去看看。本来我想亲自陪你去转转,可是现在死了一个人,我得善后,没法陪你了。"

半瓦给菰十郎和小六一些钱,吩咐他们一定要把小次郎陪好。

"你们带先生好好玩。"

出门时,半瓦又特意叮嘱说:

"你们别光顾着自己玩,要带着先生四处走走!"

菰十郎和小六出门之后就把大把头的嘱咐忘得一干二净。

"兄弟啊,要是每天都有这种美差就好了!"

"佐佐木小次郎先生,今后您一定要经常到葭原玩啊!"

两名随从怂恿小次郎。

"哈,哈,哈!好的,以后我经常带你们出来啊!"

小次郎昂首挺胸,走在前面。

太阳落山之后,江户变得一片黑暗。京都夜里不会这么黑,奈良和大阪一到晚上就灯火通明。虽然小次郎来江户已经一年多了,但还是不习惯走夜路。

"这路太难走了,要是带灯笼来就好了!"

"先生,挑着灯笼逛花街柳巷会被别人耻笑的。小心,前面有个土堆,从旁边走吧!"

"怎么到处都是水啊——我刚才还滑到了芦苇荡里,把鞋都给弄湿了。"

前方的水面被映得通红,河面上方的天空也一样发出红光。远处现出一片鳞次栉比的房屋,房屋上方挂着一轮皎洁的明月。

"先生,那里就是葭原。"

"哦……"

小次郎眼睛瞪得溜圆。三人迅速走过了一座桥,但小次郎又重新折回到桥头。

"这桥怎么叫这个名字?"

他看着桥桩上的字,好奇地问。

"这是父亲桥。"

"我知道这叫父亲桥,上面都写着呢!我是想问为什么叫这个名字。"

"我也不太清楚,只知道是庄司甚内开辟了这条街巷。不过,花街里的妓女经常哼一支小曲,里面老提到父亲二字。我给您唱几句啊。"

菰十郎望着花街里的璀璨灯火,低声哼唱着。

父亲是那竹窗棂,

每一节都令人怀念。
父亲是那竹窗棂，
一夜签下卖身契。
父亲是那竹窗棂，
女儿我千世万世终为奴。
……
女儿就要离故乡，
切莫拉我衣袖徒悲伤。

"先生，这个借给您用吧！"
"这是什么东西？"
"挡脸用的，免得别人认出你。"
菰十郎和小六拿出暗红色的毛巾，把头包住。
"哦，原来如此！"
小次郎也学他们，接过毛巾，包住前额的刘海，然后在下巴底下打了一个结实的结儿。
"一看就是一大侠！"
"真的好像！"
二人夸赞着小次郎，一起过了桥。在灯火的辉映下，所有行人都被染上了一层昏黄的色晕，大街上人流如织，一派热闹景象。

五

三人慢悠悠地逛着一家家妓院。
有的妓院门前挂着暗红色的厚布帘，有的妓院则挂着浅黄色的条纹布帘。有些布帘的下方还挂着铃铛，一旦有人进来，就叮当作响。妓女们听到铃铛响后，就会倚在窗口，让客人挑选。
"先生，虽然您挡着脸，但还是被人认出来了呀！"
"不会吧？"
"您说是第一次来葭原，可是刚才那家店里的一个妓女见到您之后，就立即躲到屏风后面去了。她和您是什么关系啊？要从实招来啊！"
菰十郎、小六和小次郎开着玩笑，可是小次郎却没有一点印象。
"那就奇怪了，那妓女长得什么样呢？"
"您就糊弄我们吧！走，我们回去，到楼上您就见到了。"
"不骗你们，我真的是第一次来。"
"什么也别说了，咱回去看看啊！"
三人说笑着回到刚才那家妓院。这家店的店徽是一朵三叶柏，被门帘分成了三块，在门帘边上写着"角屋"二字。

屋里的柱子和回廊也都稍显粗糙，犹如寺庙一般。此外，房檐下还乱七八糟地堆着许多潮湿的芦苇。房屋装修得也很没品位，而且家具和帐子都是新的，晃得人眼晕。

三人来到二楼坐定，先前客人留下的残羹剩饭和餐巾纸都还没来得及收拾，一片凌乱。

打扫卫生的女人就像一个农妇，大手大脚地收拾着桌面。有一个名叫阿直婆的老年人，整天忙得不可开交，连睡觉的时间都没有，要是这么连着干三年的话，可能累得连小命都没有了。

"这家妓院怎么这个样啊！"

小次郎望着天花板上密密麻麻的接缝，失望地说。

"嗯，确实有点差劲。"

菰十郎回应道。

阿直婆听到他们的谈话，赶紧过来解释说：

"这里是临时搭建的，我们正在后面盖大屋子。等装修好了，那要比京都和伏见所有的妓院都要豪华。"

阿直婆说完之后，并没有立即离开，而是直勾勾地盯着小次郎的脸。

"武士大人，我感觉您好面熟啊！对了，去年我们从伏见来的路上见过您。"

小次郎早已忘得一干二净，不过经她这么一提醒，他想起去年在小佛岭上遇见过角屋一行，而且老板正是庄司甚内。

"哦，是啊！……我们真是太有缘了！"

小次郎觉得非常有趣，菰十郎调侃他说：

"岂止是有缘啊！而且这店里还有先生的熟人哪！"

菰十郎向阿直婆详细描述了那名女子的相貌和衣着，并吩咐阿直婆赶紧把那女子叫过来。

"好的，我知道是谁了！"

阿直婆说完之后就去寻找，可是等了好久，依然没见人来。菰十郎和小六等得有点不耐烦了，于是就走进环廊一探究竟。他们走出屋子才发现，整个店里是一片熙熙攘攘的景象。

"喂，喂！"

两人用力拍手，吆喝阿直婆，问她究竟发生了什么事。

"你让我去叫的那位姑娘突然不见了啊！"

"奇怪，为什么会不见了呢？"

"我把这事告诉老板了，他也觉得很不可思议。以前在小佛岭上，我家老板与你们一起来的武士大人聊天的时候，这姑娘就曾丢失过。"

周围都是新盖的房子，虽然上了梁，也盖了屋顶，但是墙壁还没有安，

空之卷

隔板也没有,所以喊起来特别通透。

"——花桐姑娘,花桐姑娘!"

远处传来呼唤声。朱实把自己藏在刨花和木材之间,那刨花堆得就像小山一样,所以外人根本找不到。朱实发现寻找自己的人已经从这儿经过了好几次,但都没有发现自己。

"……"

朱实屏气凝神,不敢弄出一点动静。"花桐"这个名字是她来角屋之后才取的艺名。

"……烦死了,我不想见到那个人。"

一开始,朱实是因为讨厌小次郎,所以才躲起来。可在她躲藏的这段时间里,她发现自己厌恶的不仅是小次郎,还有更多的男人。

清十郎可恶。小次郎可恶。在八王子趁着自己醉酒,在饲料库房强奸自己的那些浪人,也非常可恶。

现在,每天晚上玩弄自己的那些嫖客也都非常可恶。

总之,天底下男人没有一个好东西,所有男人都可恶。可是,她又在苦苦寻找着一个能陪伴自己一生的男人,一个像武藏那样的男人。

哪怕长得很像武藏也可以。

她曾经想过,要是碰见一个像武藏的人,那就和他私奔。哪怕不是真爱,那也至少可以给自己一些安慰。遗憾的是在嫖客中,还真没发现类似的人。

朱实苦苦地求着,苦苦地恋着,可她发现到头来自己和武藏的距离却越来越远了,缘分也越来越淡了,只有酒量愈来愈好。

"花桐……花桐。"

这片工地紧挨着角屋的后门,老板甚内呼喊的声音清晰可闻,而且小次郎等三人也站在了空地上。

朱实躲在暗处,看见老板不断向那三人做着解释和道歉。那三人终于转身,朝外面的街上走去。也许是不想再等了,放弃了吧!朱实松了一口气,从刨花堆中露出头来。

"——哎呀!花桐姑娘,你怎么在这里啊?"

厨房的女工率先发现了她,大声地呼喊着。

"……嘘!"

朱实把手指挡在嘴边,示意她别那么大声。

"给我口冷酒!"

"什么?你要喝酒?"

"嗯!"

那女工见朱实脸色苍白,怪吓人的,就赶紧给她斟了满满一杯酒。朱实眼睛一闭,脖子一仰,把整杯酒都灌了下去。

"……呀!花桐姑娘,你要去哪里啊?"

"啰唆死了!我洗洗脚,然后上楼。"

厨房的女工这才放心下来,打开门放她走了。朱实随便找了一双鞋,脚也没洗就踩了上去。

"啊!舒服……"

她摇摇晃晃地往大街上走去。

在红色的灯光下,满大街都是逛妓院的嫖客,人山人海,摩肩接踵。朱实吐了一口唾沫,骂道:

"都是些什么玩意儿?"

朱实快步向前走着,很快灯光就暗了下来,水面上倒映出天上的点点繁星——她正望着水面发呆,突然从身后传来了急促的脚步声。

"……啊!不好,好像是角屋的灯笼。这帮浑蛋,趁女人迷茫的时候,骗她们出卖自己的肉体,然后拼命地压榨她们——用她们的卖身钱去盖大房子……打死我也不回去了!"

朱实敌视世间的一切,她漫无目的地拼命往前跑着。沾在头发上的刨花随着她的跑动,在一闪一闪。

猫头鹰

一

小次郎喝得酩酊大醉,就这状态,自然不能再去妓院找女人玩了。

"肩膀……肩膀靠过来……"

"做,做什么啊?师父。"

"你们用肩膀架着我!我已经走不动了。"

菰十郎和小六用肩膀架着小次郎,跟跟跄跄地走在这片脏乱差的花街上。

"您还不如在这里住一宿呢!"

"那样的破地方,能住人吗?……算了,我们去角屋吧!"

"还是别去了!"

"为,为什么?"

"那姑娘本来就在刻意躲着您,要是强行把她抓回来,您觉得她会愿意陪您玩吗?"

"……嗯!你说得也是。"

"先生,您是不是看上那姑娘了啊?"

"哼，哼，哼，哼！"

"您想起什么了吗？"

"我这人，从来没有喜欢过女人……我就这种性格，因为我还有更远大的理想！"

"先生的理想是什么呢？"

"我不说你们也知道吧！作为一名剑客，必须在剑术上成为天下第一——而且，我一定要成为将军家的武术教头。"

"那真是太可惜了！……柳生家已经捷足先登了……听说是小野治郎右卫门推荐的。"

"治郎右卫门……那个老浑球……柳生家有什么厉害的……你们等着瞧吧，我肯定把他们全部打趴下！"

"……危险！先生，您一定要注意自己的脚下啊！"

三人已经离葭原越来越远了。

路上没有一个人影。他们走到一段刚刚挖开的水沟旁，道路泥泞，非常难走。在挖出的泥土堆上，已经有人插入了一些柳枝，用不了几年便会长成参天大树。在低洼的地方，还残存着一些积水，里面生长着一些低矮的芦苇和杂草。不大的水面映照出天上的点点繁星，显得美而宁静。

"小心地滑。"

菰十郎和小六架着烂醉如泥的小次郎，从河堤上走下来。

"——啊！"

小次郎大叫一声，顺势将菰十郎和小六推到两边。

"是谁？"

小次郎躺在河堤半腰上，仰起身子，大声问道。

刚才从背后偷袭之人，一刀砍了个空，身体失去平衡，一个趔趄跌到下面的沼泽中。

"你忘了吗？小次郎。"

有人在黑暗中回应。

"前几天，你竟敢在隅田河滩杀死我们四名兄弟。"

又传来另一个人的声音。

"哦！"

小次郎跳到河堤上，循着声音搜寻——结果发现，在土堆后，大树下，以及芦苇荡中，有十多个人。看到小次郎站了起来，那群人也都亮出明晃晃的大刀，一步步向小次郎逼近。

"——原来是小幡门下的弟子。前几天，你们来了五个，我杀了四个。今晚可是来多少，我杀多少啊！你们自己愿意送死，那我就成全了你们……浑蛋，来啊！"

小次郎将手伸过肩头，握住自己的爱剑——"晒衣竿"的剑柄！

二

小幡勘兵卫景宪的府邸与平河天满宫背靠背，四周环绕着森林。府内的堂屋是一座历史悠久的老宅，屋顶还是用茅草铺的。为了招收弟子，在府内还特意新建了讲堂和玄关。

勘兵卫的祖上是以武术闻名于世的小幡入道日净，是武田家的家臣。

武田家灭亡之后，小幡入道日净归隐山林，直到勘兵卫这一代，才受德川家康的征召，重新出山参与实战，但可惜的是他年事已高，并且体弱多病。勘兵卫一直有一个愿望，那就是希望将自己毕生积累的兵法之学能够传授给后人，于是搬到了现在这处住所。

其实，幕府本来奖给他一块位于江户市中心非常好的地皮，可勘兵卫却以自己是甲州出身的下级武士，不习惯住在闹市区内的豪华院落为由，给婉言拒绝了。

勘兵卫最终选择了位于平河天满宫后面的一处古老的农宅，没有翻盖房子，只是重新铺了一下屋顶。这段时间以来，他经常得病，已经很少见他到讲堂授课了。

森林中住着许多猫头鹰，甚至在白天都可以听到它们的鸣叫，于是勘兵卫自称"隐士枭翁"。为了排解自己的寂寞，同时也为了安慰自己的病躯，他经常解嘲说：

"我也是它们中的一只吧！"

从现代医学来看，勘兵卫患的应该是坐骨神经痛。一旦发作起来，从坐骨蔓延至全身都剧烈疼痛。

"……师父，您好点了吗？喝口水吧！"

弟子北条新藏日夜服侍在他左右。

新藏是北条氏胜之子，继承家学，为了使北条流兵法更加完善，他又拜勘兵卫为师。新藏从少年时期就开始砍柴挑水，接受磨炼，是一名苦学的青年。

"……不喝了……现在舒服多了……天也快亮了你肯定累坏了，快去休息吧！"

勘兵卫满头银发，身体像棵老梅树般清瘦。

"没关系，您不用担心我的，我白天已经休息过了。"

"你就骗我吧！现在能够代我上课的只有你，白天你要上课，哪会有时间休息呢？……"

"嘿嘿，真的没事，不睡觉也是一种锻炼呀！"

新藏轻轻揉着师父干瘦的背，看到油灯快要熄灭了，就赶紧起身去拿油壶。

"……奇怪？"

趴在枕头上的勘兵卫突然抬起瘦削的脸。

在灯光的照映下，他的脸色更显得苍白。

新藏拿着油壶回来，望着勘兵卫的眼睛说：

"有什么异常吗？"

"听到了吗？……水声……好像是在水井那里。"

"嗯，听到了！……真的有人。"

"都这个点了，会是谁呢？……难不成是又有弟子出去玩通宵了？"

"应该是吧！我出去看一下啊！"

"你要好好地教训教训他们。"

"我知道，老师您也累了，再休息一会儿吧！"

坐骨神经痛等天快亮时，就不怎么疼了，也只有到这时，病人才能睡一会儿。新藏将被子拉到师父肩头，然后从后门走了出去。

他看到两名弟子正在井边打水，清洗手上和脸上的血迹。

三

北条新藏见此情景，不禁大吃一惊，他眉头紧锁，来不及穿鞋，穿着皮袜子就跑到了水井旁。

"你们真出去找他了！"

他的语气中饱含着叹息和惊讶，言下之意是——我劝你们不要去，可你们还是自作主张去了，现在事情搞成这样，后悔也来不及了。

水井旁的阴影里，躺着他们扛回来的一个身受重伤的门人，眼看就要断气，正在痛苦地呻吟着。

"啊！新藏先生。"

清洗血迹的两名门人仰头看着新藏，脸上堆满了强忍哭泣的皱纹。

"……实在是太遗憾了。"

他们犹如受委屈的小弟看见大哥一样，再也忍不住哭泣，开始呜咽起来，嘴中咬牙切齿地骂着：

"浑蛋——"

新藏恨他们太不争气了，忍不住再次责骂道：

"你们这些混账东西。我再三告诫你们不是他的对手，千万别擅自出去，可你们偏不听，结果捅出这么大娄子。"

"可是……可是……佐佐木小次郎那个浑蛋屡次三番来家里侮辱躺在病床上的恩师，而且还杀我们四个兄弟，这口恶气我们又如何咽得下……您确实是告诫过我们，可是如果整天都那么忍气吞声，束手束脚，那岂不是太窝囊了！"

"什么叫太窝囊了？"

虽然新藏年纪不大，但在小幡门中地位却颇高。勘兵卫卧床期间，都是由他来管理一干门人。

"如果找他拼命了事的话，那我早就第一个冲上去了——他屡次三番来道场，对病床上的师父口出狂言，极其不敬，而且也不把我们放在眼里，我早就对他恨之入骨。然而，我可不是因为怕他才不敢去找他。"

"可是，世人并不这么认为——小次郎到处散布谣言，说师父和兵法的坏话。"

"由他去吧！你觉得了解师父的人会去相信一个毛头小子的话吗？"

"不，我们不知道您是怎么想的，但我们觉得不能再这么忍下去了！"

"那你们觉得怎么办好呢？"

"我们要将他碎尸万段，让他尝尝小幡门的厉害。"

"你们上次不听我的劝告，结果在隅田河滩损失了四名兄弟。今天晚上又被他打得一败涂地——这真是前耻未消，后耻又加啊！真正让师父颜面扫地的不是小次郎，而是你们这些不争气的弟子。"

"啊！你这话也太伤人了，怎么是我们令师父名誉扫地呢？"

"那么，你们杀了小次郎了吗？"

"……"

"今晚遇难的恐怕都是自家兄弟吧！……你们根本就不了解那人的实力。小次郎虽然年纪尚小，也没什么名气，而且又粗暴又高傲，但他习武的天性，以及练就的一身"晒衣竿"的功夫都是绝对不可小觑的。你们要是小瞧他，那肯定会吃大亏。"

其中一名弟子听他这么一说，气愤异常，腾地蹿到新藏面前，抓起他的衣领，就像要把他吃掉一样，大声咆哮着：

"——这么说来，我们就任由他欺负吗？你就那么害怕那浑蛋吗？"

四

"是的，你们要这么讲我也没办法。"

新藏点点头。

"如果你们觉得我是懦夫的话，那就叫我懦夫好了！"

——这时，受重伤的那名弟子躺在二人脚边，连连呻吟，痛苦地哀求着：

"水……给我水。"

"哦……给！"

两人一左一右扶起受伤者，拿水桶给他喂水。新藏赶紧制止他们说：

"别给他，现在喂他水的话，他立刻就会断气。"

那两人正在犹豫不决，受伤者已经抢着将头伸到水桶中，咕咚咕咚喝了起来。但是，他的头再也没能抬起来，就趴在水桶里过世了。

"……"

此刻，月亮依然挂在天际，远处传来猫头鹰的阵阵哀鸣。

新藏默默回到屋内。

他看了一下躺在病床上的师父，勘兵卫已经沉沉睡去，新藏这才放心，然后回到自己房间。

读了一半的兵法书还摊开在书桌上。自己每夜都要侍奉师父，根本没有读书的时间。新藏坐在书桌前，好不容易有点属于自己的时间，他感到一夜的疲惫全都涌了上来。

新藏拱手坐在桌前，禁不住长长地叹了一口气——现在除了自己，谁又能在师父的病床前侍奉左右呢？

道场内虽有几名入室弟子，但他们都是兵法学徒，在武术方面略逊一筹。外面来此学习兵法的人，大都是虚张声势，纸上谈兵，动不动就在外面打架斗殴，惹是生非，无人能够理解师父孤寂的心情。

这次事件也正是如此。

有一次自己不在家，小次郎恰好来向师父请教兵法问题。小幡门的弟子将他带到师父面前，可谁承想小次郎名义上是来请教，其实是来挑衅的。他在师父面前夸夸其谈，极其不敬，那口吻就如同批评师父一般。弟子们看不下去了，就把他拉到旁边的屋子，对他加以责备。可是，小次郎却口吐狂言说：

"要是有本事，咱就比比看看，我随时奉陪！"

然后，他就气宇轩昂地回去了。

导火索虽然很小，但是酿成的后果却很恶劣。小次郎来到江户之后，大肆诋毁勘兵卫的名声，说小幡兵法是浪得虚名，甲州流其实是在抄袭古代的楠流和中国唐朝兵书——《六韬》。这话很快就传到了小幡门弟子的耳中，他们气不打一处来，觉得不能再让小次郎活在世上，于是就打算杀死他。

北条新藏获悉这一意图之后，从一开始就非常反对，并向大家阐明了为什么不能这样做的四条理由：

——这本不是什么大事，不宜小题大做。

——师父现在卧病在床，不要再横生事端。

——小次郎不是兵法家，没必要理会他的言论。

——师父的儿子余五郎正在外旅行，家中无主，不该擅自决断。

新藏不断告诫小幡门的人，绝对不能找小次郎决斗——可是，还是有人擅自约小次郎在隅田河滩决斗，结果去了五个，死了四个。今天晚上他们又去偷袭小次郎，结果又是铩羽而归，十人当中好像没几个生还。

"……真让人痛心！"

新藏面对将要燃尽的灯芯，接连叹息，然后又将头枕在手腕上，久久不愿抬起。

五

新藏以肘当枕，伏在桌子上，迷迷糊糊地睡去。

他猛然醒来，隐约听见屋外人声嘈杂。他马上意识到，肯定又是有人在集合要去找小次郎报仇了，联想起昨夜发生的事，新藏惊起一身冷汗，立马清醒过来。

——那声音听起来还很遥远，他看了一下讲堂，里面空无一人。

新藏穿上草鞋，来到院子里。院子周边没有围墙，新藏穿过一片长满嫩竹的绿竹林，直接来到平河天满宫的森林中。

新藏走近一看，果然不出自己所料，这里已经聚集了小幡门下的众多弟子。

夜间在井边清洗伤口的二人用白布条把受伤的手腕挂在脖子上。二人脸色苍白，正在向其他人诉说着昨晚的凄惨遭遇。

"……这么说来，你们十个人去对付小次郎一个人，结果对方没事，你们却损失了五人，是吗？"

有一个人如此问。

"嗯，真是丢死人了！那家伙用的兵器是一把叫作'晒衣竿'的长剑，我们用尽全力都无法战胜他。"

"村田和绫部剑术不错啊！他们也不行吗？"

"那两人刚一出招，就被砍死了。后来上去的人，死的死，伤的伤。与惣兵卫也受了重伤，虽然坚持着回来了，但在喝了几口水后，就在井边断了气。死了那么多兄弟，我们负有不可推卸的责任。希望各位能够谅解。"

众人听完情绪黯然，缄口不语。他们平日沉迷于兵法，瞧不上剑术，觉得剑术都是贩夫走卒之辈才学的东西，而学习兵法则有助于自己成为统兵打仗的大将军。

不料竟发生了这样的事情，一个佐佐木小次郎就连着两次杀死自己的众多兄弟。他们为过去轻视剑术的行为而感到悲哀。

"这究竟是怎么了？"

其中一人发出无奈的哀号。

"……"

气氛沉闷，远处传来猫头鹰的叫声。这时，弟子中突然有人提议说：

"我堂弟在柳生家工作，要不要借这层关系，去求柳生家助我们一臂之力。"

"不行！"

好几个人立即表示反对。

"这样的丑事怎么能让外人知道呢？你想让师父的脸面往哪里藏？"

"那……那还有别的办法吗？"

"俗话说'人心齐，泰山移'，只要团结起来，我们这些人对付他绰绰有余。当然我们不能再搞黑夜偷袭了，这样只会败坏小幡兵法学堂的名声。这次我们干脆直接向他下战书，光明正大地约战，大家看如何？"

"要是这次再败了呢？"

"即使败多少次，也不能这样当缩头乌龟。"

"说得有理。但若让北条新藏知道了，他又该啰唆个没完了。"

"这事绝对不能让卧病在床的师父和新藏知道。我们现在就去平河天满宫借笔墨，写完之后，派人送到小次郎手上。"

众人站起身来，静悄悄地向平河天满宫走去。走在最前面的那个人突然大叫一声，吓得退了回来。

"……啊！"

众人呆立在原地，所有人的目光全都投向平河天满宫主殿后身的破旧环廊。

阳光透过老梅树照到墙壁上，树影婆娑，连那小小的青梅果都清晰可见。佐佐木小次郎刚才一直坐在环廊上，跷着二郎腿，观察着他们在森林中的一举一动。

六

一群人瞬间被吓破了胆，脸上的血色顿失。

他们抬头看着环廊上的小次郎，简直不敢相信自己的眼睛。他们吓得浑身僵硬，别说出声了，连呼吸都快没有了。

小次郎面露傲慢的微笑，低头俯视着众人。

"刚才我听见你们是在说我吧！什么要杀死我，什么下战书之类的。现在你们连派人送信都省了，我就在这儿。我这满手的血还没来得及洗呢！料定你们会来寻仇，所以我就跟在那两个笨蛋身后悄悄过来了。在这一直等啊，等啊，这不等得天都亮了！"

小次郎一口气说完，没打半个磕巴，那气势压得众人连个屁都不敢放。他还不过瘾，又继续说道，

"小幡门的人在决斗之前是不是还要抽个签算个卦，看看是不是良辰吉日啊？要不就是趁对手喝醉了酒，半路偷袭下黑手？"

"……"

"都哑巴了吗？还有没有个喘气的？你们是要一个一个来呢？还是想一起上？就算你们身披铁甲，擂着战鼓，我佐佐木小次郎也不会露半点怯色。"

"……"

"说话啊！"

"……"

"来啊，来杀我吧！"

"……"

"都是一群孬种，没一个有骨气。"

"……"

"你们给我听好了，我佐佐木小次郎的刀法乃是富田五郎左卫门所传，拔刀术也是深得片山伯耆守久安拔刀的奥妙，再加上自己的刻苦钻研和不断实践，最终练成了天下一流的岩流刀法——你们这帮书呆子，满脑子都是《六韬》、《孙子》，就知道纸上谈兵，不仅能力差得远，连胆子也小得很啊！"

"……"

"真不明白你们究竟从小幡勘兵卫景宪那里学到了什么？看来你们根本就不懂兵法，还是由我来教你们吧——我不说远了，就拿昨晚偷袭那事来说吧！一般人要是在夜间遇到偷袭，即使是战胜了，也会尽快撤到安全的地方，直到天亮之后才会安下心来——而我就不一样了，我会该砍砍，该杀杀，决不会手软。然后再偷偷跟着逃跑的败兵，找到他们的老巢，趁着他们商量善后对策的时候，杀他个出其不意，打他个落荒而逃，让他们在精神上对我产生畏惧——听明白了吗？这才是真正的兵法！"

"……"

"你们可要搞清楚了，我佐佐木小次郎是剑术家，不是兵法家。上次我去你们道场讨教，你们不仅厌恶我，而且还骂我。我佐佐木小次郎不仅是天下知名的剑豪，而且在兵法上也是颇有造诣……哈，哈，哈！今天我替勘兵卫，给你们上了一堂兵法课。我现在突然觉得我是不是入错了行啊？我要是去讲兵法的话，那勘兵卫肯定就没饭吃了。渴死我了！菰十郎、小六，你们这两个不长眼的家伙，快给我拿水来。"

菰十郎和小六站在旁边，看到佐佐木小次郎回头吩咐自己，二人也是底气十足地回应"是"。

二人用陶罐盛来水，递到小次郎手中。

"先生，您还有什么吩咐？"

小次郎一饮而尽，然后"啪"一声将陶罐摔在一脸茫然的小幡门弟子们面前。

"你看他们一个个，满脸苦茄子样儿！哈，哈，哈……"

"啊，哈，哈！真难看。"

小六骂道。菰十郎也帮腔说：

"看你们这群孬种！一群没骨气的东西。先生，我们回去吧！我看他们中间没一个人敢出来和您比试。"

七

一直躲在暗处的北条新藏目送小次郎带着两名随从意气风发地向平河天满宫的鸟居走去。

"……浑蛋！"

新藏恨得咬牙切齿。

他气得浑身颤抖，但现在除了忍下这口恶气，又能有什么办法呢！他只能在心中愤恨地说：

"等着瞧吧！"

本来想出去报仇的，可没想到被仇人挖苦了一通。众人脸色惨白，杵在主殿后院，呆若木鸡，没有一个人说话。

刚才被小次郎指手画脚地教训了一通。现在想想，小次郎说的似乎也有些道理。

这些人开始胆怯起来，脸上再也呈现不出前去寻仇的活力。

同时，心头燃起的怒火也都化为灰烬，一个个软弱得像女人一样，根本没人敢追上去，没人敢硬气地对小次郎说：

"我来和你比试！"

就在这时，从讲堂方向跑来一个人，向众人问道：

"城里的棺材店送来五口棺材，这是谁定的啊？"

"……"

一片沉默，没有人吱声。

"棺材店的人还在等着呢！"

这个人着急地催促着，这才有人语气沉重地说：

"尸体还没有运回来，我也不知道需要几口棺材，也许还要增加一口吧！你先让他们把棺材放到仓库里吧！"

棺材很快被堆到了仓库内，每个人的脑海中都浮现出遇难弟子生前的影像。

弟子们集合到讲堂内，为死者守夜。

他们在搬运棺材的时候，轻手轻脚，生怕被病房内的勘兵卫知道，但勘兵卫似乎觉察到了什么。

可他却没有过问。

侍奉在身边的新藏也没有向勘兵卫禀报任何消息。

自那天开始，原本生龙活虎的弟子一个个就像霜打的茄子一样，变得寡言少语，整天郁郁不乐。就连被人视为懦夫的北条新藏，也时常在心底燃起忍无可忍的怒火。

他在独自等待能够报仇雪恨的那一天到来。

在等待的这段日子里，有一天，北条新藏突然从勘兵卫的枕边发现，在窗外的大榉树上停着一只猫头鹰。

那只猫头鹰无论何时都停在同一条树枝上。

不知何故，即使是在白天看到月亮，它也会发出"呜呜"的叫声。

夏秋交替时，师父勘兵卫的病情突然恶化了，并且还添了新病。

新藏不忍心去听那猫头鹰的叫声，那叫声似乎是在诉说着师父的大限"快了，快了"。

勘兵卫的儿子余五郎还在外面旅行，听到父亲境况不妙，立即修书一封，告知自己即刻返程——新藏这四五天来一直在担心，不知余五郎还能不能赶上父亲的最后一面。

离北条新藏做出最终选择的日子越来越近了。明天，余五郎就能抵家。新藏决定在今夜留下一封信，然后悄悄离开小幡兵法学堂。

"弟子不辞而别，希望师父能够原谅！"

他在树荫下，对着师父的病房郑重地行了一礼，然后悄然离去。

"明天余五郎就到家了，有他照顾您，我也就可以安心地走了。我不知道能否在您生前提着小次郎的首级来见您。万一我回不来了，我一定会在黄泉路上等您，到时咱俩一起走。"

守灵的童子

一

那是距离下总国行德村大概一里的一个荒村。不，住户少到甚至连村子都称不上，大片长满了毛竹、芦苇和杂木的荒野覆盖着这个被称为"法典之原"的所谓村落。

有一个旅人从常陆路的方向走来。从相马的将士们在坂东一带施展无谋之勇、疯狂放箭的时候起，这一带的道路、草丛就如此萧索了。

"咦？"

武藏停下了疲惫的脚步，迷茫地站在荒野道路的岔道口上。

秋天的太阳快要落山了，晚霞染红了水塘。脚下已是一片昏暗，辨不清草色。

武藏找出油灯。

昨天、前天他都是以山石为枕，度过了漫漫长夜。

四五天前，还曾在枥木一带的山崖附近遭遇了暴雨，所以身体一直都是有点儿倦怠，可能染了风寒。今夜也同样是无精打采的。哪怕住进茅草屋也好，如果能再有一盏灯和一碗热腾腾的糙米饭，恐怕就是此时最大的幸福了。

"不知从何处飘来潮水的味道……再走四五里应该就能看到大海了。对,顺着海风。"

他于是又继续前行。

但是,不知道这个直觉是否真的可靠。倘若看不到海,也看不到人家的话,今晚又只能蜷缩在秋草里,和胡枝子一起睡觉了。

红色的太阳完全落山之后,今晚也会有很大的月亮爬上来吧。满地都是虫子的叫声,已经吵到耳朵麻木了。虽然武藏轻轻地迈着脚步,这些秋虫还是被惊扰,飞到他的裙裤和刀柄上。

如果是风雅人士的话,此时便可以独品这残阳如血、野道孤旅的意境了。

"你有心情欣赏吗?"

武藏问自己,

"没有。"

他只能这么回答自己。

——思念亲人。

——渴望食物。

——厌倦了孤独。

——肉体对于修行已经疲惫不堪。

这些才是他此时的真实感触。

他不是一个甘于平凡的人,所以仍不放弃痛苦反省中的旅程。从木曾、中山道到江户,在江户停留短短数日,又启程去陆奥。

现在已经过去一年半有余了,武藏决定再次向先前逗留过的江户出发。

为什么当初那么着急从江户赶往陆奥呢?是为了追赶以前在取访留宿时结识的仙台家的家士石母田外记,还给他钱。这些钱是外记偷偷地塞进武藏的旅行包里的,可是对武藏来说,接受这如此之多金钱上的恩惠,是一种心理上的负担。

"如果只是任职于仙台家的话……"

武藏有这种自尊。

即使因为修行而精疲力竭、缺乏食物、风餐露宿、不断漂泊。

"我……"

他一想到成功的自己,就会浮起笑容。即使伊达公举着六十余万石来迎接武藏,武藏也不会就此满足,他有更大的愿望。

突然不经意间脚下响起很大的水声,武藏在土桥上停下,望了望昏暗的小溪的凹坑。

二

什么东西掠起阵阵的水声。原野尽头的晚霞还是一片殷红,小溪的凹坑处却已经变得很昏暗。伫立在土桥上的武藏凝神看着。

"是水獭吗？"

不一会儿，他发现原来是一个乡下的孩子，虽说是人类的小孩，居然长着一副和水獭差不多的面孔。

那个小孩也正疑惑地从下往上看着桥上的人影。

"小孩儿，在干什么呢？"

武藏总是一看到小孩就忍不住搭讪。

"捉泥鳅——"

小孩儿说完就又把小网兜浸入小溪里来回搅荡。

"啊，泥鳅啊！"

虽然是看似没有任何意义的对话，却在这旷野中亲切地回荡着。

"捉到很多了吗？"

"已经秋天了，所以不多。"

"可不可以分给我一点点呀？"

"泥鳅吗？"

"给我抓一把包到这个手巾里吧。我给你钱。"

"很抱歉，今天这泥鳅是要给我父亲的。"

小孩抱着网兜从凹坑里跳上岸来，像栗鼠一样在旷野中飞奔而去。

"机灵的小家伙。"

武藏望着小孩的背影，脸上浮出一丝苦笑。

他不禁想起了自己小时候的样子。朋友又八也应该有过这样的童年吧。

"还有城太郎，初次和他见面的时候，他也是这样一个小孩儿。"

这个城太郎之后怎么样了呢？现在在哪儿、做什么呢？

和阿通一起失散已经三年了——当时十四岁，去年十五岁。

"啊，算来都该十六岁了啊！"

他将如此困顿的自己作为老师追随、崇拜。但是，自己给了他什么呢？只是让他生活在阿通与自己之间的夹缝中，徒增旅途的劳苦而已。

武藏再次伫立在原野中。

武藏想起了很多关于城太郎、阿通的事情，一时忘了疲惫和要走的道路。

让人感到欣慰的是秋天的月亮明亮地高挂在空中。有大片的虫鸣声。阿通很喜欢在这样的夜里吹笛子。周围的虫鸣声听起来仿佛阿通、城太郎的声音，仿佛他们此时就在身边。

"啊，有人家。"

前面发现了灯光，武藏不顾一切地向灯光走去。

走进一看，虽说是人家，但是周围的芒草、胡枝子都比这家倾斜的房檐要高。看起来比较像大露台的地方，沿墙壁胡乱爬满了瓠子花。

他又走近了一些。拴在家里的那匹无鞍马突然喷着鼻息发出了愤怒的声音。应该是感觉到了马的异常，紧接着从亮着灯光的房子里也传来了很大的声音。

"谁呀？"

居然是刚刚没有分给他泥鳅的那个孩子。这可真是缘分啊，武藏不由得浮起微笑。

"能不能留我住一晚啊。黎明的时候会马上离开。"

这个孩子这次仔细地端详了一会儿武藏的样子，然后很淳朴地点了点头。

"嗯，可以呀！"

三

房子里非常简陋。

要是下雨的话会怎样呢？月光从房顶、从墙壁不可阻挡地挤进房间。

连挂行装的地方都没有。地板上虽然铺着草席，但依旧可以感觉到风的气息。

"叔叔，您刚才说想要泥鳅吧。您喜欢泥鳅吗？"

小孩儿端端正正地坐在前面问道。

"……"

武藏像忘记了回答这个小孩儿的问题一样，只是看着他。

"您在看什么呢？"

"几岁啦？"

"啊？"

小孩儿被这个突然的问题问得有些惊慌失措。

"我的年纪吗？"

"对。"

"十二。"

在当地人中，居然有看上去如此刚毅果敢的孩子。武藏依旧望着小孩儿出神。

脏脏的小脸像未被清洗的莲藕一样。头发也是乱蓬蓬的，散发着小鸟粪便似的味道。但是他充满活力的样子和在污垢中闪闪有神的眼睛，不觉让人赞叹。

"还有一些小米饭。泥鳅已经给我父亲了，您要是吃的话，我下去捉一些。"

"不好意思呀！"

"要喝汤吗？"

"也来些汤吧！"

"等一下。"

小孩儿拉开嘎吱嘎吱响的门板,去了另一个房间。

传来了劈柴、生火的声音。屋子里顿时充满了烟雾,原本贴在棚顶和墙壁上的大量虫子因受不了这烟雾,悉数逃了出去。

"好了,做好了。"

食物被直接摆在地板上。有咸泥鳅、黑豆酱、小米饭。

"很好吃。"

看着武藏吃得很高兴,小孩儿也高兴起来。

"好吃吧?"

"我想对家里的主人也表达一下谢意,他已经休息了吗?"

"不是没有休息吗?"

"在哪里?"

"在这儿。"

小孩指着自己的鼻子说,

"然后就没有什么其他人了。"

通过询问,武藏得知,这户人家原本靠做农活儿糊口,后来父母患病,小孩便自己做起了马夫。

"啊,灯油快燃尽了,您休息吗?"

虽然灯灭了,但是照进的月光提供了足够的光亮。

武藏盖着薄薄的稻草被子,枕着木枕,靠墙边睡下了。

可能是感冒还没有完全好,迷迷糊糊睡着的时候,会微微冒汗。

武藏因此而梦到了貌似下雨一样的声音。

还好,在夜里仍然齐奏的虫鸣声,不知不觉地将他带到了深睡眠状态。如果不是有磨刀的声音传来,这种深睡眠状态还将持续着。

"呀?"

他一下子翻起了身。

吱、吱、吱,小屋的柱子微微晃动。

门板外有人在磨东西。在磨什么呢?要弄明白这个,不成问题。

武藏从枕头底下抽出刀。静听了一下,

"客人,还没有睡熟吗?"

四

隔壁怎么知道自己起来了。

惊异于这个小孩的敏感的同时,武藏反问道:

"半夜三更,你为什么磨刀?"

小孩哈哈大笑。

"原来是这样,叔叔您是怕这个,怕得睡不着觉啊。看起来很强悍的样子，原来是胆小鬼啊！"

武藏默不作声。

他被此时附在少年身上的妖魔般的力量，和他刚刚的回答所震撼。

霍、霍、霍……小孩应该是又开始磨了。想到刚刚那无所畏惧的话语和如此之大的磨刀力气，武藏再也不能无动于衷了。

他从门缝向外看去。那边是厨房和铺着草席的二坪小卧室。

借着从天窗照下来的亮光，小孩在专心致志地磨着一柄刃长一尺五、宽六寸的腰刀。

"你要砍什么吗？"

听到武藏的声音，小孩儿只是抬头朝门缝方向看了一眼，就低下头去继续拼命磨。不一会儿，闪闪刀光映射过来，小孩儿将附在上面的研磨水擦拭干净。

"叔叔，用这个能把人劈成两半吗？"

小孩儿再次看着武藏。

"这个，要看你的水平了。"

"水平的话，我是有自信的。"

"你要杀谁？"

"我的父亲。"

"什么……？"

武藏吃惊地将门板拉开，

"孩子，你是在开玩笑吗？"

"谁在开玩笑！"

"你要杀你父亲？如果是真的，你还是人吗。即使你是在这旷野中，被当作野鼠或土蜂一类被养大的孩子，也该明白父母双亲意味着什么吧。就是野兽，还有父子亲情呢，你却为了杀害父亲而磨刀。"

"啊……但是，如果不劈开的话，我搬不动。"

"搬去哪里？"

"山上的墓地。"

"什么？"

武藏再次向墙壁的角落里看去。刚才就注意了一下那里，没想到那是小孩儿父亲的尸体。仔细一看，尸体也枕着木枕，穿着比较脏的寻常百姓的衣服。一碗饭、一碗水，还有被盛在木盘里的，刚刚也煮给武藏吃的泥鳅，被供奉在尸体前。

看来这位死者生前最喜欢吃泥鳅。小孩儿在父亲去世后，想起了父亲生前最喜爱的东西——即便已经是深秋了，还是在小溪中拼命地捉泥鳅。

武藏居然在不了解情况的状况下，说出了：

"能不能分我一些泥鳅啊?"这样无心的话,武藏突然觉得羞愧。因为自己的力气不够大,不能一个人将父亲的尸体搬到山上的墓地——武藏凝视着这个孩子,惊异于他的大胆想法。

"什么时候去世的?你的父亲?"

"今天早晨。"

"墓地远吗?"

"大约半里地,在前面的山头上。"

"拜托别人帮忙搬到寺院不就行了吗?"

"没有钱。"

"我这里有。"

小孩儿摇了摇头。

"我父亲最讨厌受人恩惠。也讨厌寺院。所以,不用了。"

五

这个孩子的一言一行中都透露着骨气。

估计他的父亲也不是凡夫俗子。

武藏于是就不再提钱的事,只是帮着往山上运尸体。

用马将尸体运到山脚后,武藏背起尸体,爬上险峻的山路。

这个被称之为墓地的地方,只是孤零零地躺着一块天然圆石的大栗子树下。周围没有塔形木牌。

掩埋好尸体后,孩子献上花束。

"祖父、祖母、母亲,都在这里安息着。"

说罢,合掌一拜。

——这是怎样的宿缘。

武藏也一起为死者祈求冥福。

"墓看起来不是太陈旧,从你的祖父一代开始,就在这里定居了吗?"

"嗯,据说是这样。"

"那之前呢?"

"是最上家的武士,战败落荒而逃时,家谱之类的都被烧掉了。"

"如果是这样的家世的话,祖父的名字起码应该刻在墓石上吧,怎么纹印、年号,什么都没有。"

"祖父临去世时说过,不要在墓石上留下任何字迹。蒲生家、伊达家都有人慕名而来,但自己怎么能再侍奉第二个主人。再说,如果在石头上刻上自己的名字的话,会给先前的那个主人增添耻辱,再加上自己也和平常百姓一般无二了。因此,什么都不能刻上去。"

"你的祖父是叫什么名字呢?"

"三沢伊织。父亲因为是百姓,就叫作三右卫门。"

"你呢?"

"三之助。"

"还有亲人吗?"

"有个姐姐,去了很远的地方。"

"就这一个亲人吗?"

"嗯。"

"从明天开始,你打算怎么谋生呢?"

"还是做马夫吧!"

紧接着小孩儿马上期待地看着武藏。

"叔叔。叔叔是游学武士,一年到头地在行进中吧。带上我吧,不管走到哪里都可以骑上我的马。"

"……"

武藏从刚刚开始,就一直在注视着已经泛白的旷野,思索着为什么有如此肥沃的原野,这里的人却如此贫穷。

因为大利根的水,下总的海潮,坂东平原不知变成多少次泥塘,几千年的时光里,还有无数的富士火山灰被埋在这里。自然的力量将人类打败了。

当人随意利用土、水这些大自然的力量时,文化才开始诞生。坂东平原还处在人类败给自然的阶段,人类的智慧之眸只是茫然地望着天地之大。

太阳升起,小野兽、小鸟也开始蹦蹦跳跳了。在未开垦的荒野中,鸟兽比人类享受到更多大自然的恩惠,生活得更自在。

##

孩子终归是孩子。

在将父亲葬于土下后的回来的路上,就似乎已经将父亲的事情忘记了。不,一方面是忘记了,另一方面,从叶上的晶莹露珠中冉冉升起的旷野的太阳,也帮忙赶跑了生理上的哀伤。

"啊,叔叔,不行吗?我从今天开始也可以——这个马,无论走到哪里都可以乘坐的,能不能将我带上啊?"

下了山之后归去的途中——

三之助让武藏作为客人,骑在马上。自己则作为马夫,牵着缰绳。

"嗯!"

武藏点了一下头,并没有给他明确的回答。其实心里也对这个孩子抱有很大的期望。

但是,想到常年流浪的自己,真的能给这个孩子带来幸福吗,真的能承担起他将来的责任吗?

已经有一个城太郎的先例在那里了。那是一个很有潜质的孩子,但是因为自己还在流浪,还有很多烦恼,终是和他分开了,现在竟然连他在哪里都不知道。

（如果，当时不是那样的一种不好的境况的话……）

武藏总觉得自己没有尽到责任，每当想起这些，就会心痛。

但是，如果只考虑结果的话，人生最终会止步不前。最终乱了方寸。更何况是孩子、培养过的少年，谁能保证他们的未来。别人的意志是不能左右他们的。

（只是，可以培养他们，引导他们向好的方向前进罢了。）

如果是这些的话，我能做到，武藏想，就这样吧。

"嗯，叔叔，不行吗，不好吗？"

三之助继续央求着。

武藏于是说：

"三之助，你是想一辈子做马夫，还是想将来成为武士。"

"这个吗……我想成为武士的。"

"成为我的弟子后，能跟我承受任何苦难吗？"

听武藏这样一说，三之助突然放开缰绳，跪拜在马前的露草中。

"拜托了，拜托让我成为一名武士。这也是死去的父亲的夙愿。只是，在今天之前，一直没能遇到可以拜托的人。"

武藏下了马。然后环视着四周。拾起一根合手的枯枝交给三之助，自己也拿起一根。

"现在还不能回答你我们到底能不能成为师徒。拿着这根棍子，朝我打。我要看一下你的潜质，看你究竟能不能成为一名武士。"

"那，如果能打到叔叔的话，就能让我变成武士吗？"

"能不能打到呢？"

武藏微笑着，举起树枝，摆出打斗的姿势。

紧攥着树枝的三之助也认真起来，向武藏这边打过来。武藏并没有让着三之助，三之助好几次都差点摔倒。肩膀被打到，脸被打到，手被打到。

（这下该哭了吧？）

武藏心里想着，可是三之助却不放弃，直到枯枝也断了，他像一名武士一样向武藏的腰部冲过来。

"真是不知深浅啊！"

武藏故意夸张地揪住他的腰带，摔下去。

"什么呀？"

三之助再次跳起来冲过去。武藏这次再次将他抓住，朝太阳的方向，高高举起。

"怎么样，服了吧？"

三之助头晕目眩地在空中挣扎着。

"不服。"

"如果把你摔到那个石头上,你就死定了。这样你也不服吗?"

"不服。"

"顽固的家伙。你这个浑蛋已经败了,快说服了。"

"但是,只要我活着,就一定有机会胜过叔叔您,只要我活着,就不会服气。"

"如何胜过我?"

"游学练武。"

"如果你学习了十年,我也是学习十年的。"

"但是,叔叔您比我年纪大,会比我先离世吧?"

"……嗯……嗯。"

"那样的话,可以到棺材里打叔叔。所以,只要活着,我就会赢。"

"啊,你这个家伙。"

仿佛遭受了迎面一击一样,武藏避开石头的方向,将三之助抛向大地。

望着站在对面的三之助的脸,武藏拍拍手,愉快地笑了。

 一指擎天

一

"我会收你为弟子。"

武藏当场就对三之助立下约定。

三之助非常高兴,孩子最不会掩饰欣喜。

两个人再次返回家中。明天就要离开这里了,三之助依依不舍地望着这个自己一家三代人曾经生活过的小屋。尽管是夜里了,三之助仍然喋喋不休地跟武藏讲起自己对于祖父、祖母、亡母的回忆。

到了翌日清晨。

武藏先准备了一下,走出了屋子。

"伊织,伊织。快点出来。没有什么需要带走的。即使有,也不要留恋。"

"是,马上来。"

三之助跑了出来。刚刚在里面穿好了衣服。

现在武藏之所以称他为"伊织",是因为他的祖父是最上家的武士,叫作三沢伊织,并且据说之前,这个家族的每代人都被唤作伊织。

(你既然要成为我的弟子,重新成为武士的孩子,就沿袭祖父的名字吧。)

虽然离成人仪式还远，为了让三之助先有个心理准备，从昨晚开始，武藏就这样称呼他了。

但是，从刚刚他跑出来的样子来看，脚上还是穿着马夫草鞋，背上背着装小米饭便当的包裹，衣服尾部有一处开裂。不管怎么看，他都不像武士之子，倒像是青蛙之子要启程。

"将马拴到那边较远的那棵树上去。"

"先生，请坐。"

"不用了，将它拴到那边后回来吧！"

"是。"

到昨天为止，不管说什么，他都回答"嗯"，从今天早晨开始，突然改成了"是"。小孩子想有所改变的时候，不会有任何犹豫。

将马拴到远处后，伊织回来了。武藏此时仍站在屋檐下。

（在看什么呢？）

伊织觉得不可思议。

武藏将手放在他的头上——

"你是在这间草屋下出生的。你那不肯屈服的灵魂，是在这间草屋造就的。"

"是的。"

小脑袋带着武藏的手点了点头。

"你的祖父带着不侍二主的忠贞，隐居在这小屋之中，你的父亲为了保全祖父的晚节，甘愿成为百姓，谨守孝道度过一生——而你已经送走父母，从今天开始，你要独立自强。"

"是。"

"要变得了不起。"

"……嗯、嗯。"

伊织揉了揉眼睛。

"三代，对着曾经给你遮风避雨的小屋拜一拜，向小屋告别。对，就不要再依恋啦！"

武藏说罢，走进屋内，点了火。

小屋转眼之间就熊熊燃烧起来。伊织红着眼睛看着这一切，流露出无尽的哀伤。武藏见此情景，劝慰他说：

"如果留下小屋离去的话，以后肯定会住进各种盗贼。如此一来，原本忠节的地方，最终倒成了败类的方便之所。明白吗？"

"谢谢您！"

小屋最终从一座小火山化成了不到十坪的灰烬。

"来，我们走吧！"

空之卷

伊织早已急着向前赶路了。过往的灰烬在孩子的心中掀不起任何波澜。

"不，这样还不行。"

武藏摇着头望着他。

二

"还不行？然后我们还要做什么？"

武藏见他一副不可思议的样子，不由得笑了笑，

"然后我们还要建小屋啊！"

"啊？为什么。刚刚我们不是才烧掉一间小屋吗？"

"那里到昨天为止，一直是你先祖的小屋。今天开始，我们要建属于我们的小屋。"

"那么，还住这儿吗？"

"对。"

"不去游学练武吗？"

"不是已经开始了吗。我在教你的同时，自己也需要多加练习。"

"练习什么？"

"你应该知道的，剑术的学习、武士的修炼——还有心的修炼。伊织，把那个斧子扛来。"

伊织朝武藏指的地方走去，发现草丛中的斧头、锯子、还有农具居然悄悄躲过了火焰，安然幸存了下来。

伊织扛上大斧头，跟在武藏的后面。

前面是一片树林。里面有松树、杉树等。

武藏用尽全身力气挥动斧头伐树。木屑飞溅。

——是要建练武场吗？把这块平地当作练武场，来此练习？

再怎么跟伊织解释，他也不能够完全理解。总觉得如果不去旅行，就留在这里的话，会很无聊的。

咔嚓——又一棵树倒掉了。斧头一棵接着一棵砍着。

黑色的汗水不断地从武藏那泛起血色的栗色肌肤冒出。平时的懒惰、疲惫、孤独和烦闷仿佛都化成了汗水。

他昨天凌晨，在埋葬以农民身份终此一生的伊织父亲的山上——眺望着未经开垦的坂东平原，想了很多。最终决定暂时放下剑，拿起铁锹。

在剑术的修炼中，磨剑是必不可少的事情。但除此以外，修禅、书道、茶道、画画及雕刻佛像的学习也是必要的。

那么，以此类推，拿起铁锹的过程，对剑术的修炼也应该有益吧！

这苍茫的大地，天然就是绝好的修炼场所。并且，对荒地的开垦，也算是一件有益于数代人的好事。

武士游学练武，一直以来是依靠行乞和别人的施舍来维持的。借别人的

房檐，来熬过雨露这样的事，就像禅家僧侣一样，做得理所当然。

但是，粮食的宝贵，哪怕是一粒米、一根野菜，只有自己亲自栽种才能够明白。从不做这些的僧侣所说的话，只能当口头禅听听。同样，靠施舍生存的游学武士，即使再怎么钻研剑术，也不可能懂得将它活用于治国之道。相反，还很容易成为脱离社会的粗俗之人——这些是武藏通过自己的经历悟出的。

武藏还算是比较了解百姓的生活的。在他还小的时候，曾随母亲去乡士宅地的田里去，做一些通常百姓做的活儿。

与以往不同的是，从今天起，武藏所做的，不再单纯是为了谋求粮食，还为了寻求精神上的充实。同时，还可以学会如何自力更生地生活，不用再去行乞。

更重要的，一直以来，农民都是任野蔷薇、沼泽野草肆意生长，任洪水、暴雨肆意泛滥——他们将最简单贫苦的生活方式传给子孙后代。武藏要通过自身的体验及努力、将自己的另一番想法传达给他们。

"伊织，拿绳子来，把木材捆上。然后拉到河滩那边。"

武藏将斧头立在木头上，透了口气，边擦汗边命令道。

三

伊织将绳子结起来，拽着木材。武藏随后将用斧头、锛子对这些木材进行加工。

到了晚上，则可以用锛子削下来的碎屑生火，然后在火旁枕着木材睡觉。

"怎么样，伊织，有趣吧？"

伊织老实地答道：

"一点都没意思。如果是过平常百姓的日子的话，我不用做老师的弟子，也能过上这样的日子。"

"不久就会变得有趣的。"

秋意日深。

每天晚上，虫子的叫声都在减弱。干枯的草木越来越多。

在这法典之原上，他们要建好一间睡觉的小屋，同时还要拿着锄头和铁锹，在附近进行开垦作业。

在开始这一切之前，武藏曾站在附近一带的荒地上，对附近的情况进行了一番考察。

（为什么这一片尽是杂草丛生的荒芜，自然和人没能和谐共处？）

（是水。）

首先需要解决水的问题。

在高地上向下望去，这片荒野展示的是从应仁之乱到战国时代的人类社会的景象。

曾经，坂东平原被大雨袭击，水各自胡乱汇成河流，流向想奔流的地方，靠着偶尔的激情搬动着石块。

没有一个汇集这些河流的主流。在天气好的时候眺望的话，会发现，这些水造就了宽广的河滩。然而，由于对于天地之大缺乏包容力，被随意造就出来的河滩，毫无秩序可言。

原本该必不可缺，现在却没有将各个小的水流汇聚在一起的力量。这些小水流受不同的天气影响，有时漫溢到原野上，有时穿过树林，有时甚至会侵犯人畜，使菜田变成泥沼。

（不容易啊！）

武藏从考察之日起便深有感慨。

即使是这样，他仍然非常热心地、饶有兴趣地投入开垦作业。

（这和从政是同样道理。）

以水、土为对象，使其变得肥沃、有人烟的治水开垦事业，与以人为对象，使人文之花盛开的政治经纶，从本质上讲是一样的。

（对啊，这和我的理想也是偶合的。）

也就是从这时起——武藏开始认真地有了模糊的理想。杀人、把人打败，顶多是强悍——得到这样的评价又能怎样。剑这只种东西只能证明自己比别人强大，让自己更寂寞，却无法从中得到满足。

从两年前开始，他，

——战胜别人。

在剑术中前进，以剑为生涯，

——也要战胜自己。有一个彻底胜利的人生。

现在虽然看似走了不同的路，但他对于剑术的追求，也是不会就此停滞的。

（如果真的以剑为生涯的话，要有一颗从剑中悟道的心，不能随便扼杀别人的生命。）

他悟到了不同于杀戮的事情，

（如果可以的话，不仅借助剑完成自我的塑造，还可以试着从中搜寻治国安民之道。）

青年的梦总是自由而远大的。他的理想，目前，还单纯只是理想。

因为要实现这样的抱负，是需要在政治上身居要职的。

现在以荒野上的土或水为对象，做的这些事情，却不需要要职、地位、权力，而是眼前力所能及的。武藏因此而燃起干劲和欣喜，决定做好这力所能及的事情。

四

挖掉树根。筛选石块。

将土地整平，同时将大块岩石堆在一旁，以便将来用来建造水利堤坝。

就这样日复一日，从黎明开始到冒出星星的晚上，武藏和伊织不知疲倦地努力开垦着法典之原。有时，会有路过的当地居民，好奇地问：

"这是在做什么？"

然后一脸惊讶地说，

"建小屋啊，这样的地方能住吗？"

还有诸如这样的谣言流传：

"那边是死去的三右卫门和那个小鬼。"

也不光是嘲笑者，也有人特意跑过来，善意地斥责：

"那边的那个武士，喂，你们，开垦这里是无济于事的。一旦暴风雨来临，就会前功尽弃的。"

又过了几天，那些人依然发现武藏与伊织在辛勤劳作着。再善意的人也不禁有些恼火，

"喂，还在傻忙活，没必要在这样一个地方建一个蓄水池。"

——再过几天，再来看，两个人还是像没长耳朵一样地忙着。

"真是傻子。"

这次那些人真的发火了，认定武藏是一个毫无智慧的白痴，

"在这样一个杂草丛生的河滩上，是无法种粮食的。你们呀，就在太阳底下晒着瘪肚皮，吹笛子过日子吧！"

"你以为不会发生饥荒的吗？"

"不能停下来吗，这简直就是乱来一气！"

"白费力气的家伙，这跟拿个屎袋子没什么区别的？"

武藏一边挥舞着铁锹，一边面向土地笑着。

因为听到了这么多责备的声音，伊织时常显得有些不高兴。

"老师，很多人都不赞成我们这样做。"

"别管他们，别管他们！"

"但是……"

看见伊织要将攥在手里的小石头抛向远处的样子，武藏生气地瞪圆了眼睛，训斥道，

"你……不听师父话的家伙，不配做弟子——你打算怎样？"

伊织就像耳朵不灵了一样，叹了一口气。手里握的石子终是扔了出去。

那颗石子打到附近的岩石上，迸出火花，碎成两半。这样的情景，更让伊织不由得一阵难过，他将锄头一扔，哭起来。

就像说——

空之卷

（你哭吧，你哭吧！）

一样，武藏也不去管他。

啜泣着的伊织，放声大哭起来，仿佛天地间只剩自己一个人一样。

之前伊织曾经打算将父亲的尸体分成两半，然后一个人将尸体抬到山上的墓地去，这是怎样的一种刚勇啊！现在他哭起来的样子，让人恍然明白，他到底还是个孩子。

——父亲！

——母亲！

——祖父。祖母。

看着他拼命地呼唤着地下之人的样子，武藏突然一阵动容。

这个孩子很孤独。我也很孤独。

草木也像有情一样，在伊织的哭声中，在黄昏将近的旷野上，随着萧瑟的冷风黯然神伤。

滴答、滴答，天也跟着下起微微的小雨来。

五

"下雨了。可能要有暴雨。伊织，快过来。"

收拾了一下铁锹、锄头等工具，武藏向小屋的方向跑过去。

刚进小屋，外面的雨已经下成一片，天地茫茫一色。

"伊织、伊织——"

原本以为伊织也跟在后面过来了，一扭身发现，伊织根本不在身边，房檐处也不见他的踪影。

从窗户向外望去，惊人的闪电斩断云层，闪烁在旷野间。在呆望着这一切的一个瞬间——手不由得捂住耳朵，一声巨大的雷鸣声在头顶炸开。

脸被从竹窗溅进来的雨水打湿，武藏依旧恍惚地望着外面出神。

每当看到这样的暴雨，经历这样的狂风，武藏总会想起十年前——想起七宝寺的千年杉、泽庵和尚的声音。

觉得自己之所以有今天，完全是托那棵大树的福。

现在的自己已经有了一个弟子，虽然他还是一个孩子。可是自己真的有那棵大树那样的无限巨大力量吗，真的有泽庵那样的胸怀吗？武藏回顾了一下自己的成长，突然觉得有些自惭形秽。

但是，对于伊织，不管怎样，自己都必须像那棵千年杉树一样，也必须有泽庵一样的慈悲之心。这也算是对自己曾经的恩人的一点回报吧。

"……伊织、伊织。"

武藏朝暴雨里再次大声喊着。

没有任何回答。只有雷声和从房檐上流下的雨水之声。

"怎么了？"

这样的状况,就连武藏都躲在小屋里,没有出去的勇气。就在武藏担忧之时,雨也渐渐地变小了些,出去一看,这是怎样的一个孩子啊,竟如此倔强。他依旧站在那块耕地上,动也没动。

不由得让人怀疑——

(这孩子有点傻吧?)

他还是刚刚的那个张大嘴大声哭泣的样子——从头到脚都湿透了。像个竖在地头的稻草人。

武藏跑到附近的那个地势稍高的地方,忍不住骂了一句:

"傻瓜!"

"快到小屋里去,淋成这个样子,还要不要身体了。再磨蹭的话,小屋前面一旦形成了河,你可就进不去了啊!"

——伊织循着武藏的声音望过来时,居然止住了哭泣,转脸笑了。

"先生,这个是阵雨,不用急的。看,云都散开了!"

说着,伊织用一根手指指向天空。

"……"

武藏感觉自己反而被弟子教育了一般,陷入了沉默。

然而,伊织是单纯的——并不像武藏那样有那么多想法。

"来吧,先生。天还亮着呢,还能干很多活呢!"

就这样,师徒二人又开始了新的一轮劳动。

老师与弟子

一

这四五日,天空蔚蓝,原本以为长着穗芒的土地会发出咔嚓咔嚓的干裂声,谁知道,厚实的云层又从原野的边际覆盖上来。坂东一带转眼间就像遭遇了日蚀一样昏暗。伊织望着天空,担心起来。

"先生,这次可是真正的暴雨来袭了。"

就在说话的时候,刮起了灰色的风。迟归的鸟儿就像被掸子掸下来了一样,草木的叶子也都泛着白色,与大风进行着斗争。

"又是一场雨吧?"

武藏问道。

"这样的天空,不是普通一场雨那么简单——对了,我去村子一趟,马上回来。先生收拾一下工具,快点去小屋里面吧!"

伊织对于天气的观察,几乎没有过失误。他说罢便像掠过原野的小鸟一样,消失在草丛中。

果然，不管是风还是雨，都像伊织说的那样，来势异常凶猛。

"——去哪儿了呢？"

武藏独自一人回到小屋后，不时担心地向外看。

这次这场暴雨的雨量极其大。有时，你感觉快要停止了，紧接着却有更大的暴雨袭来。

已经晚上了。

雨就像要将这个世界变成汪洋湖泊一样，一直在下。这个简陋房子的屋顶几次都差点被掀翻，屋顶上铺的杉树皮掉下来很多。

"真是够呛啊！"

伊织还没有回来。

到了黎明也不见他的踪迹。

夜晚泛白时，看着昨天暴雨留下的痕迹，想到其实伊织即使想回来，也无法回来吧。这片旷野完全成了泥潭。草和树看起来像浮岛一样。

幸好将这个小屋建在了地势较高的地方，没有被水淹到。小屋下面，浊流大河般奔流着。

"……难道？"

武藏望着随浊流一同前进的各种各样的东西，不由地担心起伊织会不会在昨晚试图回来的时候，不小心被淹到了。

说起来，天地间充斥着暴风雨的昨晚，似乎真的隐约听到过伊织的声音。

"先——生——"

武藏在前方仿佛鸟巢一样漂浮着的洲地上发现了个貌似伊织的身影。不，就是伊织。

去哪儿了呢，他正骑在牛背上向这边走来。前后还驮着用绳子绑缚好的大件行李。

"咦……？"

伊织骑的牛已经走进了浊流中。

浊流翻滚的水浪和旋涡立即将他和牛包围，冲来冲去。终于，他和牛都瑟瑟发抖地跋涉到了小屋这里。

"伊织！去哪儿了？"

武藏怒气中带着关心地问道。

"去哪儿，我这不是从村里带回了食物吗？这样的暴风雨，估计会下上半年的。而且即使暴风雨停了，洪水也不会那么快退的。"

二

武藏没想到伊织竟如此聪明。不，也不是他聪明，而是自己太笨了。

天气有不好的征兆的时候，要马上准备食物，这是在野外生存的常识，伊织从还是婴孩的时候起，就不知经历过多少次这样的情况了吧。

从牛背上卸下来的食物还真是不少，打开草席，展开桐油纸后，伊织介绍说：

"这是小米，这是红小豆，这是咸鱼——"

接着在地板上摆了好几包这样的东西，

"老师，有了这些，即使一个月、两个月洪水不退，我们也不用担心啦！"

武藏的眼中泛起泪花。说不出一句赞扬或是感谢的话。自己想拓荒、想开垦农田，但是只是空有远大抱负，从未思考过如何首先填饱肚子的问题，现在还要依靠比自己弱小的人。

但是，曾经称自己和徒弟为疯子的村里人，在自己还因为饥饿问题而发愁的状况下，居然会施舍出来食物。

见武藏不可思议的样子，伊织若无其事地说：

"我是将荷包寄放于德愿寺，然后从那里借来的。"

"哪里是德愿寺？"

通过伊织的话，武藏得知，原来德愿寺是距离法典之原一里多地的一个寺院。伊织的父亲生前说过：

"等我死后，你如果生活困顿，可以用这个荷包中的砂金。"

于是，在这紧要关头，伊织便将一直随身携带的荷包寄放在寺院里，从寺院借来了粮食。

听了伊织一脸得意地解释这些，武藏说：

"这样说来，那也算是你父亲的遗物了。"

"是啊，老房子被烧掉后，父亲的遗物就剩下这个和那把刀了。"

伊织说着，不由得抚摸起别在腰间的腰刀。

这把腰刀，武藏曾经见过，并不普通，虽说刀上不带落款，但也算得上是一把不错的名刀。

还有那个同样被随身携带的荷包，既然是这个孩子父亲的遗物，里面装的就不仅仅是一些砂金，还有某种因缘——居然将这个荷包都寄放在那里了，到底是个孩子啊——还是个多少有些可怜的孩子。想到这儿，武藏不禁说道，

"父母的遗物之类的，不能轻易交给别人。回头去德愿寺把它取回来吧，以后这种东西不要再离身了。"

"是。"

"昨天晚上是不是住在寺院里了？"

"和尚说让我天亮了再离开。"

"早饭呢？"

"我还没吃。先生也还没吃吧？"

"嗯，有柴火吗？"

"柴火的话，会有的。这个房檐下不都是柴火吗？"

武藏卷起草席，向地板下面一探头，发现那里堆积着很多平日开垦时留心搬过来的树根、竹子根等。

这么小的家伙就这么会安排生计。是谁教的呢？这种稍有差池就会把人饿死的荒凉自然，应该就是生活最好的老师吧！

吃完小米饭后，伊织拿出一本书，恭恭敬敬地递给武藏，

"先生，水不退的话，我们也不能工作了。您就趁这段时间教我读书吧！"

外面，依旧肆虐着一天没有停止的暴风雨。

三

武藏一看，原来是一本《论语》。据说这也是从寺院拿来的。

"你想学习学问吗？"

"嗯。"

"之前有读过书吗？"

"一点点……"

"谁教的？"

"去世的父亲。"

"学的什么？"

"识字。"

"喜欢吗？"

"喜欢。"

伊织有着强烈的求知欲。

"好吧，我会把我知道的教给你。我也有很多达不到的地方，你可以再寻找一位学问上的老师。"

在暴风雨中，在这间小屋子中，整整一天都回荡着朗朗的读书声和讲解声。即使这时屋顶被掀翻了，师徒二人也会无动于衷。

第二天也是下雨的天气，第三天也是。

雨停后，整个原野成了湖泊。伊织见状，拿出书开心地说，

"先生，今天也继续读书吧？"

"今天先把书放到一边。"

"为什么？"

"看那边——"

武藏指着浊流，

"河里的鱼看不见河。如果太局限于书本的话，就会变成书虫，不再能

看得见活着的文字，社会、生活会被涂上一层灰色——所以，今天让我们无忧无虑地玩一天。"

"——这个样子。"

武藏骨碌一下躺下，枕着胳膊，

"你也躺下吧！"

"我也睡觉吗？"

"坐起来也行，伸长腿也行，随便你。"

"然后我们做什么？"

"说说话吧！"

"好啊！"

伊织趴在地板上，像条鱼一样，双脚发出啪嗒啪嗒的声音，

"说什么？"

武藏想起了自己的少年时代，于是就跟伊织讲起年轻人比较喜欢听的关于战役的故事。

很多是自己曾经听过的《源平盛衰记》之类的故事。讲到源氏没落、平氏进入全盛时期时，伊织也跟着变得忧伤起来。到了遮那王牛若每天夜里在僧正之谷跟随天狗学习剑法、逃出京城的时候，伊织跳起来，重新端坐说，

"我喜欢义经。先生，真的有天狗吗？"

"可能有……应该有吧，在这个世界上——但是，教给牛若剑法的，不是天狗吧？"

"那是谁？"

"是源家的残党。因为是平家的天下，他们无法前行。都躲进了山野中，等待着时机。"

空之卷

"就像我的祖父一样？"

"对对，你的祖父最终一辈子没能遇到合适的机遇。而源家的残党，培养了义经，最终获得了时机。"

"我——先生，我现在在替祖父完成着遗愿……不是吗？"

"嗯、嗯！"

武藏听了伊织这句话，突然搂过伊织的脖子，手脚并用地将他举向天花板，

"要变得优秀哦！"

伊织像个开心的婴孩一样，咯咯地想发笑，

"危险啊，危险啊先生。感觉先生也像僧正之谷的天狗一样——呀，天狗天狗、天狗——"

接着，伊织顺势向前伸出手，捉住了武藏的鼻子，和武藏嬉戏起来。

四

五天过去了,十天过去了,雨依旧没有停的意思。中间有时好不容易以为它快停了,洪水在原野中泛滥,浊流奔腾不退。

在这样的大自然面前,武藏只能静静思索该如何是好。

"先生,能出来了。"

伊织跑到太阳底下,一大早就迫不及待地叫叫嚷嚷。

此时已经过去二十天了。两个人扛着工具,向耕地走去。

可是——

"啊……?"

两个人陷入一片茫然。

辛辛苦苦开垦的一片地方完全被毁了,没留下任何痕迹。上面散布着大的石块和小的沙砾。还出现了几条河流,像嘲笑人的力量一样,很用力地冲刷玩弄着大小石头。

——傻瓜、疯子。

武藏突然想起了当地居民曾经的嘲讽。原来他们知道早晚会变成这个样子。

一时不知如何是好,伊织抬头望了望默然不动的武藏,

"先生,这里不行啊。我们放弃这块地方,再找其他的好土地吧?"

"只要我们把水引到其他地方去,这里就能成为不错的良田。当初选这里,是考虑了它的地理因素的。"

武藏并不同意。

"那要是又下雨了怎么办?"

"下次,就用这些石头,从那边那个小山丘开始,建造一个堤坝。"

"这个不好办啊!"

"这里就是个好的练武场。在这里看到麦穗之前,一步都不要退让呀!"

他们俩将水引到一边,开始建造堤坝,清理石块。这样几十天过后,这里终于出现十坪的田地。

然而,一旦下雨,一夜之间,还会变成原来的河滩。

"不行啊,先生。做徒劳无益的事情,可不是好的战术。"

现在就连伊织都劝武藏。

但是,武藏仍然没有打算去别的地方开垦耕地。

他还是要和雨后的浊流进行斗争。

进入冬天后,大雪经常不期而至。雪融化后,浊流又开始泛滥。到了第二年的一、二月份,两个人的汗水和铁锹还是没能换来一亩良田。

一没有了食物,伊织就去德愿寺去取。寺里的人似乎也有了意见,因为

每次回来，伊织的脸上总是带着不悦。

不仅仅这些，这两三天，武藏似乎也坚持不下去了，将铁锹扔到一边，终日默不作声的样子。再怎么防，浊流似乎都会毁灭耕地。

"对了！"

经过沉思，武藏又悟出了些东西。每当这时，他总会自言自语地低喃：

"一直以来，对于水、土，我都太狂妄自大了。试图像搞政治一样，通过自己的经营策略，指挥水流的运动，开垦土地。"

"——这样是不对的！水有水的性格。土有土的准则——应该尊重这些。去服务于水流，做土地的保护者。"

武藏改变了开垦方法，改变了征服自然的态度，做起了自然的仆人。

到了下次冰雪融化，又有浩大的浊流奔腾而来的时候，他的耕地终于幸免于难。

"这样的道理同样也可用于政治吧？"

武藏望着眼前的成果，不禁联想到。

他同时在旅行记事本上，记下了这样一句话：

"不要违反世间的规则。"

 土匪来

一

长冈佐渡是经常出现在这所寺院中的大施主。他是名将三齐公——丰前小仓的城主细川中兴家的管家。每逢亲属的祭日或公务闲暇之时，他就会拄着拐杖来到寺院。

寺院离江户有七八里远，所以他有时还会住上一宿。他一般只带三名近侍、一名男仆，从他的身份地位来看，算是比较朴素的一个人了。

"师父！"

"是。"

"不要对我有什么特别的招待。虽然我心里非常高兴，但是并不想在寺院里受到什么特殊的奢侈待遇。"

"真过意不去啊！"

"我更喜欢自在随便一些。"

"您请便。"

"请原谅我的无礼。"

佐渡躺下来，白色的鬓发枕在胳膊上。

在江户的藩邸，佐渡没有半刻闲暇，非常忙。每次到这里来，也许只是

为了借参拜寺院，逃避没完没了的事务。洗过澡，喝过乡间佳酿后，他迷迷糊糊地躺下来，听着蛙的叫声，很是惬意。

今晚佐渡也同样留宿寺中，听着远远的蛙鸣。

僧人们悄悄地送来酒水、膳食。随从们靠墙壁坐着，担忧地看着在灯火闪烁中休息的主人，生怕他会感冒。

"啊，真舒服。仿佛要进入涅槃的境地。"

在佐渡换另一只胳膊去枕的时候，侍从不由得提醒说：

"请您注意不要着凉啊！夜风湿气很重。"

"不要管我。经过战场历练的身体，是不会在夜露中打喷嚏的。你们有没有闻到风中的阵阵花香？"

"这个，我们这里没有。"

"一群鼻子不管用的男人……哈哈哈哈哈！"

可能是他的笑声太大了，四周青蛙的叫声猛然停止。

——这时，

"喂，你这个小孩！不要站在那儿偷窥客人住的地方。"

比起佐渡的笑声，从书院那边传来了僧人更大的叫嚷声。

侍从们马上站了起来，四下里看，

"怎么回事？"

看到了一个影子，发出一阵轻微的脚步声响，朝寺院厨房跑去。

一名僧人在不远处低下了头，

"向您道歉了，是当地的一个孤儿，请原谅。"

"他有向这里偷看吗？"

"是的。是一个做马夫的小家伙，住在离这儿大约一里远的法典之原上。他经常说祖父以前是名武士，自己也要在长大前成为一名武士之类的。所以，刚刚应该是被各位的武士打扮吸引，忍不住羡慕地多看了几眼吧。真是抱歉啊！"

睡在房间里的佐渡，听了这话，一下坐了起来，

"外面的高僧。"

"是……是长冈大人吧，吵醒您啦！"

"不是，不是责怪。刚刚那个孩子，是个比较有意思的小家伙。想和他悠闲地聊上几句，给他些糖果带着吧，顺便能不能帮忙把他叫过来？"

二

伊织来到厨房：

"阿姨，没有小米了，所以我来取些。给我装些小米吧？"

伊织吵嚷着打开了能装一斗米的袋子。

"什么啊，你这个家伙。就像过来拿别人欠你的东西一样。"

寺院的婆婆的声音，同样高高地从有些暗的厨房中传出来。

一起在里边洗东西的勤务僧也说道：

"虽然住持看在你可怜的分儿上，同意分些吃的给你，你也不能如此厚脸皮！"

"我厚脸皮吗？"

"乞丐要发出可怜的声音。"

"我不是乞丐。我把父亲的遗物，那个荷包交给这里的和尚了，那里面是有钱的。"

"野地里的一家子，一个做马夫的父亲，能留多少钱给你？"

"不给吗，小米？"

"不管怎么说，你就是个傻瓜。"

"为什么呀？"

"任一个来历不明的、疯疯癫癫的流浪武士呼来喝去的，到最后，就连吃点东西都得你出来找，这是什么事啊？"

"是很麻烦的事啊，对吧？"

"一直挖着那块既不能成水田，又不能成旱田的地，村里的人都在笑话你们呢！"

"随便啦！"

"你也多少受了疯病的影响吧。那个流浪武士以为真有《御伽草子》中的黄金之冢，宁愿落魄而死也要一挖到底吧。你还是个流鼻涕的小屁孩儿，现在也跟着给自己掘坟墓，是不是太早了？"

"真啰唆，到底给不给我小米，快点，到底给不给？"

"不要说小米，说垃圾！"

"垃圾！"

"鬼脸！……什么呀？"

勤务僧更加来劲地揶揄起来，还瞪着眼睛，伸出了脸。

伊织啪一下将湿抹布一样的东西贴在了那张脸上。勤务僧啊的一声尖叫，吓得脸都青了。是他最讨厌的癞蛤蟆。

"你这个铁勺子！"

勤务僧跳了出来，一把捏住伊织的脖子。这时，来叫伊织的僧人到了，传话说在后面留宿的施主——长冈佐渡叫他。

"怎么了，做错什么事了？"

住持听说这件事后，也一脸担忧地走了过来。那名僧人连忙解释说，没事，佐渡大人只是想闲聊几句。

"那就好。"

住持松了一口气的同时，还是觉得隐隐担心，便拉过伊织的手，亲自将他带到了佐渡的面前。

书院的隔壁,已经铺好了寝具。上了年纪的佐渡,非常想在这里躺下,然而他更喜欢孩子。他看到伊织拘谨地坐在了住持的身边,便轻声问道:

"多大了?"

"十三。从今天开始就十三了。"

伊织应着对方。

"想成为武士吗?"

"嗯。"

伊织点了点头。

"那来我家里吧,从打水工做起,到侍仆,最后提升你做武士的年轻随从。"

伊织默默地摇了摇头。佐渡又反复地说:"怎么能这样,你现在这样多不体面,明天我带你回江户。"伊织像勤务僧那样做了一个鬼脸。

"大人,您要是不给我糖果,您可就成了说谎的人了。快点给我吧,我要回去了。"

住持脸都绿了,"啪"的打了一下伊织那只从眼皮子底下伸过去的手。

三

"不要斥责他。"

佐渡责备住持说,

"武士不说谎。现在就给你糖果。"

说罢,便又给身旁的侍从打了个手势。

伊织拿了糖果,揣进怀里。

"为什么不在这儿吃呢?"

佐渡见状问到。

"因为我先生在等我呢!"

"哦……先生?"

佐渡一脸讶异。

伊织没有回答,迅速离开了房间。留下的背影仿佛在说,既然已经没事了,我就要走了。长冈佐渡笑了起来,向寝榻走去。住持再三俯首行礼,也由房间退了出去,追寻着伊织来到寺院厨房。

"没什么事吧?"

"刚刚,伊织背了小米回去了。"

侧耳倾听,在漆黑一片的夜里,不知从什么方向,传来了怪怪的树叶笛的声音——

非常遗憾,伊织不知道什么好歌。马夫唱的调子和树叶的声音又不配。

连盂兰盆节地方上唱跳的转讹的歌都因太过复杂，无法用树叶吹出来。

最后，他只好边将树叶放在嘴边，吐着气，边在脑袋里浮想着神乐伴奏的调子。最后听着自己吹出的奇妙的声音，他忘了路途的遥远。终于快到法典之原了。

"呀？"

唇边的树叶伴着唾液一起飞了出去，赶紧窸窸窣窣地躲进了路旁的草丛中。

分为两股的野外小河，在前方不远处开始汇集，向部落的方向流去。河水上方的土桥上站着三四个膀大腰圆的男人，他们将脸凑到一块，悄悄地说着什么。

伊织一望到他们，心里一惊：

"——啊，来了。"

前年晚秋的事又浮现在脑海。

带着孩子的母亲，总是爱吓唬不听话的孩子说：

"小心把你放进山神的轿子里，抬你上山。"

同样被这句话吓唬着长大的伊织，依旧没有忘记儿时听到这句话时的害怕心情。

很早以前，每隔几年，山神的白木轿子就要在山中神社里出现一次。当地居民得到消息后，会带着积攒下来的五谷，甚至画好了妆的、无比珍爱的女儿，排着队伍去进贡。后来不知从何时起，当人们终于得知，这个山神原来是人装的，也就慢慢不去理会了。

到了战国后，这些装神弄鬼的人见再也骗不来供物了，就待大家有了两三年的粮食物资的积攒的时候，拿起猎猪矛、射熊弓、斧头、短矛等，开始明抢。

前年秋天土匪曾光顾过这一带——那凄惨的光景、曾经年幼时的恐惧，现在——一在看到土桥上人影的同时，都像闪电一样划过。

四

——不多时，

有一个队伍穿过原野向这边挺近。

"喂——"

土桥上的人影朝那群人一声呼叫。

"喂——"

原野那边传来应答声。

这声音被很多人分成好几拨，分批传来，向晚霞尽头传去。

"……？"

伊织屏气睁大了眼睛，从草丛中向外望去。不知何时，已经有四五十名土匪黑压压地聚集在土桥这里了，他们三五成群地聚在一起商议起了什么。最终，似乎是商议好了，也做好了准备。

为首的男人举起手，大叫了一声：

"出发——"

他们便都蝗虫般一溜烟地奔向村庄方向。

"不好！"

伊织从草丛中探出头，看着眼前这幕可怕的场景。

随后，被柔和的晚霞笼罩的、沉睡中的村庄，真真切切地传出了吵闹的鸡鸣声、牛叫声、马啼声、孩子老人的哭喊声。

"对了……去找在德愿寺中留宿的武士们。"

伊织飞奔出了草丛，打算勇敢地沿原路返回，要将这里的情形报告给他们。

谁知这时，从误认为已经没有人了的土桥的阴暗处，传出了一声"哎呀"！

伊织倾尽全力想逃开，但还是不及大人们的腿脚。负责望风的两名土匪抓住了伊织颈后的头发。

"去哪儿啊？"

"什么啊，你这个人？"

——如果此时伊织能哇的一声哭起来就好了。但是他不但哭不出来，反而还勉勉强强地反抗着向上揪着自己的头发的那个强有力的人，引得土匪对他这个小家伙也不得不一阵怀疑。

"这家伙看到我们就跑，不知道是不是去报信！"

"打他一顿，埋到那边的田里去吧？"

"算了，就先把他放这儿。"

于是伊织被踢到了土桥下，跟下来的土匪把他绑在桥墩上。

"好了。"

然后两个人就不再管他，自顾自地上桥去了。

当、当……从寺院那边传来了钟声。寺里的人应该是已经知道土匪来袭的事情了。

村里那边也燃起火光。土桥下的水被染成了红色。到处是婴儿的啼哭和女人的哀叫。

有车辙的声音在伊织的头上响起。四五名土匪驱赶着满载财物的牛车、马匹从桥上通过。

"畜生——"

"想怎么样？"

"把老婆还给我。"

"是不是不想要命了？"

——在土桥上，当地居民和土匪打起来了。传来刺耳的呻吟声、踩踏声，乱作一团。

——这期间，不断地有浸染着红色的尸体被踢下来——落在伊织面前，血水飞溅。

五

尸体渐渐被水流冲走，尚有气息的人则抓住水草，爬上岸来。

被绑在桥墩上，看着这一切的伊织大喊着：

"帮我解开绳子吧。解开了绳子，我就可以与敌人拼命了。"

可是这些受伤的当地居民爬上岸后，就伏在草中一动不动了。

"喂，能不能帮我解开绳子。我可以帮助村里的人。解开我的绳子。"

伊织完全忘了自己尚还弱小的身躯，不顾一切地喊起来，最终变成了对这些失去了战斗力的村民的斥责及命令。

然而依旧是没什么效果，伊织只好放弃对昏倒在地的人的召唤，试图自己解开绳扣，无奈绳扣实在是太紧了。

"喂——"

他稍转了下身子，伸脚踢了下一个负伤的肩膀。

一张沾满了泥和血的脸缓缓抬起——这个村民用迷离的眼神望着伊织的脸。

"快点，帮我解开这个绳子吧，把它解开！"

这个人挣扎着爬了过来，帮伊织解开绳子后就断气了。

"等着吧！"

伊织看了看土桥上，紧咬嘴唇。土匪们将追赶而来的百姓全部杀害了。这会儿，载着掠夺之物的牛车车辙陷进了土桥的一块稍有些腐烂的地方，他们正费尽力气地向外拉着车。

伊织躲在河边的阴暗处，沿着水边，不顾一切地走着，然后渡过浅滩，爬到对岸。

伊织一溜烟地奔驰在原野上，在没有田地、没有人家的法典之原上奔驰了将近半里地。

伊织接近和武藏两个人居住的山丘之上的小屋了。有一个人正站在屋侧张望着——是武藏。

"先生——"

"噢……伊织！"

"您快点去吧！"

"去哪儿？"

"村里。"

"那边的火光是怎么回事？"

"山里的人来袭击了。前年他们也来袭过一次。"

"山里的人，山贼吗？"

"有四五十人呢？"

"那钟声是在通告这件事吗？"

"快点，请救救那些人吧？"

"好嘞！"

武藏返回小屋一趟，旋即奔了出来。他回去整理了下鞋袜。

"先生，跟在我后面吧。我来带路。"

武藏摇了摇头，

"你在小屋里等着。"

"啊，为什么？"

"太危险。"

"没关系的呀！"

"你太碍事。"

"但是，先生您不知道通向村里的近路？"

"那火光就是最好的指引。行了，在小屋里老老实实地等着吧！"

"是。"

没办法，伊织只好点头。欲为正义而战的小小灵魂，失去了用武之地，突然有很落寞的感觉。

村子还在燃烧着。

武藏在被火焰映红了的原野，像鹿一般奔跑着。

征夷

一

善良的父老乡亲被杀，孩子丢失。被驱赶着在原野中前行的女人们，止不住地哭泣。

"吵死了。"

"快走！"

土匪们挥舞着鞭子，抽打着这些女人。

突然，一个人摔倒了。拴在这个人前后的女人也跟着一起摔倒。

土匪抓着绳子，将她们带起来。

"你们这些人，还真是不死心啊。喝稗草粥、耕种贫瘠的土地，瘦得皮包骨头的日子就那么好过吗。还不如跟我们一起，一定让你们知道这世间是多么的多姿多彩。"

"真麻烦。把绳子拴在马上，让马拽着她们吧！"

每匹马的马背上都驮着抢来的、堆积如山的金银财宝和粮食。他们将女人们拴在了其中一匹马上，然后啪啪地打了打马屁股。

女人们忧伤地叫着、哭着，随着马跑起来。很多要摔倒的人，一边拖着蹭到地面的黑发，一边叫道：

"我的手要被拽掉了、我的手——"

哇哈哈哈哈、啊哈哈哈哈，跟在后面的一大堆土匪大笑。

"呀呀，太快了。调节下吧！"

正说着的时候，马和女人都在前边停下了——敲打马屁股的土匪们也没吭声，跟着停了下来。

"哎呀，这次停下来了呀。失策呀！"

后边的土匪哈哈大笑着继续向前移动。突然，嗅觉良好的他们感觉到了血的气息。——咦？笑声戛然而止，他们警觉地瞪起了眼睛。

"谁，谁啊？"

"……"

"谁，谁在那里？"

"……"

他们看到的那个人正坚实地踩着草地慢慢走过来，手里提着白刃大刀，血的气味雾气般地氤氲。

"……呀、呀？"

最前面的土匪不住地向后退，和后面的土匪挤作一团。

武藏则趁机目测了一下土匪人数，大致有十二三人。然后他将目光投向了看起来比较难对付的几个人。

很多土匪拔出了刀等凶器。其中，有一个握着斧头的土匪朝武藏劈来。同时，一个射杀野猪用的矛头，也从旁边瞄准了武藏的侧腹，从低处冲过来。

"不知死活的。"

一个人喊道。

"——你这小子，到底是从哪里来。居然敢找我们的事？"

这时，

"……哇啊！"

手持斧头的右侧的男人发出了像咬到舌头了一样的声音，从武藏前边跟跟跄跄地跌过。

"不知道吗？"

在一片血气中，武藏抽回了刀。

"我们是保护良民土地的守护神使者！"

"适可而止吧！"

武藏又将夺来的射猪矛一丢，挥舞着大刀冲向匪群。

二

土匪们原本就对自己的力量非常有自信，这会儿见武藏是一个人，就更加狂妄了。武藏拼了全力地与这群匪徒进行殊死搏斗。

土匪们最终出乎意料地望着自己的很多同伙，被这样的一个人打得落花流水，死的死伤的伤，开始错乱。

——怎么会这样？

——看我的。

抱着这样的自命不凡的心理向前冲的土匪，最终都变成了一具具并不雅观的死尸，曝尸荒野。

通过与土匪们的初次交锋，武藏也大体掌握了对手的实力。

对于武藏来说，棘手的不是土匪数量多，而是他们是一团团结起来的力量。以少胜多的剑法虽不是武藏拿手的，但是他喜欢这种搏斗。因为在与一群人的搏斗中，能够学到一对一时所无法体会到的东西。

话说——武藏首先杀的是在前方赶马的一名土匪，从那时起，武藏的武器就一直都是从土匪那里抢来的大刀，而不是自己的大小腰刀。

这倒不是因为武藏抱着多清高的想法，比如怕这些土匪玷污了自己的灵魂之刀之类的。而是出于爱护武器的考虑。

土匪们的凶器很杂乱。说不定什么东西就会碰坏刀刃或导致刀的折断。另外，在最后的关键时刻，因为身边没有护身武器而陷入失败境地的例子有很多。

因此，不论任何情况，他都不会轻易地亮出自己的武器，而是以敌人的武器克制敌人。同时，在不知不觉间，他也练就了一身速战速决的本领。

"行，你等着！"

土匪们开始逃跑。

原本十几人的土匪，这会儿剩下了五六个，他们朝村子跑去。

在村子里，应该还有很多同伙在强抢掠夺。因此他们朝那边跑，肯定是想和其他的土匪纠合在一起，卷土重来。

武藏暂且先喘了口气。

然后释放那些被拴着的、倒在原野上的女人。并让她们之中还能站起来的人照顾站不起来的人。

她们已经连道谢的话都说不出了，只是像哑巴一样仰望着武藏，相继伏地哭泣。

"已经没事了，放心吧！"

武藏安慰道,

"村子里边还有你们的父母、孩子、丈夫吧?"

"嗯。"

她们点着头。

"我还要去救他们。只有你们得救,他们都遭遇不幸的话,你们也不会幸福吧?"

"是。"

"你们是拥有保护自己、救助他人的力量的。只是因为你们既不知道如何运用这种力量,又不知道相互团结,才会被土匪摆布。我也会帮忙的,你们快拿起剑。"

说罢,武藏将土匪散落在地上的武器捡起,交到她们手上。

"你们跟我来。按我说的做,从火焰和土匪的手里,将家人救出。守护神会保佑大家的。没什么可怕的。"

女人们听了他的话,跟着他一起走过土桥,向村子的方向赶去。

三

村子依旧在燃烧着。但是因为住户比较分散,所以火焰只是停留在部分区域,并没有蔓延。

道路被火光映得通红,人影投在地上,像剪纸画一样。武藏带领女人们逐渐接近村落,

"哦?"

"是你们吗?"

"是你们在那边吗?"

躲在阴暗处的村民看到他们,逐渐走出来聚在一起,不一会儿就聚了十几个人。

女人们一见到自己的父母、兄弟、孩子,就立刻奔上前去和他们抱在一起,号啕大哭。

然后她们指向武藏,

"我们是被那个人……"

她们的获救经历被用带有严重乡音的语言讲述了出来——虽然乡音严重,却掩饰不住其中的欢喜。

这些村民望着武藏,眼里闪现出异样的目光。因为他就是法典之原上的那位疯癫的流浪武士,是曾被自己嘲笑谩骂的那个人。

武藏对眼前的男人们说了刚刚对女人们说过的同样的话。

"大家,拿起武器——身边有的,短棒、竹片等。"

没有一个人违抗。

"袭击村子的土匪,一共有几十人?"

"五十人左右。"

不知是谁回答了一声。

"村里有几户人家呢？"

原来村里总共有七十余户人家，而且还都是大家族的形式。一户至少有十名以上的家庭成员。这样的话，这个村里的人应该总共有七八百人。即使除去幼儿和老人、病人，也还有男女壮年五百名以上。现在却被只有五六十人的土匪，夺去了粮食、年轻女人、家畜等。武藏难以置信即使遭受侵略"也没办法反抗"的理由。

之所以造成现在这种局面，有为政者的不周全，也有自身没有自治力和武力等原因。

如果了解武力的本质的话，就会知道，武力并不是那么可怕的东西，它其实是为了和平而存在的。

这个村里的人，如果不用和平的武力武装自己的话，就永远逃不掉这种悲惨的命运。武藏意识到，今晚的真正目标不应该是讨伐土匪，而是要让村里的村民拥有自己应有的力量。

"法典之原的武士。刚才逃跑的土匪，叫了很多其他同伴，现在正向这边赶来。"

远处跑来的一个村民向武藏和其他乡亲招着手，紧急汇报道。

这些村民，脑子里已经根深蒂固地形成了山中土匪很可怕的印象，因此他们即使拿起了武器，也还是沉不住气，总想逃跑。

"是吗？"

武藏一边给他们以安慰，一边发出了命令。

"藏到路的两边。"

大家争先恐后地躲到了树后、田地里。

只剩武藏一个人在外面。

"一会儿我一个人迎战土匪。随后我会假意逃跑。"

武藏朝他们藏身的地方，左右望了望。自言自语般地说道。

"——但是，这时，你们先不要出来。因为追我的土匪，最后肯定会掉头，零零散散地逃回这里。到那时，你们再'哇'的一声大喊，出其不意地从旁边冲出来，挥腿扫去，正面攻击——然后再藏起来、进行攻击，藏起来、进行攻击。反复这样，直到将他们彻底打垮。"

正说着的时候，一群土匪已经像魔军一样杀来了。

四

从他们的装束等状况来看，就像原始时代的军队一样。在他们的眼中，既没有德川时代，也没有丰臣时代，山野是他们自由自在的世界，乡村是满足他们各种饥饿的场所。

"啊，等下——"

前头的一个人停住脚步，拦住了同伴。

大概二十来个人，提着并不多见的大钺、生锈的长枪，红色的火光在这群黑压压站成一片的人的身后熠熠生辉。

"在那边吗？"

"是不是那个？"

其中的一个人，定睛一看，指着武藏的背影说，

"噢——是那个人。"

武藏与他们隔了大概十步远的距离，站在前面堵住了整条路。

看到武藏站在那里，对他们这种浩大的声势无动于衷的样子，这群土匪不禁怀疑起自己的威风是不是表现得还不够到位，停在那里表现出各种不可思议。

（哎呀，这个家伙——）

——但是，这种静止的状态仅仅维持了一小会儿，有两三名土匪开始蠢蠢欲动，向前几步对着武藏喊道：

"是你吗？"

武藏睁大眼睛盯着靠近的土匪。就像被武藏的眼睛给束缚住了一样，土匪也紧紧地瞪过去。

"是你吗，来给我们捣乱的家伙是你吗？"

武藏一句话答道：

"是的！"

他同时挥起垂着的剑，向这些土匪迎面杀去。

哇的一声轰响后，就再分不清谁是谁了。一群人像被卷在小旋风中的羽蚁一般，混战就这样开始了。

这条路，一边是水田，一边是种着树木的堤。这样的地形对土匪来讲是不利的，但是便于武藏进退自由。这些没有受过相关训练的土匪，拿的武器也是杂乱无章的——跟一乘寺本殿西侧古松旁的决战比起——这场战争完全不足以让武藏有生死之战的感觉。

可能也是因为他在时刻想着怎样找机会撤退。与吉冈门下那群人打斗的时候，没有过一点"后退"的想法。现在是不打算与他们不分胜负地打下去的，只想用兵法上的"策略"引他们上钩。

"啊，这家伙——"

"想逃跑——"

"不要跑——"

土匪们锲而不舍地向逃跑的武藏追赶而去——不一会儿就被武藏带到了原野的一端。

空之卷

这儿不比刚刚那条相对狭窄的路，宽阔的原野看起来会使武藏陷入劣势。武藏向那边逃、这边跑，诱使原本聚集成堆的土匪分散了不少。突然，武藏变成了攻势。

"咔……"

一下！

又一下！

武藏的身影在不断飞溅的鲜血中穿梭。

也许将此时的情形形容成像砍竹竿一样也并不夸张。被砍伤的人，大部分都很狼狈地丧失了神智。砍人的人，像进入了无我之境一样，反复地进行着砍杀的动作。土匪们顾不得形象，蜂拥朝原路逃回。

五

"来了——"

"来了哦——"

在道路两旁阴暗处隐藏的村民，确认土匪逃来的足音已到附近后，

哇的一声蜂拥而起，

"妈的！"

"畜生！"

村民们挥舞着竹矛、棒子等武器，冲杀上去。

随后，当有"快隐藏——"的命令时，

村民们又伏下身子，等待后面两两三三的土匪过来后，再发动下一次的进攻。

"浑蛋！"

像治退蝗虫一样，大家集众人之力，将土匪一个一个地打倒。

村民们看着这些成为战利品的土匪尸体，瞬时变得更加精神抖擞、斗志昂扬，意识到原来自己拥有着意想不到的力量。

"又来了！"

"一个人！"

"来吧！"

这些村民马上聚成一团，做好迎战准备。

这次跑来的是武藏。

"哦，不对不对。是法典之原的那个流浪武士。"

他们就像迎接主将的士兵一样，退到道路两边，凝视着武藏那泛着朱红色的身影和手里的那把血刀。

血刀的刀刃已经破损成锯齿状。武藏将这把刀扔掉，捡起了落在身旁的一把土匪的矛。

"你们也将这些尸体手中的刀或矛，用作自己的武器吧！"

年轻人听到武藏这样说，争先恐后地拾起武器。

"好了，之后就看你们的了。你们一定要团结起来，将土匪赶走，夺回自己的家园和家人。"

武藏一边鼓励着他们，一边身先士卒冲向村子的方向。

已经没有一个村民显露出胆怯了。

就连女人、老人和孩子都在年轻人之后拾起了武器，跟上武藏。

进入村子后，发现比较大的农家都已经被烧了。村民、武藏、树木、道路都被映成了红色。

燃烧着房子的火似乎已经蔓延到竹林了，青竹的爆裂声，啪啪地夹杂在火焰中，凄厉而清脆。

不知从哪里传来了婴儿的啼哭声。因大火而发狂的牛也在牛棚中惨叫着——可是，在不断散落的烟灰中，并没有发现土匪的影子。

武藏突然想到了什么——

"是哪里飘散着酒香？"

村民们都沉浸在这漫天烟雾的哀痛中，没有感觉到什么酒的味道。经武藏这样一说，才反应过来。

"只有村长家用酒瓮储存了很多的酒。"

武藏推测土匪一定是聚集在了那里，跟大伙儿讲了自己的策略。

"跟我来——"

这次的目标是村长家。

此时从四面八方返回村子里的人已经有上百人。躲进地板下、草丛中的人也都陆续出来了。团结演化成强大。

"那是村长家。"

这些村民远远地指着那所被所谓土墙围起来的住宅。这所住宅在这个村里算是大型的了。

走进这个村长家，就像喷出了酒之泉一样，酒香扑鼻。

六

村民们在附近躲了起来，武藏则越过土墙，翻进了这个被土匪作为根据地的农家。

土匪的首领和主要人员在这间土屋里，醉醺醺地搂着女人饮酒作乐。

"不要慌——"

土匪首领似乎正在发着脾气。

"只是出来一个多余的人，没必要我们出手，你们把他给收拾了。"

说着类似这样的话，将那个来报信的手下骂得狗血喷头。

——这时，那个首领突然感觉到外面有什么异样的声音。撕着烤好的鸡肉，仰头饮酒的其他土匪也都僵住了。

"呀，怎么回事？"

他们的手无意识地摸向武器。

一瞬间，他们的心里一片空洞，只顾注视着传来惨叫的门口。

武藏这时马上跑向房间的侧面，找到正房的窗口后，以矛柄为指点，翻身从窗口跃入屋内，正好落在首领的身后。

"是你吗，土匪首领？"

首领循声向后望去的时候，武藏的矛已经刺穿了他的胸口。

这个狰狞的男人，哇的一声大叫，血汨汨地从胸口涌出。武藏轻轻一松手，这个人便带着矛一起跌倒在地。

此时武藏的另一只手中已经握了一把从刚刚冲上来的土匪手中夺来的刀。紧接着，一个土匪被砍伤、一个土匪被刺死。土匪们见状就像马蜂出巢般，忙不迭地向土屋外面跑。

武藏将刀掷向这群人，紧接着又将那把矛从死尸的胸口拔出。

"别跑——"

武藏就像无法攻破的铜墙铁壁般——横握着矛向外冲去。然后如同竹竿打水般，搅开了土匪群。外面的宽阔为矛的自由运用提供了良好的空间。武藏用力抡着矛，橡木矛柄都微微弯曲了。忽而将匪群冲散，忽而从上向下劈下来。

抵挡不过的土匪们向土墙门口逃去。因为外面守着武装好了的村民，刚跨出门口的土匪，就又遭受到了另一番攻击。

结果，很大一部分土匪被村民杀死。即使有逃走的土匪，也几乎都肢体不全了。村里的人，无论老少、男女生来第一次高呼起了凯歌，旋即和孩子、妻子、父母抱成了一团，喜极而泣。

这时，不知是谁在后面说了句，

"怕是随后会有场可怕的报复。"

村民们因这句话，立刻沉寂。

"他们已经不会再来这个村子了。"

武藏说道。听武藏这么一说，他们终于又恢复了安心的样子。

"但是，你们也不要从此变得狂妄自大。你们的职责不在拿起武器，而是铁锹。如果误以为从此可以滥用武力的话，会有比土匪更可怕的天谴降临的。"

<h2 style="text-align:center">七</h2>

"看清情形了吗？"

住在德愿寺的长冈佐渡一直没能入睡。

从原野、泥沼的另一端也能很容易地看到村里的大火。现在火焰看似已经被扑灭了。

两个家臣说:
"嗯,看清了。"
"土匪已经逃跑了吗,村里的受害情况怎么样?"
"我们赶到时,村里的人已经亲手杀死了大半的土匪,其他的土匪都跑散了。"
"真的吗?"

佐渡一副讶异的神情。如果真是这样的话,也许可以考虑主人细川家的领土民治一事了。

不管怎么说,今天已经晚了。

佐渡走到床榻前。想到明天一早就要动身回江户了,说道:
"我想去那个村子转转。"

说着,又向马厩走去。

德愿寺的一名僧人跟上来负责带路。

到了村子里,佐渡回头望着两名侍者,不可思议地问:
"你们昨晚到底看清楚没有。这些路上躺着的土匪真的是百姓杀死的吗?"

村里的人没有睡觉,他们在收拾烧毁的房屋和尸体。一看到骑马而来的佐渡,都赶紧纷纷地躲进屋里。

"啊,这应该是有什么误会。谁找一个能讲明白话的村民出来?"

于是德愿寺的僧人,不知从什么地方带过来一个人。佐渡这才弄明白昨夜发生的事情的真相。

"是这样啊!"

佐渡点着头。

"那么那个流浪武士,叫什么名字?"

不管佐渡怎么问,跟前村民都答不上来,说是没有问过他的名字。不得已,僧人只好去别处询问。

"听说是叫宫本武藏!"

"什么,武藏?"

佐渡想起了昨晚那个孩子。

"那么,就是那个孩子口中的老师了?"

"平时,这个武士会领着那个孩子开垦法典之原的荒地,做一些百姓做的事情,真是个奇怪的武士!"

"想见见那个男人。"

佐渡嘟囔道。突然想起藩邸还有要紧事,

"下次再来。"

说着策马而去。

到了村长家的门口，佐渡被一块告示牌吸引驻足。这块崭新的告示牌上的墨迹还没有干透，上面写着：

村里人应该时刻铭记的事
铁锹也是剑
剑也是铁锹
耕种土地的时候，不要忘记战斗
战斗的时候，不要忘记土地
二者要合二为一
不要违背常理，走错路

"哦……是谁写的这块牌子？"
村长应声出来，伏地而答：
"是武藏大人。"
"你们能明白吗，这些字中的道理？"
"今天早晨，将村里的人召集在一起，请武藏大人为我们进行了讲解，已经差不多明白了。"
"小师父。"
佐渡扭过头，
"可以回去了。辛苦了。非常遗憾，这次来去匆匆。还会再来的，告辞！"
说罢，佐渡继续向前奔驰而去。

卯月之时

一

主君细川三齐公一直在丰前小仓的本地，没有在江户的藩邸待过。

在江户有长子忠利和辅佐的老臣，细川三齐公也无须操心许多。

忠利才智过人。年纪虽还不到二十，却即使身处在以新将军秀忠为首的移居新城的枭雄和豪杰大名中，也不会给父亲细川三齐公丢脸。他的年少气盛、对时代的洞察力，远远胜出那些从从战国时代走来的、整天夸耀自己本事的徒有胆量的老大名。

这会儿书房和马场上都不见忠利的影子。

藩邸的占地很广阔，庭院等还没有完全修整。有一部分还保持着原来的树林的样子，一部分被建成了跑马场。

"少主正在那里玩吗？"

佐渡在从马场返回的路上，向一名路过的年轻侍卫问道。

"在练箭场。"

"哦，在摆弄弓箭啊！"

穿过林荫小径，朝练箭场走去的时候，已经可以清晰地听见，嗖的一声，箭飞射而出的声音。

"喂，佐渡大人——"

一个人叫道。

叫住佐渡的是同藩的岩间角兵卫。他是一个很有手腕的实干家。

"您去哪里？"

角兵卫走过来。

"去找少主。"

"少主现在正在练习弓箭。"

"有些要紧的事，即使在练箭场，也需要汇报一下。"

角兵卫正要通过佐渡身旁时，突然又说，

"佐渡大人要是没什么紧急的事，有点事想商量一下。"

"什么事？"

"我们就找个地方说一下。"

说罢，环看了一下四周，

"去那边吧！"

角兵卫将佐渡请进了树林中的一个侍从休息茶室内。

"不是别的，就是在您和少主谈起什么的时候，想请您借机推举一个人。"

"是想在这一家当差的人吗？"

"我知道有很多到佐渡大人您的府上请您推举的人。但是这次这个人和您府上的那些人是不太一样的，"

"哦……少主也在谋求人才。但是都是些只想混个工作的人啊！"

"论资质，这个人和其他人是不太一样的。事实上，他和我家里还多少有些亲戚关系。从岩国来我家里已经两年了，应该是藩内所需要的人才。"

"如果是岩国的话，曾是吉川家的武士吗？"

"不是，是岩国乡间的一个孩子，名叫佐佐木小次郎，虽然还年轻，但是曾跟随钟卷自齐学习过富田流刀法。在神速拔剑法方面，还得到过吉川家的食客片山伯耆守久安的真传。而且，他并没有满足于此，自创了岩流流派。"

角兵卫竭力向佐渡推荐这个人。

不管是谁推荐任何人，都会这样费尽唇舌。佐渡并没有多热心去听。他反而想起了另外一位因为自己公务繁忙而拖了一年有余、最终忘记推举了的人。

这位就是开垦葛饰法典之原的宫本武藏。

二

武藏这个名字，从那件事以后，就一直深刻在他的心里。

（如果武藏那样的人能供职于这里就好了。）

佐渡在心里暗自琢磨。

他曾想再去法典之原一趟，进一步仔细了解一下这个人，然后推举给细川家的。

现在——回想起来，自那次从德愿寺返回的那一夜起，到现在已经不知不觉一年有余了。

因公务繁忙，一直没能有机会再去德愿寺参拜。

"怎么样？"

在佐渡想起武藏时，岩间角兵卫再次将自己府上的佐佐木小次郎的履历和为人强调了一下，满怀期待地希望佐渡能助他一臂之力。

"您见到少主后，拜托，给推荐一下吧！"

反复拜托后，岩间角兵卫转身离去。

"好的，知道了。"

佐渡回答道。

但是此时比起角兵卫提起的小次郎，佐渡的心里还是更放不下武藏。

到了练箭场后，少主忠利正在和家臣饶有兴致地拉弓射箭。忠利射出的箭，每一根都能很精准地射到靶心，连出箭的声音都彰显着气势。

他的侍从有时会劝谏说，

"当今战场上，最常用的武器是枪、矛、大刀、弓箭等是要被淘汰的。若要将弓箭作为武士的装饰，也只需要知道射法就行了。"

忠利每当此时就会反问：

"我射箭，是以心为靶的。你看我像是为了在战场上，射击十或二十个武士而练习的吗？"

细川家的臣子们闻之心服口服，他们虽然对三齐公大人的佩服是没话说的，但是没有一个人是因为三齐公的缘故而侍奉忠利的。忠利身边的近侍都是真心将忠利当作明君来看待的，无关于三齐公是否了不起。

——这虽然是后话了，但是这件事能证明藩臣们到底有多敬畏忠利。

后来细川家被从丰前小仓移封至熊本时发生了一件事——在入城仪式上，新城主忠利穿着简便朝服，在熊本城的正大门处走出轿舆，于粗席之上向熊本城参拜——这时，忠利的冠冕绳带碰到了城门的门槛上。从此以后，忠利家的家臣、侍从通过这个门的时候，便不会从正中间跨过去。

这足可见，当时一国的国守对于"城"抱有多么严肃的态度，家臣对"主"是多么的尊崇。从壮年时代开始，忠利就有如此气概，向这样的君主推荐家臣，是不能粗心大意的。

长冈佐渡来到练箭场，看到忠利后，开始为自己刚刚和岩间角兵卫分别时，草率答应的那句"好的，知道了"而感到后悔。

三

站在年轻侍从当中，因比赛射箭而汗流浃背的细川忠利，依旧是一副与周围侍从无二的不拘小节的样子。

这会儿，忠利正和侍臣们说笑着走进练箭场的休息室，擦拭着汗水。一抬头发现了老臣佐渡，便玩闹地邀请道：

"老爷爷，要不要也试着射一下。"

"不了，你们太孩子气。"

佐渡也开玩笑道。

"什么啊，到底什么时候才不把我们看作孩童？"

"我的射箭水平，不论是在山崎合战、还是在控制韭山城的时候，都受到了您父亲大人的赞许，得到了公认。现在是不会在一群孩子中寻求安慰的。"

"哈哈哈哈，又开始了，佐渡大人的自吹自擂。"

侍臣们笑了起来。

忠利也一阵苦笑。

顿了顿，

"有什么事情吗？"

忠利恢复了认真的表情。

佐渡稍讲了一些公务上的事情，然后问道：

"岩间角兵卫好像是想推荐什么人，您听说了吗？"

忠利摇了摇头说没有，随即马上想起了什么，

"对，对。是一个叫佐佐木小次郎的人，他提过几次，但是我一直还没见到这个人。"

"那要不要召见一下呢，诸家都在高薪求贤？"

"不知道那个人是不是真的像他说的那样。"

"是啊，要不先召见一下看看？"

"佐渡。"

"是。"

"角兵卫又拜托你来说了吗？"

忠利苦笑。

佐渡也深知这位年轻主人的英明敏锐。自己再怎么多嘴，也不会影响他的判断的。所以只是笑着说，

"您的意思是……"

空之卷

忠利将弓拿在手上，一边从侍臣手中接过弓箭，一边说道，

"角兵卫推举的人我想看看，同时，我也想找时间见见你所提到的，那场夜间事件的主角武藏。"

"少主您还记着呢？"

"我是记着呢，你是不是都给忘了？"

"没有，因为在那之后我一直没能找到再去德愿寺参拜的时机。"

"为了得到一名人才，即使再忙也应该抽出时间去看看。等做完其他事情再说这样的想法，可不像爷爷你的想法呀！"

"实在抱歉，但是，各方来投奔的人非常多，前来举荐的人也很多，少主您已经应接不暇了。我也就在给您讲过这件事情之后，不知不觉得有了些怠慢。"

"别人的眼光我不清楚，但是爷爷你的眼光我是相信的。你举荐的人，我非常期待。"

佐渡诚惶诚恐地从藩邸回到自己的府内后，立即备马，只带上一名侍从，就向葛饰的法典之原出发了。

四

今天晚上不能停留。应该马上直奔目的地。因为心里十分着急办这件事，长冈佐渡绕过了德愿寺。

"源三。"

听到叫他的名字，这名侍从回头望去。

"这附近就是法典之原了吧？"

侍从佐藤源三答道：

"我觉得应该是了吧——不过这里还能看到青翠的农田，正在开垦的地方，应该还在原野稍微靠里的地方吧？"

这里已经离德愿寺很远了——如果再往里走的话，就接近常陆路了。

快接近黄昏了——农田上面的白鹭像粉末一样飘散着、飞舞着。在河滩的边缘、丘陵的背面，到处种着大麻、麦子。

"啊，老爷！"

"怎么了？"

"那里聚集着很多农夫。"

"……噢……果然。"

"我去问一下怎么回事吧？"

"等下——看他们在轮流叩头，应该是在拜着什么呢吧？"

源三下来牵着马的缰绳，一边试探着浅滩的深浅，一边引导着主人的马向前走。

"喂，百姓们。"

听到叫声后,他们吃惊地向这边望了一眼,原本聚作一堆的状态也被破坏了。

前边有一个临时搭建的小屋。小屋的旁边是像鸟的巢一样的一个佛堂,他们刚刚就在参拜这个佛堂。

大概五十名左右结束了一天辛苦劳作的农民,拿着清洗过的工具,打算参拜完后便回家。这会儿见到有旁人过来了,吵吵嚷嚷议论纷纷起来。有一名僧人从人群中站了出来:

"您好,您好,我还在想是哪位大人来了呢。这不是长冈佐渡施主吗?"

"哦,你是去年春天,村里遭遇骚乱时,为我做向导的德愿寺的僧人吧?"

"是的,今天您也是来参拜的吗?"

"不是不是,只是突然想起来一件要紧的事,赶紧赶了过来。要是参拜的话,之前不是都会直奔寺里的吗?想打听一下,当时在这里进行开垦的那个流浪武士武藏和小孩儿伊织,现在还在吗?"

"武藏大人,现在已经不在这里了。"

"什么,不在了?"

"是的,大概半个月前,不知道去哪里了。"

"怎么回事,是因为什么事情离开的吗?"

"不是……只是,那一天,因为之前一直发大水的荒地终于变成了青青良田,乡亲们高兴,都来祭祀——之后没想到,第二天早晨,武藏和伊织就离开这间小屋了。"

这名僧人至今还是不敢相信武藏已经离开了——他跟佐渡讲起了详细情况。

五

自那以后。

惩戒了土匪,稳固了村里的治安,每个人的生活回归了平和,村里没有一个人再直呼武藏的姓名。

——法典之原的流浪武士,

或

——武藏大人。

之前一直将武藏当作疯子、经常说他坏话的人,也来到他的开垦小屋里,

(让我也来帮您吧!)

这些人的态度发生了很大变化。

武藏对谁都一视同仁,

（想来这里帮忙的人就来帮一下。想过富裕生活的人也尽管过来。只自己吃独食的人等同于鸟兽。至少，也要为子孙们留下一些劳动成果。）

这样一说，大家马上都积极响应。

每天都会有四五十名能空出时间的人聚集在他开垦的田上。农闲时期，甚至能来上百人。大家齐心协力，开拓荒地。

最终，去年的秋天，制止了长久以来一直存在的水患。然后，冬天开垦了土地，春天播撒种子、引水灌溉。到初夏的时候，虽然数量不多，但是新田地也算是绿油油一片了，稻子随风沙沙作响，麦子长了一尺来高。

土匪也不来了。村里的人辛勤耕耘。年轻人的父母、妻子将武藏当作神来崇拜，会及时将糕点或新鲜蔬菜送到武藏的小屋里来。

（来年，旱田、水田的产量都会成倍增长的。在下一年会长三倍的。）

村民们在对讨伐土匪和维持村里治安抱有信心的同时，对于荒地的开垦也开始抱有极大的信心。

出于感谢之情，村民们休假一天，带上酒壶来到小屋，团团围住武藏和伊织，配合乡村神乐的鼓点和笛声，举行了一场青田祭祀。

这时，武藏说：

"不是我的力量，是大家的力量使这里有了现在的收获。我只是调动了大家的力量而已。"

然后，他又对碰巧遇到这场祭祀的德愿寺僧人说道，

"像我这样的一介漂泊武士，大家如此信任依赖我，使我很不安——为永保信念，还是把它作为心灵的依托比较好。"

说着，武藏从包裹里掏出一座木雕的观音像，交给了僧人。

第二天一早——武藏就已经不在小屋里了。他带着伊织不辞而别。应该是在黎明前走的，连旅行包裹都没有打。

"武藏大人不在了！"

"不知去哪里了！"

村民们像与慈父失散了般，当天，不再有心情干活儿，他们谈论着武藏，陷入一片惋惜之中。

德愿寺的那名僧人，想起了武藏的话：

"我们不能这样停滞不前。不要让田地荒废，要想办法继续增加产量。"

武藏对大家进行了一番鼓励，然后，在小屋的旁边搭建一间小佛堂，并将观音像放进去供奉。村民们自发地每天早晚在工作开始前和工作结束后去那里参拜，就像去跟武藏打招呼一样。

——僧人的话说完了。长冈佐渡怀着无限的悔意：

"……啊，已经迟了。"

卯月之夜，草间雾霭使夜色更加朦胧不清。佐渡徒劳地掉转马头，反复

小声自语，

"可惜了……这种怠慢，也是一种不忠……迟了、迟了。"

 入府城

一

"两国"这个地名是在桥建好后得来的。当时那里还没有两国桥。

从下总通过来的路、从奥州街道分岔过来的路，都汇集到了随后被架起了桥的这个地方，这里是一条大河。

渡口处有一个可以被认作关卡的城门。

城门附近，江户城奉行制度实行以后，青山常陆介忠成的手下不断地叫道：

"等下。"

"好的。"

就这样，他们认真地检查着每位通行者。

"江户的神经也敏感起来了。"武藏暗想。

三年前，从中山道来到江户，然后马上出发去奥羽的时候，这个城市还没有如此严格的关卡。

为什么突然变得如此严格？

武藏带着伊织，在城门口按次序排好队后，琢磨着。

当城市变得更像城市的时候，人口肯定也会增多。善恶众相相生，就需要制度。当然，那些钻了制度空子的人也可以很活跃。同时在打造祈求繁荣昌盛的文化之时，文化的下面，那粗俗的生活或欲望也在满沾着血迹、啃噬着地面。

——有这方面的原因。

还有就是，这里变成德川将军所在地的同时，对大阪方面的警戒也日益加强了吧——不管怎么说，即使隔着大河看，也可以看得出来，江户的房屋比武藏之前来的时候多了，绿色明显减少了，给人一种恍如隔世的感觉。

"这位流浪武士——"

武藏听到叫自己的时候，已经有两名穿着革裙裤的城门差人将武藏的背部、腰部——整个身体摸了个遍。

另外一名差人则在旁边，严肃认真地盯着武藏问问题。

"为了什么事到这里来？"

武藏马上回答道：

"我是没有什么目的地的游学者。"

"没有目的？"

差人继续盘问，

"不是有游学这个目的吗？"

"……"

看到武藏苦笑，差人也不留余地地接着问道，

"出生地是哪里？"

"美作吉野乡宫本村。"

"主家？"

"没有。"

"这样的话，路费之类的费用是谁给你出啊？"

"在所到之处，施展一下业余的一点爱好，比如说雕刻、画画等，另外还会到寺院里停留，教人一些舞大刀的本领等。是靠大家的帮助旅行的……在不得已的时候，还会睡在石头上，吃草根、树的果实来填饱肚子。"

"那么，从哪里过来的？"

"在陆奥待了半年后，在下总的法典之原上，通过做一些平常百姓的劳作，又待了两年。后来觉得也不能总是摆弄土地，就又到这儿来了。"

"跟你一起的这个小孩儿呢？"

"在法典之原捡的一个孤儿——叫伊织，十四岁了。"

"在江户有住的地方吗？没有住的地方的人，没有亲朋的人，一律不准入内。"

因为这种没完没了的盘问，后面已经聚集了很多过路人了。老实回答的话，不仅显得很傻，还会给别人带来麻烦。于是，武藏回答道，

"有。"

"哪里的，谁？"

"柳生但马守宗矩。"

二

"什么，找柳生大人？"

差人露出了些许胆怯的神色，不再出声。

武藏见状觉得有些奇怪，因为柳生家应该是一个比较有亲和力的地方。

虽然以前没有见过大和的柳生石舟斋，但是通过泽庵，双方也算是互相了解了。如果有人问起柳生家知不知道武藏这个人，柳生家不会回答（不知道有那样一个人）。

说不定，泽庵也来江户了。本来一直想见石舟斋，但是一直未能如愿，也没能有机会和他比试刀法。这次，很想见一下直接得到了柳生流的真传，担任秀忠将军指导教师的但马守宗矩，和他切磋一下。

也许是因为平日里一直有这样的期盼——所以当城门差人询问的时候，

想也没想,就像是要从这儿直接奔那里去一样,报出了柳生大人。

"啊,是去柳生家的啊……刚刚失礼了。因为最近有可疑的武士潜入了柳生大人府内,所以见您是位武士,就多加盘问了一下——这也是上司的严令啊。"

差人的态度、语气都变了一个样,随后的盘问也成了一个形式。

"请您通过。"

说罢,甚至一直送到了城门口。

伊织从后面跟了上来。

"先生,为什么只对武士那么严格?"

"因为武士具备做敌方间谍的条件吧?"

"那么,如果是怕间谍的话,怎么还让流浪武士通过。那个差人脑子不太好吧?"

"他能听见啊!"

"刚刚渡船开走了。"

"听说等船的时候,可以顺便眺望富士山——伊织,看,真的能看见富士山。"

"富士山又不是什么新鲜的景色,在法典之原也是随时能看到的。"

"今天的富士山是不同的。"

"为什么?"

"富士山没有一天是以同一个姿态示人的。"

"一样的。"

"是根据时间、天气、看的地点、春天或秋天——还有观赏者的心情不同而不同的。"

"……"

伊织捡起河滩的石头,打了个水漂儿。然后轻轻地跳了过来。

"先生,我们这就要去柳生大人的府上吗?"

"嗯,去不去呢?"

"刚刚在那儿,不是这样说的吗?"

"是想去一趟……但是因为他是位大名。"

"将军家的指导教师。真是了不起呀?"

"嗯——"

"我长大以后也要像柳生大人一样。"

"不要现在就开始抱有一个如此小的愿望。"

"嗯……为什么?"

"看富士山。"

"我可不能变成富士山呀!"

"与其现在就急着说我想变成这样，想变成那样，还不如默默地将自己锤炼成一个不媚俗、被世间所敬仰的人，并像富士山那样不会被轻易动摇。这样，自己的价值也就自然而然地体现出来了。"

"渡船来了。"

小孩子有着不想慢于别人的本性。一看到渡船，伊织便自顾自地冲到最前面，登上了船。

三

沿途可以看到宽阔的地方，也可以看到狭窄的地方。河中既有洲，也有水流湍急的浅滩。不管怎么说，隅田川洋溢着自由的气息。同时，由于两国现在是临海的海湾，浪高的时候，浊流会浸没两岸，导致这条河看起来比平常大两倍。

船桨嘎啦嘎啦地划着河底的砂石。

若是天空晴朗，河水也会变得极其清澈，甚至可以站在船舷上看到鱼的影子，还有河底石缝中隐隐露出的有些生红锈的铠甲。

"怎么样，从此天下就会太平了吧？"

不经意间传来了渡船内其他人的谈话。

"估计不会吧？"

一个人说。

这个人的同伴也跟着搭腔。

"不管怎么说，会有一场大战的——果真没有的话，倒是再好不过了。"

谈话有一句没一句的。其中，也有人将脸扭向水面的方向，不想再继续说下去。因为这样的谈话万一被差人听了去，会惹上麻烦的。

但是，民众往往喜欢在背着上面耳目的同时，触及一些这样的事情。没有缘由的喜欢。

"渡船处的严查就是证据。最近之所以对来往行人的检查变得如此严格，据说是因为有从上方来的奸细混入。"

"说起来，最近，好像是有盗贼潜入了大名的府上——因为传出去不体面，所以包括那位大名在内，都绝口不提。"

"那也是奸细吧，一个人再怎么贪恋钱财，也不至于冒着生命危险，去闯大名府吧。不应该仅仅是小偷。"

扫一眼渡船，你便会感觉到这里简直就是江户的一个缩影。有身上还沾着木屑的木匠，上方来的商人，气势凌人的混混儿，还有一群像是从事挖井工作的人，不断和客人们调情的风尘女子、僧侣、虚无僧——然后就是武藏这样的流浪武士。

船靠岸后，这些人一个接一个地汇成人流，朝岸上走去。

"喂，这位武士。"

一个男人朝武藏追来，是船里面的那个矮胖的混混儿。

"是不是掉了什么东西了。这个是从你的膝盖上掉下来的。"

这个人抓着一个荷包跑到武藏面前。这个荷包是红底锦缎的——虽说是红底，但不论是颜色还是锦缎都已经显得很陈旧了，而且还有些闪闪发光。当然，与其说是金线织花闪闪发光，不如说是污垢在闪闪发光。

武藏摇了摇头。

"不是，不是我的东西。应该是船上其他乘客的吧？"

"哦，我的。"

武藏的话音刚落，有一个人迅速从一旁夺过荷包，揣入怀中。

是伊织。他由于站在武藏的旁边，被显得更加矮小，如果不仔细观察，还真不容易发现他。

混混儿不高兴了。

"哎呀哎呀，这再怎么是你的东西，你也不能连声道谢的话都没有，一把就夺过去吧。把荷包交出来，行三次礼再还给你。要不就把你打到河里去。"

四

混混儿的怒火有些孩子气，可是伊织也确实过分了些。"因为还是孩子，看在我的面子上，原谅他吧。"武藏替伊织道歉道。混混儿将目光转向武藏：

"你是兄长、还是主人，报个名字我听听。"

武藏谦恭地说，

"我的名字不值一提。我是流浪武士宫本武藏。"

混混儿一听，

"哦？"

混混儿凝视了武藏一会儿。

"今后注意点。"

混混儿向伊织抛下一句带有威胁色彩的话后，便欲闪身离去。

"等一下——"

刚刚还少女般柔和的人的猛然一声大喝，吓了那个混混儿一跳，

"什，什么……"

混混儿的手要拧掉鞘尾般，紧握着腰刀，扭过头。

"报上你的名字。"

"我的名字？"

"问过别人的名字后，连个点头致意都没有，就要离去，你有礼貌吗？"

"我啊，我是半瓦家的，叫菰十郎。"

"行了，走吧！"

"给我记着。"

菰十郎向前倾着身子赶紧跑掉了。

伊织就像获得帮助，打倒了敌人一样。

"真是爽啊，胆小鬼！"

伊织然后向武藏投去，以对绝无仅有的可依赖的人才有的目光，紧紧向武藏的身旁贴去。

"伊织。"

"是。"

"之前在荒原住着，以松鼠、狐狸为邻的时候不顾及礼节规矩还可以，现在到了这样一个人群熙攘的都市，可要注意了。"

"是。"

"人和人如果能和睦相处的话，人间便是极乐净土了。可是人偏偏生来都有善恶两重性，稍有差池，人间就会变成地狱。因此，为了抑制不好的方面，与人交往的时候，要注重礼仪，保持体面。另外，还要遵守法则，无规矩不成方圆。你刚刚的无礼虽说是件小事，却会激怒别人的。"

"是。"

"今后，不知道还会去什么地方。一定要注意这方面。"

武藏为了让伊织铭记在心，又强调了一遍。伊织频频点头。

"知道了。"

包括措辞，伊织马上变得彬彬有礼起来，还不自然地行了一个礼，

"先生，这个不能再弄丢了。可不可以放在先生的口袋里啊，麻烦先生了。"

说着将刚刚遗落在渡船上的那个有些破烂的荷包塞进武藏的手里。

武藏之前并没有特别留意这个荷包，这会儿拿着它突然想起来了什么。

"这是你父亲的遗物吧？"

"嗯，是的。原本放在德愿寺里了，今年，住持偷偷把它还给了我。里面的钱原封未动。必要的时候，先生可以用这里面的钱的。"

五

"谢谢！"

武藏向伊织道谢道。

虽然是段很随意的聊天，伊织的心里依然很高兴。他似乎已经用一个孩子的眼光盘算过自己所侍奉的先生到底有多穷了。

"那么，我就先借用了。"

武藏恭恭敬敬地接受，并将伊织的荷包放进了口袋。

在途中，武藏边走边想，伊织虽然还是个孩子，但是由于从小生长在贫瘠的土地，守着并不丰盈的稻草，深知生活的艰辛。"生计"这个词已经深深地被植入了他幼小的心灵中。

相比之下，武藏意识到了自己总是轻视"钱财"，将安排生计一事置之度外的缺点。

虽然比较关心经世济民之类的事情，但是忽略了自己的生计安排。现在就连小小的伊织都要替自己的生计担忧。

这个孩子，拥有着自己身上所不具备的才能。武藏开始佩服起伊织性情中的那逐渐被磨炼出来的智慧。这是他自己，以及与他分别的城太郎所不具备的东西。

"住在哪里呢，今晚？"

武藏漫无目标。

伊织新奇地张望着街两边，不一会儿，就像在异乡中发现了老朋友一样，兴奋地指着前方叫了起来：

"先生，那里有很多马。城里也有马市啊。"

因为这个地方吸引大量伯乐前来，伯乐茶馆、伯乐旅店也毫无秩序地一家接着一家冒出来，所以最近开始被称作"伯乐町"——有无数的马排在街上。

一接近集市，马胃蝇和人的声音就混作一团传了过来。混杂的声音中还夹杂着关东等各种地方的方言，完全听不明白他们都在嚷着什么。

有个带着侍从的武士在其中挑选着名马。

就像世间缺少人才一样，马匹中也同样缺少名马。那个武士最终灰心地说：

"回去吧，没有一匹值得推荐给大人的马。"

说罢，迈着大步转过身子。不想，和武藏猛然打了个照面。

"这不是宫本武藏吗？"

武藏也看着他，笑着应了一声，

"哦。"

是柳生石舟斋的高徒木村助九郎，他曾很热情地邀请武藏去大和柳生庄的新阴堂，还曾同武藏彻夜论剑。

"什么时候来的江户。没想到在这个地方碰到你，好意外啊！"

助九郎望着武藏，武藏一副风尘仆仆的样子。

"啊，刚从下总那边过来。大和的大先生还好吧？"

"挺好的。但是，不管怎么说，已经是高龄了。"

助九郎紧接着又问，

"去一趟但马守大人的府上吧，我想给你引见一下……而且……"

然后不知为什么助九郎望着武藏咧嘴笑了。

"我会把您的美丽的遗失物送过去的。一定要去拜访一次。"

——美丽的遗失物。

咦？是什么呢。助九郎已经带着侍从迈着大步朝对面方向走开了。

 苍蝇

一

这里是一条陋巷——刚刚武藏所徘徊的伯乐町的后巷。

他的身旁是家客栈，客栈的旁边还是客栈，放眼望去，一条街的一半都是脏脏的客栈。

因为住宿费比较便宜，武藏和伊织决定住在这里。这里的人家也好，客栈也好，都会带有马舍，尤其是客栈，让人感觉与其说是人住的旅馆，倒不如说是马住的旅馆。

"武士大人，二楼苍蝇比较少，给您换个房间吧！"

对于不是伯乐的武藏，这里的旅馆有些难于处置。

其实比起昨天还住着的开垦小屋，这已经是间很不错的房间了。

——不过尽管如此，还是无意中念叨了几句，

"苍蝇真是厉害！"估计这几声牢骚传到了客栈老板娘的耳朵里，她以为武藏不高兴了。

——承蒙好意，武藏和伊织搬到了二楼。这里火辣辣的夕阳直射进来——依旧感觉到不适，同时也感觉到自己对环境的要求变奢侈了。

"好好。就这儿了。"

武藏边安慰自己边安顿了下来。

文化氛围对于人类的影响真是不可思议呀。到昨天为止，武藏还在开垦小屋中琢磨着夕阳越强烈越好，有助于秧苗的生长，还占卜了明天的天气是否晴朗。

耕种土地的时候，武藏从未对落在满是汗水的皮肤上的苍蝇上过心。甚至竟然还想对苍蝇说，你也活得挺好的呀。我也是，还在辛勤劳动呢！把苍蝇看成了大自然中富有生命力的朋友。如今只是跨过一条大河，进入了一个蓬勃发展的城市，就变得觉得夕阳太毒了。苍蝇也很烦——开始想，哪里有好吃的东西？

人的这种无耻的多变，在伊织脸上也体现了出来。也是受了隔壁的影响，那里，一群伯乐正在锅里煮着东西，闹哄哄地喝酒。在法典之原的开垦小屋里的时候，要想吃荞麦，必须先在春天播种，等夏季开花，秋天结果，

然后在晚秋的时候将果子晒干，冬天晚上碾成粉。在这儿，只需拍拍手，吩咐人做就可以。

"伊织，想不想吃荞麦？"

武藏问道。

"嗯。"

伊织咽了咽口水，开心地点了点头。

武藏叫来客栈的老板娘，问能不能给做下荞麦。老板娘说，也有其他客人点荞麦，今天可以做。

点罢，两个人便在夕阳的窗下，托着腮边望着外面来来往往的行人，边等荞麦。斜对面，有块板子被挂在房檐下，上面写着：

灵魂研磨所
本阿弥门流厨子野耕介

最先发现这个的是眼尖的伊织：

"先生，那里写着'灵魂研磨所'，是做什么买卖的？"

伊织一副诧异的样子。

"本阿弥门流的话，应该是磨刀匠——刀对于武士来说就是灵魂。"

武藏回答完伊织后，嘀咕着——

"对了，我的刀，也加工一下吧。一会儿去问问。"

这时，隔扇的那边不知因为什么事，大吵起来。听起来他们应该是在赌博的过程中发生了什么纠纷——荞麦久等未到，武藏已经枕着手臂，昏昏欲睡，突然听到这么大的吵嚷声，一阵不适，于是睁开眼睛吩咐道：

"伊织。告诉隔壁那些人，让他们小声点。"

二

如果直接拉开隔扇的话，可能会更快解决问题。但是那边便能清晰地看到武藏横躺着睡觉的情形。所以，伊织特意跑到走廊上，朝那间房间走去。

"叔叔们，太吵了。我的先生正在睡觉。"

"什么？"

伯乐们听到后，瞪着因赌博纷争而充满血丝的眼睛，一起朝小小的伊织望过去。

"什么，你这个小家伙？"

伊织因为他们无礼的样子而噘起嘴。

"因为苍蝇太烦人了，我们搬来了二楼。可是在这儿大家又太吵了。"

"是你自己要过来说的，还是你的主人让你过来的？"

"是先生。"

"他吩咐你这样做的吗？"

"不管是谁，都会觉得很吵的。"

"好了，像你这样的兔子粪似的小鬼，跟你说也说不明白，随后，让秩父的熊五郎去答复你们，你先回去吧！"

不知道秩父的熊五郎是狼是虎，总之感觉他们当中有两三个人给人感觉异常凶猛。

就这样被这样一群人瞪着也不是办法，伊织赶紧回去了。武藏正枕着胳膊闭着眼睛轻睡着。衣角的夕阳已经褪去不少了，脚尖还有隔扇边缘的残阳上，黑乎乎地聚集着很多大块头的苍蝇。

伊织觉得还是不叫醒先生的好，于是自己默默地关注着那边的动静——隔壁房间的喧闹程度一点都没有缓解。

因为去对他们的喧闹提出了抗议，所以赌博的纷争倒是告一段落了。然而，取而代之的是他们竟然无礼地拉开隔扇，通过缝隙不时向这边窥探，并不断地谩骂、嘲笑。

"这也不知道是哪里来的流浪武士。是被不知名的风卷到江户来，住在伯乐客栈，还在这里撒野，说什么吵不吵的。吵闹是我们的天性，怎么样？"

"把他抓出来。"

"他还恬不知耻地睡觉？"

"谁去告诉告诉那个武士，在关东没有软柿子伯乐的？"

"不能光告诉告诉他就行了，把他捉出来，用马尿给他洗洗脸。"

就在这时，刚刚提到的那个秩父是熊还是鹰的男人出现了。

"好了，你们等着。一两个破武士不足为患。我过去一下，定拿回一张道歉的字据，或押着他去用马尿洗脸。我来收拾他，你们就边喝酒边瞧好吧！"

"有意思。"

伯乐们顿时在隔扇那边安静了下来。

这些人所信任依赖的这个伯乐熊五郎，长着一副凶猛的嘴脸。他重新缠了一下腰带，

"喂，我进来了。"

话音刚落，隔扇便被呼地一下拉开了。熊五郎抬着眼皮，边向这边看着，边爬了进来。

在武藏和伊织间放着刚刚送上来的荞麦，大大的涂漆荞麦箱中摆放着六个荞麦团子。武藏正在用筷子挑开其中一个团子。

"……啊，来了，先生——"

伊织被吓了一跳，向后退去。熊五郎盘着腿坐在旁边，两个胳膊肘支在膝上，一只手撑着那张凶猛的脸。

"喂，武士。随后再吃怎么样。不是心里不顺畅吗，还硬吃东西，不怕

噎着吗？"

——武藏像没有听到熊五郎说什么一样，依旧挑开一团荞麦，美滋滋、香喷喷地吸食了进去。

三

熊五郎的青筋暴起。

"别吃了。"

熊五郎大喝一声。

武藏拿着筷子，捧着装有荞麦汤的大碗，

"谁在那里？"

"不认识我吗？来伯乐町居然不知道我的名字，你是不法侵入的人，还是聋子啊？"

"鄙人有点耳背，所以请你讲话大声一点。你是哪里的谁？"

"一提起关东伯乐秩父的熊五郎，哭泣的孩子都会不再出声。"

"……啊哈。是联系马匹买卖的中间人吗？"

"我可是专门帮武士寻找马匹的。你要放尊重点，快向我道歉。"

"什么道歉？"

"刚刚，这个多嘴的小家伙，去我们那边对我们絮絮叨叨地说太吵了，这里本来就是吵闹的伯乐之地。不是您的客栈，是伯乐的客栈。"

"这个我明白。"

"明白你还让这个小孩儿去扫我们的兴。大家现在都很不爽，踢翻了酒壶，就等着你去问候加道歉了。"

"所谓道歉是？"

"是我不好之类的，给伯乐熊五郎和其他诸位一封这样的道歉信。若不写，你就到后门处，用马尿洗洗脸。"

"真有趣。"

"什，什么……"

"没什么，你们说话真有趣。"

"少废话，你快选吧，想怎么样？"

熊五郎的脸透着白天的醉意，大叫着。额头上的汗，在夕阳的照耀下闪闪发光，让看的人更加觉得天气闷热难当。熊五郎也许是觉得自己的威吓还不够，顺势又脱下上衣，露出长满胸毛的上半身。

"说吧，这件事不能就这样算了。想怎样，快说！"

说罢，熊五郎从腰带里抽出一把短刀插在荞麦箱前，并重新大幅度地盘了一下腿。

武藏继续微笑着，

"——是啊，到底怎样才好呢？"

空之卷

武藏放下捧在手里的汤碗，将筷子伸进荞麦箱内，就像在剔除荞麦上堆积的脏物一样，夹住了什么东西，向窗外抛去。

"……？"

因为武藏似乎完全没有把他放在眼里，熊五郎的青筋更加凸起，眼睛像要瞪出来了一样。

武藏则依旧默然地用筷子清除着荞麦上的垃圾。

"……？"

突然注意到那双筷子的熊五郎，眼睛又越发地向外冒了冒，一时气短，仿佛被武藏的筷子抽去了魂魄。

聚集在荞麦上的黑乎乎的东西，是为数不少的苍蝇。武藏的筷子一夹一个苍蝇，就像夹黑豆一样，苍蝇完全来不及躲闪。

"……没完没了了。伊织，把筷子洗洗再拿过来吧！"

伊织拿着筷子，走了出去。趁着这空当儿，伯乐熊五郎也像一阵风一样逃回隔壁的房间。

咔嚓咔嚓响了一阵子后，隔壁悄无声息下来，那群人仿佛瞬间换了间房间。

"伊织，这下可清爽了！"

两个人笑着，继续吃荞麦。天已经暗了下去，磨刀店的房顶上出现了一弯细细的明月。

"想去那个磨刀匠那儿磨磨刀。去磨哪一把呢？"

有一把因不注意保养而带了伤的无落款腰刀——提上它，武藏站了起来，

"客官，有一名武士给您送来一封信。"

客栈老板娘恰巧此时拿着一封信沿黑色梯子走了上来。

四

咦，哪里来的信？

信的背面只写着"助"字。

"信使呢？"

客栈老板娘边回答说已经回去了，边朝账台走去。

站在梯子上的武藏打开信封。马上明白了"助"是今天在马市遇到的木村助九郎的简称。

> 今天早晨遇见您一事，已经告知大人了，
> 但马守大人吩咐说挺想见您一面的
> 请您回复何时可以来
> 助九郎

"老板娘，有笔吗？借用一下。"

"这个可以吗?"

"嗯……"

站在账台的旁边,武藏在助九郎的信背面写道:

　　作为一名武士,如果但马守大人肯赐教的话,不胜荣幸。

　　可随时前去请安。

　　政名

"政名"是武藏的正式名字。写好以后,将信重新放进原来的信封,在信封背面又添上了几个字:

　　柳生殿府上

　　助大人

武藏然后从梯子的下面向上叫了声,

"伊织?"

"是。"

"可以做一下信使吗?"

"送去哪里?"

"柳生但马守大人的府上。"

"是。"

"知道在哪儿吗?"

"我边问边找吧!"

"嗯,聪明。"

武藏拍了拍伊织的头,

"不要迷路,要快去快回啊!"

"是。"

伊织马上穿上了草鞋。

客栈的老板娘听了武藏一番话,热情地指路道:"柳生大人的府上的话,谁都知道,边问边找是没问题的。出了这条大路后,那条街一直走到头,然后过日本桥,沿河一直向左走——再打听木挽町就行。"

"啊,明白啦!"

伊织因为能出去转转了,非常高兴。想到即将要去的地方又是柳生大人的府上,就更加开心了,挥挥手,迫不及待地向外面走。

武藏也穿着草鞋出来了。目送伊织小小的身影消失在沿伯乐客栈和冶炼屋向左转的路口处。

"有些过分聪明了。"武藏笑笑——同时向客栈斜对面的"灵魂研磨所"望去。

虽说是家店，根本看不到格子门窗，而且在这个所谓的房子里，似乎没有一样像商品的东西。

进去以后，首先是间泥土房间，里面有加工场、厨房等。右侧是高出地面一节的装饰横条，共铺了六条。如果这里便是店面的话，有界绳拉在店面周围，使店面和里面的房间分开。

"有人在吗？"

武藏站在泥土房间里——没有再向里走——在一面光秃秃的墙壁下，有一个支在坚硬的刀箱上、像画里的庄子一样打着盹儿的男人。

这位应该就是这里的店主厨子野耕介，从那张瘦削的、黏土似的青色脸庞上，还真看不出这是位磨刀师。他的额头到下颌的距离非常长，从刀箱上垂下来的长长的口水来看，好像他会一直这样睡去，永远不会醒来。

"不好意思。"

武藏又提高了点嗓门，试着叫醒这位睡梦中的庄子。

促膝长谈

一

这位厨子野耕介终于听到了武藏的声音，从百年的睡眠中醒来了，缓慢地抬起头。

"……？"

就像在说"哎呀"一样，迷迷糊糊地望着武藏的身影。

过了一会儿，

"欢迎光临——"

他仿佛明白了，是在打盹儿的时候，来了客人，而自己则是被这位客人叫醒了。他用手擦了一下口水，问道：

"您有什么事？"

他又重新调整了一下坐姿。

真是一个异常悠闲自在的男人啊。看板上居然还高调地写着"灵魂研磨所"。如果让这样一个男人打磨武士的灵魂的话，会越磨越钝吧——有必要重新考虑一下。

不过，武藏还是将自己的一把腰刀递给了他。

"我看一下——"

耕介说着，耸起瘦瘦的肩膀，一只手放在膝上，另一只手接过武藏的腰刀，恭恭敬敬地低下了头。

对待来客，他一般是一副很冷淡的样子，更谈不上低下头。可是对待刀，不管这是把名刀，还是钝刀——这个男人都会先郑重地行礼。

而后，这个男人拿出怀纸等，擦拭了刀鞘。并静静地将白刃竖在两肩之间，从护柄金板到刀尖，仔细打量了一番。他的眼睛就像被镶进了什么东西一样，越来越熠熠生辉，放起光芒来。

啪的一声，耕介将刀插入鞘内后，看向武藏，

"请您上来坐。"

说着，耕介将膝盖向后移，邀请武藏坐上去。

"那么，就不客气了。"

武藏也没有推辞。

刀是要加工的，可是说起到这里来的真正原因，是因为看见这里的看板上写着本阿弥门流，推测这家肯定是京都出的磨刀师，恐怕还是本阿弥家的弟子。一直音信全无的光悦是否还好呢——还有，曾承蒙照顾的光悦的母亲妙秀也还健康平安吧——觉得应该能从这里打听到一些状况，武藏于是装作磨刀的样子过来了。

耕介哪儿能知道武藏是抱着这样的想法来的，只管像对待一般顾客一样招待着他。在看过武藏的腰刀后，耕介突然变得态度端正起来，恭敬地问道：

"这把刀是您祖传的刀吧？"

武藏回答说这并不是一把有特别来历的刀。耕介接着又问，那么是用在战场上的刀，还是平时使用的刀。武藏解释道：

"没有在战场上使用过。只是觉得拿着把刀总比不拿强，才随身带着它。是把没有名头、没有来历普通的刀。"

"嗯……"

耕介凝视着武藏，继续说道，

"您打算怎样研磨这把刀呢？"

"怎样研磨指的是……"

"是想磨到能砍东西的程度，还是不用到那种程度就行？"

"当然最好是能砍东西了。"

耕介显出惊叹的样子，

"啊，其实……"

由于实在惊叹不已，耕介一时语塞。

二

就是为了锋利才去磨刀的。磨刀师的水平不就是体现在能否让刀剑好用吗？

武藏不可思议地望着耕介，耕介摇了摇头，

"我无法磨这把刀。请您去其他地方吧！"

真是个不知就里的男人,怎么能说不能磨,被拒绝了的武藏,稍稍露出一些不悦的神情。

——见武藏不再说什么了,耕介也又恢复了冷冷淡淡的样子,不再出声。

这时,门口那里传来一声:

"老耕介——"

一个仿佛也是住在附近的男人正在朝屋里面张望着——

"你这里有没有钓鱼竿,借我一下吧——这会儿想去河边,趁着涨潮多捉点鱼。应该能捉到不少呢,晚上会分你些的。要是有鱼竿的话,我先用一下吧。"

听到这些,耕介似乎不是太高兴,喝道,

"我家里没有杀生的工具。去别处借吧!"

来借东西的这个男人,吃了一惊,走开了——耕介极其不悦的样子彻底暴露在武藏面前。

武藏由此发觉了这个耕介有趣的一面。这种有趣并不是来自才智方面的。如果将他比作陶器的话,他应该是那种被去除了毫无精巧和外观可言的泥胎,仿佛在说怎么样,也可以直接说他是唐津德利那种感觉的男人。

仔细看来,耕介的侧面鬓发还有些微秃,有块像被老鼠啃了一样的脓肿地方上贴着膏药,这些又使得他像是在窑里受了伤的陶器,也增加这个男人的男性风情。

武藏继续压抑了下内心涌上来的疑惑,显得很平静地叫了声:

"店主大人——"

过了一会儿,

"是。"

一个很不情愿再有什么对话似的回答。

"——为什么这把刀,不能研磨呢?这是一把已经失去研磨价值的钝刀吗?"

"也不是。"

耕介摇了摇头,

"刀的主人应该比谁都了解自己的刀吧。这把刀是肥前的好刀——但是,说实在的,我并不认为磨到能砍东西这个要求是个好要求。"

"哦……为什么?"

"不管是谁,但凡是拿着刀来的顾客,都有着相同的要求——要锋利——都认为只要锋利、能砍东西就好。这非常不符合我的心思。"

"但是,既然是送来磨刀……"

耕介做着手势,打断了武藏的话,

"等一下。关于这个,可就说来话长了。我要出门了,您自己重新看一下看板吧！"

"灵魂研磨所——是这样写的。剩下的字句中，还有什么别的意味在里面吗？"

"行了。就是这句。我可没在看板上写上研磨刀具几个字。我是研磨武士灵魂的——一般人可能不知道——这是从传授我磨刀技艺的宗家那里学到的。"

"原来如此。"

"正因为宗家的教导，我耕介不会给整天只想着刀锋利就好、想着用刀杀人的武士磨刀。"

"噢，听起来有些道理——那么这样子教导弟子的宗家是哪里的人呢？"

"这在我的看板上标出来了——京都的本阿弥光悦是我的师父！"

报师父的名号时，耕介伸直了微驼的背，一副昂然的样子，像在自我夸耀一样。

三

武藏接着说道，

"光悦大人，其实我也有见过面，曾经蒙受过他母亲大人的照顾。"

接着说起了当时的两三事，厨子野耕介非常吃惊的样子，

"那么，难道您是曾在一乘寺本殿西侧古松下决战的那位，赫赫有名的宫本武藏大人吗？"

耕介不由得凝视着武藏。

武藏觉得他说的话有些夸张了，稍有些不自在，

"正是武藏。"

耕介一听，马上又像对待贵人一样，在席子上向后退去，

"竟然不知是武藏大人，刚刚是在佛前讲经了，真是失言了——请您务必原谅！"

"哪里哪里，店主的话，也使我很受教。不愧是光悦，连教导弟子都有着自己的独特风格。"

"就像您所了解的，宗家从室町将军的中世起就做擦拭工具、研磨工具的生意，就连皇宫内的剑当时都是宗家研磨的——经常听师父光悦讲——原来日本的刀并不是用来杀人、害人的，是为了扫除罪恶、驱赶恶魔、稳固统治、保护世人而锻造的——我们研磨的应该是人间道义，应该时刻提醒上层阶级，要严于律己，因为腰间所带的是武士的灵魂——这一点磨刀师必须了然于心——这就是平日里师父的教导。"

"嗯。确实呀。"

"而且，师父光悦一看到好刀，就会无限感慨，仿佛看到了这个国家国泰民安的光芒——若是刀不够好的话，他压根都不会拔它出鞘，因为那会使

人有种战栗的感觉。"

"啊哈！"

武藏不禁一阵感叹，

"那么，鄙人的腰刀，有没有让店主您有什么不好的感觉呢？"

"没有，怎么会。有很多来到江户的武士找我磨刀，可是几乎没有谁能明白这其中的大道理。都只知道炫耀般地嚷着，自己的刀曾经砍掉谁的四肢，曾经朝谁的头部向下劈，就连铠甲都劈穿了等等。好像刀的作用就是杀杀砍砍。我都已经开始厌倦这种生意了。可是转念一想，其实我应该主动做些什么。于是前几天特意改写了看板上的字，改成了灵魂研磨所。不过依然还是有来磨刀的客人只顾着刀剑是否能砍杀。真是让人不快啊……"

"这个时候，鄙人又抱着同样的目的来这里磨刀，所以被拒绝了。"

"您又有所不同——不过刚刚看您的腰间之物，见刀刃已经被磨损得很严重了，刀上还沾有血迹，就一时比较气愤，想着上面该沾染了多少生灵的血啊——应该是一个以滥杀无辜为荣的流浪武士吧——很抱歉，居然有这种想法。"

武藏俯首仔细听着耕介的话，仿佛感觉到了光悦的声音。

"通过您的话语，我明白了其中的道理。然而您不必担心，我这把刀是把有理性的刀，虽然从未认真思考过刀的精神，但是从今往后，我会将这些铭记在心的。"

耕介面容舒展，

"那么，我给您磨刀吧。不，能够研磨您这样的武士的灵魂，是磨刀师的好福气呀！"

四

不知道什么时候磨刀店的灯已经被点亮了。

拜托完刀具的研磨后，武藏正要转身回去。

"抱歉啊，除了这把，您还有带着其他的佩刀吗？"

听武藏回答说没有后，耕介说道，

"那么，这把虽然不是什么上好的刀，先用着我家里的腰刀吧！"

耕介说着招呼武藏跟他去下里屋。

然后从装刀的箱柜里选出来几把刀。

"哪个都行，请您选把自己中意的吧？"

武藏感觉眼花缭乱，不知该选哪个好。原本他只是想要把好刀，今天他才知道，以他的那点钱，根本别奢望有把真正的好刀。

这些刀好像有着魔力。武藏从中握起一把刀，一碰触上这把刀的刀鞘，就仿佛感觉到了刀的锻造之魂。

拔出来一看，是一把仿佛锻造于吉野朝时代的漂亮的刀。武藏觉得以自己现在的境遇和心绪,这把刀对于自己来讲是不是太过高雅了,然而在灯下仔细地端详过这把刀后,却再也舍不得离手。

"那么,这个吧——"

武藏点了这把刀。

"请借给我"这几个字没能说出口,因为心里在暗暗期盼着不用再还回这把刀该有多好。

名匠锻造的名作,有如此之大的牢牢抓住人心的恐怖魔力。武藏不再管耕介的什么答复,只管愣在那里,一门心思地想着如果这把刀就此归了自己该多好。

"果然是好眼光啊!"

耕介边收起其他的刀边说。

武藏还在为自己涌起来的强烈占有欲而苦恼。这把刀肯定价格不菲吧,如果让他卖给自己的话,这么多的钱……武藏思来想去,最终还是不可抑制地开口道,

"耕介大人,这个能不能就转让给鄙人啊?"

"给你了。"

"多少钱呢?"

"我按成本价给您吧!"

"多少钱呢?"

"二十枚金。"

"……"

武藏突然为自己那毫无意义的希冀、毫无意义的烦闷而后悔。自己哪有那么多金子呀。他赶紧走回耕介的面前。

"这个,还是还给您吧?"

"为什么?"

耕介诧异地问道,

"即便买卖不成,我这把刀也是随时都能借给您的,您就尽情使用吧!"

"不行,我如果借走这把刀的话,会更感到不安的。只看一眼就想占为己有的刀,如果明知不能拥有,还硬将它暂时带在身边的话,到了需要归还的那一天,会相当痛苦的。"

"既然您这样在意这把刀……"

耕介看看刀,再看看武藏,

"好吧,既然您这样在意这把刀,我就把这把刀赠送给您吧。但是,以后有需要的话,您也要记得帮我呀!"

武藏非常高兴,也不再客气了,迫不及待地接下刀。可是关于随后的谢

礼，对于一个身无一物的武士来讲，一时实在拿不出什么东西来。

这时耕介说，听师父光悦说，您好像懂得雕刻。如果有自己雕刻的观音像之类的东西，就把它送给我吧。我们来个互换怎么样——这番话完全是为了拯救迷茫中的武藏。

五

原本为了消磨时间打造的观音像，已经留在法典之原了。现在身上已经没有什么雕像了。

"给我几天时间做雕刻吧，到时我再来拿刀"，武藏说。

"本来也没想着让你马上给。"

耕介说。

"如果您现在是在伯乐客栈投宿的话，我们的加工场旁边，有一个房间还空着，是在二楼的一个房间。不嫌弃的话，可以搬过来。"

耕介还关心起武藏的住宿来。

"那么，明天我就借住那里吧，安顿好住宿后，我便开始雕刻观音像。"

听武藏这么一说，耕介很高兴，

"那么，先请看一下房间吧！"

耕介带着武藏向里面走去。

"好的。"

武藏在后面跟上耕介，这个家并不算宽敞。沿着茶室旁边的那个五六层的梯子上去，有一间八张榻榻米的房间。窗户旁，杏树树叶鲜嫩欲滴。

"那是磨刀室。"

顺店主所指望去，那个小屋的屋顶铺着牡蛎的贝壳。

不知耕介什么时候吩咐的，他妻子此时端上了饭菜。

"来，我们一起吃顿便饭吧！"

夫妻二人一起让着武藏。

觥筹交错之时，已不分主客。双方随意地坐着，坦诚交谈。交谈内容未曾出过刀的范围。

一说到刀，耕介的眼中便不再有旁物。青红色的少年似的面颊，即使唇齿间的唾液偶尔飞向对方，自己也毫不在意，依旧侃侃而谈。

"所谓刀是我们国家的神器，武士的灵魂之类的，大家都只是口头上称赞一下。刀之所以存在，是因为武士、町人、神官，大家需要它——我曾于几年前拜访过诸国的神社、世家，想去寻找并观赏好刀。也因此为未能被很好秘藏的从古以来的名刀之少而忧伤——比如，信州诹访大社中珍藏有三百几十把的敬奉大刀，其中只有五把没有生锈。另外，予国的大三岛神社的藏刀很有名，几百年来，所藏的刀剑已达三千把，我于是花了一个月的时间进行了调查,发现三千把刀中,依旧散发光泽的刀仅有不到十把。真是让人目瞪口呆啊!"

接着,耕介又道,

"祖传的刀、秘藏的剑等,听起来好像很珍贵的样子,其实拿出来一看,多是生了红锈的刀。就像盲目溺爱孩子的父母,反而害了孩子一样。不,人的孩子,培养失败了,随后还能再生出一个好孩子。可是刀可就不能生刀了。"

耕介暂时收起了嘴角的唾液,换了种目光,又高耸了耸瘦削的肩膀。

"刀就是刀,不管是什么样的刀,随着时代的变迁,肯定会不如以往。从室町时代到现今的战国时代,锻造技术也越来越不如从前了。今后,是不是会就这样一直走下坡路呢,不由得让人担忧。现在的锻造技术再好,也不可能再做出独一无二的名刀了——真是让人惋惜呀!"

说着,耕介仿佛想起了什么,突然站起身来。

"这些也是,别人拜托我研磨,暂放在这里的名刀,看看吧,都锈迹斑斑,真是让人感觉惋惜。"

一把很长的剑展现在武藏的面前,证实了耕介所说。

武藏原本很不在意地瞟了一眼这把长剑,不觉得大吃一惊。这是佐佐木小次郎的"晒衣竿"。

六

想想也没什么不可思议的。这是磨刀师的家里,谁的刀剑被放在这儿,都没什么奇怪的。

但是,没想到在这儿会看到佐佐木小次郎的剑。武藏陷入追忆中,

"喔,真是把长剑啊。有这样佩剑的武士,一定不是位简单的人物。"

"是的。"

耕介表示赞同。

"多年来,看过很多剑,但是像这样的剑,还是极少见的。但是……"

耕介拔开"晒衣竿"的剑鞘,剑背朝向客人,将剑柄递到客人的手里。

"您看看,很可惜有两三个地方都生锈了。但是,即使这样也还是又用了很长一段时间。"

"是呀!"

"还好,这把剑是镰仓以前的难得多见的著名工匠锻造的,所以虽然会辛苦些,但还是能够把上面的锈迹弄干净的。古刀剑上的锈,再怎么严重,也只是一层薄膜。近世的新刀剑,如果生了这么严重的锈,就肯定已经不能用了。新刀剑上的锈,就像恶性肿瘤一样,一直蔓延到刀剑中心。就这一点,您就能看出古刀剑和新刀剑在锻造技术方面的差别了"

"请您收起来吧!"

武藏也将剑锋朝向自己,剑柄朝向耕介将剑还给了耕介。

"不好意思,打听一下。这把剑的主人,自己有来过这里吗?"

"没有,是细川家送来的。家臣岩间角兵卫大人吩咐说让磨好后顺便给送到府上去。据说是府上客人的剑。"

"样式也很好啊!"

在灯下,武藏又恋恋不舍地频繁朝这把剑望去,嘟哝道。

"这是把大长剑,一直以来这样的剑都是扛在肩上使用的。现在让改成能别在腰间的样式,如果不是身材高大或对自己的能力很有自信的人,是无法做到将这样的剑别在腰间使用的。"

耕介也边望着剑,边嘟哝道。

酒已经喝得不少了,店主的舌头似乎都有些不好使了。武藏见状,趁机告辞,然后向门外走去。

走到外面,武藏发现街上一片黑暗,大家都还在睡梦中。没想到在磨刀店里坐了这么长时间。夜已经深了。

客栈就在斜对面,所以没费什么劲就回到了那里。打开门,走进去。一边在黑暗中摸索,一边爬上二楼。原本以为会看到伊织熟睡的面孔,可是仔细看遍了两个蒲团,哪个蒲团上都没有伊织的身影。枕头也还整齐地摆着,应该是没有人碰过。

"还没回来呢!"

武藏突然担心起来。

伊织对江户的街道还不是很熟悉——是不是在哪里迷路了。

走下梯子,摇起横卧在那里、睁着眼睛值夜班的男人,向他打听伊织是否回来过。那个男人揉着昏昏欲睡的眼睛,纳闷地说道:

"好像还没回来。我还以为和您一起出门了呢!"

"啊?"

武藏也睡不着了,再次向一片漆黑的门外走去,站在房檐下。

 食客

一

"这里是木挽町吗?"

伊织感到很困惑。

越走越觉得生气,很怀疑那个给他指路的人引他误入歧途了。

"大名能在这样的地方吗?"

他坐在被堆积放置在河岸边的木材上，用草揉擦着微微发热的脚掌。

木筏子排满水沟，让人几乎看不到水面。不远的前方就是海水了。在黑暗中，海潮白白地闪着银光。

除此以外便是茫茫的草原和最近刚刚被填埋好的广阔土地。再远的地方，能看到许多灯光的影子，走进一看，是些伐木者和石匠的小屋。

靠近水的地方，堆放的全是木材和石头，形成了一个又一个的小山包。仔细想想，应该是由于江户城大兴修葺，市街上房屋林立，才堆积了这么多这样的东西，才有了这些小屋。但是柳生但马守的宅地怎么会和工匠们的房屋混在一起，真是奇怪——不会，这肯定是不可能的——小伊织靠自己的那点常识判断着。

"真是烦啊，怎么回事啊？"

能在大把的草叶中感觉到夜露的湿滑。脱下板子般邦邦硬的草鞋，用草按摩着肿胀的脚，那种凉丝丝的感觉，驱走了身上的汗水。

还不知道自己要找的那个宅邸是在哪里，现在夜也深了。虽然伊织还小，但是他觉得自己既然已经出来办事了，没办成事就回去的话，实在无地自容。

"那个客栈的奶奶，真是的，居然指这样的路。"

他完全忘了自己在界街的戏剧街闲逛，耽误了行程一事。

已经遇不到什么可以问路的人了。就这样等到天明吗？想到这儿，一股责任感涌上心头，伊织突然为眼前的境地悲伤起来。不如叫醒某个伐木者，问问路吧，我一定要在天明前完成任务回去。

于是他朝着一个还亮着灯光的临时搭建的小屋走去。

这时，伊织发现了一名将茭白当作油纸伞一般卷在肩头、边走边向小屋内张望的女人。

她是一个学老鼠的叫声，试图叫出小屋里的人，却因未能得逞而失望、彷徨的卖淫女。

伊织根本不知道这是什么样的女人，为什么在这里转来转去。

"阿姨——"

伊织亲切地叫了一声。

这个将脸涂得像墙一样白的女人，回过头来，看着伊织，可能将伊织错认为是附近酒家的小学徒了。

"是你吧，刚刚投着石子逃跑的那个？"

伊织用吃惊的眼神回望着她，

"不知道啊，我——我不是这附近的人。"

"……"

女人走过来，突然不知什么缘由，像觉得很好笑般，咯咯地笑了起来。

"你来做什么，什么事？"

"嗯，那个……"

"真是可爱的孩子。"

"我是过来送信的。因为不知道对方的宅邸，所以现在遇到了难处。阿姨知道吗？"

"去哪个府上？"

"柳生但马守大人。"

这个女人不知道又有什么好笑的，很不文雅地捧腹大笑。

二

"说起柳生大人，那可是位大名人啊！"

女人原来是在鄙视地笑伊织，他这样一个小孩居然要去找那样一位大人物。

"你即使去了，也不会有人给你开门的。认识将军大人的武术教头吗，或是那栋房子中的其他人，有认识的吗？"

"木村助九郎。"

"那他是家臣吗？那样的话还行。从你说话的样子来看，你好像对柳生大人有种很亲切的感觉啊！"

"在哪儿。这个你先不要管。宅邸到底在哪儿，快告诉我吧！"

"在沟渠的对面——过了那座桥，就会看到纪伊大人的仓房，然后旁边是京极主膳大人，再旁边是加藤喜介大人、平周防守大人……"

女人指着沟渠对面隐约可见的或是带河岸仓房、或是带围墙的房子，一个个地介绍着。

"再下一个应该就是你要找的地方了。"

"那么对面也是木挽町吗？"

"是的。"

"什么呀？"

"别人好心告诉你路，你居然说什么呀，什么意思。不过，你还算是个可爱的孩子。我来把你带到柳生大人的面前，跟我来吧！"

女人先走出了一步。

她就像是伞化作的妖精一样，披着苍白的身影在前面走着。走到桥中间的时候，一个擦身而过的、满嘴酒气的男人发出一声"唧"的鼠叫声，调情地拽了下女人的袖子。

如此一来，这个女人完全忘记了身边还有个伊织，追着男人的后边跟过去。

"啊，我知道你这个人——不行，不行，你不能就这样过去。"

她捉住男人，想快点把他拉到桥下去，

"放开我!"

男人叫道,

"不行!"

"我可没有钱。"

"没钱也行。"

女人像胶一样死死黏住男人,不经意间瞥见伊织呆呆的脸。

"你也看出来了吧。我和这个人有点事情,你先走!"

但是伊织依旧一副不可思议的样子望着发生在这个男人和女人间的互不相让的争执。

这时,可能是女人的力量处于了上风,她拽着这个男人一起下了桥。

"……"

伊织依旧觉得很纳闷,他倚靠在桥的栏杆上,向下面的河滩处望去。浅滩上杂草丛生。

女人一抬头,发现伊织依旧望着他们,生气地大叫一声:

"傻子。"

然后,她摆出一副想揍人的面孔,一边拾河滩上的石头向伊织扔去,一边骂道,

"真是个早熟的小鬼!"

伊织被吓破了胆子,马不停蹄地向桥的另一边逃去。之前一直生活在旷野中的伊织,没有见过比刚才那个女人的那张白脸更可怕的东西。

三

在河的那一边,有仓房,有围墙。仓房连着仓房,围墙连着围墙。

"啊,就是这儿了。"

伊织自言自语道。

即使在夜间,也可以很明显地看到,一个河边仓房的白墙上的二阶笠。柳生大人的家徽便是二阶笠,伊织曾从时下的流行歌中听到过相关内容。

那么,仓房旁的黑门肯定就是柳生家的了。伊织站在那里,敲响紧闭的大门。

"谁啊?"

斥责似的声音传出。

伊织也是扯着嗓子,尽量大声音地喊道:

"我是宫本武藏的弟子,是来送信的。"

接着门内传来守卫的嘀嘀咕咕的话语声,他们虽然对门外是个孩子的声音这件事,表示诧异,但还是将门稍稍打开了些,

"怎么回事，现在这个时辰？"

伊织将武藏的答复递到了守卫的面前。

"请收下这个吧。如果还有什么答复的话，我会带回去。若是没有了，我这就回去。"

门卫拿过去看了看，

"什么啊……喂喂小孩，这是给家臣木村助九郎的信吧？"

"对，是的。"

"木村大人不在这里的。"

"那在哪里？"

"在日之洼呢！"

"啊……大家都说是在木挽町啊！"

"大家是经常这样说。可是这边并不是住宅区，而是仓房和被用于小规模修缮的木材场。"

"那，大人和家臣都在日之洼那边吗？"

"嗯——"

"日之洼远吗？"

"挺远的。"

"在哪儿？"

"在城外近郊的山那边了。"

"什么山？"

"麻布村。"

"不明白。"

伊织叹了口气。

但是他的责任感仍不允许他就这样子回去。

"守卫大人，能不能画图告诉我一下这个日之洼的路。"

"别犯傻了。如果现在向麻布村走的话，就要走到天明了。"

"没关系。"

"好吧，好吧，没有像麻布村这样，多狐狸出没的地方了。如果让狐狸给迷住了怎么办——你认识木村大人吗？"

"我先生跟他很熟。"

"不管怎么说，现在已经这么晚了，先去米仓睡一觉，等到天亮了再走，怎么样？"

伊织咬着手指，陷入沉思。

这时，有一个仓房差人模样的男人走来，问了详细情况。

"这个时候，一个孩子，怎么能去麻布村。试刀杀人的情况时有发生——自己一个人，居然从伯乐町赶过来，还真行。"

这位差人也边嘀咕着，边和守卫一起劝伊织等天明后再说。

伊织最终决定跟着他们进去，在米仓先过一夜。像个老鼠一样躺在米仓一角的伊织，望着从未见过的堆积如山的大米，感觉就像掉进了黄金堆里。他迷迷糊糊地睡去，陷入了梦魇。

四

一睡着，便马上现出了一副失去了知觉的样子，伊织毕竟还只是个单纯的小孩。

仓房差人、守卫也都把他的事给忘记了。在米仓中昏睡的伊织，一觉睡到第二天的午后。

"哎呀？"

伊织醒过来后，意识到，

"坏了——"

还有送信的任务，伊织一边狼狈地揉着眼睛，一边从稻草和米糠中跳起身来。

跑到阳光地后，他摇摇晃晃，一时有些眼花。昨晚的那个守卫，此时正在小屋里吃午饭。

"小孩儿，这会儿才起来呀！"

"叔叔，拜托帮忙给画一幅去日之洼的路线图吧！"

"是不是睡过了，着了慌。肚子饿吗？"

"饿瘪了。都有些头晕了。"

"哈哈哈。这里还剩一盒盒饭，吃了再去吧！"

在伊织吃饭的时候，守卫画出了去麻布村的路线图和柳生家附近的地形。

伊织带上它，赶紧又向那边赶去。此时他满脑子想的都是送信这样的大事。昨晚一晚都没回去，武藏是不是担心了之类的事，倒是一点都没有想到。

按照守卫所画的图，伊织走过很多市街，又横穿过贯穿整个町的街道，终于来到了江户城下。

这一片，到处都是刚挖好的沟渠，地面上则是武士宅邸、大名家的雄壮的大门。沟渠内横着无数的运载着石头、木材的船只，远处的石垣、城郭上竖着让牵牛花尽情攀爬的竹竿般的圆木脚手架。

从日比谷的原野方向传来凿子、锛子等各种声音，似乎在讴歌着新幕府的威势——看到的、听到的，对伊织来说，没有一样不新奇的。

　　一定要折采
　　林中道路、桔梗
　　各式各样的花朵
　　迷煞人眼

想到那个姑娘

是朵不能被采走的花朵

会被露水淋湿

徒然湿了衣角

　　工匠们在快乐地歌唱着，木屑随着工匠们手中的凿子、锛子飞舞着。这一切都深深吸引着伊织，让他不由得停下脚步。

　　建造全新的石垣、全新的建筑。这样的气氛，和少年的灵魂是那样的融合，让伊织的胸口兴奋地悸动，浮想联翩。

　　"啊，快点变成大人吧，我也好想亲自建造一座城池啊！"

　　因监督工事而来回走动的武士们，也让伊织望得出了神。

　　不知不觉，沟渠里的水被染成了茜草色，夕阳中传来了乌鸦的啼叫声。

　　"啊——已经晚了。"

　　伊织又着急起来。

　　原本醒来的时候就已经是午后了。伊织误认为自己还有一天的时间。意识到天色已晚，他开始看着地图，惊慌失措地向前奔。终于，到了麻布村的山道。

五

　　攀登过可以称之为黑暗之坡的，被茂密树荫笼罩着的一片黯淡的斜坡后，伊织发现山上还有着夕阳的照耀。

　　江户的麻布山上人家很稀少，只有谷底可以看见些旱田、水田或是农家的房顶。

　　很早以前，这一片被称为麻生乡或麻布留山，总之这里应该是麻的产地——据说天庆年间，平将门在关八州叛乱时，源经基曾在这里与其对峙。随后，在八十年后的长元年间，平忠恒叛乱时，源赖信被任命为征夷大将军，被赐予鬼丸之剑，在这个麻生乡集八州兵力，列阵对其进行讨伐。

　　"真累啊……"

　　因为是一口气爬上来的，伊织喘着气咕哝起来，并向四周的乡野望去，望见了结缕草的海洋、涩谷、青山、今井、饭仓、三田。

　　他的脑袋里并没有历史的概念，然而千年生长的树木、山间的流水等，这些山谷的景致仍会让人不知不觉地感受到很久以前，这里作为武家发源地时的时代气息，感受到平氏、源氏的猛士们的勇猛之气。

　　咚——

　　咚、咚、咚——

　　"咦？"

　　从哪里传来了大鼓的声音。

伊织向山下望去。

可以透过郁郁葱葱的绿叶看到神社屋顶的鱼形压脊木。

这是在登山的时候,就一直可以隐约望见的饭仓的大神宫。

这附近是为御所栽种大米的御田。也是为伊势大神宫栽种供神食品的土地。饭仓这个地名便是由此而来的。

大神宫都是为祭拜谁而设的。这个伊织明白。在跟随武藏学习之前,就了解了。

所以此时,听到江户人崇敬地唤着:

(德川大人、德川大人。)

伊织觉得有些古怪。

现在还有刚刚,都能望到的江户城在大规模地修筑工事,与大名小路那金碧辉煌的大门、房屋形成对比,这片黑暗之坡的绿叶下掩映的是平常百姓家的屋顶——只是显露出来的鱼形压脊木和标桩显示出了它们的与众不同——再加上一座清寂的神社,这些让伊织更加纳闷。

(德川比较了不起吗?)

真是非常好奇呀。

(对了,回头问下武藏先生。)

这件事情终于在脑袋里告一段落了,现在重要的是,柳生家在哪里——从这里怎么过去。

完全没了头绪。于是他又从口袋里取出守卫给画好的地图,仔细端详起来。

(咦?)

伊织歪起头。

怎么回事,自己所处的位置和图上画的似乎完全不符。靠看图,完全弄不明白身边的这几条路怎么走,端详一下这几条路,又变得不明白图上画的是什么。

(奇怪。)

就像身处被阳光照射的拉扇中一样,周围都渐渐暗了下去,唯独这里变得些许明朗起来——薄薄的雾霭飘来,伊织擦擦眼睛,眼前有七彩的光晕。

"嘿!这个畜生!"

这是看见什么了呢?

伊织嗖地跳起来,望向身后的草丛,同时将经常带在身边的短刀顺势飞射了出去。

唰——狐狸也一跃而起。

草、血、彩虹色的夕阳雾霭泼洒成水墨画。

六

这是只皮毛发光的狐狸。不知是尾巴还是脚，被伊织刺中，发出哀嚎的声音，箭般地逃走了。

"这个畜生。"

伊织拿着刀，一路追去。狐狸跑得很快，伊织也不甘落后。

负伤的狐狸，有些跛脚，时而向前倾的样子。让人感觉它快不行了，谁知道，快接近它的时候，它又有如神助般，一跳跳出很远。

从小在旷野中生活的伊织，在还被母亲抱在怀里的时候，就经常听到关于狐狸幻化成人的故事。不管是野猪、兔子还是鼯鼠，伊织都能够对它们充满爱心，可是对于狐狸，却是无比讨厌加害怕。

现在，一发现在草丛中睡觉的狐狸，伊织便突然想到怪不得自己会迷路，原来这里有狐狸，是受了它的魅惑——不对，肯定是从昨晚开始，就已经被这只狐狸缠住了。

真是个可恶的东西。

若不杀了它，它还会作祟。

于是伊织紧紧追赶在后。追着追着，这只狐狸突然跳下了一个杂草丛生的悬崖。

——但是伊织觉得，像这样狡猾的狐狸，肯定是在迷惑人眼，让人误认为它是跳了下去了，其实它仍躲在附近。于是伊织边用脚踢着草丛，便搜寻着。

草上已经沾上了黄昏的露水，假长尾蓼和鸭跖草上也满是露珠。伊织软绵绵地坐在草地上，舔舐起薄荷草上的露水。他已经口渴难耐。

然后——他终于喘上一口气。发现自己已经汗如雨下，心脏咚咚乱跳。

"……啊，畜生，跑去哪里了？"

原本让它给逃走了也无所谓，可是它是带伤逃跑的，这点让伊织很不安。

"一定会报复的。"

伊织不由得担心。

果然不出所料——刚觉得平静下来一些，他就听到了妖里妖气的声音。

"……"

伊织四下张望，防备着被狐狸糊弄。

感觉妖里妖气的声音越来越近。这声音跟笛子的声音很接近。

"来了……"

伊织往眉毛上抹上唾沫，警惕地站起身来。

一个裹着雾霭的女人的身影从远处移来。这个女人身披轻罗斗篷，手持缰绳，骑着一匹带有螺钿鞍的马。

马似乎是听自己背上女人吹奏笛子听得入了迷，晃晃悠悠地缓缓走来。

"狐狸果然变幻了。"

伊织想。

背后映着斜斜的夕阳，边吹笛子边走过来的这个美人，绝不像是来自人世间的。

七

伊织像青蛙一样，屈身蹲在草丛中。

那边有个通向南边山谷的坡道——如果这个女人就这样骑着马沿坡道向这边走来的话，我来个出其不意，将她砍伤，让她露出狐狸尾巴——伊织盘算着。

红红的日头渐渐向涩谷之山的一边沉去，镶了边的晚霞来势迅猛地席卷了天空，地上已经有些昏暗。

——阿通。

又从什么地方传来讲话声。

（——阿通）

伊织又照着念叨了一遍。

琢磨了一下，这个声音貌似是人的声音。

（是那只狐狸的狐狸朋友变的吧？）

一定是狐狸朋友在叫那只狐狸——伊织更加确信骑马走来的女人是狐狸变的。

从草丛中再一窥看，那个美人已经离坡道拐角处越来越近了。

这附近虽然树木比较少，美人的身影在昏暗中仍然显得模糊不清。只有上半身在夕照下凸显出些轮廓。

伊织躲在草丛中，摆好随时出击的架势，同时揣测着，

（它会不会已经知道我藏在这里了。）

伊织重新握了握刀。

此时，美人已经又走出十步远了，伊织打定主意，她一旦踏上南边坡道，我就立刻冲上去，先砍了马屁股再说。

狐狸一般是——躲在它所幻化成的幻象几尺后的后方——小的时候，他曾经听大人这样讲过，伊织咽了口唾沫。

但是……

骑马的女人来到坡道口后，突然停下马来，将笛子收进囊袋，拿在手中——然后——用手拨下了被吹上眉头的斗篷，

"……"

她像在搜寻什么一样，在鞍上四下望去。

阿通——

空之卷

927

又传来了同样的声音——马上的佳人嫣然一笑,

"啊——兵库大人。"

她小声叫道。

终于,伊织看到了一个,从南方之谷沿坡道向上走的一个侍卫的身影。

——咦?

伊织愕然。

这个侍卫正在跛脚前行。刚刚被自己砍伤的狐狸也成了跛脚。据观察,这个人一定是被自己砍伤了脚逃走的那只狐狸。幻化的不错呀——伊织咋舌,不由得瑟瑟发抖,尿湿了裤子。

这时,骑马的女人和跛脚的侍卫在三言两语地讲着什么,不一会儿,侍卫牵起马从伊织藏身的草丛前通过。

(就趁现在。)

伊织想,但身体却不听使唤——不仅仅如此,身子的微微颤抖似乎还引起了那个跛脚侍卫的注意,他从马旁扭头瞥了伊织一眼。

那个侍卫的目光似乎比山那边红红的日头更耀眼。

于是——伊织不由得又伏在草丛中。从出生到现在的十四年里,伊织从未遇到过如此恐怖的事情。如果不是清楚现在自己所处的环境,伊织说不定真的能哇的一声哭出声来。

承办人

一

坡道比较陡。

兵库拉住马,挺着胸脯,调整着马的步伐。

"阿通,现在已经有些晚了啊!"

兵库抬着头说道。

"对于参拜来讲,现在是太晚了。太阳也落山了,叔父一定比较担心我们——应该会有人来接我们的,是不是走了什么绕远的路了?"

"嗯——"

阿通弯曲身子到马鞍的穿孔处,答非所问地说,

"这样不好。"

说罢,阿通从马背上跳下。兵库停下脚步,回头问怎么回事。

"让您牵马,作为女孩子的我却……"

"还是这么多虑。那让女子牵马,我来坐也是不合适的呀!"

"所以,我们两个人一起牵马吧!"

阿通和兵库分别在马脖子两侧，牵起缰绳。

他们越沿坡道向下走，道路就越暗。天空已满是繁星，山谷的人家也传出闪闪发亮的灯光。涩谷川的流水声越发清脆悦耳。

这座古川桥的前方是北日之洼、对面的山崖被称为南日之洼。

从这座桥前方到北侧山崖一带，有一所据说是看荣禀达和尚创建的佛教学校。

在坡道途中看到的写有"曹洞宗大学林栋树苑"的大门便是学校入口。

柳生家的宅邸，刚好在大学林的对面——南侧山崖上。

所以，沿涩谷川山谷居住的农民、小商人们称大学林的学僧为北众，称柳生家的门生为南众。

柳生兵库便身处在众门生之间，相当于宗家石舟斋的孙子，但马守的侄子。他平素不太受拘束，比较自由。

相对于大和的柳生本家，这里又被称为江户柳生。本家石舟斋最疼爱的就是这个孙子兵库。

兵库刚刚二十出头，就曾被加藤清正寄予厚望，高薪雇用他供职于肥后，享受俸禄三千石，居住于熊本。但是在关原之战以后,关东组和上方袒护的大名间有着极其复杂的政治关系，所以去年，借着宗家的大祖父病危这个机会，兵库回到了大和。然后声称自己还想游学练武，之后没有再回肥后，而是周游诸国一两年，从去年开始驻足于江户柳生的叔父这里。

今年兵库该有二十八了。刚好但马守的府内有一名叫阿通的女性。年纪相仿的两个人没过多久便走得很近。但是由于阿通有着比较复杂的经历，同时也碍于叔父的想法，兵库还没有向叔父和她本人提起过自己的想法。

二

——在这里必须说明一下的是，阿通为什么寄身于柳生家。

自从离开武藏，阿通已经三年音信全无了——从京都经过木曾街道，一直到江户——以下发生的事，就是在这途中发生的。

在福岛的关卡和奈良井的客栈之间挟持了阿通的坏蛋带着她骑上马，穿越山岭，向甲州方向逃来。

读者们应该还没有忘记那个杀人凶犯——本位田又八。阿通在又八的监视和束缚下，小心保护着自己的贞操。之后，武藏、城太郎等走散的人都摸索着来到江户的时候——她也在江户。

在哪儿？

都经历什么？

——如果这些都事无巨细地描述出来的话，就要再追溯到两年前了。所以在这里就简述一下阿通是如何被柳生家救下的。

又八到了江户，开始找事做。

（不管怎么说，吃饭是第一位。）

就连找事做的时候，又八也让阿通寸步不离。

（我们是从上方来的夫妇——）

不管走到哪里，又八都这样向别人介绍他和阿通。

因为江户城在进行改建，所以如果愿意帮助石匠、泥瓦匠、木匠做些事情的话，当天就能有活儿干。但是因为在伏见城的时候已经体验过这种工作的心酸劳累了，所以只问，

（有没有哪里能夫妇一起工作呀，比如说在家中进行些笔头工作？）

即使有人理他，也会带着几分厌恶说，

（即便是江户，也不会有你所说的那种，那么便宜的工作。）

然后大家就感到厌烦不再理睬他。

——就这样，又过去了几个月。阿通努力使他放松警惕，只要不侵犯她，阿通什么事都老老实实地听他的话。

有一天，阿通在路上遇到了一个运送带有二阶笠家徽的衣物箱的轿子队伍。躲闪到路旁行礼的时候，听人们议论说，

（那是柳生大人。）

（是将军家的习武教师，但马守大人吧！）

——阿通突然想起自己曾拜访过大和的柳生庄，说起来自己和柳生家也算有缘分了，如果这里是大和的话，心里不禁升起虚无的渴望，这时又八又在旁边，所以阿通只能茫然地望着行进的队列，

（啊，果然是阿通——阿通，阿通。）

有人在路旁散开的人群中搜寻着，叫着阿通。

是走在但马守轿侧的一名戴着蓑笠的武士——原来是在柳生庄熟识的——石舟斋的高徒木村助九郎。

这是慈悲的佛祖专程派来救我的吧！

（哦，是你呀！）

阿通赶紧扔下又八，走过去。

就这样，她被助九郎救下了，与助九郎一起到了日之洼的柳生家。当然，被抢走了猎物的又八不会甘心，

（有什么事的话，来柳生家。）

听助九郎这么一说，又八便不再出声了，对柳生家的畏惧加上自己的心虚，又八最后就只能眼睁睁地看着阿通跟着助九郎走了。

三

石舟斋一次都没来过江户，但是虽然人在柳生庄，还是会不时担心接受了秀忠将军的指导职务、在江户建造了新宅邸的但马守。

现在别说江户，全国上下一说起流派都会想到将军家学习的柳生刀法，

说起天下的名人都会第一时间想起但马守宗矩。纵然这样，在父亲石舟斋那里，总会批评但马守"要是没有那样的毛病就好了！""那么随心所欲能担当大任吗？"

看来不管是剑圣、名人父子，还是平凡、庸俗的父子，都有着相同的杞人忧天般的烦恼。

特别是石舟斋，从去年开始，就一直多病，觉得自己应该是快到天寿了，他越来越挂念孩子、孙子的将来。并将多年来一直跟随在自己身旁的门下四高足：出渊、庄田、村田等，分别举荐给了越前家、神原家和知己的大名家里，仿佛是在做着离开这个世界的准备。

另外，石舟斋让四高足中的木村助九郎从故乡搬到江户，是想让助九郎这样的深谙世情的人，陪在但马守身边，在关键时刻帮但马守一把。

以上，大致是柳生家最近两三年的事情。江户柳生的新宅邸——不，说得更家庭化一点，在但马守那里，这名女性和侄子，都是作为食客前来寄身的。

也就是阿通和柳生兵库。

助九郎带阿通来的时候，介绍说这是侍奉过石舟斋的女性，所以但马守很痛快地留下了她。

（不要有什么顾虑，在这里待多久都行。可以帮忙料理一些家务事。）

随后，侄子兵库也过来一同寄身于此。

因为这两个人是还很年轻的两个人。

所以，但马守总是站在家长的角度去操心他们的事情。

——但是，侄子兵库这个人，和但马守不同，兵库有着非常乐观开朗的性格，虽然会在意叔父的眼光，也还是会毫无顾忌地说，

（阿通真好。我喜欢阿通。）

但是，这个喜欢——看起来只是多少包含了些夸赞的意思。

不管是对叔父还是对阿通，兵库都不会说出要娶她为妻或我爱恋着她之类的话。

——这两个人现在还在牵着马，朝已经完全暗了下去的日之洼山谷走下去，最后在南面的斜坡处又稍向上攀了些，在靠右侧的柳生家门前停了下来，兵库敲了敲门，喊起看门人。

"平藏，开门——平藏——兵库和阿通回来啦！"

 急信

一

但马守宗矩才三十八岁。

他并不具备敏捷、刚毅等气质。与其说他是聪明人,注重精神层面,不如说他是理性的人。

在这一点,但马守与英明的父亲石舟斋不同,与侄子兵库的天才型特质也多少有些不同。

大御所家康向柳生家下达了,想找一位能担任秀忠老师的人并且让他来江户的命令后,石舟斋立刻从子、孙、外甥、弟子等人中,大规模遴选人才。

让但马守来吧!

这样决定,是因为石舟斋觉得但马守聪明、温和的性格更适合这个差使。柳生家的基本信条是"兵法大治天下"。

这也是石舟斋晚年的信条。所以他认为能担任将军家指导职务的人,除了但马守没有更合适的人选了。

另外,家康给孩子秀忠寻找剑道的老师,并不完全是为了让他能在剑术上有所长进。

家康自己也曾师从奥山某学习剑术,其目的是在领悟治国的道理——

要真正能够比较好地自成一派,除了个人能力的强弱,还应该把握好——天下统治之剑,这个原则。

要想领悟些治国的道理,也必须抱有这样的觉悟。

但是,胜利、彻底获胜、无论如何打败对方获得生存——这是剑道的出发点,也是最终的目标。所以有人可能会认为在面临个人比试的时候,以上观点可以放在次要位置,这样的借口是不成立的。

不,其实也可以认为是柳生家为了保持自己的威严,才必须考虑到这些,必须在这方面比别的流派做得好。

这也正是但马守的苦闷之处——他非常光荣地来到江户,被看作是一门之中的幸运儿,事实上,他也是在经受了非同一般的考验后,才获得这个机会的。

"真羡慕侄子!"

但马守每次见到兵库,总会在心里这样暗自低语。

"也好想能像他那样啊!"

但是从但马守所处的立场和他的性格来看,他是没有办法像兵库那样自

由自在的。

兵库现在正穿过那边的桥廊，向但马守的房间走来。

这个房屋是以豪壮为原则建造的，没有使用京工匠，为了模仿镰仓建筑风格，特意请来了地方上的工匠。这附近树稀山低，但马守住在这样的房屋中，可以解对柳生庄那个豪放风格的家宅的怀念之苦。

"叔父！"

兵库向里面望着，跪下了。

但马守知道是他来了，向中庭的草坪上望去，应道：

"是兵库吗？"

"不知您现在是否方便？"

"有事吗？"

"也没什么特别重要的事……就是听说……"

"进来吧！"

"那么……"

兵库走进屋子并坐下了。

虽然礼节烦琐，但是这是家风。在兵库看来，自己可以在祖父石舟斋面前表现出类似恃宠而骄的举动，但是在叔父这里，却完全不可以，叔父让人感觉难以接近。他总是端然而坐，有时甚至让人觉得他有些可怜。

二

但马守向来话很少，这次见到兵库来，突然问起：

"阿通呢？"

"回去了。"

兵库答道，

"去以前经常去的冰川之社参拜了，她回来的时候骑在马背上，任马到处乱走，耽误了时辰。"

"你去接的她吗？"

"是的。"

"……"

蜡烛的光亮照耀着但马守的侧脸，但马守沉默了一会儿，又开口道，

"就这样把一个年轻女子留在家中也不是长久之计。我也跟助九郎说过了，你们找适当的时机，了解一下她是否还有别的去处。"

"……但是。"

兵库有些犹豫的样子，

"听说她的身世蛮可怜的，也没有什么亲人了。怕是除了这里，不再有容身之处了。"

"如果这样想的话，这样的事怕是没完没了了。"

"祖父大人也曾说过——她是一个性情不错的姑娘。"

"没说她不好——可是在这个年轻男子众多的府内，长久安置一个年轻漂亮的女子，让前来拜访的人怎么看，武士们也会被迷乱心性的。"

"……"

自己还没有妻室，对阿通也没有过什么说不出口的龌龊想法。兵库没想到叔父会私下向自己提出意见。

不过，叔父这番话，也可能是为他自己而说的。但马守有一个权贵家庭出身的、过着深居简出生活的妻子，外人很难知道她与但马守是否和睦——但是，对于一名身处深宅的年轻女性来说，夫君身边经常出现像阿通这样的女性，绝不是件痛快的事。

今晚会不会也会闹得比较不愉快——时常看到但马守一个人在外屋一副寂然的样子。

（夫妻间发生了什么了吧？）

况且，以但马守那认真的脾气，他绝不会因为是女人的话，就随随便便大喝一声，

"住嘴——"

对外，他时刻铭记自己是将军家师父，注意言行。对于妻室，他也总是凡事认真的样子，注意一些原本不必要的事情。

——这样的但马守从不轻易对别人表露出自己的情绪，时常一个人陷入沉思。

"我会和助九郎商量一下，把这件事处理好。阿通的事情，就交给我们吧！"

体察到叔父的心思，兵库说道。但马守又嘱咐了句，

"最好尽快。"

此时，木村助九郎刚好走到偏房处，

"大人。"

说着，助九郎将手中信匣放在面前，坐在了远离灯影的地方。

"怎么了？"

但马守扭头望去，助九郎稍向前移了下双膝，说道，

"刚刚，从家乡那边过来一名快马信使。"

三

"——快马？"

但马守声音发颤，担心自己的担忧变成了现实。

兵库也几乎是意识到了同样的事情。但是因为不好说出口，所以只是将助九郎面前的信匣取了过来，

"什么事呢？"

说着，将信匣递到了叔父的手中。

但马守打开信件。

是故乡柳生庄的总管——庄田喜左卫门传来的飞马告急信，潦草的书写也彰显着事情的紧急程度：

    大祖（石舟斋）大人御事

    依旧是患病一事

    这次情形非同小可

    非常担心，唯恐有事

    可是大人依旧坚强刚毅

    叮嘱说即使身有不测

    因为但马守担当着将军家师父的大任

    也不用让他回乡

    虽说如此，但作为臣下

    我们商议后，觉得不管怎么说还是应该急信告知您此事

"……病危。"

但马守、兵库都不由得小声自语道，一时黯然。

兵库看着叔父，他的表情像是已经有了决断。即使在这种场合下，也能不慌不乱，马上有所决断，不得不佩服但马守的聪明之处。兵库目前心里一团糟，祖父去世的样子、故乡家臣们的叹息等——能想到的只有这些，完全失去了判断能力。

"兵库。"

"是。"

"能不能代我回去一趟？"

"明白。"

"江户这边——一切请他老人家放心。"

"我会传达的。"

"也拜托看护了。"

"是。"

"因为是急信，所以应该是状况很不好了。拜托神佛保佑……快些吧。希望能来得及。"

"——那么！"

"现在能出发吗？"

"我随时可以出发。希望，至少在这个时候，能帮上忙。"

兵库向叔父告辞，赶紧走回自己的房间。

就在他进行行装准备的时候——这个故乡传来的噩耗已经被传得连仆人都晓得了，整个府内弥漫着忧伤的气息。

阿通不知何时悄悄地来到了他的房间，她已经先一步做好了出门准备，

"——兵库大人。请带我一起过去吧！"

阿通哭着请求着。

"虽然我做不了什么，但是至少想到石舟斋大人的枕边探望，尽一点微薄之力，回报大人的恩情。在柳生庄曾承蒙厚恩，现在在江户的宅邸所受的待遇，恐怕也是仰仗了大人……请带我一同前去吧！"

兵库了解阿通的性情。若是叔父的话，恐怕会拒绝她，但是他自己无法拒绝这个请求。

更何况，刚刚但马守的那一番话，这正是个好机会也说不定，

"好。但是，我们必须快马加鞭。虽说是乘坐马车或轿舆，你能跟得上我吗？"

兵库追问道。

"可以，不管如何紧急——"

阿通非常欣喜的样子，擦干眼泪，赶紧帮助兵库进行准备。

四

阿通又去但马守宗矩的房屋内，向但马守表明了自己的心迹，并行礼答谢这么长时间以来对自己的照顾。

"噢，能过去啊。想必看到你，病人一定会很高兴的！"

但马守也没有异议。

"路上小心！"

送盘缠、饯行等，大家满怀离别之情。

家臣们打开门，在门两侧目送他们。

"告辞。"

兵库向他们一一告辞后，带着阿通离开了。

阿通将底襟提高，束上腰带，带上市女笠，拿起拐杖——又在肩上担上了藤花，看起来很像大津绘的藤娘——大家都依依不舍，因为明天起将不再能看到温婉的她。

乘坐之物，在所路过的驿道处雇用，兵库和阿通打算争取晚上能赶到三轩家附近。

兵库告诉阿通，他们出了大山街道后，会乘坐玉川的渡船，最后向东海道方向走。

阿通的市女笠已经被夜露打湿了。沿着长满深草的谷间川，一直走到了宽阔的坡道处。

"道玄坡。"

兵库自言自语般地告诉阿通。

这里自镰仓时代以来，便成为关东往来之冲要，现在道路被拓宽了许多，郁郁葱葱的树木包围着左右的小山峰，到了夜晚，周围一片寂静。

"是不是觉得很孤单啊，都没什么人影。"

兵库大跨步地走着，时不时停下来等下阿通。

"没有啊！"

阿通加快了脚步。

如果因为自己，而延迟到达柳生庄，让病人久等，那就太过意不去了。

"这里可是山贼经常出没的地方。"

"山贼。"

阿通睁大了眼睛。兵库笑了，

"这是从前的事情。和田义盛一族的道玄太郎之类，曾沦落为山贼，驻扎于附近洞穴之中。"

"不要讲这么吓人的事了。"

"我讲是因为你觉得这里还不够寂静吓人的。"

"啊，你真坏！"

"哈哈哈哈……"

兵库的笑声在四周黑暗的树丛中回响。

不知为什么，兵库有些兴高采烈的样子。是因为祖父病笃才踏上旅途的——按理说，不该有这样的情绪存在，只是没想到会有机会和阿通一起踏上旅途。

"——啊呀！"

阿通好像看到了什么，后退了几步。

"怎么了？"

兵库的手无意识地护在阿通的背后。

"……好像有什么东西！"

"在哪儿？"

"咦，是个孩子。在那边的路旁坐着呢……怎么回事，他还在念叨着什么，真是让人害怕。"

"……"

兵库走进一看，是今天黄昏，和阿通一同回宅邸时，碰见的那个在躲在草丛中的孩子。

五

一看到兵库和阿通，伊织"啊"的一声跳了起来。

"畜生。"

伊织边叫着边劈刀砍来。

"啊——"

听到阿通的叫声,伊织又专对准阿通砍来,

"狐狸。这只狐狸。"

他就像被什么附身了一样,上来就是一刀,兵库也被逼得毫无防备地后退一步。可是毕竟是个孩子,力气不大,拿的又是把小刀,所以没多大的杀伤力。不过他此时的表情却不容小觑。

"狐狸,狐狸!"

伊织的声音像个老太婆一样,有些嘶哑。兵库对于他的举动一时摸不着头脑,只是避开他的刀,观望着。

"——想怎么样!"

伊织挥着刀,一刀劈在身旁的一棵较高的灌木上,灌木的一部分啪嚓一声落在草丛中,他自己也顺着惯性软绵绵地坐在了地上。

"想怎么样!狐狸!"

肩膀因为喘息而一耸一耸的。

那样子就像刚刚费劲全力浴血杀敌了一样。兵库微笑着朝阿通望去。

"好可怜,这个孩子好像被狐狸附体了!"

"……是啊,这样说来,他的眼睛好吓人!"

"就像狐狸一样。"

"能不能帮帮他?"

"疯子和傻子,是没办法应付的。然而这种情况,小菜一碟!"

兵库来到伊织的面前,盯着他的脸。

哇的一声,眼睛翻白的伊织再次拿起刀,

"畜、畜生,还在啊?"

伊织刚想站起来,被兵库的一声大喝给镇住了。

"喂——"

兵库横抱起伊织跑了起来。下了坡道后,有一座刚刚路过的桥。一直跑到桥上,兵库提着伊织的两只脚,将伊织头朝下吊在栏杆外。

"啊,妈妈!"

伊织尖叫,

"爸爸!"

兵库还是不放下他。最后,伊织带着哭腔道,

"先生。救救我!"

阿通从后面追赶了过来,看到兵库正在吊着伊织,能想象得到那种不适的感觉,

"不行,不行,兵库大人!不要对孩子做这么过分的事。"

兵库终于将伊织移回桥面,

"已经差不多了吧！"

说着，兵库放开了手。

哇、哇……伊织大哭。仿佛在因这个世界上没人能听到自己的哭声而悲伤，越哭越大声。

阿通走到他的身旁，轻轻抚上他的肩。他已经不像刚刚那般用力地耸着肩了。

"……你是哪里的孩子？"

伊织边抽泣边指道，

"那边——"

"那边……哪边？"

"江户。"

"江户的？"

"伯乐町。"

"啊，为什么从那么远的地方跑过来？"

"来送信的，迷路了。"

"白天就一直在赶路了吧？"

"不——"

伊织摇着头，心情稍平复了些。

"从昨天开始。"

"啊……已经迷路两天了呀！"

阿通顿生怜悯之情。

六

阿通于是又问道：

"送信的，送去哪里？"

伊织就像正等着别人问一样，

"柳生大人——"

然后从怀里掏出拼了命保护的、已经皱巴巴的信纸，通过星光可以隐约看到上面的文字，

"这是给柳生府上一名木村助九郎大人的信。"

伊织又补充道。

唉，伊织为什么不此时把这封信给好不容易遇到的如此亲切的人看看呢？

是因为使命在身，不容闪失吗？

还是不可预测的命运之类的，悄悄地不让伊织这样做。

而此时对于阿通来说，伊织紧握的这张被揉得皱巴巴的信纸，比七夕的星星还珍贵。这是来自这几年，只能在梦里相见的，连封信都不曾收到过的人的手笔。

——真是天赐机缘。

虽然阿通很想知道这封信的内容，不过并没有流露出来，

"兵库大人，这个孩子在找府上的木村大人！"

阿通回头望向兵库。

"好像是完全辨别不清方向了啊——孩子，已经就在附近了。沿着这条河再走走，然后向左方转。那有一个三岔口，在那里再向黑红松那边走。"

"会不会又被狐狸附体啊？"

阿通有些担心。

伊织则像周围终于云开雾散了一样，又重拾了自信，

"谢谢！"

说着，跑了出去。

沿着涩谷川，再稍走走啊，他琢磨着，停住了脚步。

"再向左，向左走！"

一边再次确认着方位，一边用手指着路嘀咕着。

"嗯——"

兵库在后面点着头目送着他，

"前面比较黑，路上小心。"

——已经没什么回音了。

伊织的背影就像被满布绿叶的山丘小路给吸了进去一样，不多时就消失不见了。

兵库和阿通还在桥的栏杆处站着，向那边望着，

"挺机灵的，这个小孩儿！"

"有些小聪明。"

她在心中暗自拿伊织和城太郎比较着。

她记忆中的城太郎，和现在的伊织差不多高，算算今年该有十七岁了。

（现在是什么样子了呢？）

紧接着阿通对武藏的爱恋般的思念又涌上心头。

（会在什么地方碰到吧？）

阿通幻想着。对于这种由相思之苦所带来的煎熬，阿通已经习惯了。

"喂，快点。今晚我们必须加紧赶路了。不能再耽误行程了！"

兵库像是也在告诫自己般说道。他也明白自己平日里那总是过于悠闲的缺点。

——阿通赶紧跟上，心却留在了路边的草上，也不和兵库讲话，独自想着心事。

（这些花花草草，是不是被武藏大人踩过呢？）

假名书写的佛经

一

"喂，老婆婆，在习字吗？"

从外面进来的菰十郎，朝阿杉婆的屋里张望了一眼，非常敬佩地问道。

这是半瓦弥次兵卫的家。

阿杉婆扭过头，

"是的。"

然后就像嫌吵一样，不再理他，又重新拿起笔，心无旁骛地写了起来。

菰十郎悄悄地坐过去，咕哝道，

"啊，在写经文啊！"

阿杉婆依旧没理他。

"都这么大年纪了，习字又能怎么样。还想成为习字先生吗？"

"不好意思，抄写经文必须进入无我境界，请你出去。"

"今天在外面听到了一些事情，想快点讲给你听才回来的。"

"随后再讲吧！"

"什么时候写完？"

"每个字上都有菩萨的心意，我必须认真写，抄写完一部大概要三天吧！"

"这字写得真够久的。"

"三天算什么，这一夏天我都要抄写呢。在有生之年，我要抄写上千部经文留给这世间的不孝子孙们。"

"啊，上千部。"

"这是我的宏愿。"

"抄写经文给不孝子孙，为什么突然这样想啊，能告诉我吗。不是自夸，我应该也算不孝子孙了。"

"你也不孝顺吗？"

"在这个房子里游手好闲的品行不端者，大家都是翻越了不孝山过来的吧——孝顺该是父母给的。"

"真是个令人叹息的世道啊？"

"啊哈哈哈哈。婆婆，怎么看你这么沮丧呢。看起来，你的孩子也不怎样吧？"

"那个人才是个让父母哭泣的浑蛋呢。想到这世界上怎么会有像又八这么不孝的人，就不得不抄写经文，要让世间的不孝者们都读读——让父母伤心的人，很多吧！"

"那么，是打算抄写上千部，然后分给上千个人喽！"

"只要一个人有菩萨的悟性，这个人就能感化上百人。培养上百人有菩萨心肠的话，又能感化千万人。可不要小看我的宏愿。"

说着，阿杉婆放下了笔头，从堆放在一旁的，抄写好了的不算厚的五六部经文里，抽出了一册，毕恭毕敬地将经文递出，

"——这个给你吧，有空读读！"

菰十郎看到阿杉婆那么认真的面孔，忍不住笑了出来。但怎么着也不能像对待手纸一样将它随便揣进怀里，菰十郎便用额头碰触着经文，边做出参拜的样子，边紧急转换着话题，

"那个——婆婆，是不是你的信仰起了作用，今天，我在外面碰到了一个厉害的家伙。"

"什么。遇到了谁？"

"婆婆一直在找的仇人，叫宫本武藏的。我看到他乘隅田川的渡船过来了。"

二

"啊，遇到了武藏？"

听到这些，阿杉婆哪里还顾得上写经文，撑着桌子问道，

"是的，然后知不知道他又去哪里了。有没有查问过他的行踪？"

"在你面前的可是精明的菰十郎。我装作和他分开了的样子，其实暗中躲在小胡同里跟踪了他。他去了伯乐町的客栈，在那里留宿了。"

"哦，离木工町是不是很近？"

"也不是太近。"

"不，挺近的，挺近的。之前我以为他会永远和我隔上千山万水，遍寻不到。没想到，现在居然在同一个地方。"

"是呀，伯乐町也在日本桥的这边，木工町也在日本桥的这边，没有十万亿土地那么远。"

阿杉婆嗖的一下站了起来，翻起壁橱来，找出一把祖传的短刀，

"阿菰，快给我带路。"

"去哪儿？"

"你不是知道吗？"

"原本以为你这个婆婆挺有耐性的，没想到这么急脾气。现在就去伯乐町吗？"

"对。我就等着这一天呢。若是我变成了骨头，请将我送回美作的吉野乡，本位田家！"

"嗯，等等。如果真成了那样子的话，我原本是做好事送来线索的，如果真成了那样，我会被头儿骂的。"

"现在怎么能有那么多的顾虑。武藏可不是一直都会在客栈待下去的。"

"这个没关系,我安排人在那儿盯着他了。"

"你保证不会让他逃掉吗?"

"什么啊,这好像……成了我在跟您讨人情了——没办法,老人家吗?保证了保证了。"

菰十郎安慰道,

"越是这个时候越需要沉着冷静,越需要抄写经文。"

"弥次兵卫今天在家吗?"

"头儿今天和别人一起参拜神社去了,去了秩父的三峰,不知道什么时候回来。"

"那就等等,和他商量一下。"

"但是有一点,等佐佐木小次郎大人来了,再商量怎么样?"

第二天早晨。

据在伯乐町,盯武藏的探子那里来报,

(武藏昨天在客栈斜前方的磨刀店谈话谈到很晚,今天早晨在客栈结了账,直接搬过去了,就住在磨刀师厨子野耕介家中二楼。)

阿杉婆看了这个,一副"怎么样,验证了我的话了吧"的神态向菰十郎说道:

"看看吧,我说过了他是一个活人,不可能一动不动地一直待在一个地方。"

其实今早开始这个阿杉婆就已经在写经桌前坐不住了。

不过,菰十郎以及半瓦府上的人,都了解阿杉婆的这种个性,都没放在心上。

"武藏再怎么厉害,他也不可能长了翅膀。好了,不要着急。随后童仆小六会去佐佐木小次郎大人那儿,仔细地跟他商量一下。"

听菰十郎这样一说,阿杉婆又按捺不住了。

"什么呀,昨天说去小次郎那里,还没有去吗——真是麻烦啊,我自己去得了,小次郎住在什么地方,告诉我一下。"

阿杉婆已经开始在自己房里准备起身的东西了。

三

佐佐木小次郎住在细川藩的重臣岩间角兵卫的宅邸内,他的房屋在其中自成一栋——这座岩间角兵卫的私宅在高轮街道伊皿子坡道的半山腰,是一栋俗称"月之岬"的高型建筑物,有着朱红色的门。

——半瓦的人极其娴熟地将详细地址告诉给阿杉婆,就像他们闭着眼睛都能找到一样。

"知道了。"

阿杉婆怕年轻人嘲笑自己年纪大一般地应答着，

"也不是什么太难找的地方，很容易就能找到的，这里就拜托了。你们老大今天也是外出的，你们在家要小心火烛。"

说罢，阿杉婆系好草鞋的绳结，拄着拐杖，腰间别上家传的短腰刀出了半瓦家。

不知因为什么事，菰十郎赶紧追了出来，

"喂——婆婆！"

阿杉婆扭过头来，

"我要出发了。刚刚我让他们告诉我佐佐木小次郎先生的住所了，放心吧！"

"真是个让人没辙的婆婆——喂喂小六兄弟。"

从里面宽敞的侍者屋跑出一个原本正在玩耍的童仆小六：

"什么事，哥哥？"

"什么什么事，因为你自以为是，昨晚没有去佐佐木小次郎先生那里，现在婆婆生气了，要自己去了。"

"想自己去，就自己去呗！"

"这可不行。头儿回来后，她肯定会告我们的状。"

"婆婆是个嘴很厉害的人，唉——"

"正因为太厉害了，身体瘦得像螳螂一样，仿佛一折就能折断。可是光心气强，也不顶用啊，如果被马踏了之类，就完了。"

"切，真是麻烦啊！"

"抱歉啊，她现在刚刚出发，你追上她，带她到佐佐木小次郎先生的住处去吧？"

"你都没这样照顾过你的父母。"

"所以我会因为这点，自取灭亡的，唉——"

小六带着一半去玩的心情，追上了阿杉婆。

菰十郎则抱着郁闷的心情进入侍者屋，倒身在一个角落里睡下了。

房间有三十块榻榻米那么宽，铺着灯芯草草席，在触手能及的地方，放置着大刀、短矛、钩棒等。

板壁的钉子上杂乱地挂着每天在这里起居的小混混儿们的手巾、换洗衣物、火灾头巾、汗衫等。这里面还夹杂着一件红绸里子的漂亮女款窄袖便服，一面泥金画镜子。

曾经有人叫道："什么玩意，居然有这种东西？"

想把它们扔出去。

"不能扔。这是佐佐木小次郎先生挂的。"

有人这样说。

若要追问理由，是因为"将很多混小子装进一个房间的话，大家容易烦躁，会因为一点小事而起杀气。而这种杀气应该留到真正生死攸关的场合去爆发，不应该浪费在这里"，先生对头儿这样说。

"但是，女款窄袖便服和泥金画的镜子能缓和杀气吗？"

"呀，糊弄人吧！"

"谁呀？"

"你别开玩笑，我什么时候……"

"得了，得了。"

现在在大房子的正中间，这些趁着半瓦外出而聚众赌博的人，已经从他们的眉宇间上升出腾腾杀气了。

四

菰十郎一看这架势：

"真是没完没了了。"

说着，翻了个身，平躺着，盘起腿，望向天花板。这群人的胜负纠结，让人没法午睡。

自己也没有加入这群下等赌徒将他们榨干的本事，唉。想着想着，菰十郎闭上了眼睛。

"切，今天真是扫兴，不走运！"

一个弹尽粮绝的人带着一副惨淡的面孔，走到菰十郎的身边来了，和菰十郎一起躺在枕头上。两个人、三个人，过来躺下的都是些不走运，遭遇惨败的人。

有一个人无意中发现了从菰十郎怀中掉下来的——一部经文。

"菰大哥，这是什么？"

这个人拿起经文，一脸惊讶，

"这不是经书吗。居然拿着这种跟你不搭调的东西，中了巫术吗？"

刚刚有些睡意的菰十郎，快快不乐地睁开眼睛，

"哦……这个呀。这是本位田的婆婆抄写的，她立下了要在有生之年抄写千部经文的宏愿。"

"哪个？"

有个也瞥见了经文的人，一把将它夺了过去，

"还真是，是这个婆婆的笔迹。还注有方便儿童阅读的假名。"

"那么，你也能读喽！"

"这个怎么能有不能读的道理？"

"那就读上一节，用优美的声音给我们朗读一下？"

"开玩笑，又不是唱歌！"

"什么开玩笑，在很早很早以前，这种经文，就是用歌谣唱出来的——

赞歌不就是这样吗？"

"这可不是赞歌那样的句式。"

"什么样的句式都行，我们想听。若不让我们听，我们可要骂你了啊！"

"好好！"

"——那开始了。"

这个男人无可奈何地仰卧着，将经文举在脸的上方：

如是我闻

一时，佛

在王舍城耆阇崛山中

与大菩萨摩诃萨及声眷属俱

亦与比丘、比丘尼、优婆塞、优婆夷

一切诸天人民

及天龙鬼神

皆来集会

一心听佛说法如是我闻

一时，佛

在王舍城耆阇崛山中

与大菩萨摩诃萨及声眷属俱

亦与比丘、比丘尼、优婆塞、优婆夷

一切诸天人民

及天龙鬼神

皆来集会

一心听佛说法

瞻仰尊颜——

"什么事？"

"所谓比丘尼，是不是指那种灰黑色上涂上粉的，比去烟花巷玩还便宜的，那个……"

"嘘，别吵！"

佛言

世间的善男善女呀

父有慈爱之恩

母有爱怜之恩

因此

人生在世皆因

　　宿业之因

　　父母之缘

"什么呀！讲的是父亲和母亲的事吗。释迦牟尼之类的，只会讲一些人人知道的事。"

"闭嘴……你怎么这么烦人？"

"看，读的人不吭声了。我们正听得起劲呢！"

"行，要是不读了的话，就把刚才读的唱一遍。再加上点抑扬顿挫的音节——"

　　人

　　非父不生

　　非母不育

　　因此

　　气承于父

　　体承于母

读的人，毫不注重形象地，换了一个姿势，用手抠起鼻子来——

　　因此渊源

　　母之爱怜于子

　　无以伦比

　　此恩形于孕前

这会儿，察觉到大家都默不作声了，读的人也有些失去了劲头儿，

"喂，在听吗？"

"听着呢！"

　　胎怀身十月

　　行、住、坐、卧

　　诸多苦恼

　　因苦无止境

　　纵得吾所爱之饮食衣物

　　也无迷恋

　　只求安然生产

"累了，可以了吧！"

"都听得好好的，为什么停下来呀，再给唱唱。"

满月之际
生产之时
痛苦之至
父母身心俱惫
母忧子甚
亲人皆俱苦恼
母子俱显生堕草上
欣喜无限
且如不顺者得佛之如意珠

一开始还打打闹闹的这些人，渐渐斟酌出些韵味来，不由得愈听愈入迷。

子之啼声
如母之重生
以母之怀为枕
母之膝为乐
以母之乳获食
母之爱为命
非母不穿，非母不脱
虽母饥饿
仍吐食予子
无母无育
去离兰车，及子成人
十指甲中食子不净
据推……
饮母之乳
一日八十斛
计论母恩
昊天周极

"……"

"怎么了，喂？"

"马上,读。"
"哎呀,哭了吗。边哭鼻子边读的吗?"
"少开玩笑。"
虚张声势片刻后,继续读道,

　　母,受雇于邻
　　或汲水,或烧火
　　或推磨或拉磨
　　回家之时
　　身未到
　　先闻吾儿家中啼哭
　　想子所想所恋
　　不由心慌
　　乳汁流动
　　急急把家还
　　其儿遥见我来
　　摇头弄脑
　　鸣呼向母
　　母为其子曲身、舒两手
　　以口吻之
　　二情恩悲亲爱
　　慈重莫复
　　——二岁弄意始行
　　若非父不知火可烧身
　　若非母不知刀可割手
　　若非父不知毒可要命
　　若非母不知药可医病
　　父母行来值他座席
　　或得珍馐
　　不啖辍味怀挟来归
　　向其与子
　　十来九得恒常欢喜

"呀……你又哭鼻子了吗?"
"想起什么了?"
"行了,你这样边哭鼻子边读,弄的我都怪怪地想流泪了。"

六

小混混儿也都有父母。

这些粗野的、不知死活的、活一天算一天的、暴躁的家伙也不是从树木中蹦出来的。

只不过这些人，平时谁若提起父母，通常会受到同伴们的指责，

（你——没出息的家伙。）

（奇怪，这么大了还总父母父母的。）

久而久之，就都表现出一副无父无母的样子。

此时，父母的面孔被突然从心底召唤了出来，大家一片沉静。

刚开始的时候，还像鼻子下挂了灯笼一样，用滑稽的语调，哼唱般地、毫不上心地读《父母恩重经》，由于这部经文的语言就像"伊吕波"一样简单，念者听者渐渐地体会出其中意味。

（我也有父母呀！）

想起了父母，想起了喝着母乳，爬来爬去的小时候——虽然此时都是枕着双臂，将脚掌支向天花板或伸长，毛腿尽露地躺着，一副悠哉的样子，很多人却在不知不觉中流下了眼泪。

"呀……"

一个人对着读经的人说道，

"还有内容吗？"

"有。"

"再读给我听听"

"等下——"

读经的男人坐了起来，用纸擤了下鼻涕，继续读道，

遂至长大
朋友相随
父为子寻得好衣
母为子梳头摩发
倾尽所能，予子琼浆
于己则故衣蔽体
——既索妻妇得他子女
父母转疏
私房屋室共相语乐

不知谁低吟了一声，

"嗯，确实。"

> 父母年高气力衰老
> 所依唯有子
> 所赖唯有媳
> 然终朝至暮
> 不来借问
> 夜半衾冷
> 五体不安，谈笑不再
> 犹如孤客寄止他舍
> ——或急疾取使
> 十唤九违
> 尽不从顺
> 骂詈嗔恚
> 不如早死
> 父母闻之，悲哭懊恼
> 流泪双下，啼哭目肿
> 啊，汝初小时
> 非吾不长
> 非吾不材

"啊，但吾生汝……"

"啊，已经，我、我……读不下去了，谁来读？"

扔掉经书，诵读的男人哭了。

没有一个人发出声音。横躺着的人，仰脸朝上的人，像鸭子一样将头埋进盘坐的两腿间的人——

在这同一个屋子里，那边那堆人，正因为赌博的输赢，修罗似的瞪眼睛——这边，一群混混儿，却完全颠覆了往常作风，静悄悄地哭了起来。

有人在房门口，一边环视着这个房间内的奇妙景象，一边问道：

"半瓦还没回来吗？"

是佐佐木小次郎突然来访了。

 血色梅雨

一

热衷于赌博的人，沉浸在啜泣中的人，没有一个人应答。

"这是怎么了？"

小次郎只好走到用胳膊盖着脸，仰面躺着的菰十郎身边，再次问道，

"这是怎么了？"

菰十郎还有其他人都赶紧擦擦眼睛，擤擤鼻涕，站了起来，难为情地行了个礼。

"我们没察觉到您来了！"

"在哭吗？"

"没有，什么呀，没什么。"

"奇怪的家伙们——童仆小六呢？"

"刚刚跟着奶奶，去先生家了。"

"去我家。"

"是的。"

"那本位田的奶奶去我家里干什么？"

因为看见小次郎来了，刚刚还沉浸在赌博中的人赶紧散开了，菰十郎旁边那群哭鼻子的人也悄悄消失不见了。

菰十郎将自己昨天在渡船口遇见武藏的事情讲了一下，

"不凑巧，头儿刚好去旅行了，想着该怎么办呢，最后决定先去和先生商量一下吧？"

——一听说武藏，小次郎的眼里像燃出了火苗。

"啊，那么武藏现在在伯乐町啊？"

"没有，他已经跟客栈结了账，搬去客栈斜对面的磨刀师耕介的家中了。"

"嚯，这真是不可思议！"

"什么不可思议？"

"耕介那里正磨着我的爱剑'晒衣竿'。"

"咦，先生的那把长剑——原来如此，这可真是奇缘啊！"

"其实今天，已经可以去取剑了。"

"哦，那已经去过耕介店里了吗？"

"正打算来过这里后过去呢！"

"啊，这正好。如果先生您稀里糊涂地去了，被武藏发现了，他说不定会来个先发制人？"

"怎么我就这么怕武藏这个人吗——不过，婆婆要是不在的话，现在也谈不成事呀？"

"这会儿应该还没到伊皿子，马上叫一个腿脚快的人，把她叫回来吧！"

小次郎于是进了屋去等。

不久，到了掌灯的时候。

阿杉婆坐着轿子，童仆小六和刚刚去迎的男人跟在旁边，三个人慌慌张张地回来了。

夜晚，屋内议事。

小次郎已经等不到半瓦弥次兵卫回来了。他义愤填膺地说只要有他在，就一定会帮阿杉婆讨伐武藏。

菰十郎和童仆小六最近都通过流言隐约知道了武藏是多么厉害，甚至对小次郎到底能不能对付得了武藏有些怀疑。

"那我们快去吧！"

阿杉婆倔强地说：

"赶紧去收拾他。"

可是无奈到底是年纪大了。刚刚往返一趟伊皿子，已经累得腰疼——小次郎取剑一事最终被推到了第二天晚上。

二

第二天白天。

阿杉婆沐浴、涂牙、染发。

到了黄昏，阿杉婆又盛装打扮。她在被当作寿衣的白色内衣上，盖上了各地神社、寺院的印章。

有难波的住吉神社、京都的清水寺、男山八幡宫、江户浅草的观音寺、还有旅行各地时所求得的诸神佛护佑章印，阿杉婆相信这些一定会保佑自己的，比穿上连环甲还安心。

——同时，她没有忘记将留给儿子又八的遗书和自己抄写的一部《父母恩重经》塞进腰带背衬中藏好。

尤其让人惊讶的是，这个阿杉婆居然在钱包的底层也放上了一封信——

　　我虽年事已高，却仍因壮志未酬而不得安定。也许会因壮志而不能归返、半途病倒，若真有三长两短，望心善之人，用我袋中钱财，为我办后事，拜托!

　　作州吉野乡士

　　本位田后家　阿杉

就连自己尸骨的去处都已经想好了。

此时她腰带一刀，在小腿绑上白色绑腿，手戴护手，重新系好无袖上衣的腰带，准备好了一切。然后往起居室的写字台上倒了一碗水，

"去去就来。"

她闭着眼睛，像跟人告别一样。

应该是对死在旅途中的权叔讲话吧。

菰十郎眯缝着眼睛，从拉扇的缝隙，向内窥看着，

"婆婆，还没好吗？"

"在做些什么准备？"

"时候已经差不多了——小次郎也在等着呢？"

"行了，可以走了。"

"行了吗，那请到这边的屋子里来吧！"

在这里，佐佐木小次郎和童仆小六，再加上菰十郎，一行人已经等阿杉婆等得有一段时间了。

见阿杉婆来了，大家让出席间的座位，阿杉婆像木头人般硬邦邦地坐下了。

"出门前的祝酒。"

说着童仆小六拿过三角的素陶器和酒壶为阿杉婆斟酒。

然后是小次郎。

喝完酒后——四个人便熄灯出发了。

"我也去、我也去"，今晚这一趟，有不少不可一世的、想拔刀相助的喽啰叫嚷着要参加，但是人太多反而会碍手碍脚，而且虽说是晚上，还是需要避开江户町、乃至世间的耳目的，所以小次郎没有让他们去。

"我们等着你们。"

有一个喽啰对着向门外走去的四个人的背影喊了一声，并用火镰打出除邪保平安的火花。

外面，阴云密布。

在一片黑暗之中，布谷鸟的叫声，显得愈加清脆。

三

犬吠的声音不断传来。

就连鸟兽都明白今夜的不同寻常。

"哎呀？"

在十字路口处，童仆小六向后望去。

"怎么了，小六？"

"有个奇怪的家伙，一直在跟着我们。"

"哈哈，一定是屋里的年轻人，看来他们无论如何都要死乞白赖地来助阵了，有一两个人呢吧？"

"真是没办法呀。比起吃饭，更喜欢打打杀杀的一群家伙——怎么办？"

"不管他们，即使受到斥责，不让来，也还是跟来的人，有他们可靠的地方。"

于是——四个人便没再留意跟来的人，一路走到了伯乐町的拐角处。

"嗯……是这儿吧，磨刀师耕介的店。"

在远处对面的一个房檐下，小次郎嘀咕道。

其他人低声道：

"先生今晚是第一次来吗？"

"我是让岩间角兵卫来拜托磨剑的。"

"那怎么办？"

"就像刚刚商量的那样，阿杉婆还有你们都在那边的暗处先藏着。"

"武藏那家伙一看情形不好，会不会从后门逃走啊？"

"这个不用担心，武藏应该和我一样，都不是临阵脱逃的人。他一旦逃跑，也就失去了作为武士的生命。所以，他应该不会随便扭头就逃。"

"那我们分别藏在两侧檐下吧！"

"我会施计引武藏与我并肩向外走。走到十步左右的时候，先砍上他一刀——然后阿杉婆便可以上了。"

阿杉感激得几次伏地跪拜，

"谢谢……您仿佛就是那八幡宫里神明的化身。"

佐佐木小次郎转身背对着阿杉婆对自己的参拜，向"灵魂研磨所"厨子野耕介家走去，心中洋溢着他人无法想象的正义感。

其实他原本和武藏之间并无宿怨。

只是，随着武藏的名望越来越高，小次郎逐渐变得不快起来。而武藏，也因为了解小次郎有着不同寻常的气力，对他抱有一种特殊的戒备。

从几年前起，两个人之间就有了这样微妙的不快与戒备。当年两个人还都是充满活力的、霸气的年轻人，往往两个势均力敌的同伴更容易发生摩擦，他们的分歧也就这样产生了。

不过——

回想起来，除京都吉冈家的事以外，还有受着烈火般煎熬的朱实、现在的本位田家阿杉婆的事，小次郎和武藏之间虽说算不上宿怨，可也是绝对不能再相容的两个人了，他们之间的鸿沟越来越深。

——这会儿小次郎在潜移默化中将阿杉婆的情感与自己平日里那扭曲的情感混为了一谈，越发觉得自己是扶助弱者的正义化身。两个人的抗衡，已演变成一种宿命了。

站在耕介的店前，小次郎咚咚地敲起紧闭的门。

四

从门缝中，可以看到里面是有光亮的。虽然现在没什么人光顾店面，但是屋里面的人肯定是还没有睡下。

"——谁呀？"

貌似是店主的声音。

小次郎在门外答道，

"我曾让细川家的岩间角兵卫大人来拜托过磨剑。"

"啊，是那把长剑吗？"

"是的，请开开门。"

"稍等——"

——不一会儿，门被打开了。

双方互相盯着打量了一下。

耕介依旧挡在门口，态度冷淡地说道，

"还没有磨好。"

"——是吗？"

回答的时候，小次郎不管不顾地闯进里面，靠在了与隔壁房间相邻的门框上。

"什么时候磨好？"

"这个……"

耕介抓着自己的脸。长长的脸拉得更长了，外眼角下垂。好像在揶揄什么人一样，小次郎有些急了。

"已经过去好多天了吧？"

"我曾经跟岩间大人打过招呼。请他不要设定期限。"

"这么长时间，我也很为难啊！"

"若是为难的话，请先拿回吧！"

"什么？"

这不像是从一名工匠嘴里说出的话。小次郎也并没有仔细琢磨这个人心里到底在想什么，只是一味地认为这个男人和武藏肯定是早就知道自己会来，而现在是因为武藏在背后撑腰，他才敢这样说。

既然如此，还是早点进入正题的好。

"听说，你这里住着一位宫本武藏大人？"

"哦……从哪儿听说的？"

耕介显出稍有些意外的样子，含糊答道，

"有是有。"

"很久没有见到他了，我是在京都时认识的武藏大人。能不能帮我叫一下？"

"您的名字是……"

"佐佐木小次郎——跟他一提，他就会明白的。"

"反正我先替你传达一下吧！"

"啊，等等！"

"还有什么事？"

"我的到来似乎是太唐突了,就麻烦您对武藏说,因为我听细川家的家臣说,有见到很像武藏大人的人住在耕介的店里,所以过来想请武藏大人一起小酌几杯。"

"好的!"

耕介通过挂着布帘的门,向里面走去。

小次郎则独自琢磨起来,

(即使他不逃走,万一不上当,不出来,怎么办?那样的话就索性替阿杉婆报上姓名,逼他出来?)

想了两三种策略,这时——远远超乎他的预料,从外面的黑暗中,传来"啊"的一声惨叫。这已经不仅仅是普通的惨叫了,这声音足以让你有种不寒而栗的感觉,仿佛自己的性命也顷刻间受到了威胁。

五

——完了。

小次郎像被猛拽了一下,挺直了倚靠在门框上的腰。

——计谋被识破了。

不,是被将计就计了!

看来武藏是悄无声息地从后门转到外面,先对阿杉婆、阿菰、童仆小六这些弱者下手了。

"好吧,既然这样……"

小次郎冲进黑暗中。

机会来了,他想。

小次郎全身的肌肉紧绷着,燃起了热血沸腾的斗志。

(若有机会,要与他提剑相向。)

这是在睿山与大津之间的山口茶馆处,立下的誓言。

他从未忘记过自己的这个誓言。

机会来了。

若阿杉婆复仇不成反被害,我会拿武藏的血来祭奠阿杉婆。

——瞬间,小次郎的胸中充满了义侠的豪情壮志,他向前冲了十几步,

"先,先生——"

倒在路旁挣扎着的那个人,听到他的脚步声,痛苦地叫道。

"呀,小六?"

"……我被刺伤了……呀,被刺伤了……"

"十郎呢,怎么了……菰呢?"

"菰十郎也……"

"什么?"

再一看,在离自己五六米远的地方,菰十郎倒在血泊中,气若游丝。

不见了阿杉婆的踪影。

但是现在顾不上去找。小次郎悚然地警戒着,怕黑暗中猝不及防地蹿出武藏的身影。

"小六、小六——"

看着奄奄一息的童仆小六,他大声疾呼,

"武藏呢——武藏去哪儿了。武藏呢?"

"不,不对。"

小六摇着紧贴地面的、无力抬起的头,终于说出了话,

"不是武藏。"

"什么?"

"啊?不是武藏干的。"

"什,你说什么?"

"……"

"小六,再说一遍。不是武藏干的吗?"

"……"

童仆小六已经不能再回答了。

小次郎的脑袋一片混乱。不是武藏那是谁,是谁突然砍杀了两个人。

他又走向菰十郎的身旁,手扶在他那被鲜血浸染的颈后头发上。

"十郎,振作些——是谁干的,那个人去哪了?"

菰十郎睁开眼睛,没有回答小次郎的问题,也没有说发生了什么,而是拼尽最后一口气,用近似哭腔的无力的声音说道:

"娘……娘……不、不、不孝……"

昨天,《父母恩重经》才刚刚被消化在他的血液中,这会儿,又顺着伤口喷涌外溢。

——小次郎摸不着头脑,

"什么,在胡说什么?"

小次郎放下了菰十郎的脖颈。

六

——从哪里传来了阿杉婆的声音:

"小次郎大人,小次郎大人。"

循声音奔去——也是一片凄惨的景象。

阿杉婆掉进了污水沟。头发上、脸上粘着菜屑和草叶,

"拉我上去。快点,拉我上去。"

阿杉婆招着手。

"嗯,这到底是怎么了?"

小次郎极为气愤。他用力将阿杉婆拉了上来,阿杉婆像块抹布一样一下

坐在了地上。

"刚刚那个男的,跑去哪里了?"

这正是小次郎想知道的,现在阿杉婆却反而问他。

"阿杉婆!那个男的,是哪个男的?"

"我也还没弄明白是怎么回事——就是之前,我们在途中发现的那个尾随我们的人。"

"突然向菰十郎和童仆小六砍了过来吗?"

"是的,就像一阵风一样,突然从暗处蹿出来,一句话都不说,上去就先把菰十郎给刺伤了,然后就在童仆小六吃惊拔刀的时候,又砍向了小六。"

"向哪边逃了?"

"我因这无妄之灾,掉进了水沟。虽然看不见,但是听声音,应该是向那边逃去了。"

"河的那边吗?"

小次郎飞跑过去。

小次郎跑过马市的空地,来到柳原堤。

原野上堆着一些被采伐的柳木。前边有人影和光亮。走过去一看,地上放着四五顶轿子,轿夫们则正聚在一旁休息。

"喂,抬轿子的。"

"是的。"

"我有两个同伴在途中被砍伤了,还有一个掉进污水沟的阿杉婆,能不能用轿子将他们送到木工町的半瓦家。"

"啊,是试刀杀人吗?"

"出现试刀杀人了吗?"

"哎呀,真是,我们也不能大意了呀!"

"凶手刚刚从那边逃过来了,诸位有没有看见?"

"没看到吧,刚刚吗?"

"是的。"

"真是令人不快啊!"

轿夫抬来三顶空轿子。

"大人,那我们的工钱从哪里拿呢?"

"半瓦家!"

小次郎丢下这句话后,又继续向前追赶,同时留意河岸边、搜索木材堆的后面,可是依旧寻不到凶手的踪影。

(试刀杀人吗?)

再往回走一点,有一块防火用地上的毛泡桐田。通过那里后,他考虑要

空之卷

回半瓦家了。出师不顺，阿杉婆也不在。在这种混乱的状况下，和武藏刀剑相向不是什么明智之举。

就在这时，小次郎突然感觉桐树林的道旁有刀光。小次郎心下一惊，还没来得及看过去，随着四五片桐树叶的飘落，那刀光已经朝他的头直逼下来了。

七

"——好卑鄙！"

小次郎喝道。

"这不是卑鄙。"

第二刀朝着躲闪开的他再次砍来了——划破青铜树荫。

小次郎连转三圈，跳出七尺远，躲避攻击。

"武藏，你为什么不能堂堂正正……"

话刚说到一半，

"呀，谁……你是谁。是不是弄错对象了。"

小次郎感到很惊讶。

第三次出招，这个男人已经气喘吁吁了。到了第四刀，这个人仿佛突然察觉到了战法上的不妥，将刀停在半空中，眼睛的光芒映衬着刀的锋芒，锐利地瞪向小次郎。

"闭嘴。是认错人了吗。平河天神境内的小幡勘兵卫景宪的弟子，北条新藏，就是我。这样一说，你心里该有数了吧？"

"啊，小幡门的弟子。"

"你侮辱我的师父，还杀害了我的同门兄弟。"

"作为武士，你如果不服气，随时奉陪，我佐佐木小次郎是不会逃走的。"

"好，说得好，找的就是你。"

"不过要看你有没有那个本事了。"

"就让你看看我的本事。"

一尺——三寸——两寸。

看对方步步逼近，小次郎也打起精神，右手握向腰间的大刀。

"——来吧！"

就在北条新藏因他这两个字产生戒备，一愣神的瞬间，小次郎的身体——不，说得确切点，应该是他的上半身——向前一倾，飞肘出去，

——锵嘟！

下一个瞬间，他的刀已经归鞘了。

他的刀确实脱鞘飞出过，只不过在肉眼还来不及反应的时候，又已经归鞘了。旁人只能恍惚感觉到刚刚有一道细细的光芒划过北条新藏的脖颈附近。

可是——

新藏的身体,还是叉开两腿站着的姿态。并没有看见哪里有血流出。刚刚确实是受到了攻击,没错。新藏的刀仍停留在半空中,左手已经无意识地捂向了左侧颈部。

——这时,一个紧张的叫声从黑暗传来:

"啊……"

无法把握声音的来源,小次郎略有些慌张。黑暗中的脚步声,也因面前的景象,变得急促起来。

"这是怎么了?"

跑过来的是耕介。他看到木头般站在那里的新藏,心生奇怪,便过去扶了他一下,结果北条新藏的身体真的像枯死的树木般,直挺挺地向着耕介倒了下来。

耕介大吃一惊,向黑暗中叫道:

"呀,被杀了——来人哪!过路的、附近的,快来人哪!有人被杀了——"

伴随着耕介的叫声,新藏的脖子像裂开的贝壳般,露出红色的伤口,温热的液体涌向耕介的手腕、衣襟。

 心无旁骛

一

嘭——黑夜中,中庭的一颗青梅怦然坠地。武藏蹲在一盏灯前,连头都没有抬,完全没有理会大自然的这声招呼。

小小的光亮将他那乱蓬蓬的头发照得一览无余。他的发质看起来很干很硬,还有些微微发红的样子。若再仔细看看,会发现他的发根附近有一个很大的类似针灸痕迹的旧伤。这是他小的时候发疗疮留下的疤痕。

(有这样难养的孩子吗?)

记得那时母亲曾这样叹息。这疤痕,同他那倔强的性格,一直被保留到现在。

——武藏突然想起了母亲,被刀锋雕刻出的面孔,不知不觉中变成了母亲的样子。

方才……不,就是刚刚,在二楼的隔扇外面,这个房子的主人耕介曾来打招呼说,

(您还没休息吗?店里有个叫佐佐木小次郎的人来了,想见您,去见见他吗,还是跟他回话说您已经休息了……您看怎么回他……我会照您的意思

传达的。）

好像说了两三遍的样子——武藏自己也不太记得清到底有没有回答他了。

就在这时，

（啊？）

耕介应该是听到了什么声响，走开了——这些似乎都没有影响到武藏，武藏依旧弯着身子拿着小刀雕刻着这块八九寸长的木头，小桌子上、膝盖上、布满了木屑。

他在雕观音像——为了回报耕介送给自己那把无落款名刀——说好了要雕刻一个观音像。所以从昨天早晨开始，就开始动工了。

而耕介原本就是个容易对某种特定的事产生特别情绪的人，关于这个约定，他更是有个特别的期望。

那就是——

（既然好不容易让您雕刻一回，就用我秘藏多年的古木吧！）

等耕介毕恭毕敬地拿出木头，武藏一看，果然，这是块让人感觉大约枯了六七百年的、有一尺长的枕形木头。

可是，这样的一块古木边料，有什么不同寻常之处吗，武藏曾深感讶异。照耕介后来的解释，这是建造河内石川郡东条矶长的灵庙时用的木头，是天平年代的古木。有一次在修筑年久失修的圣德太子的御庙的时候，拆换柱子的粗俗的僧人、工匠们将它砍断，当作生火柴扔进了厨房。耕介当时正在旅行途中，看到这种情形，觉得实在是可惜，便捡了一块一尺左右的古木，拿了回来。

这块木头的木纹细致，雕刻起来感觉十分顺畅。武藏一想到，这不仅是耕介珍惜的木头，也是块绝无仅有的木头——反而手法生硬起来。

——咯噔，晚风吹倒了院里的柴火垛。

"……"

武藏抬起了头，仔细地听着外面的动静。

"是不是伊织呢？"

二

是不是一直在挂念的伊织回来了。后门好像不是被风吹开的。

耕介的叫喊声传了过来，

"快点，老婆。你在发什么呆？分秒必争啊，这是重伤。如果护理得好，能治好也说不定。他躺哪儿——哪儿都行，赶紧把他抬到一个安静的地方。"

跟着耕介抬人进来的其他人也在七嘴八舌地说着：

"有没有清洗伤口的酒水。没有的话，我回家去拿。"

"我赶紧去找医生。"

一阵骚乱过后,最后终于安静了些,

"近邻们,谢谢啦。不管怎么说,性命应该是无忧了,放心地回去睡觉吧!"

听耕介的话,感觉像自己的家人遭遇了什么不测——武藏想。

不能置之不理。武藏拍拍膝盖上的木屑,走下了梯子。发现走廊最里边的角落里有光亮,便向那边看了一眼,那里躺着一个快要死的重伤患者,耕介夫妇在旁边坐着。

"……咦,您还没睡啊!"

耕介发觉武藏过来了,扭过头,把席子又展开些。

武藏静静地挨着耕介坐下。

"这位是谁啊?"

灯下躺着的这个人面色惨白。

"吓坏我了……"

耕介一副受惊的样子,

"是我无意之中救下来的一个人,把他带到这儿一看,竟然是我的老主顾、我最敬重的甲州流兵法家小幡先生的门人。"

"这个人,是吗?"

"是的。他叫作北条新藏,北条安房守的儿子——为了学习兵法,常年跟随在小幡先生身边。"

"嗯——"

武藏掀开了一点裹在新藏头上的白布。刚刚用烧酒洗过的伤口,被刀砍得像贝壳的肉片一样,淡红色的颈动脉清晰可见。

命悬一线——人们常这样形容类似眼前这个人的这种状况。到底是谁有如此厉害、精湛的刀法。

从伤口来看,这把刀是从下向上砍,燕尾式收尾。若非如此,不会出现这样的伤口。

——斩燕刀法。

这是佐佐木小次郎最拿手的刀法,就在刚刚,耕介曾在门外传达过佐佐木小次郎的来访——武藏猛然想起。

"事情搞清楚了吗?"

"没有,还没什么头绪。"

"是吗——不过我知道是谁下的手了。等他伤好了后,我们再问问他。我觉得应该是佐佐木小次郎。"

武藏边说边点头肯定自己的判断。

空之卷

三

回到房间后，武藏枕着手臂，躺在了木屑中。

并不是没有寝具，只是没心情躺进被子里。

到今天，已经是第二天的晚上了。

伊织还没有回来。

就是迷路，也不会这么长时间走不回来吧。送信地是柳生家，木村助九郎又是熟人，难道是看伊织是个孩子，就留他住下来多玩几天了——

虽说挂念，武藏却没有太过担心，只是从昨天早晨开始雕刻观音像起，到现在已经是身心俱疲了。

在雕刻方面，武藏并不是一个行家，不能纯熟地运用各种技巧。

在他的心里，有一尊自己描绘好了的观音像。他努力使心中的那个形象呈现在木头上，可是虽然想竭尽全力、心无旁骛地雕刻，却总不断涌起各种杂念。

因此，总是在好不容易观音像即将成型之时，因为思绪杂乱，不得不重新修正雕刻——就这样反复几次后，这块天平年代的古木便如干的鲣鱼般，由八寸变成五寸，再到三寸了。

——在恍惚听到的杜鹃的啼叫声中，武藏打了片刻的盹儿。因为身体比较好，再睁开眼睛的时候，疲劳已经尽消了。

"这次一定要成功。"

武藏下定决心。

去院里的水井处洗涮过后，他点亮拂晓前的灯光，深吸一口气，再次拿起刻刀。

睡前和睡后就是不一样，运刀自如多了。古木的纹理下，千年前的文化化作细小的旋涡。如果再雕刻失败的话，这块珍贵的木材便要再一次成为边角料了。不管怎么说，今天晚上一定要雕刻好。

就像拿剑杀敌时一样，他的眼睛熠熠生辉，刻刀中充满力量。

不伸腰。

不喝水。

全然不知天已经亮了——小鸟开始啼叫了——除了他这里，家家户户都已经打开房门了，他进入了禅定的境界。

"武藏大人"

怎么了？耕介有些奇怪，便从后面开门进来了，武藏这才伸了个懒腰，

"啊，不行。"

他扔掉了刻刀。

一看，原本就在不断地切削中变得瘦削的木头，此时已经剩不到拇指大小了，其余全成了木屑，雪一样地堆积在武藏的膝盖周围。

耕介睁大了眼睛，

"啊，不行吗？"

"嗯，不行。"

"天平年代的古木呢！"

"全被削了——再怎么削，菩萨也不在古木中出现。"

回归自我，发出叹息之声，武藏终于从观音雕像和烦恼中解放出来了，他两手交叉在脑后，仰面躺下，

"不行，今后得修些禅事。"

终于可以闭眼休息了，种种杂念终于随风远去，平静的脑海中只有"空"字。

四

清晨，客人吵吵闹闹地来往于土房内。多数是伯乐。连续四五日的马市在昨天闭市了，这里的客栈也从昨天开始就闲置下来了。

伊织今天早晨终于回来了，急忙向二楼走去。

"喂喂——孩子。"

客栈的老板娘赶紧叫住了伊织。

伊织站在梯子中间问：

"怎么了？"

向下正好看见老板娘的头发稀疏的头顶。

"去哪儿啊！"

"我？"

"啊，是啊！"

"我和我的先生住在二楼呀！"

"是吗？"

老板娘一副纳闷的表情，

"你是什么时候出去的？"

"这个？"

掐指一算——

"前天的前一天吧？"

"那就是大前天。"

"对对。"

"说去柳生大人那里的是你吧？"

"啊，是呀！"

"什么是呀，柳生大人的宅邸可是在江户内呀！"

"是阿姨您告诉我在木挽町，我才绕了远的。那里去是仓房，住的地方是在麻布村的日之洼。"

"不管怎么说，也要不了三天啊。是不是被狐狸迷住了？"

"您可真清楚，阿姨您是狐狸的亲戚吧！"

开着玩笑，伊织又想向上走，老板娘赶紧又叫住了他，

"你的先生已经不住这里了？"

"骗我吧！"

伊织并没有当真，继续爬楼梯，过了一会儿，发着呆下来了，

"阿姨，先生换到别的房间去了吗？"

"这个多疑的孩子，明明告诉你你的先生已经走了。"

"啊，是真的吗？"

"要是还不信的话，你可以看一下账面，他是结了帐的。"

"为，为什么，为什么不等我回来？"

"因为你回来太晚了。"

"但是……"

伊织哭了起来，

"阿姨，先生去哪儿了，知道吗，有没有留下什么话。"

"没听他说什么。一定是觉得带你这样一个孩子走，对他也没什么好处，就把你给扔了。"

伊织的脸色一变，跑到街上——东看看，西看看，仰望天空，眼泪断线珠子般向下坠，老板娘看了他这个样子，边拿木梳梳头顶稀疏的头发，边忍不住笑了，

"骗你的，骗你的。你的先生搬去对面磨刀店店主家中的二楼了。还在这里，别哭了，去看看吧。"

这么一说，在话音落地的同时，从街上飞来一只草鞋砸在老板娘的柜台上。

五

走到睡着的武藏身边，伊织诚惶诚恐地说了句：

"我回来啦！"

耕介将伊织带来后，就马上蹑手蹑脚地回到了正屋的病房内——

现在这个家让人感觉有股阴气。伊织也感觉到了。

再一看，武藏周围散落着许多木屑，燃尽了光亮的烛台也还没收拾。

"回来啦！"

伊织很担心会被武藏骂。所以不敢大声叫醒武藏。

"谁啊？"

武藏说着睁开眼睛。

"是伊织。"

武藏马上坐了起来。确认了端坐在那里的伊织确实无恙后，松了一口气，

"伊织啊！"

这样说了一句后，便不再说什么了。

"回来晚了。"

见武藏仍没说什么，伊织就又加上一句，

"对不起！"

接着行了一个礼，武藏依旧没有说什么。只是重新系了下腰带，吩咐了一句，

"把窗户打开，打扫一下这里。"

武藏便出去了。

"是。"

伊织借来这家的扫帚，开始打扫。可心里依旧挂念着武藏去做什么了，便向院里望了一眼，武藏正在井边漱口。

井周围，落着很多青梅。伊织一看见这些青梅，马上想起了腌青梅的美味。如果把这些都捡起来，腌一下的话，一年都不用愁梅干了，这儿的人为什么就这么扔着它们呢？

"耕介先生，伤者怎么样了？"

武藏边擦脸边朝里屋问道。

"稳定多了。"

里面传来耕介的声音。

"辛苦了。随后由我来替您照料吧！"

耕介说了些还不用的话后，说道，

"不过，我想这件事应该去平河天神的小幡勘兵卫景宪大人那里通报一声，想请您帮忙找下人手。"

"那我就去一趟，或让伊织再跑一趟。"武藏应道。回到二楼的房间，里面已经很迅速地被打扫干净了。

武藏坐了下来，

"伊织。"

"是。"

"上次送信的事情，办得怎么样？"

——原本担心会被突然训斥的伊织，终于露出了笑容，

"我去过了，从柳生大人府上的木村助九郎大人那里拿到了回信。"

说着，伊织很得意地从口袋里掏出一封信。

"我看看……"

武藏伸手接过伊织上前递过来的信。

在木村助九郎的回信中写着：

虽然您衷心期盼，但是柳生流是将军家的秘传流派，不准任何人公然比武。若您不为比武而来，主人但马守大人可能还会去武场问候您。若一定想了解一下柳生流真髓的话，最好能接触柳生兵库先生。不凑巧的是，兵库先生因为本家大和的石舟斋大人病危，昨夜赶回去了。非常遗憾，现在家里上下正在担心此事，或者另择他日拜访但马守大人，您看怎么样？

最后，信中又追加一句，
（到时，我再加以引见。）
武藏边笑边将这长长的信纸收了起来。
看到武藏的笑容，伊织更加安心了，伸开了一直拘束地保持正襟危坐的腿，
"先生，柳生大人的府上不是在木挽町，是在麻布村的日之洼。他的家好大好气派啊。木村助九郎大人还款待我吃了很多好吃的东西呢！"
伊织刚打算放开话匣子，只见武藏的眉毛稍皱了下，叫了声，
"伊织。"
看见先生脸色不对，伊织赶紧缩回了腿，正色答道，
"是的。"
"再怎么走错路，已经三天过去了，不至于这么迟吧。为什么这么迟才回来？"
"在麻布山上，被狐狸给迷住了。"
"被狐狸？"
"是的。"
"在原野中长大的你，怎么还会被狐狸给迷住？"
"我也不太清楚……但是被狐狸迷了小半天加一夜，后来回想起来，完全不清楚自己当时都是走的哪里？"
"嗯……真是奇怪啊！"
"确实是很奇怪。以前从没把狐狸放在心上过。现在看来江户的狐狸比乡下的厉害。"
"是吗？"
看到伊织那一本正经的面孔，武藏也没什么心情再训斥他了，
"你自己也够顽皮的了吧！"
"嗯，我发现那个狐狸跟着我后，为了不让它再继续迷惑我，不知是砍断了它的脚还是尾巴。反正和狐狸算是结下仇了。"
"不是这样的。"

"不是这样的吗?"

"嗯,和你作对的不是狐狸,而是你的心……好好冷静地想想。在我回来前想好。"

"是的……但是先生,现在要去哪里?"

"去鞠町的平河天神附近。"

"今天晚上会赶回来吧!"

"哈哈哈哈,我如果也被狐狸迷住了的话,估计也得三天后才能回来。"

说罢,丢下伊织,武藏朝着因梅雨时节而阴云密布的外面走去。

雀罗之门

一

平河天神的森林,被一片蝉声萦绕。猫头鹰也夹杂在其中偶尔高歌。

"就是这儿吧!"

武藏停住了脚步。

前面有一栋很大的建筑物,即使在白天,附近也是寂静无声。

"有人在吗?"

站在玄关前,武藏喊了一句。就像面向洞窟喊了一句一样,声音又被反射回了自己的耳朵。竟如此没有人气。

过了一会儿,有脚步声从里面传了出来。终于有一个人提着大刀出现在面前了。不过这个人看起来不大像传话的侍者。

"您是哪位?"

这个年轻人叉着两腿和两手问道。

看起来他也就二十四五岁,很年轻。从头到脚比较有气势。

武藏报了姓名,

"小幡勘兵卫大人的小幡兵学所是这里吗?"

"是啊!"

这个年轻人甚是冷淡地回答道。

看他的神态,是料定了下面武藏一定会说——我是为了学习兵法游历诸国的武士,不过武藏的话出乎了他的意料,

"贵府当家的弟子,北条新藏,因为出了点事,现在正在磨刀师耕介的家里疗伤,我是受耕介所托,前来报信的。"

"北条新藏复仇不成,反被打伤了吗?"

年轻人十分惊愕,稍沉了口气继续说道,

"失礼了，我是小幡勘兵卫景宪的儿子，小幡余五郎。非常感谢您的通报。先到近门的房间来休息一会儿吧！"

"不了不了，我就是来传个消息，没关系的。"

"那，新藏的性命……"

"今天早晨已经好些了。不过您即使去接，恐怕他现在也动不了，所以可以暂时先安置在耕介家里。"

"那就拜托跟耕介说声拜托了。"

"好的。"

"因我父亲勘兵卫生病，而承担老师一职的北条新藏，从去年秋天起便不见了踪影，讲堂也不得不因此关闭了，现在府里没什么人手，请您见谅。"

"和佐佐木小次郎有什么宿怨吗？"

"我当时在外面，所以也不太清楚具体发生了什么，只是听说因佐佐木小次郎羞辱了病中的父亲，惹恼了弟子们，他们几次想讨伐佐佐木小次郎，可是每次都是反而被他所伤。北条新藏应该也是一直都在伺机找小次郎报复。"

"原来如此，我大概明白是怎么回事了——但是，我觉得还是不要再和佐佐木小次郎争斗了吧。他不论是刀法、还是策略都要胜人一筹——总之，不要轻易和这样一个刀法、口才、计谋皆不简单的人去争斗。"

听到武藏这样夸赞小次郎，余五郎的眼中明显露出不快。武藏见状，更加不放心，再次劝道，

"骄傲的人尽管自鸣得意。不过切不可因为小小的宿怨而招致大祸。北条新藏虽然已经败了，但是切不可因为这件事，更添新仇。已经有前车之鉴了，再重蹈覆辙就太愚蠢了，太愚蠢了。"

说罢，武藏便从玄关处离开了。

二

余五郎，独自靠在墙壁上，抱着手臂。

多愁善感地自语道：

"真是可惜呀……"

"连新藏都不行啊……"

余五郎空洞的眼神望向天花板。无论是宽阔的讲堂还是正房内，现在都是一片寂寥。

自己外出回来时——新藏就已经不在了。只是留给自己一封书信。上面写着，势必讨伐佐佐木小次郎。若不能成功，今生不再相见。

这是自己最不希望见到的事情，如今却变成了事实。

新藏走后，兵学的课程也就停止了，世间的人大多偏袒小次郎，说这个

兵学所里的都是些胆小怕事的人，没什么真本事。

因此而受到影响的人，见父亲小幡勘兵卫景宪生病、甲州流衰败，转而投向长沼流的人——渐渐这里到了门可罗雀的地步，现在只剩下两三名入室弟子做些杂活儿。

"这件事不能告诉父亲。"

他下定了决心。

"——以后的事情以后再说。"

不管怎么说，先照顾好重病中的父亲，这是现在作为子女最应该做好的事情。

令人担心的是，医生说父亲的恢复状况很不明朗。

——以后的事情以后再说。

悲伤中的忍耐。

"余五郎，余五郎。"

这时，从里面的房里传出父亲的声音。

处于病危中的父亲，此时不知因为何事激动起来，声音完全不像是一个病人。

"——来了。"

余五郎匆匆忙忙地跑了过去。

"您在叫我吗？"

余五郎在外间屋内便急急问道，冲进去跪在榻前。病人就像往常睡得不能再入睡时一样，自己打开了窗子，两肘撑着枕头坐在床上。

"余五郎。"

"是。在这儿。"

"刚刚——有个武士出去了——我从这个窗口看到了他的背影。"

原本打算隐瞒这件事的余五郎有些慌张。

"啊……那是……刚刚您看到的是送信使者。"

"什么送信使者，从哪儿来的？"

"北条新藏出了点事，他是来报信的——叫宫本武藏。"

"嗯……宫本武藏……是吗，他是江户的人吗？"

"他说是作州的流浪武士——父亲您对刚刚那个人有什么印象吗？"

"没有。"

勘兵卫摇了摇长着稀疏白胡须的下巴。

"我不认识这个人。不过，我从年轻时起，历经战场、阅人无数，还几乎没有见过真正的武士——刚刚离开的那个人，牵动了我的心——想见见他。想马上见见这个叫作宫本武藏的人——余五郎，快点追上去，把他请过来。"

三

不能长时间讲话——医生叮嘱过。

——快叫过来。

病人有些激动，余五郎见状更加担心父亲的病情。

"好的！"

虽然先应了病人一声，余五郎依旧没有动，

"但是，父亲，刚才那个武士为什么让您如此在意。您只是从窗户看了他一眼而已。"

"你是不可能明白的。等你明白的时候，估计也到了像我这样形同枯木的时候了。"

"但是总得有个能讲出来的理由吧？"

"理由是有的。"

"说来听听。这也是种学习。"

"就连对我这个病人——刚刚的那位武士也不掉以轻心。这点很了不起。"

"他怎么可能知道父亲您在这窗子里面？"

"他知道。"

"怎么知道的？"

"在刚进门的时候，他就已经将这个家的结构、打开了的窗子、没有打开的窗子、院落中的小路等等毫无遗漏地扫视过了——而且没有露出半点不自然，看起来依旧是极恭敬有礼的样子。我在远处观察到这些，很是吃惊。"

"这么说来，刚刚那位是个深藏不露的武士了？"

"我和他一定会有讲不完的话。快点把他追回来。"

"但是，您的身体没问题吗？"

"我等这样的知己已经等了多少年了。我的兵学不是为了传给子孙而积累研究的。"

"这是父亲您经常说的话。"

"虽说是甲州流，小幡勘兵卫景宪的兵学并不只是用来传扬甲州武士的方程式阵法。信玄公、谦信公、信长公等争霸时，因世道不同，学问的使命不同——我的兵学，应该是小幡勘兵卫流的——为今后的和平做贡献的兵学——啊，要把这些传给谁呢？"

"……"

"余五郎。"

"……是。"

"我有很多想传授给你的。可是，你现在尚未成熟，即使和武士面对面，你也搞不清楚对方的实力。"

"孩儿惭愧！"

"作为父母，我是用偏爱的眼光来看你的，可是纵然这样，我依然感觉出你的不成熟——我的兵学还不能传给你。如今，我想传给一个真正适合接受这种兵学的人，再将你托付给他——我一直在暗中寻找这样的人。就像花朵即将凋零的时候，一定会借风将花粉撒向大地一样……"

"……父、父亲，您要好好的。要好好的，保养好身体。"

"别说傻话了，别说傻话了，快去。"

"是。"

"不要失礼，将我的意思传达给他，将他请到这里来。"

"是。"

余五郎赶紧向门外跑去。

四

虽说追出去了，但遍寻不到武藏的影子。

找遍了平河天神附近、鞠町的街道，就是找不到武藏。

"没办法——等以后遇见再说吧！"

余五郎很快就泄气了。

他心里其实并不认为武藏是父亲说的那样优秀的人。

他认为年龄和自己相当的武藏，即便再有才华，也不会像父亲说的那样夸张。

况且，武藏在离开时曾说，

（跟佐佐木小次郎比试是愚蠢的。小次郎不是庸人。还是放弃那点小小的宿怨吧！）

这些话，一直在脑中徘徊。余五郎甚至感觉武藏是来宣扬小次郎的。

（算什么啊！）

余五郎想。

不管是小次郎还是武藏，余五郎都没怎么放在眼里——虽然表面对父亲顺从，可是心里面，却在不满地嘀咕，

（父亲小看我，我绝没有那样不成熟。）

一年，有时会花上两三年时间，只要余五郎有空，他就会去游学练武，或是去别家学习兵学，有时还会到禅家去修行。可如今他父亲却无视他的这些努力，将他看作小孩。只隔窗看了一眼武藏，便大加赞赏，差点没说，

（你这个浑蛋，跟人家学学。）

"——算了，回去！"

余五郎向回走时，突然感觉到有些寂寞。

"父母是不是总是将自己的孩子看作是乳臭未干呢？"

真想有一天，父亲能惊喜地对自己说，你终于成才了。可是，现在父亲是有今天没明天。真是让人难过。

"喂，余五郎大人——是不是余五郎大人？"

余五郎循声望去，

"呀，这是……"

余五郎赶紧转身也向对方走去。

是细川家的家臣中户川范太夫，他曾经来听过课，不过最近很久没见了。

"大先生的病怎么样了。我一直公务缠身，未能拜访。"

"还是老样子。"

"不管怎么说，也是因为年纪大了吧……听说教头北条新藏又被砍伤了，这是真的吗？"

"您已经知道了啊？"

"是今早在藩邸听说的。"

"昨晚的事——今早就已经传到细川家了。"

"佐佐木小次郎在重臣岩间角兵卫大人的府上做食客，所以是那位角兵卫大人说的吧。连少主忠利公都已经知道这件事了。"

余五郎年轻气盛，怎能冷静地听这些。但也不好在外人面前立马变了颜色。于是便装作若无其事的样子与范太夫告了别。在回家的路上，他做出了个决定。

街上的杂草

一

耕介的妻子正在为里面的病人煮粥。

伊织跑到厨房门口说：

"阿姨，梅子已经变黄了。"

耕介的妻子毫不上心地说：

"啊，已经熟了吧，都到了蝉开始鸣叫的季节了。"

"阿姨，为什么不腌梅子呢？"

"家里人口少。而且腌那么多梅子的话，是需要很多盐的。"

"盐是不会放坏的，可是梅子如果不腌的话，很快就不能吃了。虽然人少，但是为了防备战争和洪水，平时还是需要准备些的。阿姨忙着照料病人吧，我来腌。"

"你这个孩子，连发大水的情况都考虑到了。一点也不像个孩子。"

伊织已经进入库房，抱起一个空桶，向外面的梅树走去了。

感觉他有着让主妇们羞愧的、超越了一般孩子的机智和未雨绸缪的精神。真是让人赞叹啊。可再转眼一看，他却被停留在树上的一只蝉给吸引了，站在梅树下发呆。

悄悄地靠近，伊织一把抓住了这只蝉。蝉在他的掌心中像老人般哀鸣着。

望着自己的拳头，伊织觉得很不可思议。蝉明明是没有血的，可是它的身体却比自己的掌心还热。

即使是没有血的蝉，在生死关头，身体也会燃烧出火般的热量吧——伊织可没想这么多。他只是突然觉得很害怕，觉得这只蝉很可怜，不由自主地伸开了手掌，让蝉飞走了。

蝉撞到房檐上，转而向街上飞去了——伊织则开始准备爬树。

这是一棵非常大的树。在上面茁壮成长的毛毛虫，披着一身令人艳羡的毛毛。还有甲虫、被粘在叶子上的蝌蚪、睡着觉的小蝴蝶、飞舞的虻。

就像来到了另一个世界一样，伊织有些心荡神驰。似乎都不太忍心突然晃动梅树枝干，打扰昆虫王国的绅士淑女们的生活了，伊织先摘了一个颜色比较浅的梅子，咬了一口。

然后从最近的树枝开始晃。看起来摇摇欲坠的梅子就是不肯落下。伊织只好揪下手能够到的梅子，扔进下面的空桶内。

"——啊，畜生。"

不知是看到了什么，伊织突然喊了起来，向旁边的空地上，啪啪啪地投了三四个梅子。

架在篱笆上的晒衣竿也几乎同时落地，发出很大的响声。接着有急促的脚步声，从空地跑向马路。

这会儿，武藏应该是还没有回来。

在工作间内专心磨刀的耕介，从竹窗探出头，瞪着眼睛问：

"怎么回事，这么大动静？"

二

伊织从树上跳了下来。

"叔叔，刚刚又有奇怪的男人藏在空地的阴暗处。我用梅子向他打过去了，把他吓了一跳，逃走了。怕是以后还会来！"

伊织朝工作间的窗口方向说。

耕介擦了擦手，走了出来。

"什么样的人？"

"应该是一个混混儿。"

"是半瓦手下的人吗？"

"之前，有天晚上，不是有人袭击店里吗，他的打扮和那次那个人很像。"

"竟是些猫样儿的人。"

"来这儿有什么目的呢？"

"是来报复里面那位伤者的。"

"啊，新藏啊！"

伊织看向病人的房间。

病人正在喝粥。

北条新藏现在已经恢复得可以拆掉绷带了。

"老板。"

听到新藏的召唤，耕介走了过去。

"怎么样了？"

耕介关切地问道。

收拾好碗筷后，新藏端坐。

"耕介大人。给您添麻烦了。"

"哪里哪里。因为工作的缘故，有照顾不周的地方。"

"好像想袭击我的半瓦家的人总是来这附近转悠啊。我若久居的话，恐怕会给您造成更大的麻烦。"

"您多虑了……"

"而且，我身体也恢复得差不多了，今天我便告辞了吧？"

"啊，要回去了吗？"

"随后我再来答谢！"

"等……等一下。刚好今天武藏大人外出了，等他回来吧？"

"也承蒙武藏大人照料了，他回来后，代我说声谢谢吧——我已经完全可以行走自如了。"

"可是，因您那天晚上斩杀了菰十郎和童仆小六，半瓦家的那群混混儿都很恨您，现在日夜坚守在这里，伺机报复。您若这时一个人离开，怕是凶多吉少吧！"

"我杀菰十郎和那个童仆小六是有正当理由的。他们不应该恨我。除非他们是要惹是生非。"

"虽说是这样，但是您的身体状况，我还是不放心呀！"

"承蒙关怀，我没事的。尊夫人呢，我要向她道谢……"

新藏整理了下装束，站了起来。

见新藏执意要走，夫妇二人只好起身相送。不想在向店门口走去时，刚好武藏汗流浃背地从外面进来了。

迎面碰上要出门的新藏，武藏瞪大了眼睛。

"呀，北条大人，您这是要去哪儿啊——什么，要回去——见您现在已没有大碍，我很开心，可是您一个人回去的话，恐怕途中会遇到麻烦。我刚好回来了，我来送您到平河天神吧！"

三

新藏拒绝了一番：

"这——不用了，没关系！"

武藏则执意要送。

最终，北条新藏接受武藏的一片好意，在武藏的陪伴下上路了。

"好久没走路了，您还好吧？"

"总感觉，一迈步有踏空的感觉。不免有些重心不稳。"

"别勉强自己。到平河天神还有一段距离。等遇到抬轿的，咱们就雇一顶。"

听武藏这么一说，新藏接道，

"不好意思，我还不想回小幡兵学所。"

"那您去哪儿？"

"……我觉得没脸见他们。"

新藏低下了头。

"我还是先暂时回父亲那里吧！"

"在牛之渊。"

新藏又补充道。

武藏这时叫到一顶轿子，招呼新藏坐了上去。抬轿人劝武藏也坐上去，武藏却执意走在轿侧。

"啊，他坐上轿子了。"

"向这边看过来了。"

"别慌，现在下手还早。"

当轿子与武藏至外护城河处时，从街角处冒出一群系着衣角、挽着袖口的混混儿，在后面尾随，紧盯着武藏和轿子。

是半瓦的手下。看这架势，一场争斗是势在必行了。

到了牛之渊的时候，一个小石子飞过来砸在轿子架上。与此同时，一群混混儿跑过来，将轿子团团围住。

"喂，等等。"

"等等。"

"等等。"

刚刚就已经有些害怕了的轿夫们，此时见状，扔下轿子，一溜烟地跑掉了。接着又有两三个石子飞过来。

北条新藏拿着刀从轿子里出来了，完全不示弱的样子，

"叫谁等等，我吗？"

说着，新藏摆出了应战的架势。武藏一边护着他，一边朝那群扔石子的小混混儿喊道，

"什么事？"

这群小混混儿就像探水深浅一样，一点一点地靠拢过来，

"明知故问。"

"若你识相，就闪开。要不连你一块儿杀。"

他们越说越气势汹汹。

——可是，还没有一个人先冲过来。也许是武藏目光中所射出的震慑力，让他们不敢轻举妄动。武藏和新藏也默默地静观其变。

"这里面有个叫半瓦的吗？有的话，快出来。"

武藏说道。话音一落，有一个穿着白褂子，胸口处挂着大佛珠的较年长的人走了出来：

"我们老大不在，现在由我来看家。我叫念佛太左卫门，有什么要交代的，告诉我就行。"

四

武藏说道：

"你们为什么如此怨恨这位北条新藏大人？"

念佛太左卫门耸起了肩，

"他砍了我们两位兄弟，若是我们默不作声的话，还怎么出来混？"

"据北条大人所说，前段时间，菰十郎和童仆小六帮助佐佐木小次郎夜袭了小幡家。"

"一码归一码，若是我们不为兄弟报仇的话，我们就不配吃这碗饭。"

"原来是这样！"

武藏表示明白了他们的意思，接着说，

"这就是你们的世界吧。武士的世界是不同的。武士是不会平白无故地积累怨恨的——武士尊重道义，可以为了名声而复仇，却不能以怨生怨，这样的行为是最没出息的行为，会被耻笑的——就像你们现在这样。"

"什么，我们这是没出息的行为？"

"佐佐木小次郎若以武士的名义出头的话，还可以理解，你们跟着起什么哄？"

"武士有武士的做法。这代表不了什么。我们眼中是没有王法的，我们有我们的脸面。"

"若是非要在这世间分出武士的做法、混混儿的做法的话，不仅仅是这里，恐怕到处都要血流成河了。我们只好去奉公所念佛。"

"什么？"

"我们让奉公所来裁决我们的事情吧!"

"笑话,若是去奉公所的话,我刚开始就不会跟你废这么多话了。"

"你贵庚?"

"什么?"

"一大把年纪了,就这样引导年轻人,很高兴看到别人去为无谓的事情流血吗?"

"少废话。你可不要小瞧了我太左卫门。"

——见太左卫门拔出了腰刀,挤在后面的混混儿们也都跟着附和,

"杀了他。"

"老爷子我来了。"

说着冲了上来。

武藏一侧身,躲开了砍过来的刀,一把抓住太左卫门的脖颈处,拽了十步左右,扔进了护城河中。

然后冲进这群混混儿中,一边厮打,一边护着北条新藏向牛之渊的草原方向跑去。在九段坡的山腰附近,武藏和新藏向上跑的身影越来越小。

五

牛之渊也好,九段坡也好,当然都是后来才有的地名。当时那一片,山崖上长满郁郁葱葱的树木,潺潺的溪水流向外侧护城河,一块块的绿色沼泽组成湿地。民间都称那里为蟋蟀桥或冬青坡。

——甩掉那群已然目瞪口呆的混混儿,跑到坡道中央时,武藏放开被护在胳膊下的新藏,催促着犹豫不决的他快跑,

"就这样吧。北条大人。我们快走吧!"

混混儿们回过神来,

"啊,逃跑了——"

说着,混混儿们赶紧重整旗鼓,边喊着——

"别跑。"

边沿坡道追上去,

"胆小鬼。"

"看来没有嘴上说得那么厉害。"

"恬不知耻。"

"这也叫武士吗?"

"竟敢把我们所敬重的太左卫门推进护城河。回来,浑蛋。"

"武藏也是我们的仇人。"

"你们两个浑蛋,给我站住。"

"胆小如鼠的浑蛋。"

"还说是什么武士?"

"不敢站住吗?"

——后面传来无休无止的谩骂声,武藏连头都不回,也不让北条新藏停下来,

"最好快走。"

"逃跑也不是件轻松的事呀!"

两个人不由得调侃起来。同时开足马力,甩掉他们的追击。

跑了一段路程后,回头一看,已经不见混混儿们的影子了。刚刚有些复原的新藏,跑得脸色更加苍白,上气不接下气。

"累了吧?"

"不……不是……没事。"

"由着他们那样咒骂,您觉得后悔了吗?"

"……"

"哈哈哈哈。等您静下心来,您就会明白了。逃跑有时也是件令人惬意的事。那边有水。清洗一下吧。我送您送到家门口吧!"

已经可以看见赤城的森林了。北条新藏的家在赤城明神附近。

"请您一定要进去坐会儿,见见我父亲。"

武藏站在红土墙旁,

"后会有期,我想我们还会有机会见面的。好好休养。"

说罢,武藏就此与新藏分别了。

——因这件事,在江户,武藏愈发变得有名气了。

——他是冒牌货。

——胆小鬼的代表。

——恬不知耻,玷污了武士道。还说他曾在京都与吉冈一门比试,看来不是吉冈太弱,就是他靠一流的逃跑技术,逃过一劫后又来沽名钓誉。

出名是因这样的诽谤而出名。没有人替武藏说话。

半瓦那伙人不仅极尽口舌散布谣言,还公然在很多街头立了几十块这样的牌子。

宫本武藏,你这个无耻之徒。

本位田婆婆这里,你还欠着一笔账呢。

我们这儿,你也迟早要还的。

若不滚出来,你就不是个武士。

半瓦族

二天之卷

 众口

一

早餐前做学问,白天处理藩内事务,有时还会去江户城走走,随时进行一些武艺的练习——晚上与年轻武士们闲话家常,这便是忠利的一天。

"怎么样,最近有什么有意思的事发生吗?"

每当忠利这样问,家臣们一般都会很兴奋地说:

"有这样一件事……"

家臣们讲出很多所见所闻,虽然礼数还在,但是气氛确实相当和睦,就像一家人在一起聊天一样。

因为有主从关系在,忠利在处理公事时,非常严格。晚饭后便是另一种作风,他只穿一件裤子,与值夜的人轻松畅谈世事。

而且忠利本身也像一个年轻武士一样,喜欢与他们打成一片,听他们讲心里话和各种故事。这也让他更加了解世态人情,比早晨读的经书要实用得多。

"冈谷五郎次。"

"是。"

"听说你在用矛的技巧方面,进步了不少啊!"

"是进步了些。"

"有这么自我表扬的吗?"

"大家都这么说,自己却谦虚的话,反而给人一种不诚实的感觉。"

"哈哈哈。你这是倔强的自大啊。现在到底有多大的本领,快让我们见识一下。"

"我一直在盼望能够在战斗中一展身手,可是总是没机会。"

"这其实是一种福气。"

"少主您知道最近的流行歌谣吗?"

"什么歌谣?"

"用矛的人好多,冈谷五郎次属第一。"

"说谎都不脸红。"

忠利笑了。

大家也都笑成一片。

"是——名古谷山三属第一吧!"

"呀,您知道啊!"

"这个我还是知道的"

忠利本来还想展示一下自己了解民情,一转念,问道,

"这里是习矛者居多,还是习刀者居多啊?"

在场共有七人,有五人回答说,

"我习矛。"

回答"刀"的只有两个人。

忠利接着问道,

"为什么学习用矛呢?"

"在战场上,矛比刀管用吧!"

大家一致回答道。

"那学刀的人怎么想的呢?"

"不论是在战场上,还是在平时,刀都有刀的优势!"

练习刀的两个人回答说。

二

到底是矛管用,还是刀更管用。

这一直是个争论不休的话题,用矛者说:

"在战场上,平常的雕虫小技根本派不上用场——在武器的选择上,还是用能照顾身体的,较长的矛比较好。尤其是,矛有三益:刺、打、诱。即使矛因战斗而有所损伤,也还可以有当刀用的可能性,若是刀被折断了、弄弯了,就完了。"

提倡用刀者则说:

"不对,我们通常认为,只有战场才是武器发挥作用的场所。其实,刀剑对于武士来说,就是自己的灵魂,坐卧起居都要带在身上的。练习刀剑的过程,就是磨炼灵魂的过程。因此,即使在战场上,有它不利的因素,它也能帮助我们磨炼心性、掌握武艺精髓——而不管是用刀剑,还是矛,武士道的最深层的东西永远都是一样的——所以提倡用刀——可以以不变应万变。"

这是一个若争论起来,就没完没了的问题。忠利并不特别偏袒哪一方。

二天之卷

只是对极力主张用刀的年轻侍者松下舞之允说：

"舞之允，刚刚那番话不大像是能从你嘴里说出来的，你这是现学现卖吧！"

舞之允一副很认真的样子，

"不，就是我的观点。"

"不对。别骗我。"

忠利看破了他。

"其实——我有次受邀去岩间角兵卫大人的伊皿子宅邸时，也遇见了这样的争论，当时有位叫作佐佐木小次郎的食客曾做过类似的论断。这与我平日里的想法不谋而合，所以我才会把这番话当作自己的想法说出来，没有特意欺瞒的意思。"

舞之允坦白道。

"看，我说的没错吧！"

忠利苦笑，突然想起一件事情。

就是岩间角兵卫曾经向自己推荐一个人——佐佐木小次郎——到底要不要雇用他呢，这个问题一直被搁置到现在，一时难以决断。

推荐者角兵卫曾说，因为他还年轻，俸禄少于二百石就行。

可是这不是俸禄多少的问题。

养一个武士不是一件简单的事，特别是引进新人时。父亲细川三齐公也经常这样教导他。

首先这个人要确实是个人才。其次要讲究以和为贵。再怎么想要这个人，也不能忘记细川家能有今日，都是世代功臣积累的结果。

若是将一个藩比作石垣的话，再巨大、再优良的石头，若不能与其他堆积成垣的石头搭配好，也是无法使用的。即使它具备难能可贵的品质，也永远做不了组成坚固墙壁的一分子。

很可惜，天下有不少难得的伟材名石，因无法通达世故，而被埋于荒野。

特别是——关原之战后，这样的人有很多。可是，合适的、能够随时被嵌入任何一个墙垣的石头，有很多却未必合大名的心意，所真正赏识的石头，却又因有过多的棱角，不懂得妥协，无法马上拿来用。

从这一点来看，小次郎还很年轻，而且很优秀——是有资格在细川家任职的。

小次郎还说不上是一块石头，是一个年轻的未成品。

三

一想到佐佐木小次郎，细川忠利同时想到了宫本武藏。

最初是从老臣长冈佐渡那里听说武藏的事情。

佐渡曾在今夜这样的君臣团坐时，提到过武藏，说自己最近碰见一位比较奇怪的武士。

然后，佐渡将法典之原开垦一事讲给了忠利听。之后，佐渡又去了趟法典之原，再次归来时叹息道，真是可惜呀，已经不知去向了。

但是忠利并没有因此而死心，突然想见见武藏。他告诉佐渡，留下心，说不定能再次有宫本武藏的消息。

忠利同时一直在心里暗暗地比较着岩间角兵卫推荐的佐佐木小次郎和武藏。

据佐渡说武藏不仅仅是武艺高超，从他在山野之中教授村民开垦土地、进行自治这点来看，他还是位很懂得经世之道的人。

而佐佐木小次郎，据岩间角兵卫说，他是名门之后，在剑法、军法方面颇为精通，虽然年纪轻轻，但已自成严流一派，很不简单。除此以外，最近也经常听其他人提起小次郎的剑术如何高超之类。

比如说最近在隅田河滩，小次郎斩杀了小幡门四名弟子后，坦然而归。

在神田川的堤坝上，就连北条新藏都不是他的对手。这是最近传得最热的一条消息。

相比之下，最近似乎完全没有武藏的什么消息。

前几年，武藏在京都的一乘寺大败吉冈一门几十人一事，倒是盛传一时。不过之后，马上就有人说，那是谣言，不可轻信。武藏这个人只是一个沽名钓誉的人，看起来煞有介事，其实到了关键时刻，跑得比谁都快。

就这样，刚有点名声的时候，马上就会有人出来说坏话，破坏他的名声。

总之，武藏的名声就这样一点点被破坏掉——要不然就是被无视，最后，连他到底算不算剑客，都为人所怀疑了。

况且武藏出生在美作乡的山沟里，乡间平民之子，谁会在意他。虽说尾张的中村曾出过秀吉，但是这世间还是看重阶层和血统的。

"对了。"

忠利用手拍了下大腿，望了望在场的这些年轻侍卫，

"你们谁知道宫本武藏这个人，或者有没有谁听说过关于他的什么传闻。"

这样一说马上就有人接上话道，

"武藏？"

"最近街头巷尾到处插有写着武藏这个名字的牌子，这个名字已是尽人皆知了。"

其他的年轻侍卫也都一致表示确有此事。

四

"嚯——有这等事?"

忠利很是吃惊。

"是啊!"

其中一个年轻的侍卫附和道。

另一个叫森某的侍卫拿出了一张纸,

"我看到牌子上写的文字比较有趣,就也跟着其他人抄了一份——少主,我给您读读吧!"

"嗯,读来我听听。"

"好的。"

森某展开那张纸,读了起来:

展现给我们背影,一溜烟逃走的
宫本武藏,你听好了。

大家窃笑起来。

忠利却依旧是很认真的面孔。

"就这些吗?"

"还有……"

森某继续读道:

"本位田婆婆这里,你还欠着一笔账呢。
我们这儿,你也迟早要还的。
若不滚出来,你就不是个武士。"

接着,森某说明道,

"这是半瓦弥次兵卫的手下写的。看到的人都笑着说,真是个无赖。"

忠利苦着脸。这和自己心目中的武藏,相差太远了。仿佛不仅仅是武藏受到唾弃,连自己的愚蠢也被嘲笑了。

"嗯……武藏确实是这样的人吗?"

忠利还有一点点不甘心,追问道。结果大家异口同声地回答说:

"应该是个不招人待见的人。"

"不管怎么说,看起来是个胆小鬼。都被人骂成这样了,也不敢露面。"

大家七嘴八舌地说着的时候,钟响了,大家便都退席了。忠利躺下后,仍然在想着武藏的事。

不过他的看法和大家的不太一致。他甚至觉得武藏，

"真是个有意思的家伙。"

忠利不免站在武藏的立场上，仔细琢磨起这件事来。

第二天早晨，学习完经书后，去院子里透气时，忠利遇到了长冈佐渡。

"佐渡、佐渡！"

听到忠利叫自己，这位老人家赶紧转过身行礼。

"之后，有再留心吗？"

忠利突然来了这么一句，佐渡一时有些摸不着头脑。

"是武藏的事情。"

忠利补充道。

"——啊！"

佐渡低下了头。

"不管怎么说，我想见见他人，找到他了的话，请他来一趟。"

——同一天。

忠利下午出现在练箭场时，早已坐在休息室等候的岩间角兵卫，又开始向忠利委婉地推荐小次郎了。

忠利一边拿弓，一边点头，

"我差点给忘记了——嗯，什么时候都行，请佐佐木小次郎来练箭场一次吧——到底能否胜任，要看过后再说。"

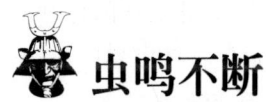 虫鸣不断

一

这里是伊皿子坡的中央，岩间角兵卫的家。

小次郎住在其中一栋独立的狭窄房屋内。

"有人在吗？"

有拜访者。

小次郎正在室内静静地坐着看他的剑。

爱剑"晒衣竿"就是托这里的主人角兵卫找经常出入细川家的厨子野耕介打磨的剑。

可是，发生了那晚那件事。

之后，和耕介家的关系自然变得比较僵。再次拜托岩间角兵卫催促后，今天早晨耕介把剑送回来了。

"肯定没给我磨。"

小次郎坐在房间中央，不抱希望地将剑拔出了剑鞘。结果出乎他的意

料，不但磨了——就连沉积了百年的锈迹也被去除得干干净净，如深渊之水般青黑的剑身闪闪散发出白色的光芒。

全然不见剑上的斑斑点点，就连藏了血迹的刀刃与刀身间的花纹处，也被处理得像朦胧月夜的夜空般美丽。

"真像被重新铸造了一次。"

小次郎不由得看入了迷。

这个房屋位于月之岬的高台，与品川的海和从上总海上升起的云峰遥遥相望——而这些景色，此时都融入了剑中。

"佐佐木小次郎大人在吗？"

隔了一会儿，栅栏门处再次响起拜访者的声音。

"谁啊？"

小次郎将剑收回剑鞘，

"小次郎在，有事的话请推栅栏门进来吧！"

"啊，好像在呢！"

外面传来低语声，阿杉婆和一名混混儿进来了。

"还以为是谁呢，原来是阿杉婆呀。这么热的天，您还赶过来了。"

"随后再说——有洗脚水吗，想冲下脚。"

"那边有口石井，因为这里是高台，所以很深的——小伙子，照顾着点婆婆，别有什么闪失。"

小伙子——是指带阿杉婆来到这里来的半瓦家的下人。

在井边擦拭完汗水、洗过脚后，阿杉婆来到了房间里，跟小次郎打过招呼后坐下了。过堂风吹得她眯起了眼睛，

"真是个凉爽的家啊，若闲居于此的话，怕是人都要变懒了。"

小次郎笑着说，

"我和您的儿子又八可不同。"

阿杉婆听了稍有些落寞地眨了眨眼睛，

"对了，也没什么可带的，这是我抄写的一部经文，给你闲时看看吧！"

阿杉婆说着拿出了一部《父母恩重经》。

小次郎对阿杉婆的宏愿早有耳闻，所以只是稀松平常地望了一眼放在面前的经书，

"对了对了。那个小伙子。"

小次郎看着后面的混混儿说道，

"我给你写的那些牌子，是不是已经立出去了。"

二

这个混混儿挺了挺膝盖：

"武藏滚出来。若不滚出来，你就不是个武士……是这样的牌子吗？"

小次郎点了点头，

"对。有没有立到各个街头上去？"

"我们已经花了两天时间，将它们立到大街小巷的显眼位置了。先生还没有去看吧？"

"我没看的必要。"

这时阿杉婆从旁插话道，

"今天我来这儿的时候，看到了。放牌子的地方围了很多人，议论纷纷——真是痛快啊，有意思。"

"若武藏看到那些牌子也不出来的话，他的武士身份就算是废了。会成为天下的笑谈。也算是为阿杉婆您报仇了吧！"

"什么啊？他那种人是再怎么被人耻笑，也恬不知耻的一种人。那些耻笑对他来说，是无关痛痒的——怎么能让我老太婆解恨呢？"

"呵呵……"

小次郎见阿杉婆那执着的样子，笑了，煽情道，

"不愧是阿杉婆啊，不管多大岁数都矢志不渝，真是佩服。"

接着又问，

"不知今天来，是有什么事呢？"

阿杉婆正色道，"其实也没什么大事，就是我已经寄身半瓦家两年有余了。我并不想总是这样麻烦他，也厌倦了这些粗暴的男人对我的照顾了。刚好铠渡附近有一处合适的房子出租，我打算搬去那里，虽然不是一整栋的房子都出租——一个人住足够了。"

"怎么样？"

阿杉婆打算和小次郎商量商量，

"武藏估计近期是不会出现了，我觉得我那个浑蛋儿子肯定在江户，可是又不知道他具体在哪儿……我想让老家给寄些钱来，暂时先这样安置着。"

小次郎也没什么异议。认为这样也没什么不好。

其实，小次郎也是一时兴起利用了他们，他现在不太想再继续和这些混混儿有什么再深入的交往了。考虑到易主的事情，他也觉得再和他们有过多瓜葛是不可取的——因此，最近也不再去那里进行武艺练习了。

此时，小次郎顿了顿，叫岩间家的仆役长给阿杉婆和那个混混儿摘了后面地里的西瓜吃。

"武藏那边要是有什么消息了的话，一定要马上给我来个信——我最近有点忙，可能一时没时间去拜访了。"

接着，小次郎以趁着天还没有黑为理由，将两个人打发回去了。

阿杉婆一走，小次郎便把室内大致清扫了一下，用井水冲了一下院子。

薯蓣和牵牛花的藤蔓，从墙脚一直延伸到洗手盆处。一朵朵小白花在晚

风中荡漾。

"今天，角兵卫大人也值夜吗？"

望着主屋内冉冉升起的蚊香细烟，小次郎躺下了。

这会儿已经不需要灯火了。即使有光亮，大概也会被风给吹灭，夜间的月亮，已经离开海平面，将月光照在了他的脸上。

——就在这时，

一个年轻的武士打破了坡下墓地的围墙，混入伊皿子坡山崖。

三

岩间角兵卫每次都骑马去藩邸，到了坡下时便将马放在那里。

此处的寺庙门前有间花店，店主会帮他照顾好马。

可是昨天傍晚，却看不到花店老大爷的影子，角兵卫只好自已将马拴在了后面的树上。

"喂，老大爷。"

老大爷从寺庙后山方向跑了过来，像往常一样从角兵卫的手里牵过马：

"——刚刚，有打破墓地围墙爬上山崖的可疑武士，我告诉他那条路走不通，他居然对我面露凶相，接着不知去向了。"

老大爷顿也不顿地说道，

"那是不是最近潜入大名府上的盗贼啊？"

角兵卫一副毫没在意的样子。虽有怪盗潜入大名府上的传闻，但是细川家却还没遇到过这样的事情，况且大名也不会自添耻辱地宣扬自己家被盗贼侵袭了。

"哈哈哈哈。那只是谣言。若一定说寺庙的后山有盗贼的话，那肯定不过就是小规模的盗贼或试刀杀人的流浪武士。"

"但是，这里算是东海道的要道，经常有些逃向他国的家伙顺道打劫，到了傍晚，若是看见有可疑的人，整晚都会惴惴不安。"

"要有什么不对劲的，马上去我那儿敲门就行。我那里的食客都在等这样的机会呢，他们闲得久了，也是浑身不自在。"

"啊。是不是有位佐佐木小次郎大人。他不但人看起来英俊，据说武艺也很高超。我们这一带的人，提起他都竖大拇指。"

听到有人称赞小次郎，岩间角兵卫也有些得意扬扬的感觉。

他喜欢年轻人。尤其是按当下的世风，在家里养个有为青年，是武士的一种高尚美德。

有朝一日，若发生了什么大事，可以立即带领家中的优秀人才去为主家效命——另外，平时还可以将特别优异的人举荐给主家，这不仅是一种效忠的表现，也是自己势力的一种培植。

考虑自己的奉公人，不算是可靠的家臣，可完全是无私的家臣，即使是在细川家，也找不出几个人。

可是，虽说岩间角兵卫有他不够忠诚的地方，他绝不是一个一般的武士。只是他的家世让他没有出头的机会。不过像他这种情况，反而为他处理平常事务提供了便利条件。

"我回来了。"

伊皿子坡非常陡，角兵卫每次敲门的时候，都有些上气不接下气。

妻子回家乡了，这里只剩男女仆人。竹影斑驳，刚洒在地面上的水，闪闪散发着晶莹的小亮光。

"您回来啦！"

几个家仆开门迎接。

"嗯——"

"佐佐木小次郎先生今天是在家里，还是外出了。"

角兵卫紧接着问道。

四

——据这几个仆人说，佐佐木小次郎今天一天都在家里。现在正躺着纳凉。

"是吗。去准备一下酒菜吧。准备好了，请佐佐木大人过来。"

——角兵卫则趁此空当，洗了澡，换下被汗水浸透的衣服，换上了浴衣。

角兵卫来到书院，

"回来啦！"

小次郎已经拿着团扇等在这里了。

仆人们端上酒菜。

"咱们先干一杯。"

角兵卫倒上酒。

"今天有件好事想告诉你。"

"嚯……什么好事？"

"最近，我不是把你推荐给少主了吗。少主最近对你的事情也有所耳闻，让我带你去见见他——到这一步，已经很不容易了。因为被举荐给他的人，实在太多了。"

角兵卫想小次郎听到这个消息，一定会非常高兴。

"……"

小次郎则是无声地、将酒杯端至唇边，

"我敬您。"

小次郎只说了这一句，并看不出什么高兴的样子。

角兵卫倒也没觉得有什么抱怨，依旧很敬重地说道，

"少主有这样的安排，也是咱们没白忙。今晚咱们就庆祝一番。"

说罢，又斟上一杯。

"让您费心了，真是非常感谢！"

小次郎这次低下头，行了礼。

"不必客气，将你这样有才干的人推荐给主家，也是我工作的一部分。"

"这样大力推荐，我很为难啊！原本我并不奢求俸禄，只是细川家出了幽齐公、三齐公、现任的忠利公三代大名。我认为这样的藩，才是武士真正的任职场所。"

"没有没有，我没有半点吹嘘，只是即便没人张口，现在在江户，谁人不知佐佐木小次郎。"

"我这样每日懒惰，无所事事的，怎么就会有名了呢？"

小次郎自嘲般露出了散发着朝气的牙齿。

"鄙人其实并不出色。这世间徒有其名的人也不在少数。"

"忠利公说找个时间请你过去……你什么时候方便去一趟藩邸呢？"

"我什么时候都行。"

"那就明天吧！"

"可以。"

佐佐木小次郎一副稀松平常的表情。

角兵卫见状，更加佩服他的气度。突然想起了忠利出于谨慎说的一句话，

"但是，忠利公虽说了先见下人再说——虽说是这样，这趟基本上就是走个形式，你出任一事基本上百分之九十九是没问题的。"

角兵卫思考了一下，还是跟小次郎如实说了。

小次郎听罢将杯放下，盯着角兵卫的脸。片刻，昂然地说，

"算了。角兵卫大人，虽然好不容易有了这个机会，我看这事还是以后再说吧！"

他的耳垂因醉酒，变得鲜红，仿佛要被血液撑破。

"为什么？"

角兵卫很为难地看着他。

小次郎就冷淡地撇下一句话，

"不合我心意。"

其实看得出来，小次郎突然不高兴应该是因角兵卫刚才的那句"是否雇用，要看下人再说"这点令小次郎很不痛快。

"我即使不被细川家雇用也没关系。随便去哪儿，都能赚个三百石、五百石的俸禄。"经常以这种气势示人的高傲的小次郎，定然接受不了角兵

卫照本宣科的那句话。

小次郎为人处世从不顾及他人的感受，纵然角兵卫一副很为难的样子，他也毫不在意，吃完饭便独自回住处休息了。

皎洁的月色映在没有灯亮的榻榻米房间内。有些醉意的小次郎一进房间便枕着手臂，仰脸躺下。

"哼、哼哼……"

他迷迷糊糊地躺了一会儿后，暗自笑了起来。

"这个角兵卫真是个实在人啊！"

小次郎心里很明白，角兵卫将不好跟忠利公交代——而且小次郎吃定了不管自己怎么做，这个角兵卫都不会对自己发火这一点。

"不在乎俸禄。"他自己曾这样说过，这只不过是说给人听而已。在他的内心深处，岂止高俸禄，他还要尽己所能出人头地。

要不干吗要苦苦习武。就是为了扬名立万，衣锦还乡。在这样一个时代，精通兵法是成名的一个捷径。而自己恰好在剑术方面，很有天赋——小次郎时常很自满地琢磨。

为达目的，小次郎极尽聪明的处世之道，一进一退都有他的策略。在他看来，这个岩间角兵卫只不过年纪比自己长很多罢了，却非常天真。

——不知不觉地，小次郎抱着自己的美梦睡着了。月光沿榻榻米移了一寸，这对他丝毫没有影响。窗外的竹子在习习夜风下沙沙作响，刚从白天的燥热中解脱出来的小次郎，睡得无比深沉的样子。

——这时，一直躲在山崖后，忍受着蚊虫叮咬的那个人，机会来了！

他悄悄地如同蟾蜍般爬到小次郎的屋前。

六

他打扮得威风凛凛——傍晚，坡下花店的老大爷曾提起的那个看起来鬼鬼祟祟地跑到寺庙的后山的那个武士——就是他。

这个人站在屋外，从缝隙里向里面偷看了一会儿。

因为他是避开月光，蹲在地上的，也几乎没有什么声响，旁人很难察觉这里有个人。

微微听到小次郎的鼾声——停止片刻的虫鸣声再次一大片一大片地在草丛那边响起。

过了一会儿。

这个人嗖地站了起来。

在拔刀出鞘的同时闯入屋内，瞅准熟睡中的小次郎，一刀劈将下去。

小次郎的左手迅速摸起身旁的一根黑木棍，打在了这个人的前臂上。

看来真是来势凶猛，因手臂被击，偏向一边的刀砍破了榻榻米。

躺在那里的小次郎则如同因水面的平静被破坏，悠然划水而过的鱼儿一样，朝墙壁方向一个翻身，站了起来。

手中的爱剑"晒衣竿"被分成了两部分——左手剑鞘，右手剑。

"谁？"

从小次郎镇定的样子可以看出，他对这名刺客的袭击早有预感。不管是对露水滴落，还是蚊虫鸣叫，都丝毫不懈怠的他，此时正背对着墙壁，丝毫看不见慌乱之色。

"我、是我。"

反倒是刺客的声音发颤了。

"你是谁，报上名字——趁人入睡搞偷袭，这可不是武士的作风，胆小如鼠的家伙。"

"我是小幡勘兵卫景宪之子，余五郎景政。"

"余五郎！"

"是……是我，看你做的好事。"

"我做的好事？怎么说？"

"因我父亲卧病在床而幸灾乐祸，还到处说小幡门的坏话。"

"等等。到处说坏话的可不是我。是世间对你们的评论而已。"

"还引诱小幡门的弟子们和你决斗，加害他们。"

"和你们的人决斗的倒是我小次郎——谁叫他们技不如人，我也没办法。"

"你，少胡说。你是叫了半瓦家那群混混儿帮忙的。"

"那是第二次的事。"

"什么？"

"唉，真是麻烦！"

小次郎已经很不耐烦了，边迈出一步边说，

"要是恨我的话，你尽管恨，只是兵法的较量，怎会和仇恨扯上边，真是让人笑话——你会搭上你的性命的，你可明白？"

"……"

"是抱着必死的决心来的吗？"

小次郎又向前踏了一步，同时伸出了"晒衣竿"，剑锋上反射的白色月光，让余五郎有些目眩。

这是今天刚刚磨好的剑。小次郎如同饥饿捕食的猛兽般，盯着自己的猎物。

 鹫

一

拜托别人推荐自己，却因忠利公的话不合自己的心意而临时反悔。

"算了，没关系。"角兵卫想。

"爱护后辈是应该的，可是也不该一味纵容他的错误。"同时角兵卫也自省。

不过他还是非常喜欢小次郎这样的人。他认为小次郎绝不是凡人。因此，即使现在他被夹在中间很尴尬，也只是一时气恼，过了几天就会好的。

"唉，也许这正是小次郎的不凡之处。平常人的的话，一听说能面见主君，定会高兴得不知所以。"角兵卫又开始善意地揣测，可能有这种气概的年轻人才更靠谱，小次郎值得拥有这种气概。

这段时间，角兵卫一直值夜，心情、气色也有些不好，所以也就没再见小次郎。第四天早晨，角兵卫来到小次郎这里：

"佐佐木小次郎先生——昨天我从藩邸回来的时候，忠利公又在催促你的事情。怎么样，少主说想在练箭场见你，可能也想见识下你的弓法吧。就轻松些，过去拜访一趟吧！"

小次郎窃笑，没出声。于是角兵卫又说，

"要想做官的话，事前拜见主君是惯例，并没有辱没你的意思。"

"但是，大人。"

"嗯——"

"若是不合他的心意，拒绝了我，那我小次郎以后还怎么见人。我还没到把自己当作商品去供别人挑选的地步。"

"可能是我表达的有问题。少主并没有这个意思。"

"那大人是怎么回复忠利公的？"

"——这个，我还没有说什么。不管怎么说，少主应该是一直都在等着见你呢！"

"哈哈哈哈。让恩公为难，真是抱歉啊！"

"今天我也值夜。少主可能又会问我这件事。那就不要让我再为难了，到藩邸去一趟吧！"

"好的。"

小次郎卖人情般地点点头。

"那我就去一趟。"

角兵卫听到这句话，悬着的心总算落地了，非常高兴，

二天之卷

"今天怎么样？"

"可以，就今天吧？"

"那再好不过了。"

"时间呢？"

"少主虽说什么时候都行，但我想若是下午的话，他定能抽出时间去练箭场，气氛也不会太拘束。"

"明白了。"

"那我们就定下来了。"

角兵卫又确认了一下，便出门去藩邸了。

之后，小次郎开始悠然地进行行装准备。虽然小次郎经常表现得像个豪杰一样，说从不在乎装扮，其实他是一个很爱打扮，很注重形象的一个人。

他让仆人给准备了新的轻罗上衣、舶来裙裤、草鞋、斗笠，又向仆役长问：

"是否有马？"

因为听说大人将换乘白马寄放在了坡下花店内——小次郎来到了花店，今天老大爷也不在。

这时，向寺庙那边望去，花店的老大爷、僧侣、附近的人们都聚集在那儿，一阵骚乱。

二

怎么了——小次郎也赶了过去，原来地上有一具盖着粗草席的尸体。大伙此时正围在一起商量如何处理。

不清楚死者的身份。

年纪很轻。

据说是名武士。

肩头被深深地砍了一刀，涌出的大量血迹已经干涸为黑色。身上好像没带任何物品。

"我见过这名武士。在四天前的傍晚。"

花店的老大爷说。

"哦？"

僧侣和附近的人们都将视线移到老大爷身上。

老大爷还想再说点什么时，感觉自己的肩膀被人敲了敲，不由得扭过头来，正看见小次郎，

"岩间大人的白马寄放在你的店里了，我要用用。"

小次郎说。

"哦，是的。"

老大爷赶紧行了个礼，

"您这边请。"

说罢，引着小次郎走回花店。

小次郎抚摸着被从小屋里牵出来的菊花青马说，

"是匹好马。"

"是的，真是匹好马啊！"

"我走了。"

老大爷望着骑在鞍上的小次郎，赞叹道，

"与您真是很配呀！"

小次郎从荷包中取出一些金子，给老大爷说，

"老大爷，麻烦买些香火、鲜花供上吧！"

"嗯？供给哪位？"

"刚刚见到的那个死人。"

小次郎说罢，绕过坡下的寺门前，向高轮街道骑去了。

呸，他在马上吐了口唾沫。看到不吉利的东西后的生理反应——四天前的那个月夜，他用刚磨好的"晒衣竿"杀的这个人，此时仿佛就跟在马后。

"没有理由怨恨我。"

小次郎在心中为自己辩解着。

在炎热的阳光下，小次郎骑着白马招摇而过。町里的百姓、旅行的人、正在行走的武士都躲闪着他的马，扭头望向骑马人。

他那在马上的矫健身姿，即使走在江户街头，也是引人注目——人们都很好奇地想知道他是哪家的武士。

在正午时分，小次郎到达了细川家的藩邸。安置好马匹，一进邸内，就见岩间角兵卫远远迎来：

"你来得正好。"

角兵卫欣喜地迎接，就像在忙自己的事情一样，

"来擦擦汗，在这边先休息一下。刚刚已经有人去通报少主。"

角兵卫忙不迭地准备上麦茶、冷水、烟草。

"请您去练箭场吧！"

不一会儿，一名侍卫前来引路。小次郎按规定将"晒衣竿"交给这里的家臣保管，自己只带了小刀过去。

细川忠利正在练习弓箭。说是要在夏天每天连续百射，到今天为止，已经持续好几天了。

很多近侍围着忠利，帮忠利取箭、拭汗倒水。空闲下来的时候，就屏息观射。

"毛巾、毛巾。"

忠利立起了弓。

汗水流进眼睛，看起来已是颇为疲倦了。

角兵卫伺机跪下禀报，

"少主。"

"什么事？"

"佐佐木小次郎已经来了，在等待拜谒。"

"佐佐木小次郎，是吗？"

忠利依旧像没什么事发生一样，顺手拿起一支箭搭在弦上，叉开脚，将弓箭举到头顶。

三

不仅仅是忠利，家臣们谁都没有看小次郎一眼。

终于，百射结束了。

"水、水。"

忠利长出一口气说道。

家臣们赶紧提来井水，倒进大脸盆中。

忠利赤膊拭汗、洗脚。旁边的侍从则忙着为他提袖、换水，丝毫不敢怠慢。可是纵然他有前呼后拥的侍卫，此刻看起来也绝不像一名大名，倒像是一个野人。

身在故乡的老太爷三齐公是一位讲究喝茶的人。上代主人幽齐公更是一位风雅的诗人。因此小次郎认为，在这样的家风下，第三代忠利公也一定是一位高雅倜傥的公卿贵人。今日一见，大吃一惊。

洗过以后，几乎没怎么擦，忠利就把脚伸进了草鞋，啪嗒啪嗒地回到了练箭场。一看到仍在那里不安地等候的岩间角兵卫，忠利仿佛突然想起了什么，

"角兵卫，我们见见他吧！"

忠利吩咐侍从在帷幕的背阴处放上坐具，背对着九曜星的家徽坐下了。

看到角兵卫招手示意，小次郎来到忠利的面前跪下了。在这个爱才惜才的年代，觐见的人还是需要遵守礼仪的，忠利赶紧说，

"请坐。"

坐下的话便是客了。小次郎站起来，点头行礼道，

"恕在下无礼。"

小次郎说着面对着忠利坐下了。

"我已经从角兵卫那里了解了你的一些情况，故乡是岩国吗？"

"是的，正如您所说。"

"岩国的吉川家很有名。你的祖辈是吉川家的侍卫吗？"

"很早以前，近江的佐佐木自成一族，室町幕府灭亡后，母方隐居乡里，并没有食吉川家的俸禄。"

就这样，谈了些有关家族、亲缘的事情后，忠利又说，

"以前曾出任官职吗？"

"我还没有过主家。"

"听角兵卫说你想来这里任职，你觉得这个藩哪点比较合你的心意呢？"

"我认为贵藩是一个值得以死奉命的地方。"

"嗯、嗯——"

忠利看起来挺中意的样子。

"武道是……"

"严流。"

"严流？"

"是我自创的兵法。"

"有何渊源呢？"

"我曾学习过富田五郎左卫门的富田流。也曾师从故乡岩国的隐士片山伯耆守久安学习片山的神速拔剑法。加上在岩国川河畔斩燕练剑时，悟得的一些东西，自创了这个流派。"

"哈哈，严流——是根据岩国川命名的吧？"

"您明察秋毫。"

"真想见识见识啊！"

忠利一一看过周围的家臣，

"有谁和佐佐木小次郎比试一下吗？"

四

这个男人就是最近经常听说的小次郎啊。

（比想象中的年轻啊！）

大家从刚才开始便一直在打量小次郎，一片赞叹。此刻忠利突然问，

（谁和佐佐木小次郎比试比试？）

大家面面相觑。

小次郎却无半分介意，脸上泛着红晕，一副正等着这一刻的样子。

看大家没主动上前的，忠利指名道：

"冈谷五郎次。"

"在。"

"在关于矛与刀的争论中，你不是力主矛更好的吗？"

"是的。"

"正好是个好机会，试试吧！"

冈谷五郎次接到指令后，上前一步道，

"不才，在下向您讨教了！"

小次郎很有气势地点了点头，

"请。"

双方虽然也殷切地行了礼，但是让人感觉有股寒意。

在帷幕内打扫的人、整理弓箭的人，此刻也都聚集到忠利的身后，等待观战。

即便是一天到晚把武学放在嘴上、用刀或弓就像用筷子般熟练的人，也很少有机会能有场真正的比试。

反倒是说起这样的话，

（在战场上作战和平日里的比试，哪个更让人有压力呢？）

多数武士都会很实在地说，

（是比试。）

战争是集团性的行为，而比试是单打独斗。不是胜利就是灭亡。从头到脚都要提起万分的精神来战斗——在比试中，不会有人替你挡枪挡刀，不会有喘息的机会。

——此刻气氛紧张，冈谷五郎次的朋友都挺替他担心的。但是见五郎次还是蛮镇定的，也就稍稍安心了，觉得他应该不会输。

细川藩并没有矛术专家。幽齐公、三齐公都是历经战场，步兵中倒是很多人善用矛。而矛术并不是奉公人的必备技能，所以藩内没有请相关的指导教师。

在这里面，冈谷五郎次相对来说，要算是善用矛者了。他不仅有实战经验，平时也勤于练习，算是用矛老手了。

"请稍候。"

五郎次和忠利、对手打过招呼后，静退到一旁。他要进行一些准备。

这些早晨笑脸出门，晚上就可能横尸而归的奉公武士，他们习惯每天都换上干净衣物。此刻退下备战的五郎次，心里泛上一丝凉意。

五

完全放开，随时准备迎接挑战的小次郎，已经选好了作战地点，等在了那里。

小次郎提着借来的三尺长的木剑，连和服底襟都没有撩起，很是英姿飒爽。即使你带着怨恨的眼光看他，也不得不佩服他的雄姿。

像雕一般勇猛、美丽的身姿和表情，让你感觉是那么的自然，丝毫没有异状。

（会怎么样呢？）

看到小次郎的异彩，其他侍从都对冈谷五郎次燃起了关切之情，不安地向五郎次的方向望去。

五郎次这边已经沉着冷静地做好了准备。他将矛头用湿布做了番包裹。

小次郎看到后说，

"五郎次大人。你那是什么准备啊？要是怕不小心伤到我，大可不必这样大费周章。"

话虽是用很平常的口气说的，听起来却很傲慢。五郎次用湿布包裹的这个矛是曾在战场上助他一臂之力的短刀形菊池矛。柄长九尺有余，从手握处到前端，涂有贝壳色的泥金画，矛头菖蒲式的，有七八寸长。

"用真矛就行。"

五郎次知道小次郎在嘲笑他多此一举。

"行吗？"

五郎次望着小次郎说道。主君忠利和周围的朋友都暗暗地给五郎次加油，

（对，就是这样！）

（加油——）

（杀了他！）

小次郎就像催促他快点开始一样，也凝视着五郎次，强硬地说道，

"是的！"

"要是这样的话……"

五郎次解开了湿布，握住长矛的中间，走上前来，

"悉听尊便。不过既然我用真家伙，你就用真剑吧！"

"不，这个就行！"

"不行。"

"算了。"

小次郎高过他的声音说道，

"藩外的人怎能在他家主君面前拿真剑，这样做就显得我太不成体统了。"

"那么……"

五郎次依旧不能释怀的样子，紧咬嘴唇。忠利见他这个样子，替他捏了把汗，

"冈谷五郎次。不要有什么顾虑。别管他怎么说，做好自己的。"

明显，忠利的声音也有些激动。

"那么……"

两个人互行了注目礼，都一副虎视眈眈的样子。突然，小次郎迅速后退。

小次郎就像被粘在竹竿上的小鸟一样，顺着矛柄下方，向五郎次的身体刺去。

五郎次还来不及用矛，一转身体，矛尖从小次郎的颈后划过。

——啪啪，矛尖被弹开。小次郎的木剑又趁势呼啸着刺向五郎次的肋

骨。

"唰,唰,唰!"

五郎次后退着,紧接着向旁边一跳。

还未来得及喘口气,小次郎又是一剑过来,五郎次不得不再次躲闪。

——就这样,五郎次就像被雕追赶的隼一样,疲于躲闪,最终矛也咔嚓一声断了。瞬间,五郎次的魂儿也像被从肉体中硬拽出来了一样,一声呻吟。看来,胜负已定了。

六

回到伊皿子的"月之岬"的家中,小次郎问岩间角兵卫,

"我是不是有些做过了——今天在主君那里?"

"哪里,非常棒!"

"我回来之后,忠利公没说什么吗?"

"没说什么。"

"应该说些什么吧?"

"确实没说什么就离开了。"

"嗯……"

小次郎显然并不满意角兵卫的回答。

"不管怎么说,最近应该会有通知的吧?"

见角兵卫这么一说,小次郎道,

"能不能出仕无所谓……只是觉得忠利公名不虚传,是位名君。希望能够投靠他——虽说如此,这也是要靠机缘的。"

角兵卫也逐渐感觉到了小次郎的锋芒毕露,昨天看到他那桀骜的样子,甚至对他产生了一些反感。一直以来当作晚辈来爱护的他,如今看来,已经成为羽翼丰满的空中之雕了。

昨天,忠利本来想找四五个人来试试小次郎,看到他和冈谷五郎次比试时,招招凶狠,忠利发话,

(了解了,行了!)

结束了这场比试。

五郎次虽然随后苏醒过来了,但是脚跛了,左大腿和腰部的骨头被打断了。小次郎暗自得意,让他们见识了自己的本领就行,即使不被录用也没什么遗憾的。

可是,小次郎静下心来考虑自己的前程的时候,还是不免有些不安。将来的托身之所,除了伊达、黑田、岛津、毛利,就要数细川家了。大阪城还有遗留问题,将来难免风云变幻,若是投错了藩,将来怕是会沦落为穷浪人或是逃亡者。谋求主君时,必须得看得长远些,否则可能会因半年的俸禄,搭上一生的俸禄。

小次郎思量再三，只要三齐公在领地屹立不倒，细川家的地位就会稳如泰山。考虑到将来的前程，还是登上这艘大船比较稳妥，更能确保自己高枕无忧。

（可是，门第越高，越不容易进。）

小次郎不由得又有些心焦。

过了几天，小次郎突然想起了什么，说，

"我去看看冈谷五郎次。"

说罢便出门了。

这天，他是徒步而行。

五郎次的家在常盘桥附近。面对小次郎的殷勤探望，五郎次微笑着说，

"比试见高下，我恨自己技不如人，你还特意……"

说着，眼里露出泪花，

"谢谢你的关心！"

小次郎回去后，五郎次对枕边的友人说道，

"真是位不错的武士。原本以为他太傲慢了，没想到他还挺讲情谊，挺注重礼节的。"

小次郎则是料准了他会这么说。

结果五郎次果真对后来的探病客人说了这番赞誉的话。

青柿

一

每隔两三天，小次郎都会去冈谷五郎次家探望。

有时还会从鱼市上买来活鱼送过去。

不知不觉，到了立秋前的暑伏。

江户城内空地上的草，高到遮家蔽院，干涸的道路上，偶尔会有螃蟹慢吞吞地爬行。

"武藏滚出来。若不滚出来，你就不是个武士。"

半瓦家的人立的这些牌子或许被夏草遮住了，或许被雨水扑倒、被当作柴火偷走了。

"去哪儿吃点饭吧？"

小次郎感觉肚子饿了，四处看了一下，看是否有可进餐的地方。

这里和京城不同，连奈良茶这样的店都没有。只看到草丛旁的一处空地上，有处搭着苇棚的地方，棚上挂着写有"屯食"的旗子。

屯食——据说很早以前是指饭团。是从阵营聚餐演化而来的词语吧。这里的"屯食"又是指的什么呢？

不断有袅袅轻烟从棚子里飘出来，弥漫在草木间。再走近一些，能够闻到烹煮食物的香气。难道就是卖饭团的，应该是家小餐馆。

"来一碗茶。"

棚内已有两个人，分别端着酒碗和饭碗，正在狼吞虎咽地吃着。

小次郎对着他们坐下了。

"老大爷，你们这里都能做些什么？"

"有食物和酒水。"

"看板上写着'屯食'，是什么意思？"

"很多人都这样问，可是我也不太清楚是什么意思。"

"不是你写的吗？"

"不是，是一位曾在这里歇脚的旅人写的。"

"是吗，写得不错。"

"听说这个人四处游历，曾经在木曾也是富户，可是却将大把的财产捐给了平河天神、冰川神社、神田明神这些地方，并乐此不疲，真是个奇特的人。"

"哦，这个人叫什么？"

"奈良井大藏。"

"好像听说过这个人。"

"我虽然不明白他给我写的'屯食'是什么意思，但是能挂出这样一位德高望重的人写的看板，是我的荣幸。想必生意也会因此而好转吧？"

老头儿笑着说。

小次郎望着陶瓷钵内的饭菜，边用筷子驱赶蚊子，边就着汤吃了起来。

"来了。"

对面桌上的一个人扭头对同伴说道：

"滨田，是那个卖西瓜的吧？"

那个人赶紧放下碗筷，也向棚外张望：

"嗯，是他。"

二

外面烈日炎炎，卖西瓜的小贩扛着秤，在散发着热气的草地中走着。

那两个流浪武士从苇棚跑了出去，来到卖西瓜的小贩面前，猛然拔刀，砍断了他的秤绳。

像要翻跟头一样，卖西瓜的小贩向前扑倒在地上，他的西瓜散了一地。

"嘿——"

刚刚被唤作滨田的流浪武士冲过去，抓着小贩的头发，揪起了他的头。

"你把护城河边置石场上的那位斟茶姑娘带到哪里去了?不要装糊涂,一定是你把她给藏起来了。"

一个人将刀架在小贩的脖子上,另一个人逼问着,

"快说!"

"你住在哪里?"

"就你这熊样儿,还诱拐人家小姑娘,真是岂有此理!"

说着,架刀的那个人用刀背敲了敲小贩的脸。

小贩黑青着脸,只是一味地摇头,旋即瞅准空隙愤然将一名流浪武士推开,捡起秤,朝另一名武士打去。

"还有两手啊!"

武士大喝一声。

"这个人绝不仅仅是个卖西瓜的这么简单,滨田,别大意了!"

"不知死活——"

这个滨田一把夺过小贩的秤,再次将小贩打倒在地。然后让小贩背上秤,用手头的绳子将他结结实实地绑住了。

——这时,滨田感觉到背后,伴随着被踩到的猫似的惨叫,地面似乎都颤动了。他无意识地一回头,夏风带着红色细雾迎面扑来。

"——呀!"

原本骑马般骑在小贩身上的滨田,愕然地大叫一声跳开,瞠目结舌,不敢相信眼前的场景是真的。

"你是谁……你、你是谁……"

可是——

泛着冷光的剑,游蛇一般直逼他的胸前——他没得到任何回答。

是佐佐木小次郎。

这把剑,不用说,是长剑"晒衣竿"。自从被厨子野耕介除锈后,这把剑又重新散发了凛凛光芒,变得无比嗜血。

"……"

笑而不答——小次郎绕着夏草,对滨田紧追不舍。这时,被绑着的小贩认出了佐佐木小次郎,着实大吃一惊,紧接着趴在地上大喊,

"啊……佐佐木……佐佐木小次郎大人。救救我!"

小次郎并没有回头望他,只是一心致滨田于死地。两个人此时虽是对峙的状态,滨田却感觉心有余而力不足,步步后退,而小次郎则数着滨田的呼吸,步步紧逼,滨田转向一旁,小次郎也跟着转向一旁,刀尖紧追着滨田。

已经面色苍白的滨田,此时听到小贩喊佐佐木小次郎的名字,

"啊,佐佐木小次郎?"

只觉得一阵头晕目眩,更加不知所措。稍一怔,迅速闪身向后逃去。

"晒衣竿"划破天空,

"哪里走?"

瞬间,滨田的一只耳朵被砍掉了,剑锋深深地劈进了滨田的肩内。

三

小次郎赶紧将小贩身上的绳子砍断,小贩却没有抬起头。

扶他坐好了——他依然低着头。

小次郎擦了擦"晒衣竿"上的血迹,将剑收回了剑鞘,接着,看到小贩这个样子,感觉到有些好笑,

"老兄——"

他敲了敲小贩的背。

"没什么可丢脸的——喂,又八。"

"嗯——"

"别光'嗯',把脸抬起来。真是好久不见了啊!"

"你近来也还好吧?"

"当然——不过,你这买卖做得可是够奇怪的。"

"真是不好意思啊!"

"我们赶紧把西瓜收拾起来吧——对了,也往那边那个屯食屋放点吧!"

小次郎在原野之中朝屯食屋方向招手道,

"喂,老大爷——"

将挑的担子、西瓜等都托付给老头儿以后,小次郎取出笔墨,在屯食屋的挂帘上写道:

> 空地上有两具尸体
> 斩杀他们的是
> 住在伊皿子坡月之岬的
> 佐佐木小次郎
> 为方便后事,特此昭告。

"老大爷,如此一来便不会有人找你麻烦了!"

"谢谢!"

"这没什么好谢的,如果有死者的亲朋欲寻仇,你便告诉他——我不会躲也不会藏的,随时恭候。"

然后催促苇棚外的小贩道,

"走吧!"

本位田又八一路低着头。最近他挑着西瓜担子,走遍江户城的置石场、木匠小屋、外城郭搭脚手架的地方,卖他的西瓜。

他刚来江户时，为了阿通，也曾立下过壮志，要有个男人样儿，要么习武，要么做一番事业。可是一遇到挫折，意志很快就消沉了，再加上生存能力又比较弱，换工作已不止三四次了。

特别是阿通逃跑后，他更加志薄力弱，辗转于各处的混混儿聚集地，偶尔赌一把，赢口饭吃。再就是，趁江户祭祀、游山等节日活动卖一些应景儿的东西——总之就是没有一个正经的职业。

不过，小次郎并不觉得奇怪，他了解又八的性情。

只是，既然在屯食屋留下了那样的字迹，他就必须有被人找上门的心理准备。

"那两个流浪武士为什么找你的麻烦？"

见小次郎盘问，又八很难以企口地答道，

"实际上，是因为女人……"

又八不管走到哪儿，都会和女人纠缠不清。大概是上辈子和女人有很深的仇吧——小次郎不由得苦笑，

"哦，你这个浑蛋还真是个淫棍。话说，这次是和哪儿、什么样的女人发生了什么呀？"

让又八说出自己不情愿说的事，恐怕要费些功夫。对于闲来无事的小次郎来讲，可以用又八那些关于女人的故事打发下无聊时光。和又八的相会，也算是一个意外收获了。

四

终于，又八讲出了实情，事情是这样的——

因为护城河的置石场附近，有很多为建造城池而工作的人及来往行人，这一片的苇棚茶屋也就比较多，大概有十几家。

在一间茶屋里，有一位颇引人注目的斟茶女。有很多人借着喝茶、吃饭，来一睹其芳容，其中一位便是刚刚那位滨田武士。

又八有时卖完西瓜，会途经那里，进去歇脚。有一次，这位姑娘悄悄对他说，

——我特别讨厌那个武士。这家茶屋的老板却劝我在打烊后，和那个武士出去玩。能不能先躲到你家里，我可以为你洗涮、缝补。

就这样，我无法拒绝她，就按事前商定的，将这位姑娘藏在了自己家——就这些——又八反复强调着自己没别的想法。

"不对劲吧？"

小次郎狐疑地说。

"怎么了？"

又八有些不满，他并不认为自己说的话有哪里不对劲。

小次郎顶着大太阳，听他讲这些既不算是男女情事、也不算是忏悔的长

二天之卷

篇大论，连苦笑都笑不出来了，

"行了。先回你的住处吧，然后你再缓缓道来。"

听小次郎这么一说，又八停住了脚步，显出很为难的样子。

"不行吗？"

"……你不太好去我家。"

"怎么了，我不介意！"

"可是……"

又八道歉道，

"下次吧！"

"怎么了？"

"今天，有点……"

看到又八万般无奈的样子，小次郎也不便再勉强，

"啊，是吗？这样的话，找时间你来找我吧。我在伊皿子坡的岩间角兵卫大人的府上。"

"我近几日一定会去拜访的。"

"啊……好的，你看到最近在各路口立的牌子了吗？那是半瓦他们立给武藏看的。"

"看到了。"

"上面写着'本位田阿杉婆这里，你还欠着一笔账呢'。"

"对。"

"为什么你不赶紧去看看你的老母亲？"

"我这落魄的样子。"

"别说傻话。自己的母亲，有什么可装的。说不定什么时候还会撞见武藏。到时候，身边连个儿子都不在，你母亲情何以堪。你这一辈子能安心吗？"

又八并没有把小次郎的话放在心上。他们母子间的事，很少有人了解。虽然此时心里很不是滋味，可是想到小次郎救自己的恩情，不情愿地说了一句，

"好的。这两天我就去。"

又八便与小次郎在芝街的路口分开了。

——小次郎为人实在是不怎么样。佯装与又八分别，却又悄悄掉转方向，跟踪起又八来。

五

又八走到这条狭窄的弄堂两侧，有几间长屋。这附近原本布满杂草和灌木，人们经过一番开垦，如今也成了住宅区。

所谓路是后来人们走出来的，沐浴、做饭的污水被随意倾倒，最后汇成

小流，流进溪水中。

江户人口的激增导致生活水准的停滞不前。这其中，以劳动者的增长幅度最大。他们大多从事河川改建、城池修筑。

"又八回来了呀！"

隔壁一位挖井的老板打招呼道。这位老板此刻正盘腿坐在浴盆中。他的周围围着横过来的防雨门，刚好露出脑袋。

"啊，在沐浴呀！"

"怎么样，我马上就洗好了，你也来洗一洗吧！"

"谢谢啦。听说今天朱实烧水了。"

"你们相处得挺不错嘛！"

"哪里哪里！"

"你们到底是兄妹还是夫妇，我们都还不清楚，到底是什么呀？"

"嘿嘿——"

朱实刚好走过来，又八和老板赶紧住嘴。

朱实将一个大浴盆放在了柿子树下，然后向里面倒上刚烧的水。

"又八，你来试试水温。"

"有点热。"

滑车水井吱吱地响了起来。又八赤裸着跑过去，取来水，调试好水温后，泡了进去。

"啊，真舒服。"

那位老板已经穿好浴衣了，搬了竹凳子放在丝瓜棚下，

"今年西瓜卖得怎么样？"

"你知道的，不怎么好卖。"

又八看到指缝间有干涸的血迹，一阵不快，赶紧用毛巾擦拭掉了。

"是吧。卖西瓜还不如挖井小工赚得多呢？"

"虽然老板你多次劝我做挖井工，可是挖井的话，需要在城里工作，这样我就不能经常回家了。"

"是啊，要是需要常顾着家的话，就不能做建筑工程方面的工作了。"

"而且，朱实说怕寂寞，不让我去做。"

"哦，夫妻间的悄悄话吧！"

"我们绝对不是你们想的那种关系。"

"多说无益哦！"

"——啊好疼！"

"怎么了？"

"一个青柿子砸在头上了。"

"哈哈哈。谁叫你津津乐道地讲你们夫妻间的事来着！"

这位老板用团扇敲着大腿，哈哈大笑。他出生于伊豆的伊东地区，叫作运平，在附近一带备受尊敬。今年已年过六十了，长了一头乱麻似的头发，还是日莲宗的信徒，每天早晚诵读《妙法莲华经》。没事时，喜欢逗逗年轻人。

他家门口立着牌子，上面写有：

专业从事挖井凿洞
挖井人运平宅

"城市水井的挖掘，必须具备专业技术，并不是随便挖一下就行了。因为我有过挖伊豆矿山的经历，所以被聘来指导施工、物色小工。"运平老板经常趁着晚间小酌，很得意地在丝瓜棚下讲自己的往事。

六

未经许可，不能回家，还要在别人的监视下工作，留在家中的家人也等同于人质，受主人及老板的管束，行动不自由。相比之下，城内的工作比城外的工作要轻松得多，拿到的钱也是城外工作的几倍。

而且，工程结束之前，都居住在城内的小屋中，连零用钱都省了。

——所以，再忍耐一阵子，等挣足了本钱，就别卖西瓜了，找个正经职业怎么样。

邻居运平老板以前总是这样劝又八，不过朱实一直都不同意，还威胁说：

"如果，又八去城里工作的话，我马上就出走。"

"我怎么会扔下你一个人呢？"

又八也不太想去做那样的工作。他想找一个既轻松又体面的工作。

他洗完澡后，朱实又多围了几块门板，也冲了一下澡。等到两个人都穿着浴衣，闲下来的时候，说了如下一番话：

"为了多赚些钱，就像个犯人一样任人使唤，我做不到。我也不会一直卖西瓜的。朱实，虽然现在我们是穷了些，不过以后会好起来的，再忍耐些日子吧！"

朱实一边摆放冷豆腐和绿紫苏菜，一边听又八说着，随后，吃了口开水泡饭，说道：

"是啊！"

"哪怕一辈子一次，你也让我们看看你有本事的地方——让世人都看看。"

自从朱实来到这里，长屋的那些人都认为她与又八是夫妇，而朱实从没想过要让这个看上去窝窝囊囊的男人做自己的丈夫。

自从来到江户以后,她欣赏男人的品位有了很大的提高——特别是在界街的花花世界中待的那段时间——见识了各种各样的男人。

朱实逃来又八家只不过是为了一时的便利。她打算踩着又八,寻找更广阔的天空。

现在,如果又八去城里工作的话,情形可不大好。她担心自身安危会因此无法保障。她在做斟茶女的时候,曾被一个叫作滨田的武士纠缠,若是到时被他找到自己在这里,就麻烦了。

"对了对了!"

吃过饭后,又八说起了遇见滨田的事。

说自己原本被滨田给抓住了,在自认倒霉的时候,被佐佐木小次郎救下,这个小次郎还想到这里来,被他婉言拒绝了,最终礼貌地和小次郎分开了。又八将这些事情事无巨细地、也迎合着朱实的心情,一一道来。

"啊,遇见小次郎了啊!"

朱实娇颜失色,屏着气息追问道,

"那有没有告诉他我在这里。难道你没说?"

又八将她的手放在自己的膝盖上,

"谁会告诉那个家伙你在这里。若是说了,又引来那个固执的男人……"

"啊"的一声,又八突然一声大叫,捂向自己的侧脸。

谁扔的?

突然飞来一个青柿子,啪嚓一下砸在又八的脸上。还是一个比较硬的青柿子,被砸碎的果肉飞溅到朱实的脸上。

一个近似于小次郎的身影,冷着脸,在月光下的草丛中,向城市街道的方向走去了。

露水湿淋淋

一

"——先生"

伊织追了过去。

近秋了,武藏野的草比伊织还高。

"快点——"

武藏时不时地回过头,等待游走在草丛中的雏鸟般的伊织。

"虽然还有路,但是有些不知该怎么走了。"

"不愧是横亘十郡的武藏野草原，真是宽广啊！"

"要去哪里啊？"

"找一个住起来舒适的地方。"

"要住在这儿吗？"

"挺好的吧！"

"……"

伊织没说好也没说不好。望着和原野同样宽广的天空，

"是啊，怎么样呢？"

"到了秋天，这里的天空将会很澄碧，这里的原野将会充满晶莹美丽的露水……只这样一想，心里就会充满安和宁静。"

"看来先生还是不喜欢町里啊！"

"也不是，在人群中自然有人群中的乐趣，可是，像那个样子，诽谤我的牌子被竖得满街都是，我武藏再怎么脸皮厚，也没法在那里再待下去了吧！"

"所以逃到这里来了。"

"嗯——"

"真是窝心啊！"

"怎么说这种话？"

"师父您看您，不管走到哪里都有人说您的不是，我都觉得窝心。"

"没办法。"

"不是没办法。您应该教训一下那些说您坏话的家伙。然后立牌子写上'有不服的出来'。"

"没必要进行那种无谓的争吵。"

"可是，就凭先生您，那些小混混儿不管谁站出来，您都不会输的呀！"

"我觉得会输的。"

"为什么？"

"会输给众人的。打败十个对手，会增加百个敌人，追打百个敌人的时候，又会产生上千的敌人。怎能敌得过呢？"

"那就一辈子让别人耻笑吗？"

"我在名声问题上，也是有洁癖的。我也不想对不起祖先的。可是，如何成为不被人耻笑的人呢……我来武藏野正是为了避开污名，反省自己。"

"再怎么走，也不能住在这样的地方吧。若能住的话，怎会看不到百姓……看来我们得去寺院里过夜了。"

"那也行，我们还可以在有树的地方伐几棵树，铺上竹子、茅草，住下来。"

"又像在法典之原时那样？"

"不是，这次我们不做农民了。我们每天坐禅吧。伊织，你要好好读书、练剑。"

他们通过甲州口的休息站——柏木村进入的这片旷野。从十二所权现之丘，下了十贯坡这个灌木丛密布的坡道后，眼前基本上就都是一望无际的草原了。羊肠小道在夏草的波涛中若隐若现。

走着走着，终于找到一个像扣在地上的斗笠一般的小松丘。武藏看过地形后，对伊织说，

"伊织，我们就住在这里！"

所到之处皆有天地，所到之处皆有生活。两个人建造栖身之所似乎比鸟儿筑巢还简单。伊织以自己做日工为借口借来了斧头、锯等工具。

二

这个不能算是草庵，也不仅仅是小屋，在短短数日之间，他们建起了一栋奇特的"建筑物"。

"远古时代曾有过这样的房子吧！"

武藏站在外面独自欣赏着。

它是用木皮、竹子、茅草和板子做成的。柱子用的是附近的圆木。

屋中的墙壁、小隔扇等是用刚刚被扔掉的废纸做成的，这样的废纸看起来非常珍贵，散发着文化的气息，也将房子从远古时代拉了回来。

伊织朗朗的读书声从灯芯草帘子的后面传来。虽说到了秋天，蝉鸣声依旧不减夏天，不过，伊织的声音更加强大。

二天之卷

"伊织——"

"在——"

回答"在"时，伊织已经屈膝跪在武藏的脚边了。

这是最近对伊织进行严格教育的成果。

以前并没有如此教育过城太郎。那时的武藏认为顺其自然才是最好的。

因为他自己就是这样成长起来的——可是，随着年纪的增长，他的想法也发生了些变化。

人的本性中，有可以任其发展的好的方面，也有不能坐视不理的不好的方面。

建造草庵，伐木砍草时，往往会发现，有益的植物，有时会因稗草、灌木的疯长，萎靡不振。

应仁之乱时的局面就如同文字记载般混乱。信长排除异己，秀吉进行统率治理，家康大兴土木。可是关西地区仍然充满稍有不慎便可燎原的星星之火。

不过，这种混乱如麻的局面总有好转的时候吧。因为人们已经懂得抑制

自己的野性。武藏反观自己的所到之处，天下到底是真正属于德川家，还是重归丰臣，人们心中已有定论。

大家都期待着由混乱到治理、由破坏到建设。也就是说，无形之中，下个时期的文化已经如潮水般渐渐涌入人们心头了。

（出生得太晚了。）

武藏叹道。

（若早出生二十年，不，十年，说不定都能赶得上。）

他想到自己出生时已是天正十年的小牧合战之时了。十七岁时发生关原之战。野性横行的时代已经过去了。现在想来，妄想拿着一支长枪从乡下冲出，闯出一番天地的想法实在太幼稚了，完全是不知世事变迁的井底之蛙的想法。

很快。时势发展得如急流般迅速。太合秀吉的出人头地，让无数青年热血沸腾，可是当时太合秀吉的发迹路线已不再行得通了。

武藏为了教育好伊织，不得不细细把握时宜。和城太郎不同，武藏决定严格教育伊织，让他能做个合格的新时代武士。

"先生，有什么事吗？"

"太阳已经要落山了。我们照常练剑吧，把你的木剑拿过来。"

"是——"

伊织拿过来两把木剑，放在武藏面前，

"拜托您了！"

伊织很有礼貌地低下了头。

三

武藏的木剑比较长。

伊织的木剑比较短。

师徒二人举剑相互对峙。

"……"

"……"

出没于武藏野草原边际的残阳，此时在地平线处洒下最后的余晖。草庵后面的杉树林已经完全暗沉下去了。伴随着夜蝉的叫声，细月悄悄爬上了枝头。

"……"

"……"

因为是练习，伊织在比划的同时模仿着武藏的姿势。在武藏的鼓励下，伊织也想大展拳脚，可是就是感觉身体不受自己支配。

"……"

"眼睛。"武藏说。

伊织瞪大了眼睛。武藏依然说，

"看眼睛……好好看我的眼睛"

"……"

伊织拼命地看武藏的眼睛。

可是，伊织每当看武藏的眼睛时，都会被武藏的目光所慑服。

伊织壮着胆，不移开目光，虽然有些失神，脑袋仿佛已经不属于自己。不仅仅是脑袋，四肢都有些麻木。

"眼睛！"

武藏又提醒道。

伊织的目光终于还是涣散了。

听到武藏的再次提醒，伊织一个激灵，一时忘了手里还握着木剑。这把木剑就像有百斤重的铁棒，让人渐渐抬不起。

"……"

"眼睛。眼睛。"

武藏边说边向前吸引伊织的注意力。

伊织则步步后退，武藏到目前为止已经斥责过他几十次，让他不要轻易后退。伊织也想学着武藏，向前迈步，可是一看武藏的眼睛，就连脚趾都失去了前进的勇气。

后退被骂，想前进又没勇气，伊织的身体火辣辣的。就像被抓在手里的蝉一样发着热。

这时，

（拼了！）

伊织幼小的心里冒出一股火花。

武藏有所察觉后，马上趁机激励他，

"来啊——"

说着，武藏就像躲闪的鱼儿般，沉下肩膀，向后退了两步。

伊织"啊"的一声，飞蹿过去。武藏已经不在那里了。转身一看，武藏移到了刚刚自己站的地方。

结果，又回到了最初两个人对峙时的姿势。

"……"

"……"

不知不觉中，草丛沾上了湿淋淋的夜露。眉般的月牙也悄悄离开了杉树林，随着风起风落，虫鸣阵阵。有些秋草，白天很难见到它开花，此时也装点好了，跳霓裳羽衣舞般随风摇曳。

"……"

"行了，就到这儿吧！"

武藏放下了木剑，将它递到了伊织的手上。伊织在接剑的同时，突然注意到后面的山林附近好像有人走过来。

四

"谁来了？"

"可能又是寻求投宿的迷路的旅人吧！"

"去看看。"

"是。"

伊织转身朝后方走去。

武藏坐在竹檐下，眺望着武藏野的夜色。穗芒已经长出穗了，草的波涛中荡漾着秋的气息。

"先生。"

"旅人吗？"

"不是，客人。"

"……客人？"

"是北条新藏大人。"

"哦，北条大人啊！"

"本来想找田间小路过来的，不想在杉树林中迷路了。他现在拴好马，在后面等着呢！"

"这个家没什么前面后面的——领他到这儿来吧！"

"是。"

伊织绕过房子喊道，

"北条大人，先生在这边，您过来吧！"

"嗯——"

武藏站起来迎接，身材更加健硕的新藏见到武藏，露出了欣喜之色。

"久未拜访。明知您是隐居于此，还贸然造访，实在是抱歉。"

武藏点头表示不介意，请他到檐下来。

"请坐下吧！"

"那就打扰了。"

"怎么找到的？"

"这里吗？"

"是的。我并没有告诉旁人我们搬来了这里。"

"我是听厨子野耕介说的。前些日子，伊织给耕介送去了观音像……"

"哈哈，那肯定是那时伊织说出了这个地方……没关系，我武藏还不到避人遁世的年纪。我只是觉得我在这儿待上七十五天的话，谣言会自然冷却的，同时也不想因自己给耕介他们带去灾祸。"

"我必须得先道个歉。"

新藏低下了头——

"大家都因我的事情受到牵连了。"

"哪里,你的事情并不是主要问题。之所以他们要这样对付我,恐怕主要要追溯到很久以前小次郎与我武藏之间的一些矛盾了。"

"那个佐佐木小次郎,又把小幡老先生的儿子——余五郎大人给杀害了。"

"啊,那个儿子——"

"他听说我被打伤了,去找小次郎算账,没想到反而丢了性命。"

"我阻止过他的。"

曾在小幡家门口见到的余五郎的身姿又浮现在眼前,武藏不禁为之惋惜。

"不过——我能理解余五郎大人为人子的心情。门下都弃他们而去,在下被砍伤,老先生前一阵子又病重了——在这样的状况下,谁能忍得住一时冲动呢?"

"嗯……看来我的劝说还不够……也可能是我的劝说反而激他去拼命了。真是非常遗憾啊!"

"现在我必须继承小幡家的武学香火。老先生除了余五郎之外没有别的血脉了,已经绝嗣了。父亲安房守向柳生但马守宗矩禀报了实情,几经周折,我终于得以以养子的名义继承了师父的家名——可是,对于资历尚浅的我来说,恐怕尚不能承担得起甲州流兵学名家的名号。"

五

"北条安房守是和甲州流齐名的,北条流兵学的宗家吗?"

武藏从北条新藏的话语中听到安房守这个名字,追问道。

"是的,我们祖上原本是远州的。祖父曾侍奉小田原的北条氏纲、氏康两代,父亲为大御所家康公所器重,是第三代沿袭兵学。"

"你原本就生于兵学世家,为何却成了小幡家的入室弟子?"

"父亲安房守也有弟子,同时还在将军家讲授兵学,无暇顾及儿子。说是让我先去别家拜师学艺,尝尝世间的辛劳。"

从新藏的言语、为人上,可以看得出他并非低俗之人。

他的父亲是北条流第三代安房守氏胜,母亲是小田原的北条氏康之女。如此家世造就了他高雅的气质。

"不由得闲聊起来了——"

新藏再次行礼,

"今夜,突然造访,其实是父亲安房守吩咐的。父亲原本想亲自来登门道谢,只是突然稀客来访,他此时在家中等着见您一面,所以父亲吩咐我来请您过去。"

新藏小心翼翼地说。

"啊？"

武藏似乎还没有理解他的话，

"有稀客在贵府等着鄙人？"

"是的，劳烦您了，我来接您了。"

"这会儿马上去？"

"是的。"

"那位客人到底是谁。武藏在江户几乎没有什么朋友啊！"

"说是和您从小就很熟了。"

"什么，从小？"

越来越糊涂了。

（是谁呢？）

说起幼年时代，真是让人怀念啊。那这个人是本位田又八、竹山城的侍卫，还是父亲的故交？

难道是阿通？武藏左思右想，不得其解。这位客人到底是谁呢，武藏忍不住又问了新藏，新藏一副为难的样子，

"贵客不让我事先告诉您他的名字。说是想给您一个意外的惊喜……请您过去一趟吧！"

武藏愈加好奇这客人到底是谁了。是阿通吗？武藏心里暗暗琢磨，

（很可能是阿通。）

"走吧！"

武藏站了起来，

"伊织先休息吧！"

新藏见武藏决定过去了，非常高兴。赶紧将拴在杉树林中的马牵了过来。

马鞍和马镫都已经被秋草上的露水打湿了。

六

"请您乘上来吧！"

北条新藏牵着马口轮，请武藏骑马。

武藏也不推辞，骑了上去。

"伊织，先睡吧，我可能得明天回来了！"

伊织跑到外面，

"师父慢走。"

在湿润的胡枝子和芒草中，马上的武藏和牵马的新藏——终于消失在远方。

伊织一个人呆呆地坐在了竹檐下。他已经不止一次独自在草庵中看家

了。没人的时候,他有时会回忆一下在法典之原时的事情,也并不寂寞。

(眼睛……眼睛。)

伊织将习武时武藏的话时刻牢记在心,此时仰望银河星空,不禁一个人仔细琢磨起来。

(为什么呢?)

为何无法正视武藏的目光,伊织依旧感到困惑。少年的执着往往比大人更甚,伊织努力想参透其中缘由。

这时,他发现有一双眼睛躲在草庵前的绕树葡藤下盯着自己。

"咦?"

是个小动物的眼睛。那眼神丝毫不逊色于师父武藏拿着木剑盯着自己时的眼神。

"好像是鼯鼠。"

伊织认出了是那只经常来偷野葡萄的鼯鼠。那琥珀色的眼睛,在草庵灯光的映射下,像妖怪似的闪闪发光。

"畜生。你以为我软弱可欺吗,就连你都来盯着我。我能败给你吗?"

伊织不服气地回瞪鼯鼠。

他在竹檐下叉开两腿,屏气瞪向鼯鼠。谁知这只执拗、多疑的小动物并没有逃走,反而投来更凌厉的目光,更加直直地盯着伊织的脸。

——怎能输给你!你这家伙。

伊织定神与鼯鼠僵持着。终于,鼯鼠可能是被震慑住了,刷地擦过野葡萄叶子闪身消失了。

"找事儿!"

伊织得意扬扬。

虽然此时被汗水浸湿了衣襟,伊织心情却爽朗多了,心里下定主意,以后再和师父武藏对峙时,就这样瞪师父。

放下灯芯草帘子,累了一天的伊织放心安睡了。露水反射过来的斑驳亮光此时又透过帘子映射了进来。

——伊织一躺下,就仿佛进入睡眠状态了,可是脑袋里还是始终感觉有珍珠般闪亮的东西不停闪烁,鼯鼠又出现在眼前,他进入了朦胧的梦幻中。

伊织低声呻吟着。

第六感还是不断地在提醒他在被褥边儿上有双眼睛,伊织一下子坐了起来,果然,借着微弱的亮光,可以看到有一只小动物正在草席上不怀好意地看着自己睡觉。

"啊,畜生——"

伊织顺手摸起枕边的刀,翻身砍去。手起刀落的时候,那只鼯鼠早又逃到了帘子附近。

"畜生——"

伊织朝帘子附近一通乱砍，外面的野葡萄秧也未能幸免。接着，又朝原野方向环视了一圈，原来那双眼睛现在在天空上盯着自己呢。

那是两颗蓝色的大星星。